ILLUSIONS FATALES

Rachel Abbott

ILLUSIONS FATALES

Traduit de l'anglais par Maud Ortalda

ÉDITIONS
FRANCE
LOISIRS

Titre original : *Only the innocent.*
Publié par Thomas & Mereer, USA.

Ce livre est une œuvre de fiction. Les noms et les personnages sont le fruit de l'imagination de l'auteur. Toute ressemblance avec des personnes réelles, vivantes ou mortes, serait pure coïncidence.

Édition du Club France Loisirs,
avec l'autorisation des Éditions Belfond.

Éditions France Loisirs,
123, boulevard de Grenelle, Paris
www.franceloisirs.com

Le Code de la propriété intellectuelle n'autorisant, aux termes des paragraphes 2 et 3 de l'article L. 122-5, d'une part, que les « copies ou reproductions strictement réservées à l'usage privé du copiste et non destinées à une utilisation collective » et, d'autre part, sous réserve du nom de l'auteur et de la source, que les « analyses et les courtes citations justifiées par le caractère critique, polémique, pédagogique, scientifique ou d'information », toute représentation ou reproduction intégrale ou partielle, faite sans le consentement de l'auteur ou de ses ayants droit ou ayants cause, est illicite (article L. 122-4). Cette représentation ou reproduction, par quelque procédé que ce soit, constituerait donc une contrefaçon sanctionnée par les articles L. 335-2 et suivants du Code de la propriété intellectuelle.

© Rachel Abbott, 2011. Tous droits réservés.
© Éditions Belfond, un département de Place des Éditeurs, 2013, pour la traduction française.

ISBN : 978-2-298-06970-9

À Dodo, qui m'a transmis l'amour des mots

PROLOGUE

À travers les grandes fenêtres, une lumière éblouissante inondait la pièce. Une douce lueur ambrée baignait chaque recoin de la chambre. C'était une catastrophe, la seule chose dont elle n'avait pas tenu compte : le soleil.

Ce qu'elle recherchait : créer un effet maximal. La tenue, la coiffure, les bijoux ; elle avait porté une attention irréprochable à chaque détail, la moindre fausse note nuirait à sa crédibilité. Mais au lieu des effets d'ombre censés peaufiner l'illusion la pièce ressemblait à une scène de théâtre illuminé par des projecteurs. On était fin octobre, on était à Londres. Il aurait dû pleuvoir.

Que faire ? Fermer les rideaux ? Non. Ça ne marcherait jamais. Bien trop évident, ça ne lui plairait pas. Il fallait faire vite, le temps était compté. Rapidement, elle fignola les détails jusqu'à ce que tout se rapproche autant que possible de la perfection, tournant un fauteuil de cuir vers la porte de façon qu'elle puisse voir son visage sans avoir à tourner la tête. Mais pas complètement face à elle, sinon elle n'aurait nulle part où se cacher. Il fallait aussi qu'elle soit à contre-jour, afin de dissimuler l'expression de son visage et de ses yeux dans l'ombre.

Elle était prête. Il n'y avait plus qu'à attendre, et s'imprégner du caractère inéluctable de ce qui allait se produire. Chacun de ses muscles était tendu. Elle s'efforça de relâcher la tension de ses épaules. Un taxi s'arrêta, une portière claqua. Elle jeta un coup d'œil au miroir pour s'assurer que tout était parfait, mais ses yeux trahissaient son agitation. Elle inspira profondément pour refouler les pensées et les images qui encombraient son esprit et retrouver son calme.

Pendant plusieurs minutes, il n'y eut pas le moindre bruit, mais il était dans la maison. L'épaisse moquette de l'entrée et de l'escalier étouffait les bruits de pas jusqu'au troisième étage. Il se dirigeait droit vers la chambre, elle le savait.

La porte s'ouvrit lentement, il resta dans l'embrasure avec une expression indéchiffrable. Il ne dit rien pendant plusieurs secondes, elle lui rendit son regard sans flancher. Il était bel homme, indéniablement. Son costume noir sur mesure tombait parfaitement sur sa grande silhouette svelte, sa chevelure poivre et sel impeccable, comme d'habitude. Il avait tout de l'homme influent qu'il était. Pas étonnant que les médias l'aiment tant.

Finalement, il sourit, la courbe de ses lèvres ne révélait que très légèrement la victoire qu'il savourait sans aucun doute. Elle ne détourna pas les yeux, mais son cœur battait la chamade.

«Je savais que tu viendrais.»

Il se tut, son regard la sondait.

« Tu n'avais pas le choix, n'est-ce pas ? constata-t-il, visiblement content de lui. Tu es parfaite. »

Elle n'avait pas le droit à l'erreur ; elle avait choisi sa tenue avec soin – une jupe en cuir noir au genou complétée par des bas noirs satinés et un haut de soie blanc col en V, épousant légèrement sa poitrine pour laisser deviner ce qu'il y avait en dessous. Ses jambes, croisées, laissaient subtilement entrevoir ses cuisses, et des bijoux en or, simples mais élégants, parachevaient le tableau. Il semblait satisfait. Elle avait passé la première épreuve et priait pour réussir à se maîtriser encore un peu.

« Pourquoi ces gants ? demanda-t-il en remarquant les gants de soie noirs qui lui montaient aux coudes.

— J'ai pensé que ça te plairait. »

Il sourit à nouveau. Il se moquait d'elle.

« Et tu as eu raison. »

Il désigna le seau à glace qu'elle avait placé, avec deux flûtes, sur la console de marbre.

« Du champagne ! Je vois que nous fêtons quelque chose ! » fit-il avec un rire feint.

Elle tendit le bras, réprimant le tremblement de ses mains, et versa un filet de bulles dorées dans chaque verre. Il en prit un et but une lente gorgée.

« Délicieux, mais mauvaise idée. Nous ne voulons pas perdre la tête, n'est-ce pas ? »

Il reposa soigneusement le verre sur la table pour la regarder droit dans les yeux.

« Tu as pris l'initiative. C'est bien. Est-ce que cela veut dire que tu vas prendre les choses en main aujourd'hui ? »

Elle se leva d'un air décidé, ses talons aiguilles s'enfonçaient dans la moquette. Elle savait exactement ce qu'il voulait, elle lui caressa la joue d'un seul doigt ganté.

« En effet. J'espère que tu es prêt. »

Inutile d'attendre la réponse. Il lui suffisait d'adopter un ton autoritaire pour qu'il obtempère.

« Déshabille-toi. Entièrement. Allonge-toi sur le lit et attends-moi. »

Ses yeux s'étrécirent, mais il semblait ravi.

« Et qu'est-ce que tu vas me faire ? demanda-t-il en feignant une indifférence qu'il était loin d'avoir.

— Pour le moment je vais me contenter de regarder. »

Elle s'efforça de le fixer droit dans les yeux. Ceux-ci brillaient d'excitation, même si son visage ne trahissait toujours aucune émotion. Elle connaissait ce regard, et elle savait quel danger il pouvait annoncer. Elle ignora la peur.

Il traversa la chambre et commença à se déshabiller lentement, sans la quitter des yeux. Il plia soigneusement chaque vêtement pour le poser sur la chaise jusqu'à se retrouver complètement nu. Comme toujours, l'appréhension de l'inconnu l'excitait ; si seulement elle avait pu détourner les yeux.

« Et maintenant ? demanda-t-il.

— Allonge-toi, comme j'ai dit », répondit-elle d'une voix plus forte à mesure qu'elle gagnait en confiance.

Sa posture fière, comme il allait vers le lit à colonnes au centre de la pièce, prouvait qu'il avait conscience de l'incroyable beauté de son corps.

Son dos légèrement bronzé, ses fesses musclées et ses longues cuisses fermes auraient pu être ceux d'un homme moitié plus jeune. Il s'allongea sur le lit avec un sourire triomphant.

« Je suis prêt. »

Le désir à peine étouffé rendait sa voix plus grave. Elle réprima un frisson.

« Regarde ce que j'ai pour toi », dit-elle en espérant que son sourire serait convaincant.

Elle sortit de son sac cinq foulards de soie du même bordeaux intense.

« Ta couleur préférée. »

Il se léchait les lèvres d'excitation. Son expression était devenue presque animale : lèvres gonflées de désir, l'impatience étincelait dans ses yeux.

Elle s'approcha du lit et, d'une main experte, attacha soigneusement ses bras, puis ses jambes aux quatre colonnes de bois. Avec le cinquième foulard, elle hésita une seconde.

Puis elle prit une petite inspiration, se redressa visiblement et avança vers la tête du lit.

« Aujourd'hui n'est pas un jour comme les autres – tu ne dois rien voir avant la dernière minute. »

Son sourire montrait clairement à quel point il était content de lui, il croyait qu'elle n'aspirait qu'à lui donner du plaisir.

Sans un mot, elle lui banda fermement les yeux avec le foulard avant de retourner vers la porte. Son corps nu exprimait son excitation.

« Et maintenant ? » demanda-t-il, d'une voix à peine reconnaissable.

Elle s'efforça de répondre.

« Maintenant tu attends. Je te promets que tu vas recevoir plus que tout ce que tu avais imaginé. »

Elle se précipita dans la somptueuse salle de bains attenante. Elle se déshabilla en quelques secondes pour se glisser dans sa tenue, sans jamais enlever les longs gants noirs. En moins de trois minutes elle était prête.

À son retour dans la chambre, l'excitation de l'homme n'avait pas diminué; au contraire, même, il semblait que l'anticipation n'avait fait qu'attiser sa passion. Mais l'incertitude se glissa dans sa voix quand il entendit le léger bruissement de ses vêtements, puis le son imperceptible de deux objets placés soigneusement, l'un après l'autre, sur la table de nuit.

« Qu'est-ce que tu portes ? Je m'attendais à de la soie. »

Elle fit glisser le bandeau de ses yeux à sa bouche où elle le resserra.

Il cligna un peu des yeux et découvrit sa tenue. Son excitation était telle qu'il lui fallut plusieurs secondes pour comprendre ce qu'il voyait et dans ses yeux se lut soudain l'horreur tandis qu'il essayait vainement de crier.

Le masque qu'elle portait ne révélait que ses yeux, des yeux emplis d'un mélange d'émotions trop complexe à interpréter. Seules les rares personnes qui la connaissaient bien auraient reconnu la plus significative : la détermination, pure et simple.

Elle saisit la seringue sur la table de nuit. Retenant son souffle, elle écarta les poils noirs de son bas-ventre et y plongea l'aiguille le plus profondément possible. Il n'y eut qu'un gémissement sourd tandis qu'il tentait de se libérer. La piqûre n'avait pas été trop douloureuse, mais il avait compris ce qu'elle signifiait.

Puis, il ne bougea plus.

1

L'inspecteur de police principal Tom Douglas jeta un coup d'œil par la fenêtre de son appartement tandis qu'il rassemblait rapidement tout ce dont il aurait besoin. D'ordinaire, la vue sur les eaux troubles du fleuve jusqu'à Greenwich le ravissait, mais aujourd'hui, il n'avait pas le temps de regarder le paysage.

Il regrettait déjà les quelques verres de vin qu'il avait bus au déjeuner, mais, en même temps, comment aurait-il pu savoir que sa première grosse enquête pour la police de Londres tomberait pendant son jour de congé ? Les ennuis vont par paire, c'est bien connu. Il n'avait pas le droit à l'erreur, il devait gagner le respect et la confiance de sa nouvelle équipe. Se faire envoyer un chauffeur à cause de deux verres au déjeuner ce n'était pas très glorieux, comme débuts.

Portable, clés, portefeuille, carnet, carte de police, la liste était familière, il ne risquait pas d'oublier quoi que ce soit. Il vérifia néanmoins deux fois. Il claqua la porte derrière lui et dévala les six volées de marches au moment où une voiture bleu foncé freinait au coin de la rue. Au volant se trouvait son nouveau sergent, Becky Robinson. Il sauta dans le véhicule et celui-ci repartit avant même qu'il ait pu attacher sa ceinture.

« Pardonnez-moi, Becky. Je ne voulais pas vous faire venir jusqu'ici.

— Pas de problème, monsieur. Plutôt huppé comme quartier, si je peux me permettre ! »

Il se tourna pour la regarder. Était-ce une simple observation, ou bien cherchait-elle une quelconque information ? Mais ses cheveux noirs brillants qui lui tombaient sur le visage, l'empêchaient de se faire une idée. Il n'avait absolument aucune envie de devoir expliquer comment un policier, divorcé de surcroît, pouvait se permettre de vivre dans un appartement chic au milieu des Docklands. Ce n'était ni l'endroit ni le moment.

Heureusement, Becky se concentrait sur la conduite, qui comprenait un taux important d'accélérations entrecoupées de brusques freinages. Le trajet s'annonçait bien mouvementé, ce n'était peut-être pas le moment de la distraire.

« Vous pensez pouvoir conduire et parler en même temps, Becky ?

— Pas de problème. Il y a un peu d'embouteillages mais je peux me frayer un chemin. »

Ça, ça ne faisait aucun doute.

« Bon, qu'est-ce qu'on a comme éléments ? Au téléphone on m'a seulement parlé de "mort suspecte". J'ai cru comprendre que ça s'était passé au centre de Londres ?

— Oui. Au cœur de Knightsbridge. La victime n'est autre que Hugo Fletcher. Il est mort. Manifestement. Selon les premiers agents sur place ça pourrait être un meurtre, mais ce n'est pas sûr. C'est tout ce que je sais pour le moment. »

Becky fit une embardée pour éviter un taxi avant de klaxonner violemment. Le type lui adressa un doigt d'honneur. Elle murmura quelque chose sur ces « foutus taxis » et Tom ne put s'empêcher d'éprouver de la compassion à l'égard du chauffeur.

Cependant, désireux d'arriver en un seul morceau, il garda ses réflexions pour lui. Hugo Fletcher. Pas mal pour sa première affaire londonienne. Il connaissait les grandes lignes de l'existence de la victime – comme tout le monde, d'ailleurs. Les médias s'en délectaient, on le prenait pour un demi-dieu. Mais concernant sa vie privée, il n'en savait au fond que très peu. Il se souvenait d'une épouse que Hugo Fletcher avait fièrement – mais de manière un peu douteuse à son goût – présentée comme son « âme sœur » quelques années auparavant. Puis des rumeurs avaient commencé à circuler sur le compte de cette fameuse épouse et à présent elle semblait avoir complètement quitté le devant de la scène.

Merde. L'enquête allait être très médiatisée et il faudrait se taper toutes les questions stupides des journalistes. On lui demandait souvent où il trouvait le courage d'annoncer les pires nouvelles aux familles, il répondait que lui, au moins, pouvait compatir à leur douleur. Il ne collait pas un micro sous le nez de gens en deuil pour leur demander ce qu'ils ressentaient.

Les embouteillages avaient forcé Becky à ralentir, le moment idéal pour lui poser encore quelques questions.

« Qui a découvert le corps ?

— La femme de ménage. Elle nous attend là-bas. Elle est complètement bouleversée. Le commissaire Sinclair est à un mariage à Bath, on a envoyé une voiture le chercher pour l'emmener ensuite directement sur la scène de crime. Il m'a demandé de jouer les officiers de liaison avec la famille à cause de l'exposition médiatique. Je l'ai fait des milliers de fois avant de monter en grade, ça me va.

— On a réussi à contacter les proches ?

— Je ne crois pas. On l'a trouvé dans la maison de Knightsbridge qu'il occupe normalement pendant la semaine, mais sa demeure familiale est dans l'Oxfordshire. La police locale a été envoyée sur place mais il n'y avait personne. Il avait une fille d'un premier mariage, c'est tout ce qu'on a pour le moment. On enverra un agent chez son ex-femme dès qu'on en saura plus sur l'actuelle. Il vaut mieux faire les choses dans cet ordre, non ? »

Becky aperçut un trou dans le trafic et slaloma entre les voitures, pied au plancher, avant de freiner à nouveau. Il n'y avait que douze kilomètres entre l'appartement de Tom et la demeure de Hugo Fletcher à Egerton Crescent, mais même en ce début d'après-midi la circulation londonienne était cauchemardesque.

« Monsieur, je vais mettre la sirène si ça vous embête pas. Il faut qu'on se dépêche. »

Becky coinça ses cheveux derrière ses oreilles et appuya sur un bouton du tableau de bord. En une seconde, leur modeste berline se fraya un passage, sirène hurlante, au milieu des conducteurs du week-end.

Dans le but de préserver sa santé mentale et physique, Tom se garda de tout commentaire, mais en vérité, il était plutôt impressionné. La conduite nerveuse de Becky lui permettait de ne rater aucune occasion de se glisser dans le moindre espace entre deux véhicules, et de déboîter dès que le plus étroit créneau se présentait. Sur son visage se lisaient concentration et détermination.

Malgré ses efforts, il leur fallut une bonne quinzaine de minutes pour arriver sur la scène de crime et celle-ci était déjà bouclée. Tom observa la rue où étaient alignées d'élégantes maisons blanches, aux façades parées de haies taillées et de lauriers. Cette famille n'avait manifestement pas de problèmes d'argent – mais de toute évidence, l'argent et le succès ne vous protégeaient pas d'une mort prématurée.

La foule agglutinée dans la rue et les appareils photo prêts à l'action lui en imposaient moins que le luxe des lieux.

« Eh merde. Becky, si l'épouse n'a pas encore été mise au courant il faut absolument stopper ça. Parlez-leur, d'accord ? Je ne suis pas en état de gérer le truc. »

Tom se dirigea droit vers la porte d'entrée avant qu'on ait le temps de lui poser la moindre question.

« Dernier étage, monsieur », l'informa le jeune agent à la porte tandis que Tom se débattait avec la tenue de protection qu'il devait enfiler. Il monta l'escalier non sans remarquer la somptuosité de l'endroit. Ces derniers mois, le luxe lui était devenu moins étranger – mais cette demeure témoignait d'une fortune ancienne et familiale, détail qui, pour le coup, lui était totalement inconnu.

Il s'arrêta à la porte de la chambre. L'équipe de la police scientifique venait de terminer son travail et s'apprêtait à quitter les lieux. Près du lit, le médecin légiste faisait ses trucs habituels. La pièce était claire et spacieuse, mais étrangement, seule la moquette semblait avoir quelque chose à voir avec le vingt et unième siècle. Le grand lit à colonnes aurait été plus à sa place dans une vieille maison de campagne, et les lourds meubles de bois sombre rendaient l'endroit oppressant. Enfin, le cadavre sur le lit ne faisait rien pour détendre l'atmosphère.

Il nota la présence de deux flûtes de champagne, sans bulles. Les empreintes avaient été relevées. Les dernières traces de condensation sur le seau suggéraient que la glace n'avait pas fondu depuis très longtemps.

Il y avait quelque chose de tragique dans ce décor. Une célébration, ou un rendez-vous galant, s'était terminée avec un cadavre et un défilé ininterrompu d'hommes en combinaison de protection blanche. Tom s'imagina la scène : verres levés pour porter un toast ; sourire intime plein de promesses ;

un baiser, peut-être. Alors qu'est-ce qui avait dérapé ?

Un jeune technicien pâlichon et boutonneux leva la tête en remontant ses lunettes sur son nez.

« Pas grand-chose à se mettre sous la dent, monsieur. On a des empreintes, mais on ne peut les comparer qu'avec celles de la victime. La seule chose intéressante c'est un très long cheveu qu'on a trouvé dans la salle de bains. Un cheveu roux – je ne sais pas s'il y a un lien. On va l'analyser. Avec un peu de chance, il y aura encore la racine dessus. Et puis il y a le couteau. »

Perplexe, Tom se tourna vers le lit.

« Étant donné l'absence manifeste de sang, peut-on en conclure qu'il n'a pas été poignardé ?

— En effet. Ce qui rend la présence du couteau un peu bizarre. Il était sur la table de nuit, juste à côté de lui. Pas de trace de sang, pas d'empreintes. Il vient d'un ensemble de couteaux dans la cuisine. Je crois que c'est ce qu'on appelle un couteau à désosser, extrêmement coupant – en fait, il a l'air d'avoir été aiguisé récemment.

— À quoi il aurait pu servir, selon vous ?

— Aucune idée. Mais on va l'analyser quand même, on verra bien. »

Tom adressa un signe de tête à l'autre technicien, adossé tranquillement contre le mur.

« Merci, les gars. Je suppose que vous avez pris les empreintes de la femme de ménage ?

— Oui. En revanche, elle est dans un drôle d'état. On vous laisse lui demander qui a accès à cette pièce d'habitude, pour pouvoir éliminer leurs empreintes. »

Il ferma son sac de matériel avec un claquement définitif.

« Bon, nous on a fini. Plus qu'à emballer les foulards quand vous voulez, puis on y va. »

Tom se retourna vers le lit où un très gros homme à lunettes en demi-lune était penché au-dessus du cadavre dont les bras et les jambes étaient attachés aux quatre coins du lit par des foulards bordeaux. Il était bâillonné, nu, et en très bonne forme physique pour quelqu'un de l'âge de Hugo Fletcher. D'abord le champagne, puis du bondage ou quelque chose comme ça. Pourtant ça ne ressemblait pas non plus à une scène sadomaso typique.

N'ayant jamais eu le plaisir de rencontrer le médecin légiste auparavant, il se présenta. Il avait toujours bien aimé les légistes ; ils étaient tous un peu excentriques.

« Bonjour. Inspecteur principal Tom Douglas, merci d'avoir gardé la scène intacte, mais je crois qu'on peut le détacher maintenant.

— Rufus Dexter. Je ne vous serre pas la main », dit-il en levant une main gantée qui avait touché Dieu sait quoi.

Il commença à défaire les foulards avec le technicien.

« Bizarre celui-là, Tom. Il est attaché, donc acte criminel ? Probablement. Motivations sexuelles ? Les foulards le laisseraient penser. Est-ce qu'il est mort pendant l'acte ? Je ne crois pas. Cela dit, c'est possible. Rien ne prouve qu'il était en pleine action. Le pénis est propre – je dirais qu'il n'y a pas pénétration depuis sa dernière douche. Je vérifierai quand même.

— J'ai comme l'impression que c'est une femme qui a fait le coup, qu'est-ce que vous en pensez ? l'interrompit Tom.

— Hmph. Oui, je suppose. Il m'a toujours donné l'impression d'être un hétéro quand je le voyais à la télé. Vous avez entendu une quelconque rumeur à propos de ça ? Moi pas, mais tout est possible, j'imagine. Pas de trace d'une autre personne sur ou à côté de lui – homme ou femme. Le lit est intact. Je n'ai vu aucun poil sur son corps qui ne lui appartienne pas. Il est propre comme un sou neuf. »

Bizarre. Tout indiquait une partie de jambes en l'air mais on aurait dit qu'il ne s'était rien passé.

« Une idée sur la cause de la mort ?

— Rien de flagrant sur ce qui a pu lui arriver. On l'a peut-être attaché et laissé là, ce qui aurait pu causer une crise de panique et un infarctus, ou alors un empoisonnement ? On va analyser le champagne évidemment. On n'aura rien avant les résultats des tests toxicologiques et il faut encore que je l'ouvre. Pardon. »

Tom leur demanda de retourner le corps pour rechercher d'éventuelles marques de bondage. Rien sur le dos, mais les bleus laissés par les foulards sur les poignets et les chevilles indiquaient qu'il s'était débattu.

« Je sais pas si ça peut avoir une signification, annonça le jeune technicien boutonneux. Ils sont censés se tordre d'extase pendant leurs jeux. C'est comme ça qu'ils montrent que ça leur plaît. Ça veut pas forcément dire qu'il se débattait. Et puis, à un moment ou à un autre, ils font l'amour d'une façon plus… conventionnelle. »

Tom résista à la tentation de demander au technicien comment il avait acquis cette expertise sur le sujet mais, aussi fascinantes que puissent sembler ces spéculations, il était temps d'en venir aux faits. Il se tourna vers Rufus Dexter.

« Heure de la mort ?

— La femme de ménage est complètement bouleversée. Elle a attendu plus d'une heure avant d'appeler de l'aide. Trop paniquée, elle a dit. Elle a découvert le corps quinze minutes après son arrivée. Depuis combien de temps il était mort quand on a débarqué ? Trois heures grand maximum, je dirais même plutôt deux heures et demie. »

Tom profita de ce que le légiste reprenait son souffle pour s'engouffrer dans la brèche.

« Il me semble que les gars sont arrivés un peu avant quatorze heures et vous vers quatorze heures trente. Donc, l'heure de la mort se situe entre onze heures trente et midi. C'est ça ? »

Rufus acquiesça.

« Très bien, Rufus, vous pouvez emporter le corps quand vous voulez. Quand comptez-vous commencer l'autopsie ?

— Demain matin. Je préfère faire ça tôt. La presse va vouloir des réponses. Et le Premier ministre aussi, c'est sûr, vu l'identité de notre client ! Huit heures, ça vous va ? »

Tom sentit un frisson lui parcourir le dos en pensant au coup de téléphone qu'il allait devoir passer.

« Faisons comme ça. Je vais demander au commissaire Sinclair s'il veut assister à l'autopsie. Je crois qu'il vient d'arriver, d'ailleurs. »

La voix tranquille mais autoritaire du commissaire James Sinclair résonnait dans l'escalier. Ses ordres avaient l'apparence de suggestions, mais des suggestions que personne ne se serait avisé de rejeter. Son étrange visage anguleux lui avait valu le surnom d'Isaiah. À sa grande honte, Tom avait eu du mal à saisir la référence avant qu'on la lui explique, mais, quoi qu'il arrive, on parlait toujours de cet homme avec affection. Tom avait un respect infini pour lui et même s'il ne le connaissait pas depuis longtemps, il avait été sincèrement ravi d'être choisi pour devenir son adjoint. Il avait d'autres raisons de déménager à Londres, certes, mais travailler pour James Sinclair était le superbonus. On avait fait venir les services des pompes funèbres pour emporter le corps et il en profita pour jeter un dernier coup d'œil à l'endroit. Quelque chose clochait dans cette chambre. Aucune touche féminine. Il n'avait jamais vu de chambre de femme sans flacons de parfum, ou produits de maquillage, ou pots de crème pour le visage. Mais ici, rien de tout ça. Rien que des costumes élégants dans l'armoire, idem dans la commode. Des chemises sorties tout droit du pressing parfaitement pliées, et des sous-vêtements d'homme.

Tom retourna jeter un œil dans le couloir et à la deuxième chambre. Aussi impersonnelle que la première, avec le même mobilier. La commode était complètement vide et seule l'armoire dans laquelle se trouvaient quelques housses contenant des robes de soirée mais aucun vêtement de tous les jours, indiquait l'existence d'un membre féminin dans la famille. Il était clair que seul Hugo Fletcher utilisait cet appartement et seulement pendant la semaine. Même quelqu'un d'aussi éminemment important que lui ne passerait pas le week-end en costume. Son épouse, quant à elle, ne devait venir ici qu'en de rares occasions.

Plongé dans ses pensées, Tom descendit retrouver le commissaire en pleine discussion avec Becky Robinson.

« Becky, on n'a rien pu tirer de la femme de ménage, elle ne fait que répéter combien elle a été gênée d'avoir vu la victime "à poil" comme elle dit. Vous pourriez tenter votre chance ? Vous plus que quiconque savez à quel point c'est important – et que le temps nous est compté.

— Bien monsieur, je vais voir ce que je peux faire. »

Becky, qui semblait avoir déjà repéré les lieux, se dirigea vers l'escalier menant au sous-sol.

Tom jeta un coup d'œil rapide autour de lui. Il n'avait pas vraiment fait attention à ce qui l'entourait en entrant, et il s'apercevait à présent que le rez-de-chaussée abritait en grande partie des beaux bureaux, qui ressemblaient plus à des études élégantes qu'à des lieux de travail, tandis que les deux étages au-dessus étaient des pièces à vivre.

Maintenant qu'il était seul avec lui, Tom se tourna vers son chef et lui raconta son entrevue avec le légiste. James Sinclair l'écouta sans faire le moindre commentaire.

« Comment expliquez-vous la présence de ce couteau, Tom ? Il aurait servi à le libérer si son cœur ne l'avait pas lâché ?

— C'est possible, on en saura plus après l'autopsie. Les nœuds étaient bien serrés, mais pas au point d'avoir besoin d'un couteau pour s'en débarrasser. Je vais faire analyser les foulards et voir si on peut trouver une personne assez bête pour acheter les cinq dans le même magasin avec une carte de crédit, mais ça m'étonnerait un peu. Manifestement, il connaissait celui ou celle qui était avec lui ; pas de traces d'effraction, et puis le champagne montre que c'était un rendez-vous. Il faudra vérifier que rien n'a été volé, mais la maison ne semble pas avoir été fouillée.

— Inutile de vous dire que tout le monde va avoir les yeux braqués sur vous. Mais rien de tel qu'une affaire bien médiatisée pour tester votre savoir-faire, n'est-ce pas, Tom ? »

Dans le couloir, Tom remarqua une série de photographies encadrées. La plupart représentaient la victime en compagnie de diverses personnalités politiques et de plusieurs autres philanthropes célèbres. D'une certaine façon, ça semblait bizarre de relier cet homme souriant en costume de soirée impeccable avec le corps nu, attaché et bâillonné sur le lit.

James Sinclair suivit le regard de Tom.

« Ce bon vieux Hugo était peut-être apprécié du grand public et des médias, mais il lui est arrivé de froisser pas mal de gens en son temps, vous savez, et, pour tout dire, ça m'étonne que personne ne s'en soit pris sérieusement à lui jusqu'à maintenant. Il me semble qu'il avait des gardes du corps. Où étaient-ils, d'ailleurs ?

— L'endroit est très bien protégé. Il devait se croire en sécurité ici, et il n'avait peut-être pas envie que ses gardes du corps sachent ce qu'il s'apprêtait à faire. On va les interroger. Je vais aller voir si Becky avance. Avec tous ces vautours dehors je ne suis pas certain qu'on puisse garder tout ça pour nous encore bien longtemps. »

Au sous-sol, Becky était assise sur un canapé dans une très confortable salle de repos. Elle tenait la main de la femme de ménage. Tom ne doutait pas que la détresse de cette femme fût sincère, mais elle semblait vouloir profiter de son quart d'heure de gloire. Un agent lui faisait une tasse de thé dans la cuisine adjacente et un petit verre de cognac était posé sur la table basse devant elle.

Elle portait encore son manteau et un chapeau de laine marron tricoté, à la forme assez étrange. Il lui aurait donné une soixantaine d'années. Becky lui parlait doucement. Il décida de la laisser faire.

« Beryl, vous nous avez beaucoup aidés. Je sais que ç'a été un choc terrible pour vous. Mais nous avons absolument besoin de joindre lady Fletcher. Auriez-vous une idée de l'endroit où elle se trouve ? »

Le titre surprit Tom une fraction de seconde. Il avait oublié que Hugo Fletcher avait été anobli pour sa fondation caritative. Il ne s'intéressait pas tellement à ce genre de choses.

« Et la pauvre petite Alexa. Elle aimait tellement son père, vous savez.

— Beryl, sans vouloir insister – nous ne pouvons pas en parler à Alexa avant de l'avoir annoncé à la nouvelle lady Fletcher. »

Le joli visage de Becky commençait à virer au rouge, de frustration, pensa Tom.

« Vous devriez demander à Rosie – elle saura où elle est.

— Qui est Rosie ? demanda Becky avec une pointe de désespoir.

— Rosie Dixon, c'est l'une des secrétaires de sir Hugo, elle s'occupe de son emploi du temps et de ce genre de choses. Son numéro est dans le carnet rouge du bureau. Essayez d'abord sur son portable, parce que telle que je la connais, elle doit être en train de faire du shopping à Harvey Nichols. Elle passe la moitié de son temps là-bas, d'après ce que j'en sais. Je ne comprendrai jamais comment il peut tolérer ça. »

Le visage de Beryl s'affaissa en se rendant compte qu'elle avait parlé au présent.

Mais il n'était plus temps de la réconforter et Tom remonta l'escalier en hâte jusqu'au bureau principal, suivi de Becky qui laissa Beryl aux bons soins de l'autre agent.

« J'ai le numéro de Rosie Dixon, dit-il un instant plus tard. Becky, pouvez-vous l'appeler et la faire venir le plus vite possible ? Et demandez-lui si elle sait où on peut joindre Laura Fletcher de toute urgence. »

Dans l'entrée, le commissaire parlait au policier arrivé le premier sur les lieux. Un cri retentit dans le bureau.

« Monsieur, Rosie arrive ! fit Becky, sortant en trombe, un papier à la main. Elle m'a aussi dit que l'avion qui ramène lady Fletcher de sa résidence italienne va atterrir à l'aéroport de Stansted d'une minute à l'autre. »

Tom prit quelques secondes pour communiquer ces informations au commissaire Sinclair puis rejoignit Becky.

« On va aller la chercher et lui annoncer la nouvelle avant qu'elle l'apprenne par la presse. »

2

Becky faisait de son mieux pour atteindre l'autoroute M11 le plus vite possible. Elle se concentrait sur la route pour occulter la conversation compliquée que semblait avoir son chef au téléphone, mais c'était peine perdue. Surtout qu'elle entendait la voix stridente d'une femme très en colère à l'autre bout du fil.

La conversation se termina brusquement et l'inspecteur principal Douglas s'enfonça dans son siège en soufflant. Pour la première fois, Becky se rendait compte de son air triste, et des gros cernes sous ses yeux. Elle eut envie de lui attraper la main pour le rassurer. Ridicule. Elle se reprit, se demandant comment briser le silence quand il lui sauva la mise.

« Je suis désolé, Becky. J'aurais préféré que vous n'ayez pas à entendre ça.

— Pas de problème, monsieur. C'est moi qui suis désolée pour vous.

— Étant donné les circonstances, je pense qu'on peut se passer des formalités. Quand nous sommes tous les deux, appelez-moi Tom. Après tout, vous venez d'entendre mon ex-femme m'engueuler et m'expliquer que je suis encore plus salaud que je le croyais.

— Ça c'est un truc d'ex-femme, monsieur – pardon, Tom. Ma mère passait son temps à hurler sur mon père. »

Tom esquissa un sourire.

« Je comprends qu'elle soit en rogne, pour être honnête. J'étais censé prendre ma fille aujourd'hui. Elle devait passer la nuit chez moi pour la première fois depuis mon emménagement à Londres. On attendait ça avec impatience.

— Je suis sûre que votre fille comprendra.

— Lucy n'a que cinq ans. Tout ce qu'elle comprend c'est que son père ne peut pas s'occuper d'elle comme il l'avait promis. Vous pensez vraiment que sa mère va lui expliquer pourquoi ? »

Tom regarda par la vitre, sans attendre de réponse. Après un court silence il se retourna vers Becky, un pauvre sourire aux lèvres.

« Bon, revenons à nos moutons. Avant le savon de mon ex, j'ai transmis les détails du vol de lady Fletcher à Ajay, au bureau. Il doit contacter la compagnie aérienne et demander à l'un des employés d'emmener Laura Fletcher dans un endroit tranquille quand son avion aura atterri.

— Vous savez qu'elle est sur un vol low cost, n'est-ce pas ? »

Tom n'avait manifestement pas conscience de la pertinence de la remarque. Elle s'expliqua :

« Les sièges ne sont pas réservés – c'est comme dans un bus. Vous montez et vous vous asseyez où vous pouvez. Et l'avion sera rempli d'Italiens, qui ne sont pas précisément connus pour leur discipline dans les files d'attente, je ne crois pas que ce soit l'éclate pour quelqu'un du statut social de Laura Fletcher !

— C'est pas vrai ? Pourquoi Laura Fletcher voyage-t-elle sur une compagnie low cost ?

— Vous lui poserez la question. Vu les millions de son mari j'aurais cru qu'ils posséderaient leur propre jet, ou quelque chose comme ça.

— Étonnant, c'est sûr, mais ça n'a pas tellement de rapport avec notre enquête. Vous avez pu tirer quelque chose de la femme de ménage ?

— Pas vraiment, à part qu'elle n'aurait pas dû se trouver à Egerton Crescent ce jour-là. Elle ne travaille pas le samedi, mais elle avait oublié son sac la veille. Elle a dit que, normalement, elle ne serait pas montée à l'étage, mais elle s'est aperçue que l'alarme avait été coupée et elle a pensé que sir Hugo était là. Elle voulait lui expliquer la raison de sa présence. Elle était tellement terrifiée en découvrant le corps qu'elle s'est enfermée dans la salle de repos pendant près d'une heure, au cas où le tueur était encore dans la maison.

— Je l'ai entendue parler d'Alexa. C'est la fille de sir Hugo ?

— Tout juste. Elle vit avec l'ex-femme. »

Becky s'apprêtait à lancer une remarque cinglante à propos des ex-femmes quand son portable sonna.

« Robinson. »

Rien.

« Robinson », répéta-t-elle.

Irritée, elle retira son oreillette et la balança sur le siège arrière.

« Foutu Bluetooth. Ça marche jamais quand on en a besoin. Quand ils rappelleront je mettrai le haut-parleur, si ça vous dérange pas. »

Presque immédiatement le portable sonna à nouveau et Becky enclencha le haut-parleur.

« Robinson.

— Ouais, Bex, enfin ! C'est Ajay. T'es avec P'tit Cœur ? »

Tom la regarda, l'air perplexe. Becky grimaça.

« Oui, Ajay.

— Vaut mieux que tu mettes le haut-parleur pour qu'il entende aussi.

— Excellente idée, Ajay – juste un poil trop tard.

— Et merde ! Pardon, monsieur. »

Ajay préféra continuer, l'air de rien.

« J'ai pensé que vous aimeriez savoir que Laura Fletcher est bien sur le vol, et a fait enregistrer un bagage. Ils feront une annonce juste avant l'atterrissage et ils vous appelleront pour que vous veniez la chercher. »

Une fois la conversation terminée, Becky jeta un regard inquiet à Tom.

« Oups ! »

Elle se sentit rougir ; quel abruti cet Ajay. Ils donnaient des surnoms à tous leurs supérieurs, mais, d'habitude, ils faisaient gaffe à garder ça pour eux.

« Vous comptez m'expliquer, Becky ? »

Becky grogna.

« Bon, c'est toujours à moi de faire le sale boulot. Dès que je revois Ajay, je le tue. Voilà… quand vous êtes venu passer votre entretien,

Florence, au bureau, a dit que vous étiez mignon comme un cœur. Quand vous avez eu le poste vous êtes devenu le Mignon P'tit Cœur, et ça s'est raccourci en P'tit Cœur. Voilà – c'est aussi bête que ça. »

Tom ne dit rien mais, incapable de se taire, Becky continua.

« Enfin bref, Florence doit avoir quatre-vingt-dix ans et elle est myope comme une taupe !

— Ceci explique cela », fit Tom, sarcastique.

C'est vrai qu'il était plutôt pas mal, pensait Becky. Pas son genre – elle les préférait moins réservés. Un peu brut de décoffrage, pour tout dire. Mais elle ne dormirait pas dans la baignoire, et puis il était vraiment bien fichu.

« Vous devriez y jeter un coup d'œil, fit-elle pour changer de sujet. On m'a envoyé des photos par mail pendant que vous étiez près du corps, je les ai imprimées dans le bureau de la secrétaire. Les techniciens m'ont autorisée à utiliser l'ordinateur. Elles sont assez intéressantes. »

***

Tom ne connaissait pas bien Becky, mais cette dernière heure passée en sa compagnie avait été assez instructive pour tous les deux. Cependant, il ne la prenait pas pour une commère. Elle respecterait sa vie privée. Le peu qu'il avait laissé échapper.

Il ouvrit le dossier.

La première photo représentait une jeune femme pleine de vie. De longs cheveux roux ondulés tombaient en cascade sur ses épaules. Elle portait une robe de soirée en soie grise brillante, avec un grand décolleté et de larges bretelles, elle avait une silhouette fantastique. Pas maigre, mais fine avec de belles courbes. Ce fut son incroyable sourire qui le frappa. Il éclairait tout son visage, elle semblait sur le toit du monde. Becky jeta un œil.

« Laura Fletcher il y a dix ans. Elle venait de rencontrer son mari, c'était leur première apparition en public. Vous avez vu les cheveux ? J'aurais bien pensé qu'on tenait quelque chose, si elle n'avait pas été en Italie au moment des faits. »

Tom passa en revue les autres photos. Dans ce genre de cas, la femme était toujours considérée comme le suspect numéro un. Mais trop de détails ne collaient pas. Mis à part le fait qu'elle se trouvait dans un autre pays, toute la mise en scène dans la chambre, le champagne, les foulards de soie – ça ne ressemblait pas à un rendez-vous avec une épouse, surtout que tout indiquait qu'elle ne venait quasiment jamais dans cet appartement. On pensait plutôt à une maîtresse. L'épouse à l'étranger ; l'homme qui vit de son côté pendant la semaine – l'occasion parfaite pour faire venir une autre femme, pensait Tom.

La dernière photo le scotcha.

« Merde – qu'est-ce qui a bien pu se passer ?

— C'est ce que je me suis demandé, moi aussi, fit Becky. Cela dit, les autres aussi sont intéressantes. Elles ont été prises à des périodes différentes. »

Aucune des autres photos ne rendait hommage à Laura Fletcher autant que la première. Ses vêtements avaient beau être chers et de qualité, elle paraissait moins sexy de cliché en cliché. Toujours belle, mais plus maigre. Et sur la troisième photo, ses cheveux n'étaient plus roux mais bruns, et ça lui allait bien. Mais elle semblait tendue et mal à l'aise dans une robe à petites manches ballon, qui lui coupait la poitrine de manière peu flatteuse. Il se concentra sur la dernière photo.

« Vous savez quand celle-ci a été prise ?

— Il y a environ six mois, je crois. Apparemment il y a très peu de photos d'elle de ces quatre ou cinq dernières années. Elle a arrêté d'accompagner son mari aux réceptions, et elle a passé son temps à faire des allers-retours dans des maisons de repos, du genre établissements psychiatriques. Au moins deux séjours assez longs, d'après ce qu'on sait. La dernière photo a été prise par un paparazzi opportuniste qui venait rendre visite à sa mère à l'hôpital. Il n'a pas reconnu lady Fletcher, mais il a bien compris qui venait la chercher. Le véhicule de Hugo Fletcher a une plaque d'immatriculation très reconnaissable. »

La femme sur la photo aurait facilement pu avoir la cinquantaine, mais Laura Fletcher devait avoir dans les trente-cinq ans. Elle portait un pull large sur un pantalon d'au moins deux tailles trop grand et des chaussures plates. Ses cheveux, châtain terne – certainement pas roux – étaient tirés en arrière. Elle semblait pâle et sans vie. Elle avait dû tomber sacrément malade pour changer si radicalement d'apparence. C'était une image bien triste et il se demanda jusqu'à quel point la notoriété de Hugo avait été affectée par la maladie de sa femme. Il détestait devoir l'admettre, mais la théorie de la maîtresse semblait un scénario définitivement plausible.

« Est-ce qu'ils ont diagnostiqué une maladie particulière ?

— On a contacté l'hôpital, mais, bien sûr, ils se retranchent derrière le secret médical. De toute façon vous allez la rencontrer bientôt, on arrive à l'aéroport.

— Espérons que le personnel de l'avion aura fait son boulot. »

3

Laura mit son clignotant et s'engouffra dans le chemin sans éclairage qui menait à Ashbury Park ; elle freina brusquement en apercevant, nerveuse, une étrange lueur blanche qui illuminait le ciel au-dessus des arbres. Elle tourna avec prudence dans le dernier virage jusqu'aux grilles de son domicile et ce qu'elle vit l'accabla.

« Oh ! bon sang ! », murmura-t-elle.

Impossible de s'échapper. Au son de son coupé Mercedes, la horde de journalistes braqua ses appareils sur elle. La lumière crue des projecteurs des équipes de télé l'éblouit momentanément. Elle avait l'habitude des photographes, elle pouvait pratiquement palper leur excitation. Après tout, Hugo leur devait sa renommée, il les abreuvait avec dextérité de juste assez d'informations sur son travail pour réussir à se garantir leur intérêt.

Mais là, c'était différent, ils étaient déchaînés.

Il n'y avait qu'une seule route pour atteindre le manoir. Hugo avait insisté pour que les grilles électriques ne s'ouvrent qu'à l'aide d'un code et non d'une télécommande. Ainsi il pouvait le changer régulièrement, tandis que les télécommandes se perdaient ou même se vendaient au plus offrant.

Quand elle s'arrêta, elle ne put rien faire pour empêcher les flashes impitoyables des appareils de la mettre au supplice. Elle baissa la vitre pour taper le code d'entrée sous les cris frénétiques des journalistes qui tentaient de prendre le meilleur cliché.

« Lady Fletcher, par ici !

— Lady Fletcher, on vous a appris la nouvelle ?

— Laura, avez-vous quelque chose à déclarer ? »

Comme si l'appeler par son prénom allait la rendre plus conciliante. Mais personne ne lui avait fait part d'une nouvelle quelconque. Ça voulait tout dire.

Une multitude d'appareils saisirent son expression de désespoir comme elle relevait la vitre. Cette image allait faire de nombreuses unes demain matin.

Elle engagea la voiture aussi vite que possible dans l'allée bordée d'arbustes jusque chez elle. Elle avait presque la nausée. La police l'attendait à l'intérieur. Pour des raisons de sécurité, on leur avait communiqué le code de la grille, ils étaient certainement déjà là. Qu'allait-on lui demander ? Cela faisait bien longtemps qu'elle n'était plus capable de réactions spontanées.

Cependant, elle fut surprise de n'apercevoir qu'un seul policier qui semblait monter la garde à la porte d'Ashbury Park. Il paraissait tout petit devant les imposantes portes noires. L'agent paraissait sur ses gardes, mal à l'aise, et il parlait dans sa radio. Apparemment, il ne s'attendait pas à devoir l'accueillir lui-même.

Elle stoppa la voiture devant le perron. Le policier rangea sa radio dans son étui et se précipita pour lui ouvrir la portière, mais trop tard.

« Lady Fletcher ? Je suis désolé, madame, on ne vous attendait pas si tôt. Mes supérieurs sont en route. Ils sont allés vous chercher à Stansted... »

Elle l'interrompit d'une voix tremblante de tension.

« Ne vous inquiétez pas, monsieur l'agent. Dites-moi seulement ce qui s'est passé.

— Nous avons essayé de tenir à distance ces animaux à la grille, madame. On a interdit les communiqués de presse jusqu'à ce que vous soyez informée. Ils ne vous ont rien dit, n'est-ce pas ?

— Juste assez pour que je comprenne que c'est sérieux. Dites-moi.

— Vous ne pensez pas qu'on devrait rentrer et attendre mes supérieurs, madame ? »

Laura n'avait qu'une envie : passer ce mauvais moment pour se retrouver rapidement toute seule. Elle essaya de contrôler la montée de panique.

« C'est mon mari, n'est-ce pas ? Sinon il m'aurait appelée. La réalité ne peut pas être pire que ce que j'imagine, pour l'amour du ciel, dites-moi ce qui se passe. Je vous en prie. »

Le jeune agent prit une profonde inspiration.

« Tout ce que je sais, madame, et je suis vraiment désolé d'avoir à vous l'apprendre, c'est qu'on a retrouvé votre mari mort dans votre maison de Londres plus tôt dans la journée. Ce doit être terrible d'apprendre une chose pareille. Voulez-vous rentrer ? Ce serait sans doute mieux. »

Incapable d'ouvrir la bouche, elle le regarda pendant un instant, puis tourna le dos et se dirigea vers la maison sans un mot. Ce n'était pas la faute de ce jeune homme, mais elle voulait être seule quand le contrecoup de cette nouvelle lui tomberait dessus. Elle gravit les marches du perron, une à une, comme si ses jambes savaient ce qu'elles avaient à faire malgré le néant qui envahissait son esprit. Elle se sentait flotter hors de son corps, elle regardait une pièce se jouer – et une mauvaise, par-dessus le marché. Le policier n'avait pas su quoi dire et elle n'avait pas su quoi faire, ni quel comportement adopter. Elle réussit tant bien que mal à retenir un hurlement. Ce n'était pas le moment de flancher.

Elle ouvrait la porte quand le bourdonnement d'un hélicoptère se fit entendre et la lumière d'un énorme projecteur inonda la cour, les éclairant elle et le malheureux policier. Le charme était rompu.

Soulagée d'échapper aux objectifs pénétrants de l'équipe de télé aérienne, elle claqua la porte derrière elle, s'y adossa et se laissa aller à pleurer. Les larmes coulaient sans interruption sur ses joues mais aucun son ne sortait de sa bouche. Lentement, elle s'écroula sur la pierre glaciale. Recroquevillée par terre, elle essayait désespérément de ne pas tomber en morceaux.

Dans son esprit défilaient des images de Hugo lors de leur première rencontre. Sa beauté et son assurance. Elle, elle était vive comme un papillon, voletant à travers la vie sans aucun souci, elle adorait son boulot, sa famille et ses amis. Comment cela avait-il pu se terminer ainsi ?

Ses larmes silencieuses se transformèrent en longs sanglots déchirés de regrets. Quinze minutes plus tard, elle n'avait pas bougé quand elle entendit une voiture remonter l'allée à toute allure. La portière s'ouvrit quasiment avant l'arrêt. Des voix étouffées retentirent. Elle sortit précipitamment un mouchoir détrempé de sa manche, habitude dont elle n'avait jamais pu se débarrasser malgré les reproches de Hugo qui la trouvait vulgaire – et essuya ses larmes. Elle se releva en tremblant et ouvrit la porte sans attendre la sonnette.

Devant elle se tenait un homme qui devait avoir la quarantaine, en blouson de cuir, jean et tee-shirt noir. Elle nota distraitement qu'il était grand, que ses cheveux étaient châtain clair et mal coiffés. Elle n'avait aucune idée de ce à quoi pouvait ressembler un inspecteur de police, mais elle ne s'attendait certainement pas à ça.

Après avoir garé la voiture, une jeune femme brune en tailleur noir classique traversa rapidement l'allée.

Dans l'embrasure de la porte, Laura se sentit vaciller. Le policier sauta les dernières marches pour la rattraper par le bras doucement, mais fermement.

« Allons nous asseoir, lady Fletcher. »

Il adressa un signe de tête à sa collègue qui les dépassa pour disparaître dans le couloir.

« Je suis vraiment désolée, dit Laura. Je ne suis pas si pathétique d'habitude. Ça ira mieux dans un instant.

— Vous n'êtes pas pathétique. Vous avez reçu un choc terrible. »

Son accent du nord de l'Angleterre soulagea un peu Laura. Cela faisait des millions d'années qu'elle n'avait pas entendu quelqu'un parler ainsi. Souvenir d'une vie insouciante.

Le policier – qui devait avoir peur qu'elle ne tourne de l'œil – toujours à son bras, elle s'engouffra dans le couloir dallé jusqu'au grand salon. Cette pièce n'avait jamais été sa préférée, à cause des boiseries lugubres et des meubles ternes, mais il lui semblait qu'elle était appropriée à la situation. La jeune policière avait manifestement trouvé la cuisine et lui apportait un verre d'eau.

L'inspecteur guida Laura jusqu'à un canapé et posa le verre à ses côtés. Elle était frigorifiée, mais même si le feu dans la cheminée ne demandait qu'à être allumé, elle n'avait aucune envie de faire cet effort.

« Lady Fletcher, je suis l'inspecteur principal Tom Douglas et voici le sergent Becky Robinson, de la police de Londres. Le commissaire Sinclair sera là dans dix minutes. »

Les deux policiers s'assirent sur un canapé en face d'elle et Tom Douglas prit une profonde inspiration, visiblement mal à l'aise.

« Je suis sincèrement désolé de ne pas avoir été présent à votre arrivée, et que vous ayez dû affronter la presse. »

Les yeux fermés, Laura se mordit la lèvre supérieure pour l'empêcher de trembler. Elle baissa la tête, tentant vainement de dissimuler son émotion. Le mouchoir qu'elle tenait serré dans sa main tombait à présent en lambeaux sur ses genoux, et maintenant son nez commençait à couler. Elle tenta de s'essuyer le visage. La jeune policière prévenante lui déposa un mouchoir propre dans la main. Elle voulut la remercier mais il lui était impossible de lever les yeux, ou de parler. Elle se contenta de porter le mouchoir à son visage.

Elle essaya de se concentrer sur ce que disait l'inspecteur principal.

« Des agents ont été appelés à l'appartement d'Egerton Crescent vers quatorze heures par Mme Beryl Stubbs, qui avait découvert le corps de votre mari une heure plus tôt.

— Beryl ? Qu'est-ce qu'elle fichait là-bas un samedi après-midi ?

— Elle était venue récupérer le sac à main qu'elle avait oublié la veille », répondit le sergent.

Un coup de sonnette strident rompit le silence de la maison.

« J'y vais », dit Becky.

Laura sentait le regard de l'inspecteur principal sur elle, mais elle ne dit rien. Même lorsque le sergent et le commissaire entrèrent dans le salon, elle fut incapable de prononcer un seul mot. Elle se contenta d'adresser un regard fuyant au nouvel arrivant avant de le baisser sur ses mains qui agrippaient toujours la petite boule de mouchoir détrempée.

« Lady Fletcher, je m'appelle James Sinclair. Veuillez excuser mon retard. Permettez-moi de vous présenter mes sincères condoléances. Votre époux était un homme remarquable, très aimé dans le pays et de par le monde. »

À ces mots, elle tressaillit.

« Je suis également désolé de vous apprendre qu'à la minute où j'ai passé les grilles, la presse a compris de quoi il retournait. Étant donné le statut de votre époux, j'ai bien peur que nous ayons le droit à une couverture médiatique importante. Nous allons informer la première femme de sir Hugo, mais y a-t-il quelqu'un d'autre que vous aimeriez que nous prévenions pour vous ? »

Elle devait répondre, mais les mots ne venaient pas. Elle ne put que secouer la tête.

« Je suis au regret de vous annoncer que nous allons être contraints de vous poser quelques questions délicates et douloureuses. »

Le commissaire se tut et regarda ses collègues.

« Nous ne savons toujours pas avec exactitude comment est mort votre mari, c'est pourquoi nous devons considérer son décès comme suspect pour l'instant. Nous allons procéder à une autopsie, mais tout porte à croire qu'il s'agit d'un acte criminel. Vous savez certainement que, plus vite nous agirons, meilleures seront les chances de découvrir l'auteur de ce crime monstrueux. »

Laura essayait tant bien que mal de se contenir. Les deux autres policiers avaient reporté toute leur attention sur leur chef.

Soudain, une policière en uniforme entra avec un plateau. À son grand soulagement, la conversation s'interrompit le temps de servir le thé. Il lui fallait retenir les bribes de sang-froid qui lui restaient jusqu'à ce que tout le monde soit parti. Au moins, elle avait cessé de trembler.

« Je suis désolé, lady Fletcher, continua James Sinclair, nous avons aussi besoin que vous identifiiez le corps. Ce n'est qu'une formalité, mais elle doit être accomplie. L'autopsie aura lieu demain matin. Je préférerais que vous le voyiez avant, cependant cela implique que veniez demain à la première heure.

—Je ne dors pas beaucoup, commissaire. Dites-moi simplement où et quand. »

Elle se sentit défaillir. Le stress l'épuisait. Si seulement ils pouvaient tous s'en aller.

« Nous pouvons vous envoyer une voiture vers six heures et demie si ce n'est pas trop tôt pour vous. Après l'identification, nous aimerions que vous nous parliez de votre mari. Nous pensons que, s'il a été assassiné, c'est par quelqu'un qu'il connaissait. Je suis certain que vous pourrez nous aider.

—Je ferai de mon mieux.

—Savez-vous si votre époux avait reçu des menaces, ou si quelqu'un lui gardait une rancune sérieuse ?

—Personne. Enfin, personne qui me vienne à l'esprit. Avec son travail, il y avait toujours un risque – mais il ne m'a jamais rien raconté de particulier. Je suis désolée.

—Essayez d'y penser ce soir, peut-être qu'il vous viendra quelque chose. »

Quand le commissaire reprit la parole, sa voix s'était adoucie.

« Je suis vraiment désolé de vous demander ça, mais j'y suis obligé. Pensez-vous que votre mari ait pu avoir des relations avec d'autres femmes ? »

Un frisson lui parcourut l'échine. Elle hésita une fraction de seconde avant de lever les yeux.

« Je ne sais pas. Excusez-moi, répéta-t-elle, comme dans un soupir.

— Voulez-vous que nous appelions quelqu'un qui vous tiendra compagnie, lady Fletcher ? demanda la femme sergent.

— Non, merci. Je préfère vraiment rester seule. »

Elle jeta un coup d'œil inquiet vers la fenêtre aux rideaux toujours ouverts.

« Mais si ce n'est pas trop vous demander, est-ce que quelqu'un pourrait sortir ma valise du coffre de ma voiture, s'il vous plaît ? Je n'ai pas très envie de sortir avec cet hélicoptère qui rôde.

— J'y vais », fit la femme sergent.

Laura comprit vaguement que le commissaire lui demandait si elle voulait qu'on appelle un médecin, mais elle cessa de faire attention à la conversation, elle était ailleurs, dans une autre époque. Le son des voix résonnait dans sa tête mais elle ne saisissait plus le sens des mots.

Le soulagement l'envahit quand le sergent reparut avec la petite valise.

« Excusez-moi, lady Fletcher, il y a une dame qui demande à vous voir. L'agent de garde l'a laissée passer parce qu'elle dit être une de vos proches. Dois-je la laisser entrer ? »

La porte s'ouvrit avant qu'elle ait eu le temps de rassembler ses esprits. Une jeune femme svelte se tenait dans l'embrasure, ses longs cheveux blond vénitien brillaient à la lueur du lustre derrière elle.

«Laura, je viens de l'apprendre. Je suis tellement désolée. Il fallait que je vienne. Je ne pouvais pas te laisser affronter ça toute seule.»

Le très léger, mais très reconnaissable, accent nord-américain était bien la dernière chose qu'elle s'attendait à entendre.

Paniquée, elle se leva d'un bond, incapable de se contrôler une seconde de plus.

«Qu'est-ce que tu fous là, toi?»

4

Quelques minutes après l'apparition de l'indésirable, les trois inspecteurs se frayaient un chemin avec la voiture de Becky à travers la horde de plus en plus nombreuse des journalistes. Le commissaire avait renvoyé son chauffeur et depuis, pas un mot n'avait été prononcé. Un gros plan de trois officiers de police visiblement agités au journal du soir ne provoquerait que d'inutiles spéculations, ils devaient donc rester impassibles jusqu'à avoir dépassé la foule. Becky parla la première.

« Il n'y a que moi qui trouve ça totalement bizarre ? D'abord elle prononce à peine un mot – et tout d'un coup elle explose. Elle était visiblement ravie de nous voir partir quand sa belle-sœur a débarqué. »

Elle avait raison. La détresse de Laura semblait sincère, et puis, soudain, elle les avait pratiquement mis à la porte. Elle avait brusquement rejeté la proposition de Becky de rester pour la nuit, ce qui l'avait vexée. Elle aimerait sans doute être une petite souris en ce moment même.

« Tom, c'est vous l'expert en comportement. Vos premières impressions sur lady Fletcher ? »

L'œil acéré de James Sinclair se tourna vers un Tom perdu dans ses pensées à l'arrière de la voiture. Il ne pensait qu'à la fragilité de Laura lorsqu'il l'avait empêchée de s'écrouler. Il s'efforça de rejouer la scène qui s'était déroulée au salon.

« Elle n'est pas facile à déchiffrer. Affligée, sans aucun doute. Elle avait l'air de consacrer toute son énergie à se maîtriser ; au point de paraître presque détachée, comme si rien de tout cela n'était réel. Sauf, bien sûr, quand la belle-sœur a débarqué. Ça c'était bien réel pour elle.

— Oui, cette femme... quel est son nom déjà, Becky ?

— Imogen Kennedy, monsieur.

— Merci. Comme Imogen a été mariée au frère de lady Fletcher, il peut y avoir tout un tas de raisons à cette réaction – querelle familiale, peut-être. En tout cas ça vaut le coup de creuser. Vu le niveau d'hostilité, il pourrait bien y avoir plus que ça. Qu'en pensez-vous Becky ? demanda James.

— Lady Fletcher a l'air de quelqu'un qui a laissé tomber la vie. Contrairement à sa très attirante belle-sœur. »

Les observations sans détour de Becky étaient tristement perspicaces, pensait Tom. Laura Fletcher portait une jupe à motifs cachemire dans les tons violets, froncée à la taille, sans aucun charme, et un pull à col rond et manches courtes d'un beige délavé. Elle avait les cheveux attachés en queue-de-cheval et, bien sûr, son teint blafard, à juste titre rougi par les larmes, ne la mettait pas en valeur. Imogen Kennedy, quant à elle, était apparue l'air totalement immaculé, bien que loin d'être la bienvenue. Un sacré contraste.

«J'aurais aimé voir la réaction de lady Fletcher lorsqu'on lui a annoncé la nouvelle. Ce jeune agent était trop confus pour se rappeler quoi que ce soit d'utile.

— Vous savez comment vous avez pu la rater à l'aéroport, Tom?

— Pas vraiment. Ils nous ont assuré avoir fait l'annonce pendant le vol, mais personne ne s'est manifesté. Elle a dit qu'elle avait dormi pendant tout le trajet.»

Becky émit un grognement moqueur.

«Ouais… et deux minutes après elle nous sort qu'elle ne dort pas beaucoup.»

Tom acquiesça.

«Bref, à l'aéroport, on nous a dit qu'elle avait récupéré sa valise puisque le tapis roulant était vide, précisa Becky.

— Ils ont fait plusieurs annonces, on a attendu une demi-heure avant d'abandonner, ajouta Tom. On était chez elle vers vingt heures dix. Pas très longtemps après elle alors qu'elle avait une bonne longueur d'avance sur nous.

— Sommes-nous absolument certains qu'elle se trouvait sur ce vol? interrompit le commissaire. Peut-il y avoir le moindre doute?

— Absolument aucun, répondit très vite Becky. Et quand j'ai sorti sa valise du coffre il y avait encore l'étiquette de la compagnie avec la date d'aujourd'hui et en provenance d'Ancona.»

Comment avaient-ils pu ne pas la voir? Même si la présence de Laura Fletcher en Italie au moment du meurtre ne faisait aucun doute, quelque chose chiffonnait Tom. Laura était réellement bouleversée, il l'avait sentie trembler, mais elle avait eu quelques réactions très bizarres. Pourquoi n'avait-elle posé aucune question sur les circonstances de la mort de son mari. En revanche, la présence de la femme de ménage un samedi l'avait grandement étonnée. Quelle importance cela avait-il comparé à l'éventualité du meurtre de sir Hugo même si on ne pouvait encore rien affirmer à ce sujet ? Becky semblait sur la même longueur d'onde que le commissaire.

« Vous avez dit que ça ressemblait à un meurtre. Qu'est-ce qu'ils ont trouvé, monsieur ?

— Apparemment, Rufus Dexter a examiné le corps de plus près quand ils l'ont amené à la morgue. Il a du mal à faire des phrases complètes mais c'est un maniaque du détail, il n'a pas pu résister à approfondir ses recherches avant l'autopsie. Il a remarqué une minuscule tache de sang dans les poils pubiens de la victime. Il y a une trace de piqûre. On ne sait pas de quel produit il s'agit, mais aucun homme mentalement sain ne s'injecterait quoi que ce soit aussi près de son scrotum. Il ne croit pas qu'on ait eu l'intention de dissimuler la piqûre – il y a des endroits plus pratiques pour ça, comme nous le savons. L'emplacement a sûrement été choisi pour sa vitesse d'absorption dans le sang.

— Il faut encore qu'on lui annonce qu'il était attaché nu sur son lit. Ça, elle va avoir du mal à l'ignorer », fit Becky.

Tandis qu'ils fonçaient sur la M40, Tom regardait par la vitre de la voiture en pensant à Hugo Fletcher. Il semblait de plus en plus improbable qu'on finisse par découvrir un crime commis par une épouse furieuse, il fallait considérer d'autres possibilités. La fondation de sir Hugo pouvait bien avoir joué un rôle là-dedans. Il avait une fortune familiale, mais sa notoriété venait de son statut de philanthrope et de l'aide qu'apportait sa fondation aux prostituées venues d'Europe de l'Est. Étant donné le contexte sexuel de la scène de crime, le lien avec ce genre de femme s'établissait de lui-même. Mais pourquoi l'une d'elles aurait-elle voulu le tuer ?

James Sinclair restait sceptique.

« Le coup aurait pu être fait par un mac énervé, mais sir Hugo n'aurait pas bu de champagne avec lui avant de se laisser attacher au lit. Je suis sûr qu'il y a un lien logique, mais il m'échappe. »

On sortait à présent de l'autoroute, la conduite de Becky redevenait saccadée le long de la quatre voies, embouteillée même à cette heure tardive un samedi soir. Tom devinait une légère nervosité sur le visage de son chef chaque fois que la voiture passait à l'orange, et ne put s'empêcher d'esquisser un sourire qu'il effaça quand James se tourna vers lui.

« Revenons aux faits. Nous connaissons tous les statistiques quant aux meurtres perpétrés par les épouses, les premières à être suspectées dans ce genre de crimes. Nous avons établi sans aucun doute possible la présence de lady Fletcher sur le vol en provenance d'Italie. Sommes-nous absolument certains qu'elle n'avait aucun autre moyen de le tuer avant de retourner à temps en Italie pour prendre l'avion à Ancona ?

— Aucun moyen du tout. On a vérifié.

— Et les avions privés ? Riches comme ils sont...

— On vérifie ça aussi, mais ça serait un peu trop gros. Je ne pense pas qu'elle soit stupide. Si elle avait utilisé un avion privé entre Londres et Ancona avant de prendre le vol du retour une heure plus tard, autant s'écrire "coupable" sur le front.

— Ça se tient. Ça ne lui vaudrait pas le prix de la subtilité, en effet. »

On oubliait une chose, pensait Tom, le mutisme de Laura Fletcher au sujet d'éventuelles maîtresses. La plupart des épouses auraient été choquées, horrifiées, mortifiées, même, à cette idée. Mais elle n'avait eu aucune réaction.

Tout le monde semblait fatigué. James Sinclair s'en rendait compte.

« D'accord, bon essayons de résumer ce qu'on a. Lady Fletcher ne peut pas être considérée comme suspecte – même si elle aurait pu payer quelqu'un pour tuer son mari à sa place. Que dire de sa réaction relativement extrême à l'arrivée de sa belle-sœur ?

— Elle a été beaucoup plus violente que lorsqu'elle a appris la mort de son mari. Je dirais que c'était absolument viscéral. Elle paraissait réellement en colère – comme si c'était la dernière personne sur terre qu'elle voulait voir. »

Becky avait une théorie.

« Moi, je parie que Laura soupçonnait Hugo d'avoir une aventure avec Imogen.

— Il faut vérifier en détail les déplacements de Mme Kennedy ces dernières vingt-quatre heures », conclut James Sinclair.

Sur ce, ils se plongèrent chacun dans leurs pensées jusqu'à ce que le portable de Tom les interrompe.

« Bonne nouvelle, fit-il en raccrochant. Le porte-à-porte a donné des résultats : on a aperçu quelqu'un sortant de la maison d'Egerton Crescent aujourd'hui vers onze heures quarante-cinq. Une femme mince, taille moyenne, avec un grand sac à dos noir. Le témoin a noté deux choses, elle avait des cheveux incroyablement longs et roux et elle portait une jupe moulante en cuir noir au genou. »

Ils continuèrent le trajet en silence, Tom méditait sur la différence entre une jupe en cuir noir sexy et la jupe hideuse que portait Laura. Certains détails allaient forcément être rendus publics, comment allait-elle faire face à l'inévitable comparaison et à ce que la présence d'une autre femme impliquerait ?

***

À moins de cent soixante kilomètres au sud-ouest de l'Oxfordshire, une jeune fille observait par la fenêtre la nuit qui s'étendait. Même si la pièce derrière elle était plongée dans l'obscurité la plus totale, les chemins de campagne sans éclairage et l'absence de lune ne laissaient rien discerner d'autre à l'œil humain que de vagues formes noirâtres. Elle ne devinait que l'ombre des arbres contre le ciel noir, dont la cime s'agitait au vent venu de la mer. Aucun signe de vie. Elle continuait néanmoins à sonder le paysage, mettant ses yeux à rude épreuve pour pénétrer les haies hautes et denses. Elle priait et craignait à égale mesure de voir apparaître les phares d'une voiture au loin.

Cela faisait plusieurs jours qu'il était parti, il ne s'était jamais absenté aussi longtemps auparavant. Il était fâché contre elle, mais peut-être – oui, peut-être – pourrait-elle arranger les choses à son retour. Peut-être était-elle allée trop vite, ou peut-être en attendait-elle trop de lui ?

Ne voyant toujours rien, elle repoussa le vague soulagement qu'elle éprouvait. Ce sentiment serait vite remplacé par une terreur rampante. Il faisait froid dans la pièce et elle se rendit compte qu'elle frissonnait dans ses vêtements légers. Elle but une minuscule gorgée d'eau et se traîna jusqu'aux couvertures pour s'y emmitoufler et se protéger des courants d'air glacials. Elle y plongea la tête pour que son souffle tiède apporte un peu de réconfort à son corps tremblant.

5

Le feu qu'Imogen avait fini par allumer crépitait dans l'âtre. Les bûches avaient bien pris et apportaient un peu de gaieté à cette pièce lugubre.

Laura regardait Imogen s'affairer dans l'incroyable collection d'alcools de Hugo. La dispute, brève mais violente, qui avait éclaté dès le départ des policiers, l'avait épuisée. Elle était passée par toutes les émotions avant de mettre brusquement un terme à la discussion en courant à la salle de bains pour vomir. Le stress intense produisait souvent cet effet-là sur elle. À présent, elle était allongée sur le canapé, la tête sur la pile de coussins, bras croisés sur l'estomac – plus pour se réconforter que pour faire passer le mal. Les mots qui sortirent de sa bouche furent difficiles à déchiffrer. Elle n'était peut-être plus capable de crier, mais n'en voulait pas moins à Imogen.

« Tu n'aurais pas dû venir, Imogen. C'était vraiment, vraiment stupide. Tu n'as pas réfléchi, hein ?

— Tu m'as déjà bien fait comprendre le fond de ta pensée, merci. Je crois que j'ai bien reçu le message.

— Tu devrais être en route pour le Canada en ce moment. Pourquoi a-t-il fallu que tu leur dises que tu étais ma belle-sœur ? »

Son angoisse ne semblait pas impressionner Imogen le moins du monde.

« Mais je *suis* ta belle-sœur, enfin du moins je l'étais jusqu'à ce que tout parte en vrille. Je suppose que Will non plus ne sera pas ravi d'apprendre que je suis là, mais c'est son problème. Écoute Laura, qu'est-ce que j'étais censée faire ? Quand j'ai entendu que Hugo était mort, je me suis dit qu'il fallait que je vienne. Après tout ce que tu m'as demandé de faire pour toi, je pensais vraiment que tu aurais besoin de soutien. »

Envolé le ton doux et conciliant utilisé avec la police. Laura soupira.

« Imogen, je sais parfaitement ce que je t'ai demandé, et je sais que c'était énorme, en revanche, je ne savais pas qu'il y avait des conditions.

— C'est ça pour toi, énorme ? Moi je dirais que "énorme" c'est quand on demande à emprunter une veste Armani toute neuve ou alors deux mille livres, au moins. C'est pas que tu aies besoin de ce genre de choses, bien sûr. Mais ce que tu m'as demandé, c'était au-dessus du plafond de l'échelle de Richter, milady, et tu le sais très bien.

— Je t'ai déjà tout expliqué. Tu as dit que tu comprenais. Tu n'avais pas parlé de clauses restrictives.

— Mais maintenant c'est différent, non ? »

Imogen poussa un long soupir, comme pour libérer une montagne de tension.

« Les prochains jours – semaines, même – vont être épouvantables. Tu vas avoir besoin de tout le soutien possible. Qui sait ce qui va surgir si on gratte un peu, et la police va forcément vouloir comprendre ce qui t'est arrivé et pourquoi tu as fini dans cet asile de cinglés. »

Laura se redressa. Même Imogen ne pouvait pas se permettre ce genre de commentaire.

« J'adore ta façon de t'exprimer, Imo. Toi et moi nous savons très bien pourquoi j'étais là-bas, mais quelle que soit la raison, ça ne m'aide pas à me sentir mieux pour autant. »

Toute l'agressivité d'Imogen sembla s'évaporer et Laura put lire le regret dans ses yeux. C'était le problème avec Imogen, elle parlait d'abord et réfléchissait ensuite. Elle ne changerait jamais.

Imogen posa un verre très généreusement rempli de cognac, dont Laura ne voulait pas, sur la petite table et s'assit près d'elle.

« Excuse-moi. C'était bête de ma part. Mais qu'est-ce que tu comptes dire à la police ? Je suis là pour te donner la force d'avancer. Il va y avoir des moments où tu vas te sentir coincée. Tu vas devoir t'occuper d'Alexa, et puis il y a le testament, les funérailles, des choses sans fin à faire. Tu vas avoir besoin de quelqu'un à qui parler et je suis la seule personne qui puisse comprendre. »

Imogen n'allait pas s'en tirer comme ça.

« Ah, mais c'est là que le bât blesse, Imo. Tu crois que tu comprends, mais en fait tu n'as pas la moindre idée de ce qui se passe. »

Elles se blessaient l'une l'autre, ça n'avait pas de sens. Le mal était fait, inutile de retourner le couteau dans la plaie. Le cognac n'était peut-être pas une si mauvaise idée après tout. Elle en but une grande gorgée, le feu de l'alcool la fit frissonner.

« Écoute, je n'ai pas envie de me battre. Dieu sait que mes émotions sont assez instables comme ça. Je comprends tout à fait pourquoi tu es venue, même si c'était complètement débile, irresponsable et impulsif. Parce que, maintenant la police va vouloir savoir pourquoi j'étais aussi horrifiée en te voyant.

— Alors dis-leur la vérité ! Hugo me détestait, ton frère me hait, j'ai été bannie de cette ignoble baraque pendant des années – et ton mari t'a interdit de me reparler. Et tu étais ma meilleure amie. La vérité est déjà assez moche, inutile de monter une histoire à dormir debout. »

Elle n'avait pas tort. Depuis l'âge de cinq ans, et jusqu'à la première année de son mariage, Imo et elle avaient été les meilleures amies du monde. Elles étaient voisines, les parents d'Imogen étaient venus du Canada, Laura se souvenait bien de leur rencontre. La journée avait été mauvaise chez les Kennedy et elle s'était réfugiée dans sa cachette secrète au milieu d'un dense massif d'arbustes au fond du jardin, assez loin de la maison pour ne pas entendre la dispute. Elle n'avait jamais entendu d'accent nord-américain avant sa rencontre avec Imogen.

« Je t'ai vue de ma fenêtre, je me suis dit que tu avais besoin de chocolat. Je peux entrer ? »

Elle avait sûrement dit oui parce que cette gamine souriante en salopette s'était précipitée dans la cachette à quatre pattes et lui avait donné un câlin et un paquet de chocolats assez sale.

« T'as intérêt à me dire pourquoi tu pleures. Parce que moi je reste là jusqu'à ce que tu le dises. »

Ce fut le début de leur amitié. Imogen avait découvert un trou dans la haie entre leurs deux maisons et avait décidé que ce serait leur cachette secrète. Chaque fois qu'elles le voulaient, elles pouvaient se glisser à travers et aller jouer chez l'une ou l'autre. De ce jour, elles ne s'étaient plus séparées. Laura avait cru tout savoir sur Imogen et vice versa. Mais elle s'était trompée.

Imogen n'avait jamais avoué à Laura que, depuis son adolescence, elle était absolument subjuguée par Will Kennedy, le grand frère de Laura. Et quand il avait répondu à ses avances, Laura s'était sentie mise à l'écart. Cela lui avait pris un certain temps pour pardonner à Imogen d'avoir gardé un tel secret, mais leur bonheur était contagieux. Elle avait tout juste vingt ans quand sa meilleure amie et son frère s'étaient mariés et ils étaient restés fous l'un de l'autre jusqu'à une certaine nuit terrible.

À présent, quelqu'un allait devoir mettre Will et sa mère au courant pour Hugo. Elle détestait que Will ait choisi d'aller vivre en Afrique, mais heureusement sa mère était dans l'avion pour lui rendre visite. Elle devait déjà avoir atterri. Dieu sait qu'elle n'avait jamais été la plus grande fan de Hugo, et Laura se passerait bien volontiers d'entendre son opinion à propos de son mari en ce moment.

«Je dois le dire à Will, Imogen. Et à maman. Sinon ils vont l'apprendre par les médias, ce ne serait pas génial. Je ne suis pas certaine d'avoir le courage d'affronter ma mère, alors je vais le dire à Will et le charger de lui annoncer la nouvelle.»

Elle connaissait déjà la réponse d'Imogen. Elle ne laisserait jamais passer cette occasion en or de parler à son ex-mari.

«J'appelle Will. Laisse-moi faire. Dans une minute, dit Imogen, l'air pensif.

— Oh et, Imo, tu peux regarder s'il y a des messages? Si c'est le cas...

— Oui, je sais quoi faire, Laura, t'inquiète pas.

— Et puis il reste Alexa. Il faut que je fasse tout ce que je peux pour l'aider, la pauvre gosse. Elle n'a que douze ans, et elle est vraiment jeune pour son âge. Ça va lui faire un sacré choc et je peux te garantir que sa mère ne lui servira à rien. Alexa doit pouvoir faire le deuil de son père sans avoir à entendre tout le mal qu'Annabel pensait de lui. Je sais que c'est son ex-femme et qu'il est presque de son devoir de le haïr, mais elle pourrait faire passer les sentiments de sa fille avant les siens pour une fois, non?»

Laura se rendit compte qu'elle bafouillait et leva les yeux vers Imogen qui la regardait avec un air étrangement déterminé. Elle attendait qu'elle fasse une pause dans ses divagations.

«Avant que tu te mettes à radoter, tu as dit – et je te cite : "Tu crois que tu comprends, mais en fait tu n'as pas la moindre idée de ce qui se passe." Tu as plutôt intérêt à m'expliquer ça.»

Imogen l'observait de trop près, ça la mettait mal à l'aise. Elle se dirigea vers la cheminée et s'y accroupit pour remuer les braises. Elle n'avait pas le courage de se justifier maintenant. Mais Imogen n'en avait pas terminé :

« Je ne suis pas une hypocrite, Laura, et je détestais ton mari de toutes mes forces. Je sais qu'il y a autre chose mais j'ignore ce que c'est. Je ne laisserai pas tomber tant que tu ne m'auras pas tout dit, c'est une promesse. Je ne suis pas contre toi, Laura. Je suis ton amie. »

Laura déposa des bûches sur les braises avec plus d'attention que nécessaire pour gagner du temps. Imogen méritait des explications. Elle lui avait menti, ou, du moins, elle ne lui avait pas dit toute la vérité. Mais elles n'avaient eu aucun contact pendant des années et trop de choses étaient arrivées. Ça faisait beaucoup à expliquer en une seule soirée.

« Franchement, je ne suis pas en état de te raconter, Imo. Je ne suis pas du genre à étaler mes sentiments. J'ai vu assez de gens ressasser sans fin les mêmes problèmes à la maison de repos, alors qu'il aurait mieux valu qu'ils les écartent et reprennent tranquillement le cours de leur vie. Enfin, tu as certainement le droit de savoir. Je te l'accorde. »

S'ensuivit un long silence durant lequel Laura mena une bataille contre elle-même et Imogen n'allait certainement pas l'aider. Finalement, elle prit une décision imprévue.

« Je t'ai écrit des lettres.

— Des lettres ? Quelles lettres ? Je n'ai reçu aucune lettre de toi depuis des années. De quoi tu parles ?

— Je ne les ai jamais envoyées. »

Laura se tut. Pouvait-elle vraiment faire ça ?

« La première fois que je t'ai écrit, c'est quand toi et Will vous êtes mis ensemble et que je boudais. Je t'ai écrit pour te dire comment je me sentais – puis je l'ai relue. Mon égoïsme m'a consternée, alors j'ai déchiré la lettre. Depuis il y a eu des moments dans ma vie où j'ai eu désespérément besoin d'avoir ton avis, et aussi des moments où j'avais besoin de coucher mes sentiments sur le papier pour résoudre des dilemmes, alors je t'ai écrit des lettres. Plusieurs. Ça a commencé quand j'ai rencontré Hugo. Je n'avais pas le droit de parler de notre relation à qui que ce soit, alors j'ai tout écrit pour pouvoir le revivre avec toi quand le moment serait venu. Les choses ont évolué et quand j'ai relu la première lettre, elle m'a semblé tellement puérile. Alors j'ai continué à t'écrire. Je voulais te faire lire le tout – mais, au fur et à mesure, trop de choses m'en ont empêchée. Avec le temps, c'est devenu une sorte de thérapie. Tu comprendras en les lisant. »

Elle prit une profonde inspiration.

« Vas-y Imogen, appelle Will. Moi, je vais chercher les lettres. Il vaut mieux que tu commences par le début – la nuit où j'ai rencontré Hugo – mais il faudra aller à mon rythme, Imo. Je ne sais pas si je peux te laisser les lire toutes. »

6

FÉVRIER 1998

Chère Imo,
Il y a quelque chose que je crève d'envie de te raconter – mais je ne peux pas ! C'est tellement frustrant. Je sais pourquoi je ne peux pas, mais c'est dur pour moi. Tu es ma meilleure amie, et je veux absolument te le dire. Alors je vais l'écrire, comme ça je n'oublierai rien. Pas un seul précieux moment. Je viens de passer deux semaines géniales. Je crois sincèrement que ces derniers quinze jours, ma vie a changé pour toujours.
J'ai rencontré quelqu'un.
Ça a commencé à la cérémonie des récompenses. Celle dont je t'ai parlé. Je n'étais jamais allée dans la grande salle du Grosvenor House Hotel avant, mais c'est là que se passent toutes les soirées de remises importantes. Et cette fois, un de mes programmes était nominé (j'étais une véritable boule de nerfs). Simon – mon chef – m'attendait et on s'est frayé un chemin parmi la foule dans le petit hall, tout le monde riait et était merveilleusement élégant. On est descendu jusqu'à

la mezzanine de la grande salle où ils servaient le champagne.

Je dois dire (sans me vanter) que j'étais ravie de mon allure, ça m'a donné une sacrée confiance en moi, surtout que je tremblais de nervosité. J'avais claqué une fortune pour une magnifique robe en soie couleur aigue-marine. Elle a des bretelles toutes fines, un décolleté plongeant et elle est coupée dans le biais, ça me fait de belles courbes au lieu d'avoir l'air grosse – enfin, c'est ce que je me dis ! Et bien sûr, mes cheveux aident. J'adore être rousse ! Donc avec tout ça, c'était l'une de ces soirées où je me sentais bien.

La vue sur la grande salle était incroyable. D'énormes lustres créaient une lumière chaleureuse et une multitude de tables rondes, dont les nappes blanches miroitaient à la lueur des chandeliers, s'étalaient devant nous. Sur la scène ils avaient tendu une toile de fond d'étoiles argentées et dorées impressionnante, mais le plus génial c'était la grande table avec toutes les pyramides de cristal pour récompenser les vainqueurs. Rien qu'à les regarder j'étais surexcitée. Gagner serait un tel honneur et ça donnerait un sacré coup de pouce à ma carrière.

Mais ce n'est plus de l'ambition, tu vois, c'est plutôt par rapport aux autres. Depuis que Simon m'a donné des responsabilités, j'ai l'impression de devoir faire mes preuves, et une victoire lui montrerait qu'il a eu raison de me faire confiance, n'est-ce pas ?

Quand on s'est assis je me suis rendu compte que je n'allais pouvoir parler à personne. Je ne voyais pas certains VIP invités par Simon à cause des grandes bougies et des bouteilles de vin dans l'énorme seau à glace, mais au fur et à mesure de la soirée, avec le vin goulûment absorbé, j'ai fini par apercevoir l'homme assis en face de moi. Il m'a semblé vaguement familier, et très intéressant! Sûrement la quarantaine, brun, coiffure impeccable tout comme le reste de sa personne. Tous les hommes de la salle portaient un costume, mais je ne sais pas pourquoi, le sien était mieux – plus noir, mieux ajusté, plus élégant. Je n'ai pas pu voir de quelle couleur étaient ses yeux, mais j'ai parié pour bleu foncé. Et il me regardait! Il a levé sa flûte de champagne juste un petit peu pour me porter le toast silencieux le plus subtil. C'était tellement *charmant*... Je ne trouve pas d'autre mot (à part peut-être sexy!). Mais je n'ai pas eu le temps de répondre à son petit flirt parce qu'il y a eu un roulement de tambour et le maître de cérémonie a parlé.

«Mesdames et messieurs. Merci de vous asseoir. La cérémonie va commencer.»

On sentait presque le frisson d'anticipation dans la salle. Maintenant je comprends comment on doit se sentir aux Oscars. J'ai essayé de prendre un air détaché alors que mon cœur battait la chamade, j'ai cru qu'il allait exploser!

Et exactement comme aux Oscars, ils ont montré un clip de tous les finalistes. Mon film parle de la violence conjugale. Pas nécessairement physique, plutôt la manipulation et l'humiliation psychologique. Ce qui se passe derrière les portes closes, tu vois! Pour le clip qu'ils ont passé, ils ont choisi l'une des scènes les plus dramatiques. Les acteurs étaient géniaux. Celui qui jouait le mari violent a réussi à y mettre la dose juste pour créer une impression de menace latente sans jamais lever un doigt sur sa femme. Tu savais qu'il y a aussi beaucoup d'hommes maltraités ?

On se demande comment ce genre de choses peut leur arriver, mais pour le film, j'ai parlé à plusieurs personnes qui n'avaient absolument pas le profil typique des victimes. Beaucoup sont des gens intelligents avec un bon job. Quelqu'un m'a dit : « La destruction lente et incessante de la confiance en soi, c'est quelque chose d'impossible à expliquer. » Je parie que tu es ravie d'avoir épousé Will maintenant !

On a dû regarder tous les clips des autres nominés dans ma catégorie, et puis, finalement, le moment de vérité est arrivé.

Le présentateur s'est avancé vers le micro.

« Et le gagnant est… *Ça reste dans la famille*. Merci d'accueillir sur scène la réalisatrice, Laura Kennedy ! »

La demi-heure suivante s'est passée dans un flou total. Un déluge de félicitations et de champagne. Tout le monde était adorable – beaucoup de sourires et de vœux, même de ceux que j'avais battus (enfin, ils se forçaient sûrement). Mais j'ai senti qu'on m'observait… et j'adorais ça.

Je me suis arrachée à la foule un instant, parce que j'ai pensé qu'il fallait que je parle un peu avec le jury – juste pour dire merci, tu vois. Il y avait une femme qui avait l'air totalement de marbre.

Elle a dit : « Ne me remerciez pas, Laura. Je n'ai pas voté pour vous. »

Puis elle s'est levée et elle est partie. C'était Sophie Miller, la journaliste. Elle est connue pour ses reportages sur des sujets sensibles, donc j'ai été un peu choquée, mais j'ai essayé de rester calme. J'ai souri aux autres pour donner le change puis je suis retournée à ma table.

J'étais un peu à plat, mais je crois l'avoir bien caché. Puis j'ai entendu une voix derrière moi.

« Mademoiselle Kennedy ? (Tellement formel !) Hugo Fletcher. Félicitations pour votre récompense si méritée. Votre film m'a impressionné ce soir – du moins, l'extrait que j'en ai vu. J'aimerais avoir l'occasion d'en discuter plus en détail avec vous, et vous parler un peu de mon travail, pour ma fondation caritative. Mais pas ce soir évidemment. Accepteriez-vous de déjeuner avec moi un de ces jours ? Il y a un très bon restaurant non loin de King's Road où j'aimerais beaucoup vous emmener. Voici ma carte. Pensez-y, et appelez-moi. »

Il m'a fait une petite révérence – oui, sérieusement – et puis il est parti. Je dois dire que j'étais triste de le voir s'en aller. Rien que de savoir qu'il était là et qu'il m'avait regardée m'a redonné un frisson d'excitation, et tout a semblé moins net une fois qu'il est parti, si tu vois ce que je veux dire.

Enfin bref, je me suis recomposée et j'allais danser quand j'ai aperçu cette horrible nana, Sophie, qui remontait l'escalier, alors je lui ai couru après. Je l'ai rattrapée au vestiaire.

« Salut – j'ai pris ma voix la plus charmante – on n'a pas pu beaucoup se parler tout à l'heure, mais j'ai eu l'impression que vous n'aviez pas aimé mon film. Ça m'intéresse beaucoup de savoir ce qui ne vous a pas plu. »

Elle n'a même pas eu l'air surprise ou gênée. Elle avait le regard sombre et sévère, elle est allée droit au but.

« Votre film est bien fait. Le rythme est bon et les acteurs aussi. Malheureusement, il a un défaut majeur. Ça m'a sauté aux yeux, vous ne connaissez absolument rien au sujet. Maintenant si vous voulez bien m'excuser. »

Sur ce, elle est partie sans même un regard en arrière. Moi je suis restée là, les bras ballants. Qu'est-ce que je pouvais répondre à ça ? Et puis Simon est arrivé pour m'entraîner sur la piste de danse.

La fin de la soirée est floue – mais je me souviens d'avoir pensé que ma vie était sur le point de changer à jamais.

***

Je sais que quand tu liras cette lettre tu sauras déjà tout sur la cérémonie – désolée si c'est rébarbatif. Mais tout est plus ou moins lié donc c'était important que j'arrive à retranscrire l'atmosphère de la soirée et mes émotions qui faisaient le Yo-Yo !

Bien entendu, le lendemain n'était pas tellement le meilleur jour pour aller bosser au bureau de la prod. Personne ne s'était couché avant quatre heures du matin, on avait tous mal au crâne. En tout cas, moi, je souriais jusqu'aux oreilles. Au diable les maux de tête et les vagues de nausées.

Je ne sais pas si c'était dû à la gueule de bois, mais je n'arrêtais pas d'avoir des flashes de la veille en Technicolor. *Flash* : un océan de visages quand j'ai regardé la salle depuis la scène avec ma précieuse pyramide en cristal. *Flash* : un visage ; celui d'un homme, avec la trace d'un sourire destiné uniquement à moi.

Bizarrement, le second est arrivé bien plus fréquemment que le premier. Mes expériences passées avec les hommes n'ont pas été si géniales que ça, comme tu le sais. Pour toi ç'a été différent, avec Will. Moi, je n'ai jamais eu de relation vraiment sérieuse. J'ai l'impression que, tout ce qui les intéresse, c'est coucher avec moi ces derniers temps. Certains hommes pensent qu'ils n'ont qu'à te payer une bière vite fait dans un pub pour avoir droit à un accès direct à ton lit. J'ai l'air cynique je sais, mais moi j'ai besoin de tisser des liens avec un homme avant de coucher. Et je n'ai jamais rencontré personne qui me fasse ressentir ce que tu ressens pour Will. Aucun homme ne s'est jamais introduit constamment dans mes pensées. Jusqu'à Hugo Fletcher. Je mourais d'envie de questionner Simon, mais il n'est pas arrivé au bureau avant quinze heures ! Privilège de patron, j'imagine. Bien sûr tout le monde voulait un débriefing des événements de la veille – mais bizarrement moi je voulais juste voir Simon seul à seul pour lui tirer les vers du nez. J'ai fini par le coincer.

« Laura, je ne suis pas né de la dernière pluie, tu sais. Tu veux me parler de Hugo Fletcher, hein ? Il n'a pas arrêté de te regarder hier, mon chou. » (Langage télé – par pitié ne me laisse jamais parler comme ça – j'adore Simon, mais je l'ai même entendu appeler l'électricien « mon chou » l'autre fois.)

Tout ça pour dire que j'étais ravie, j'ai écouté Simon me raconter ce qu'il savait sur lui, sa fondation caritative, ses affaires, ses investissements… et sa femme !

Pourquoi ça ne m'est pas venu à l'esprit qu'il pouvait être marié ? Les hommes mariés, c'est vraiment pas mon truc. Jamais – du moins je l'espère – je ne prendrai part à ce genre de jeu qui finit inévitablement en souffrance pour au moins un des deux partenaires. Je sais que tu me comprends.

Ceci dit, je mettais un peu la charrue avant les bœufs. On n'avait échangé que quelques mots ! Mais il y avait eu une étincelle, du moins c'est ce qui m'avait semblé.

Je venais tout juste de décider que je n'allais pas donner suite à son invitation à déjeuner, quand Simon m'a surprise.

« Je pense que tu devrais le rencontrer. Et flirter un peu avec lui. Ça n'ira pas bien loin, parce que tu es ce que tu es, mais c'est quelqu'un d'important pour nous. Il est extrêmement riche, et, surtout, il n'a jamais autorisé personne à faire de documentaire sur sa fondation, ça serait un gros coup. Tu dois apprendre à utiliser tes atouts, mon chou. Tu sous-estimes ta beauté et s'il est permis d'obtenir un contrat par l'intelligence, pourquoi pas par la beauté ? »

Qu'est-ce que tu penses de ça, Imo ? Je me demande s'il n'était pas en train d'insinuer que je n'avais pas de cerveau !

***

C'était sûrement une décision un peu dangereuse, mais j'ai fini par organiser un déjeuner avec Hugo. J'avais reporté le coup de téléphone, mais je ne pensais à rien d'autre. Alors il fallait que je le fasse.

Je voulais être parfaite – professionnelle, mais séduisante – alors je me suis encore ruinée pour un tailleur Donna Karan et une fabuleuse paire de bottes en daim gris. J'ai décidé de laisser mes cheveux lâchés, et je me sentais bien.

Le chauffeur de taxi déblatérait sur Arsenal contre Manchester United dans la ligue de je-ne-sais-quoi. J'ai fait semblant de m'intéresser, tout comme toi, en ce moment même, mais tout ce que je voulais c'était qu'il la ferme pour me concentrer sur la suite. Il a tourné dans Egerton Crescent, cet endroit est adorable, avec toutes ces maisons blanches parfaites, même sous le ciel gris de février.

J'étais nerveuse en remontant l'allée à toute vitesse pour éviter la pluie et la jeune femme qui m'a ouvert a réussi à me faire passer pour une plouc, même avec mon nouveau tailleur élégant. Elle avait cette classe qui ne vient qu'avec des années de shopping aux bons endroits. Elle portait du Chanel, là j'ai compris que j'avais raté quelque chose. Mais je n'allais pas prendre mes jambes à mon cou, je lui ai fait mon plus beau sourire.

« Bonjour. Je suis Laura Kennedy. J'ai rendez-vous avec sir Hugo Fletcher », ai-je dit en lui tendant la main.

Elle a tendu une main molle. Je ne sais jamais quoi faire avec les gens qui se contentent de laisser tomber leur main dans la tienne, pas toi ? Est-ce qu'on est censé la serrer, genre frénétique, ou faire comme eux et laisser les deux mains flotter ensemble sans vie pendant quelques secondes ? J'ai opté pour le serrage de main normal en espérant que ça passe. Manifestement, on me jaugeait et je soupçonne cette fille à l'air pincé d'avoir pensé que je laissais à désirer. Elle ne m'a pas regardée de haut en bas avec un air mesquin mais c'était tout juste !

« Bonjour, mademoiselle Kennedy. Je suis Jessica Armstrong, l'assistante personnelle de sir Hugo. Il vous attend. Entrez, je vous prie. »

On m'a ouvert la porte du cabinet de Hugo qui s'est levé pour m'accueillir. Je n'avais jamais mis les pieds dans un endroit pareil : des murs vert sombre couverts de tableaux classiques, des meubles en noyer massif. Le bureau lui-même était énorme et dépourvu du moindre papier. Il y avait un grand sous-main parfaitement immaculé (ce qui montre une énorme retenue), un stylo à plume Montblanc en argent parfaitement parallèle au bord, et un très gros agenda de cuir avec l'année gravée en lettres d'or. Heureusement que je ne l'ai pas invité dans mon bureau, c'est l'exact opposé.

Hugo a fait le tour du bureau.

« Bienvenue, Laura. Je peux vous appeler Laura, j'espère ? »

Je ne voyais pas bien comment il pouvait m'appeler autrement, alors je n'ai pas su quoi répondre.

«Je suis contente d'être là, et je serais ravie que vous m'appeliez Laura. Même si je dois admettre que je n'ai pas la moindre idée de comment je dois vous appeler!»

Mon Dieu, quelle idiote! Pourquoi je me sens aussi nerveuse en présence de cet homme?

Il m'a souri avec bienveillance.

«J'espère que nous serons bons amis, Laura, alors je vous en prie, appelez-moi Hugo. Mais asseyez-vous. Jessica va apporter le café et nous avons une heure pour parler affaires avant que j'aie le plaisir de vous emmener déjeuner.»

Il m'a tout raconté de son œuvre de charité, il est tellement passionné! Rien que de rester assise à l'écouter était merveilleux. Apparemment, il a hérité d'une «somme assez conséquente» de son père, en propriétés principalement, qui sont gérées par sa compagnie à Canary Wharf. Mais Hugo préfère consacrer le plus de temps possible à sa fondation qui aide des jeunes filles qui finissent dans la rue contre leur gré. C'est vraiment une bonne cause, non? Pourquoi il l'a choisie, ça c'est une histoire incroyable, alors je lui ai demandé si je pouvais l'enregistrer pour des recherches en vue d'un reportage. Il a dit oui mais qu'il n'était pas certain de me laisser l'utiliser. Enfin voilà ce qu'il m'a raconté:

«Une histoire de famille assez embarrassante a été révélée il y a quelques années. Ma famille doit sa fortune au commerce des esclaves. Mon arrière-arrière-grand-père n'a pas adhéré à l'abolition de l'esclavage au début du XIXe siècle, et il a continué à le pratiquer dans différents endroits de l'Empire britannique jusqu'au milieu du siècle. Il a investi ses gains malsains en biens fonciers. On a aussi parlé de mon arrière-grand-père – son fils – qui aurait apparemment bien gagné sa vie en exploitant des prostituées, même si ça n'a pas été prouvé. Mais la plupart des filles qui travaillaient à cette époque étaient considérées comme des êtres inférieurs, et cet ancêtre est réputé pour avoir fondé quelques clubs avec des filles "pures" qu'il réservait à ses amis riches. Je n'ai pas encore pu prouver tout cela, mais, apparemment, il y avait une prostituée pour douze hommes à Londres à son époque, par conséquent ça ne me surprendrait pas. *Ça*, c'est un bon sujet pour un documentaire !

— Alors c'est pour ça que vous avez choisi d'aider ces malheureuses filles ? j'ai demandé.

— Eh bien, j'aurais eu du mal à aider les esclaves, et tout cela a été mis en lumière quand mon père était encore en vie, c'est lui qui en a eu l'idée et moi je l'ai développée. Je l'ai appelée la fondation Allium. »

Hugo m'a expliqué que c'est le nom latin d'une grande famille qui va de l'ail d'ornement aux oignons. Tu savais ça, toi ?

« J'aime l'analogie, a-t-il dit. Un bulbe âcre, avec plusieurs couches, qui force le passage à travers la terre grâce à une tige ferme et droite, et qui se termine en une fleur glorieuse et complexe. J'aime le parallèle avec les familles des filles – ce qui est sous la surface est plutôt grossier mais si on la cultive de manière appropriée, elle a le potentiel pour donner un beau résultat. »

D'après tout ce qu'il a dit, je ne peux que conclure qu'il n'est pas seulement charmant, mais aussi sensible et compatissant. Je commençais à me dire que je n'aurais jamais dû venir. C'était dangereux.

Nous sommes partis pour le restaurant et c'était exactement ce à quoi je m'attendais; discret, sophistiqué et subtilement décoré dans des tons apaisants. On nous a montré notre table et Hugo s'est débrouillé pour tirer ma chaise lui-même à la place du maître d'hôtel et s'assurer que j'étais bien installée avant de s'asseoir à son tour. Le maître d'hôtel est revenu avec les menus mais Hugo les a refusés d'un geste.

« Dites-moi ce que vous aimez, Laura. Quel genre de nourriture vous donne du plaisir et quel vin préférez-vous ? »

Personne ne m'avait jamais demandé ça avant !

« Par quoi commencer ?

— Très bien, pourquoi ne pas me dire alors ce que vous n'aimez pas ? »

La liste est plutôt courte, comme tu le sais, mais j'ai senti que ce que je disais l'intéressait réellement. Alors je lui ai parlé de ce que j'avais déjà mangé et adoré. Il me soufflait des idées de temps en temps, et, après dix minutes de conversation, il a rappelé un serveur pour passer notre commande – sans même parler du menu. Vraiment très impressionnant. J'étais éblouie.

« Je suis heureux que vous me laissiez choisir pour vous, Laura. Pour moi c'est un honneur de m'occuper d'une femme, particulièrement une femme aussi belle que vous. Je trouve que ces jours-ci, de moins en moins de femmes sont prêtes à renoncer au contrôle sur les choses. »

Je dois avouer que cette remarque a fait apparaître dans ma tête une scène aux détails plutôt crus. Mais je me suis ressaisie quand il a prononcé les deux mots terrifiants...

« Ma femme – vous savez que je suis marié, sans aucun doute – considère comme une insulte personnelle de m'autoriser à avoir une quelconque influence sur ses décisions, et, par principe et provocation, elle n'est jamais d'accord avec moi sur rien », a-t-il ajouté avec un léger sourire.

Et puis il m'a révélé son secret, et c'est la raison pour laquelle je ne peux rien dire à personne – pas même à toi. Il va divorcer, mais il ne veut pas que ça se sache. Il a une fille, Alexa, qu'il adore, manifestement, et sa future ex-femme a accepté la garde partagée. Il a déjà déménagé. Sa mère est morte récemment, donc il a pu retourner vivre dans sa demeure familiale.

Je ne savais pas si je devais montrer de la compassion pour le décès de sa mère ou des regrets pour l'échec de son mariage. Ce que je savais, en revanche, c'était qu'il fallait que je dissimule mon excitation. Mais je n'ai pas pu résister bien longtemps.

« Si je vous dis tout ça, Laura, c'est parce que, même si nous venons tout juste de nous rencontrer, je me sens très attiré par vous. Vous m'avez ébloui pendant le dîner à la cérémonie, et vous êtes magnifique aujourd'hui. J'adore votre coiffure. »

Je l'ai simplement regardé dans les yeux (bleu foncé, comme je l'avais imaginé) et j'étais en ébullition. Je n'ai rien dit. J'avais bien sûr arrêté de l'enregistrer à la fin de notre conversation sur la fondation, mais je crois que je me souviens de chaque mot qu'il a prononcé. Du moins de ceux qui parlaient de « nous ». Ils sont gravés dans ma mémoire !

« J'aimerais continuer à vous voir, Laura, si vous le permettez. Nos rendez-vous devront rester privés pour le moment, jusqu'à ce que la situation soit un peu moins sensible. Mais je vous en prie, croyez que je vous traiterai avec le plus grand respect et la meilleure considération. »

Voilà pourquoi je ne peux pas t'envoyer cette lettre, Imo. Tu ne la liras peut-être jamais – tout dépend de ce qui va se passer – mais je peux te dire que, pour la première fois de ma vie, j'aurais bien voulu ramener un homme chez moi après le premier rendez-vous !

Plein de baisers, comme toujours.

Laura

**

Ainsi, Imogen savait maintenant quand et comment Hugo et Laura s'étaient rencontrés, et que Laura s'était complètement entichée de Hugo. Mais il y avait tellement longtemps, et tant de choses s'étaient produites depuis. Heureusement que Laura lui avait fait lire cette lettre en premier, parce qu'elle plaçait tout ce qui s'était passé par la suite dans une nouvelle perspective.

Cependant, elle n'avait pas envie d'en lire plus pour l'instant. Elle voulait seulement rester assise là à se souvenir et à réfléchir au passé, à Laura, à Will – mais surtout, à Hugo.

7

Cela ne faisait aucun doute que le corps à la morgue était bien celui de Hugo Fletcher, mais le règlement, c'était le règlement. Laura avait fait ce qu'on lui demandait, sans épanchement. Une fois qu'elle eut confirmé ce qu'ils savaient déjà, Tom lui avait proposé de l'emmener au quartier général avant de la ramener dans l'Oxfordshire. Il lui semblait impossible de la renvoyer chez elle sans même lui offrir de boisson chaude.

Il la guida avec douceur jusqu'à la boîte à chaussures qui lui servait de bureau et s'assit en face d'elle, de l'autre côté de la table relativement rangée. On frappa à la porte.

« Ah, voilà le thé. Ce n'est pas un thé particulièrement fameux, mais au moins il est chaud. Nous allons vous faire raccompagner en voiture à Ashbury Park et nous passerons plus tard dans la journée avec le sergent Robinson. Nous avons encore quelques questions à vous poser.

— Est-ce qu'on pourrait commencer l'interrogatoire maintenant, s'il vous plaît ? demanda Laura d'une voix tranquille. Je préférerais en finir au plus vite, si vous avez le temps.

— Hélas, ça ne va pas être possible, lady Fletcher. »

Il fut surpris par le regard perçant que lui lança Laura Fletcher. Elle portait des lunettes légèrement teintées aujourd'hui, mais elle n'avait plus les yeux rouges et même si elle parlait encore très doucement, il sentait une détermination nouvelle dans son comportement.

« Inspecteur, il vous reste un peu de temps avant d'assister à l'autopsie de mon mari – je suppose –, pensez-vous que nous puissions utiliser ces quelques minutes pour passer en revue ce que vous savez déjà, s'il vous plaît ? J'étais trop choquée hier pour répondre à vos questions, mais je veux vous aider du mieux que je pourrai. J'aimerais vraiment que tout ça soit fini le plus vite possible, et si ça ne vous dérange pas je préférerais que vous m'appeliez Laura. Je n'ai jamais voulu de titre et maintenant que Hugo est mort je voudrais vraiment me débarrasser de cette étiquette. Il n'y a pas si longtemps, *tout le monde* m'appelait Laura – depuis le laitier jusqu'à mes clients. Et maintenant, passer au-delà de ce fichu titre est la chose la plus difficile du monde. »

L'intonation de Laura avait légèrement pris Tom de court. Pourquoi était-elle si différente aujourd'hui ? Elle devait vouloir commencer son deuil le plus tôt possible.

« D'accord, Laura. Appelez-moi Tom, je vous en prie. Je vais chercher le sergent Robinson

– Becky – et nous allons essayer de remplir les blancs. Excusez-moi un instant. »

Il la laissa avec sa tasse de thé pour discuter avec Becky de la stratégie d'interrogatoire, et également l'avertir du changement de comportement de Laura.

Quand il revint au bureau en compagnie de Becky, la détermination implacable de Laura s'était évanouie et elle semblait s'être retirée une fois de plus dans ses pensées, parfaitement immobile, le regard dans le vague, manifestement à des kilomètres de là. Tom et Becky prirent place. Laura tourna la tête et eut l'air un instant surprise par la présence d'autres personnes dans la pièce. Elle sembla se reprendre et se redressa, prête pour la bataille.

« D'accord, Laura. Je vais vous dire ce que nous savons pour le moment. Vous pourrez m'interrompre quand vous le souhaiterez. Quand nous nous rendrons chez vous, nous aurons besoin de fouiller dans les affaires de sir Hugo au cas où nous y trouverions des indices pour notre enquête.

— Ça ne me dérange pas – en revanche, s'il vous plaît, si vous pouviez l'appeler simplement Hugo. Il aurait détesté : les titres c'était une obsession dans sa famille. Mais il n'est plus là pour nous rappeler à l'ordre, n'est-ce pas ? »

Si la veille elle avait été difficile à cerner, aujourd'hui c'était carrément impossible. Elle semblait avoir construit un mur de chagrin autour d'elle qu'elle réparait avec détermination chaque fois qu'il commençait à s'effriter. Et à présent, elle utilisait l'hostilité contre son défunt mari pour renforcer ses défenses. Mais la colère contre un mort était une étape naturelle au début du deuil, et cela convenait tout à fait à Tom de laisser tomber les formalités si ça la mettait plus à l'aise.

« Nous savons que Beryl Stubbs a trouvé votre mari – Hugo – vers midi quarante-cinq. C'est une approximation, mais elle était trop choquée pour téléphoner avant treize heures quarante-cinq. La police locale est arrivée sur les lieux juste avant quatorze heures. Nous avons estimé l'heure de la mort entre onze heures trente et midi. Mme Stubbs est probablement arrivée moins d'une heure après le décès de votre mari. »

Une fois de plus Laura avait pâli, les faits crus de la mort de son époux devaient pénétrer sa solide barricade.

« Voulez-vous encore du thé, Laura ?
— Non ça va, merci. Continuez, s'il vous plaît.
— Très bien. Nous avons un témoin oculaire, un voisin qui a vu quelqu'un quitter la maison. »

Tom se tut. Ce n'était jamais quelque chose de facile à annoncer aux épouses.

« Je suis désolé, mais ça va peut-être vous faire de la peine. La personne qu'il a vue était une femme. Elle avait des cheveux longs et roux et portait une jupe en cuir noir et un grand sac à dos. Auriez-vous une idée de qui ça pourrait être ? »

Laura regardait le plafond en se mordillant la lèvre supérieure comme pour l'empêcher de trembler.

« Je suis désolé de vous dire que tout indique que le meurtre avait des motivations sexuelles, retrouver cette femme est donc crucial. Je sais que ça doit être difficile pour vous, Laura, mais toutes les suggestions que vous pourriez nous faire nous seraient très utiles.

—Vous connaissez le travail de mon mari avec la fondation. Il s'occupait de beaucoup de femmes, c'était peut-être l'une d'elles. Votre description ne ressemble à aucune de celles de mes connaissances. Je suis désolée. »

Elle n'avait pas pu regarder Tom dans les yeux en répondant, préférant baisser la tête et observer une pile de dossiers sur le bureau. Qu'est-ce qui était le pire, se demandait-il. Savoir exactement qui ça pourrait être et ne pas être surprise, ou n'en avoir aucune idée, se rendre compte, maintenant que l'autre femme – ou du moins une autre femme – partageait peut-être aussi la vie de son mari.

Laura brisa le silence gêné.

« Avez-vous découvert comment il est mort ?

—Nous ne savons pas exactement encore, mais nous en saurons plus dans la matinée, je vous tiendrai informée. »

Comment aborder la question suivante ?

« Votre invitée de la nuit dernière, Laura – votre belle-sœur si je me souviens bien, c'est juste ?

—Ex-belle-sœur pour être exacte. Elle était mariée à mon frère mais ils sont divorcés depuis longtemps.

—Vous aviez l'air très choquée et irritée quand vous l'avez vue. »

Ce n'était pas le moment de poser des questions fermées. Il voulait plus qu'une réponse monosyllabique, mais Laura pesait ses mots avec beaucoup de précaution.

« Imogen et moi avons été très proches pendant des années. Mais nous nous sommes disputées quand elle a divorcé de mon frère. Elle n'est jamais revenue à Ashbury Park depuis, donc c'était la dernière personne que je m'attendais à trouver à ma porte. Elle habite au Canada et je n'avais aucune raison de la voir. J'ai été surprise, voilà tout. »

Il y avait plus que ça, et Tom n'était pas prêt à lâcher le morceau. Il attendrait la bonne occasion.

« Tout ce que vous pourrez nous dire sur votre mari, en particulier en quoi consistait son travail à la fondation, nous sera très utile. Nous avons vu le personnel du bureau d'Egerton Crescent. Nous avons parlé à Rosie Dixon et à Jessica Armstrong, et l'un de mes collègues a rencontré un certain Brian Smedley, qui, d'après ce que nous avons compris, est le directeur financier de la compagnie immobilière. Je sais qu'il a ses bureaux dans l'est de Londres, mais je crois qu'il venait voir Hugo à Egerton Crescent plusieurs fois par semaine. Nous les interrogerons plus en détail, mais ça nous aiderait de connaître votre point de vue sur Allium.

— C'est le père de Hugo qui a fondé l'œuvre de charité, il y a très longtemps, sur un plan régional, dans l'Oxfordshire à l'époque. Au début, son objectif était d'aider les jeunes filles qui avaient fui leur foyer à cause d'abus familiaux et qui finissaient dans la rue. Elles n'avaient que la prostitution comme moyen de survie. La fondation s'intéressait seulement aux filles juridiquement assez âgées pour quitter leur domicile avec le consentement des parents. Elle enquêtait sur chaque cas, mais si les filles ne voulaient vraiment pas rentrer chez elles, elle faisait ce qu'il fallait pour obtenir l'accord des parents – je ne sais pas trop quelles menaces subtiles on servait aux parents abusifs qui refusaient. Puis la fondation trouvait une famille d'accueil aux filles et un emploi – comme aide-ménagère ou dans des cafés ou des hôtels. Ça leur donnait le temps de retomber sur leurs pieds, et les familles qui les accueillaient recevaient une aide financière. Puis on aidait les filles à se lancer seules dans la vie.

« Mais ces dernières années, le travail de la fondation a évolué. Vous avez forcément entendu parler de l'énorme développement de la prostitution venue d'Europe de l'Est ? »

Tom acquiesça. Il savait déjà beaucoup de choses grâce aux recherches de ses collègues, mais c'était bien de l'entendre de la bouche de Laura.

Quand elle reprit la parole, il remarqua que son air détaché avait été remplacé par un enthousiasme sincère, comme si elle se souciait réellement du destin de ces filles.

« Quand j'ai rencontré Hugo, j'ai été profondément impressionnée par ce qu'il faisait – aider des filles qui n'avaient personne vers qui se tourner. Mais, en comparaison, ces filles-là avaient de la chance. Elles parlaient notre langue et se trouvaient dans leur propre pays. Les filles que la fondation aide maintenant sont le plus souvent amenées en Angleterre contre leur gré ou en croyant qu'elles viennent pour travailler comme serveuses ou femmes de chambre. Dans certains cas, elles croient avoir décroché un contrat de mannequinat – et elles débordent d'espoir. On les fait entrer clandestinement, puis on les "vend" comme prostituées. Le prix d'une fille peut atteindre huit mille livres, mais certaines peuvent faire gagner plus de huit cents livres par jour aux gangs qui les achètent. Elles font parfois douze, quinze, vingt passes quotidiennes. Il leur est pratiquement impossible de s'enfuir. En théorie elles peuvent racheter leur "dette" – mais il leur est quasiment impossible de réunir la somme nécessaire. Elles sont entrées illégalement en Grande-Bretagne alors, même si elles pouvaient rassembler l'argent, comment feraient-elles pour rentrer chez elles ? De plus, elles ont peur des représailles au cas où elles se feraient reprendre si elles parvenaient à s'échapper. C'est une situation vraiment terrible et presque inextricable.

— Alors que fait la fondation ? demanda Becky.

— Hugo avait une équipe chargée de sauver ces filles. Je suppose qu'ils se font passer pour des clients. Ils essaient de persuader les filles d'aller voir la police avec le soutien de la fondation. Mais ça ne concerne que celles qui voudraient retourner dans leur pays, et beaucoup refusent, essentiellement à cause de la honte qu'il leur faudrait supporter. Sinon ils proposent aux filles de leur trouver un refuge sûr et ils les rachètent à leurs proxénètes. Moi ça me posait un problème, parce que, une fois cet argent encaissé, les proxénètes retournent chez eux acheter d'autres filles. Quoi qu'il en soit, les filles secourues étaient relogées dans des familles – comme aux origines d'Allium.

— Combien de filles la fondation a-t-elle aidées, environ ? demanda Tom.

— Oh, pas autant qu'ils auraient voulu. Entre cent et cent cinquante par an. Ce qu'ils pouvaient payer avec les collectes de fonds et, bien sûr, Hugo complétait les budgets avec son argent personnel. »

À cet instant un agent passa la tête par la porte.

« Monsieur, on vous attend pour votre rendez-vous de huit heures. »

Tom s'excusa, remercia une fois de plus Laura de s'être déplacée si tôt et lui promit de venir à Ashbury Park le plus vite possible. Tandis qu'il s'affairait à ramasser des papiers, Becky reprit l'interrogatoire. Elle était sincèrement émue par ce que leur avait dépeint Laura.

« Qu'est-ce qui arrive aux filles pour finir, Laura ?

— Que voulez-vous dire exactement ? »

Le ton acéré de Laura surprit Tom.

« Eh bien, est-ce qu'elles restent dans les familles pour une période donnée, et si c'est le cas qu'est-ce qui leur arrive quand elles partent ? Est-ce qu'on les aide à obtenir un permis de travail, un passeport, ce genre de choses ?

— Oh, je vois. Ça dépend des circonstances… »

Il n'entendit pas la suite en sortant du bureau, mais il avait senti quelque chose qui ressemblait étrangement à du soulagement dans la voix de Laura.

8

Laura claqua la porte derrière elle et se dirigea, lasse, vers la cuisine où Imogen prenait un petit déjeuner tardif. Ça sentait le pain grillé et le café chaud.

« Partage avec moi, Imo. Je ne suis pas dans mon meilleur jour.

— Qu'est-ce qui s'est passé ? Tu as identifié le corps ? C'était horrible ? Tu aurais dû me laisser venir avec toi. »

Laura laissa échapper un profond soupir.

« Pas la peine de me tenir la main, tu sais. Ça va, je contrôle la situation. Hugo avait l'air endormi et voir son corps, comme tu dis si bien, n'avait rien de traumatisant, contrairement à ce que j'avais cru. Mais ils m'ont posé des questions sur la fondation, ça m'a rendue nerveuse. Je ne sais pas si je suis une épouse en deuil, une cinglée complètement démente ou juste moi-même. Je crois que je suis un peu tout ça à la fois. »

Elle se laissa tomber à la table de la cuisine, le menton dans les mains.

« À ta place je ne me ferais pas de souci, fit Imogen. Tu es censée être dévastée par le chagrin, donc on ne peut pas s'attendre à ce que tu te comportes normalement en ce moment. Je croyais qu'ils rentraient avec toi ? Qu'est-ce qui s'est passé, tu leur as foutu les jetons ?

— Tom devait assister à l'autopsie, même s'il a été trop délicat pour le dire. Ils arrivent bientôt et après ils vont voir Annabel. Je me demande bien ce qu'ils vont réussir à tirer de la charmante ex-femme de Hugo. Tu ne l'as jamais rencontrée ? Ils vont se régaler. »

Laura saisit la tasse de café que lui tendait Imo avec reconnaissance et but une longue gorgée.

« Ils sont sympas, ces policiers. Ils ont l'air sincère et Becky, le sergent qui est mon officier de liaison – exactement ce dont j'ai besoin, c'est sûr –, a été assez touchée quand je lui ai expliqué le travail d'Allium. »

Imogen affichait un sourire perplexe.

« Tu as oublié de parler du charmant inspecteur principal. C'est Tom maintenant, donc ? Il est beau mec, tu trouves pas ? Avec son tee-shirt sexy et ce jean !

— Je t'en prie, Imo, j'ai vraiment autre chose en tête – comme tu as pu sûrement t'en apercevoir. De toute façon il était complètement différent aujourd'hui, tu le verras tout à l'heure. Costume élégant – cher, apparemment – cravate, et tout le tralala. Pour être franche, même si c'était l'homme le plus sexy du monde, qui va s'intéresser à moi en ce moment ? »

Imogen fut sauvée par la sonnette.

« J'y vais, dit-elle. C'est probablement encore des journalistes. S'ils pouvaient te laisser tranquille.

L'agent à la porte se fait avoir à tous les coups. On n'aurait jamais dû lui donner le code. On a eu je ne sais combien de "livraisons" de fleuristes ce matin. Certains avec des micros bien planqués, sans aucun doute. Je m'améliore dans l'art de les rembarrer.»

Imogen se dirigea vers la porte d'entrée, ses pas résonnant sur les dalles du couloir. Soudain retentit dans le manoir la voix aiguë et hystérique d'une enfant.

«Où est Laura? Je veux voir Laura.»

Une fraction de seconde plus tard une magnifique gamine se jetait dans ses bras. Elle resta accrochée, le corps secoué de sanglots.

Laura se sentit mal. Alexa ne méritait pas ça. La pauvre petite adorait son père; elle lui vouait presque un culte. Laura leva les yeux vers la porte où se tenait une jeune femme d'une trentaine d'années. Elle avait les yeux rouges et gonflés, mais aucun signe de larmes. Elles échangèrent un regard dénué de sentiment, ne prononcèrent pas un mot.

«Alexa, ma chérie. Je suis tellement désolée. Tellement, tellement désolée. Je sais à quel point tu l'aimais et il t'aimait aussi, tu sais. Il ne voudrait pas te voir dans cet état.»

Aucune parole de consolation ne pourrait apaiser Alexa, alors Laura se contenta de la serrer contre elle, en écartant ses cheveux blonds de son visage. Douze ans c'était trop jeune pour souffrir autant.

Au bout de quelques minutes, les sanglots d'Alexa s'atténuèrent un peu, Laura leva les yeux.

« Hannah, qu'est-ce que vous faites ici toutes les deux ? Alexa ne devrait pas être avec sa mère ?

— Annabel est allée voir son avocat. Elle a dit qu'elle ne serait pratiquement pas là de la journée, et Alexa ne voulait pas se retrouver toute seule. Elle était tellement agitée que je ne savais pas quoi faire d'elle. C'était son idée de venir ici, pas la mienne. »

Elle avait très souvent eu envie d'en coller une à Hannah et c'était encore le cas aujourd'hui. Peut-être devrait-elle le faire vraiment et mettre ce geste sur le compte du chagrin ?

Imogen, qui avait décidé de rester à l'écart jusqu'à ce qu'Alexa se calme un peu, venait de les rejoindre dans la cuisine.

« Est-ce que j'ai bien entendu ? Sa mère l'a laissée toute seule ? Mais qu'est-ce que… ? »

Imogen s'interrompit sur un signe de tête de Laura.

« Je vais refaire du café, d'accord ? Et toi Alexa, qu'est-ce qui te ferait plaisir, ma chérie ? »

La petite tourna lentement la tête sur la poitrine de Laura.

« Tu es qui ? demanda-t-elle avec cette innocence des enfants.

— C'est Imogen, ma puce. Elle était mariée avec oncle Will. Tu te souviens d'oncle Will ? Tu l'as vu quand tu étais petite.

— C'est ton frère ? Il est parti quelque part ? C'est comme toi, Laura, quand tu es partie ?

— Non, pas du tout comme moi. Will est ingénieur et il travaille en Afrique. Il vit là-bas depuis longtemps.

— Alors pourquoi elle est pas allée avec lui ?
— Ils ont divorcé, comme ta maman et ton papa.
— Pourquoi je t'ai jamais vue ? demanda Alexa à Imogen.
— J'habite au Canada, Alexa. C'est là que je suis née. J'ai vécu en Angleterre quand j'étais petite, mais, quand j'ai divorcé, je suis retournée dans mon pays natal. »

En fait, Imogen était restée en Angleterre au moins deux ans après son divorce, espérant en vain se remettre avec Will, jusqu'à ce qu'il parte pour l'Afrique. À ce moment-là, Laura et Imogen ne s'adressaient plus la parole – irrémédiablement séparées par les événements d'une seule soirée. Mais ça n'avait pas empêché Laura d'être blessée en découvrant que son ancienne meilleure amie partait pour le Canada. Elle avait toujours espéré que Hugo s'adoucirait à son égard et qu'elles pourraient envisager une réconciliation.

« Lexi, ma chérie, tu sais que tu peux rester ici autant que tu veux. Mais tu as l'air fatiguée. Pourquoi tu ne monterais pas te reposer un peu ? Hannah va t'apporter une boisson chaude et rester avec toi jusqu'à ce que tu t'endormes. Je sais que c'est encore le matin, mais toutes ces larmes t'ont épuisée, et je parie que tu n'as pas beaucoup dormi cette nuit, n'est-ce pas ?

— Comment j'aurais pu ? J'arrête pas de penser à mon pauvre papa. Pourquoi quelqu'un a voulu lui faire du mal ? Il était vraiment gentil ! On s'amusait bien tous les deux et il m'aimait plus que n'importe qui dans le monde.

— Je sais, ma puce.
— Tu pourras monter me voir, s'il te plaît, Laura ? Tu pourras me raconter des histoires sur lui ?
— Bien sûr. Allez, vas-y, j'arrive tout de suite. »
Imogen referma la porte derrière Hannah et Alexa.
« Tu avais raison à propos d'Alexa, Laura. Elle est adorable, et les photos que tu m'as montrées ne lui rendent pas justice, même après tous ces sanglots. Je comprends pourquoi tu l'aimes tant. Pauvre petite, elle va traverser des moments difficiles. Elle ne fait pas ses douze ans, en revanche. Elle est tellement minuscule. Mais c'est quoi le problème avec Hannah ? Tu sembles la détester. »
Laura ne répondit pas. Elle attendit qu'Imogen trouve la réponse toute seule, ce qui ne prit pas beaucoup de temps.
« Ah ha ! Hannah c'est la nounou. Cette nounou-*là* – c'est elle, n'est-ce pas ?
— Oui. C'est elle. La marionnette de Hugo, elle ne voit pas plus loin que le bout de son nez. Elle habite toujours avec Annabel, mais c'est Hugo qui la paie – ou du moins qui la payait. »
Elle s'interrompit, frappée par une idée.
« Tiens, ça c'est intéressant. Je me demande ce qui va lui arriver, je ne vois pas Annabel la payer de sa poche et moi il en est hors de question. Je me demande si Hugo a prévu quelque chose pour elle dans son testament.
— Tu sais ce qu'il y a mis ? Je veux dire, c'est une maison de famille, donc j'imagine qu'elle

revient à Alexa. Et je suppose que tu n'y as même pas pensé, hein ? »

Comme à son habitude, Imogen allait droit au but.

« Ça t'a peut-être échappé, Imogen, mais j'ai eu autre chose à faire ces dernières vingt-quatre heures. Je n'ai absolument pas réfléchi à cette histoire de testament. De toute façon, avec Hugo, on n'est pas au bout de nos surprises, à mon avis.

— En parlant de surprise, quelqu'un t'a appelée au téléphone tout à l'heure, fit Imogen, imperturbable. C'était Stella. Elle est en chemin.

— Merde ! Ma mère, c'est bien la dernière personne que j'ai envie de voir débarquer ici. Elle était censée partir hier pour voir Will. Je lui ai même acheté son billet ! Qu'est-ce qu'elle fiche encore en Angleterre ?

— Tu la connais, Laura. Elle a dû avoir peur d'attraper la malaria. Elle a pris les médicaments prescrits, mais elle s'est mis en tête qu'elle n'avait pas commencé sa cure assez tôt, alors elle a retardé son départ d'une semaine pour se rassurer. Tu lui as acheté un billet avec des dates flexibles, elle a simplement changé de jour.

— Mon Dieu. Pourquoi, *pourquoi* je n'ai pas acheté un billet fixe ? Elle serait déjà loin. »

Les jours qui se profilaient allaient être assez difficiles comme ça et elle imaginait très bien l'interrogatoire qui allait s'ensuivre quand sa mère apprendrait qu'une autre femme était apparemment impliquée dans l'affaire. Elle attrapa la cafetière pour se resservir sans se préoccuper de savoir si le café était chaud ou froid.

« Will ne t'a rien dit de tout ça quand tu l'as appelé hier ? demanda-t-elle à Imogen toujours appuyée contre la porte.

— Il a seulement dit qu'il lui annoncerait lui-même la nouvelle. Il pensait probablement que tu étais au courant pour son vol, et tu sais comment il est quand on se parle – ou peut-être pas en fait. Il dit le strict nécessaire, pas un mot de plus. Il m'a dit qu'il n'avait pas le temps de bavarder et qu'il te tiendrait au courant quand il pourrait venir ici. Je l'appelle de temps en temps – juste au cas où ses sentiments changeraient. Mais je perds mon temps. »

La tristesse d'Imogen était palpable.

« Tu seras encore là quand il arrivera, Imo ? Tu dois sûrement retourner travailler ?

— J'ai déjà contacté mon chef. J'ai mon ordinateur et tu as le wifi ici. Je peux rester aussi longtemps que tu voudras bien de moi – au moins jusqu'aux funérailles. »

Ah oui, les funérailles. Encore autre chose à penser. Peut-être pourrait-elle confier le boulot à sa mère – ça l'occuperait.

« Je n'ai aucune idée de la date. Je ne sais pas quand ils nous rendront le corps, comme c'est une enquête criminelle. Mais le mal est fait maintenant – donc tu peux rester tant que tu veux. »

Elle se rendit compte à quel point sa remarque pourrait paraître désobligeante et changea de sujet rapidement.

« Écoute, Imo, si ça ne te dérange pas je vais aller voir Alexa et après je prendrai un bain. J'ai besoin de réfléchir.

— Tu as encore de la lecture pour moi ?
— Tu es sûre de vouloir ? Tu n'es pas obligée, tu sais.
— Peut-être pas, mais j'ai besoin de comprendre. Tout. Si tu veux bien ?
— Pas vraiment – mais je suppose que je n'ai pas le choix. En fait la lettre suivante est assez pertinente, après cette conversation. Mais Imo, quoi que tu lises, quoi que tu penses, s'il te plaît – je t'en supplie – on n'en parle pas. »

9

MARS 1998

Chère Imo,
Que dire à part : « Ma foutue, *foutue* mère ! » Malgré tout l'amour que je lui porte, ce week-end, je l'aurais étranglée avec joie ! Elle se croit perspicace, mais parfois elle est simplement blessante. Et dire que je t'avais apporté une lettre – la première que je t'ai écrite. Mais à cause de tout ce qu'elle a dit, je n'ai pas pu me résoudre à te la donner. Envolée l'excitation. Alors j'en ai écrit une autre – et je sais exactement quand je te la donnerai. Quand tu auras rencontré Hugo et que tu comprendras à quel point ma mère est ridicule !

J'étais vraiment impatiente de vous voir – toi, Will, papa et maman – ça faisait longtemps. Ma vie semblait idéale et le fabuleux soleil – incroyable fin mars – s'accordait parfaitement avec mon humeur. Il n'y avait personne sur la route, je n'ai eu aucun problème et, bien sûr, j'ai eu droit aux habituels reproches joyeux quand j'ai sonné à la porte. Tu la connais !

« Laura, pourquoi sonnes-tu ? C'est aussi ta maison. Je dois tout laisser en plan pour t'ouvrir la porte à cause de tes principes bizarres. »

Bien sûr elle n'était pas vraiment fâchée et elle m'a même prise dans ses bras. Quand j'ai demandé où était papa, j'ai eu droit à la réponse habituelle.

« Dieu seul le sait, et s'en soucie sûrement moins que moi. Entre, je vais ouvrir une bouteille. C'est l'heure, non ? »

Ça ne l'était pas, mais on s'en fichait.

En fait, maman savait exactement où il était, et s'il croyait le contraire, il se fourrait le doigt dans l'œil. Elle n'a pas eu beaucoup de chance avec lui, ça, je le sais. Il n'a jamais eu beaucoup de volonté et je ne suis même pas sûre qu'il ait jamais eu une conscience. Mais ça reste un père génial, et je ne crois pas que maman soit prête à abandonner son confort juste parce qu'il n'a aucun cran. Du moins, je l'espère.

Nous avons bu du vin en parlant d'à peu près tout. Je dis « à peu près » parce que j'avais laissé une chose de côté à ce moment-là. Mais maman n'est pas bête. Pas du tout, même.

On a parlé de la cérémonie. Je crois que vivre le frisson glamour par procuration lui est monté à la tête. Puis elle m'a donné de tes nouvelles (que je connaissais déjà, cependant je n'ai rien dit), mais elle me regardait étrangement.

« D'accord Laura. Lâche le morceau. Tu as l'air bien contente de toi et ce n'est pas seulement à cause de la récompense. Tu es resplendissante. C'est un homme, n'est-ce pas ? »

Ça, c'est typique ! J'allais vous l'annoncer à tous au dîner, à Will et à toi (même si tu avais déjà deviné qu'il y avait anguille sous roche), mais maman a une sorte de sixième sens ! Il fallait bien que je réponde – pas le choix – et je ne pouvais pas effacer le rictus d'autosatisfaction de mon visage!

« Oui, c'est un homme. Et cette fois je crois que c'est du sérieux. Je suis amoureuse! »

Maman était tellement contente pour moi. Selon elle je n'ai eu que des chiffes molles pendant des années (sympa!) et elle était impatiente de le rencontrer.

Oh, oh! Là j'ai compris que ça allait devenir un peu compliqué. J'ai essayé de lui expliquer qu'on ne voulait pas que ça s'ébruite, même si j'ai eu la permission de le dire à ma famille. Ça ne lui a pas plu, tu penses. Pas assez franc pour elle.

Alors je me suis expliquée:

« En fait, maman, c'est quelqu'un d'assez connu. On ne se voit pas depuis très longtemps – seulement quelques semaines – et il y a des choses à régler avant de rendre notre relation publique, parce que, dès qu'ils l'apprendront, les médias ne nous lâcheront plus. »

Ça l'a ragaillardie.

« Connu? Wahou! C'est qui? Ne me laisse pas mariner! »

Moi j'essayais de ne pas sourire jusqu'aux oreilles.

« Tu as sûrement entendu parler de lui. »

Je me suis tue, pour accentuer l'effet dramatique.

« Hugo Fletcher. Ça te dit quelque chose? »

Ça lui disait manifestement quelque chose, mais pas ce que je pensais.

« Tu ne veux pas dire sir Hugo Fletcher, si?

— Si. Sir Hugo Fletcher, le célèbre philanthrope, magnat de l'immobilier, multimillionnaire, absolument magnifique. »

Elle est partie en roue libre.

« Oui bien sûr que je le connais, même si je me fiche de ses millions et tu devrais faire pareil. Et son titre ne m'impressionne pas le moins du monde. Il l'a eu grâce à sa fondation caritative, non ? Je me souviens très bien du nombre d'émissions télé et radio dédiées à son "admirable travail". C'était carrément de l'autopromotion, payée avec un de ses millions ! »

Tu vois ce que je veux dire par ma foutue, *foutue* mère ? Mais ça allait encore dégénérer et ça a fini en dispute. Moi, forcément, j'étais sur la défensive.

« Tu ne le connais même pas et tu le juges ! Il doit forcément faire de la publicité pour lever des fonds. Ce n'est pas lui-même qu'il met en avant. »

Tu aurais dû voir sa tête, Imo. La bouche pincée et ce regard de mépris – comme si je ne disais que des conneries. Tu le connais, ce regard, j'en suis sûre.

« De toute façon ça ne sert à rien, parce que si je me rappelle bien, il est marié. Comment as-tu pu faire ça, Laura, après tout ce que notre famille a traversé ? »

Qu'est-ce que je pouvais répondre ? On sait tous que papa était un dragueur invétéré dans sa jeunesse, mais c'est différent. Ce n'est pas une aventure sordide. Hugo m'aime et il va divorcer ! Je lui ai tout expliqué aussi calmement que possible.

« Alors dites-moi, madame, c'est donc vous la cause du divorce ? Est-ce qu'on va parler de toi ou est-ce qu'il va te laisser tomber quand il sera libre pour se rabattre sur une femme de son monde ? »

Elle n'a vraiment aucune confiance en moi. J'ai réessayé.

« Écoute, il divorce d'Annabel pour différends irréconciliables. Sa mère est morte récemment, et il voulait retourner vivre dans leur demeure familiale – c'est un domaine ancestral, il est bien obligé. Sa mère était la fille d'un comte, ou quelque chose comme ça et elle a hérité d'Ashbury Park dans l'Oxfordshire. C'est un legs par fidéicommis qui passe de génération en génération, mais il doit y habiter. Annabel a refusé. Il lui a posé un ultimatum mais elle a dit qu'elle ne bougerait pas.

— Ce n'est pas une raison pour divorcer. Ce sont des choses dont on peut discuter. Je suis désolée, Laura, mais ce type est psychorigide. Il n'arrive pas à faire plier sa femme, alors il divorce ! »

Elle a fait un « pfeu » de dégoût ; celui qu'elle faisait tout le temps pour montrer qu'elle ne gobait pas les explications de papa. Je suis sûre que tu vois de quoi je parle.

« Maman, comment peux-tu juger quelqu'un dont tu ne sais pratiquement rien ? Par exemple, tu ignores qu'ils n'ont pas couché ensemble depuis des lustres – pratiquement depuis qu'Alexa, leur fille, est née.

— Et en plus il a des enfants. Parfait. Mais enfin je ne t'ai donc rien appris, Laura ? Il te dit qu'il ne couche plus avec sa femme parce qu'il sait que tu ne vas pas aimer entendre le contraire. Il n'a sûrement pas dit à sa femme qu'il couchait avec toi. C'est ce que font les hommes, ma fille. S'ils vivent toujours dans la même maison, je mets ma main à couper qu'ils dorment toujours dans le même lit. »

J'étais au bord des larmes.

« Maman, tu ne comprends vraiment rien. Il a déménagé dans sa maison de famille, et puis – même si ça ne te regarde absolument pas – on n'a pas couché ensemble, et je ne compte pas le faire avant que le divorce soit prononcé ! »

Ça lui a rabattu le caquet.

« Laura, ma chérie, es-tu en train de me dire que Hugo, si je peux me permettre de l'appeler ainsi, est satisfait de cet arrangement ? »

Je lui ai dit que c'était son idée à lui. Pas la mienne. Il a ses raisons. Il n'est toujours pas divorcé et il ne veut pas qu'on traîne mon nom dans la boue. En plus, il pense que si Annabel a vent de notre relation elle essaiera de faire augmenter la pension, donc il veut me laisser en dehors de ça. Moi je trouve que ça montre une énorme maîtrise de soi, mais apparemment je suis bien la seule.

Manifestement, maman trouve tout ça un peu étrange. Elle a reniflé en essayant de se dominer puis elle m'a demandé :

« Et toi, Laura, est-ce que ça te convient ? »

En fait, non, mais je n'allais pas le lui dire. Je crève d'envie d'être avec lui, Imo. Je rêve de faire l'amour avec lui. Mais je respecte son point de vue et je n'allais pas laisser apercevoir la moindre fissure dans mon armure à ma mère.

« Est-ce que tu t'es demandé si c'était normal ? a-t-elle repris, bille en tête. Tu n'es pas vraiment une vestale qu'on doit protéger des démons du sexe avant le mariage ! »

Parfois elle arrive à me surprendre !

« Laura, je sais exactement quand tu as fait l'amour pour la première fois et avec qui. Je suis ta mère. C'est mon boulot de savoir ce genre de chose. Tu n'es pas une pute mais tu n'es pas une sainte non plus et je sais que tu as un appétit sexuel sain. Mais la question est : qu'en est-il de Hugo à ce sujet ? »

—Je n'ai jamais essayé de lui cacher ça. J'ai du mal à me retenir de le toucher, et il s'en rend compte.

—Non, ma chérie, tu ne comprends pas. Ce que je veux dire c'est que tu as des besoins sexuels sains, mais est-ce que les goûts de Hugo en la matière le sont autant que les tiens ? »

Voilà pourquoi nous étions aussi silencieuses au dîner. Je ne pouvais pas te raconter tout ça, je ne t'ai pas donné la première lettre et maintenant, je suis complètement déprimée.

Excuse-moi, Imo – tu as dû penser que j'étais de mauvais poil. Mais ça n'avait rien à voir avec toi. Rien du tout.

Plein de baisers.

Laura

***

JUIN 1998

Chère Imogen,

Comment te sentais-tu juste avant ton mariage ? On éprouve tant de choses, n'est-ce pas ? J'imagine que toutes les futures mariées sont dans le même cas.

Les choses évoluent, mais très lentement. Hugo est divorcé maintenant. Il a réussi à s'en sortir assez vite, et c'est paru dans tous les journaux. Il dit qu'on annoncera notre relation en temps et en heure, alors pour l'instant il faut faire profil bas. On se voit pour déjeuner deux ou trois fois par semaine, sous prétexte de recherches pour mon documentaire (qu'il n'autorise toujours pas, en fait) sur sa fondation – mais à part ça, on se parle uniquement par téléphone.

Je ne le vois que très rarement en privé – de temps en temps on passe une demi-heure seuls dans son bureau (s'il parvient à éloigner Jessica). D'après lui, si on me voyait sortir de chez lui aux petites heures du jour, si ça se savait avant l'annonce officielle, ç'aurait l'air d'une aventure sordide.

Et il n'a encore rencontré aucun de vous ! Il n'a aucune famille à me présenter, à part Alexa – et jusqu'à maintenant il trouvait que c'était trop tôt pour elle.

Enfin, revenons à toi, Will, maman et papa. J'ai essayé des milliers de fois d'organiser quelque chose, mais même si tu dis que tu serais contente de venir dans l'Oxfordshire, lui, m'assure qu'il n'a pas le temps. Alors j'ai attendu une soirée où nous étions tranquilles lui et moi pour relancer le sujet.

« Hugo, c'est très important pour moi que tu rencontres ma famille. Je veux qu'ils t'aiment comme je t'aime.

— Ma chérie, tu te fais trop de soucis. Ils vont m'adorer ! Je suis certain qu'ils sont ravis que tu m'épouses. »

Il n'a aucune idée de la façon dont fonctionnent mes parents. S'il croit que maman va s'extasier devant ce qu'il représente, il va être surpris.

« Laura, je travaille toute la journée et tous les jours. Je passe la plupart de mes soirées à des galas de charité ou autres, et, le week-end, je dois m'occuper d'Alexa. Je tiens vraiment à chaque moment de tranquillité que je peux m'octroyer. Alors j'ai bien peur que ça ne doive attendre. D'ailleurs, en parlant d'Alexa, je pense qu'il est temps que tu la rencontres. »

Franchement, j'étais folle de rage ! Mais seulement pour deux minutes. Je me rends bien compte qu'Alexa est plus importante – c'est une enfant – et je suis très impatiente de la voir.

J'espérais qu'il m'invite dans l'Oxfordshire – parce que je n'ai toujours pas vu ma future maison ! Tout ça à cause de cette histoire de « profil bas » – à laquelle il va bientôt falloir mettre un point final ! J'ai dit que je serais ravie de venir, rien qu'une heure – pour la voir ! Il a rétorqué que ça faisait un trop long trajet. (Ridicule, bien sûr. Ça prend à peine une heure par la M40. Et puis, s'il croit que le trajet risque de me fatiguer, il n'a qu'à m'envoyer un chauffeur !) Mais après il m'a dit qu'il m'emmènerait dans mon restaurant préféré de Londres – pour déjeuner, bien sûr. Il a décidé que nous allons pouvoir être vus ensemble en tant que couple. Les choses seront plus simples, j'en suis sûre. Je me demande si ça signifie qu'on va pouvoir être un couple, avec tout ce que ça implique ? Je ne sais pas pourquoi, je n'ai pas osé poser la question. C'est bizarre.

Hugo pense à moi tout le temps. Il sait que je ne peux pas m'acheter le genre de vêtements dont je vais avoir besoin quand nous sortirons ensemble, les robes pour les galas de charité, par exemple. Et donc presque tous les jours arrivent de petits (ou gros) paquets, et contenant toujours des choses chères, pour moi au travail ou à la maison. Parfois ce sont des fleurs, parfois des vêtements, et, parfois, carrément des bijoux ! Imagine un homme qui sort et choisit les tenues les plus divines rien que pour toi ? Il dit que s'occuper de moi est l'un de ses plaisirs. Il semble connaître ma taille exacte – pour les vêtements, les chaussures, *tout*. (Il ne m'a pas encore acheté de sous-vêtements. J'imagine que, vu les circonstances, il ne trouve pas ça très approprié.) Le plus intéressant, dans ces vêtements, c'est qu'ils sont tellement plus sophistiqués que tout ce que j'aurais choisi moi-même. Je commence à penser que je n'avais pas l'air très élégante avant – mes tenues trop moulantes, trop décolletées, trop suggestives. Tu ne crois pas ? Celles qu'il choisit pour moi sont très sophistiquées et distinguées. Il va dans une maison de couture qui les réalise selon ses vœux ! Il sait ce qu'il fait – c'est mieux que je le laisse s'occuper de ça, je crois. J'ai manifestement beaucoup de choses à apprendre.

Enfin, pour en revenir à Alexa, j'ai demandé à Hugo s'il lui avait parlé du mariage.

« Je veux d'abord qu'Alexa te rencontre, et, après, quand on saura qu'elle t'adore, on pourra lui dire. J'ai interdit à Annabel d'évoquer le sujet devant elle. »

Est-ce qu'il insinuait que, si Alexa ne m'aimait pas, on ne se marierait pas ? Est-ce qu'il nous faudra la permission d'Alexa ? Une gamine qui n'a même pas trois ans ? Et pourquoi Annabel ferait ce que lui demande, ce que lui ordonne, même, son ex-mari ?

Je crois que je suis simplement à cran. L'approche du mariage, tout ça. Hugo est l'homme le plus gentil que j'aie rencontré. Il est généreux, attentif, et il a des manières impeccables. Il est absolument magnifique. Et il me respecte. Il m'appelle toujours quand il a dit qu'il le ferait, et, le mois prochain, il va me présenter officiellement comme sa « merveilleuse future épouse ».

Sachant que j'allais rencontrer Alexa, j'ai pensé que, peut-être, je pouvais le convaincre de me laisser l'accompagner dans l'Oxfordshire. Sa réponse n'aurait pas dû me surprendre.

« Ma chérie, j'ai pensé que ce serait parfait si tu ne voyais pas le manoir avant le mariage. Parce que c'est là-bas que la cérémonie aura lieu, bien sûr. Je suis si excité à l'idée de te faire passer le seuil en qualité de nouvelle lady Fletcher. »

Je n'avais pas compris qu'on célébrerait notre mariage au manoir.

« Il y a une église charmante dans le village. Elle est magnifique. Je parlerai au pasteur. Bien sûr, comme j'ai déjà été marié, ça peut lui poser un problème de conscience. Mais tout est possible, surtout si l'église a besoin de rénover son toit ou d'autres travaux de ce genre. Je pense que tu seras d'accord avec moi pour dire que la réception doit avoir lieu à Ashbury Park. »

Aussi merveilleuse que cette perspective puisse paraître, je ne l'étais pas – et je lui ai répondu que papa et maman ne pourraient pas financer une cérémonie aussi imposante. Hugo a rigolé à l'autre bout du fil.

« Ne sois pas bête, chérie. Ashbury Park est extrêmement grand. Ça sera parfait pour un mariage, et parfait comme domicile. Mais tu n'auras pas à lever le petit doigt, et tes parents n'ont à se soucier de rien. Je vais tout organiser quand nous aurons fixé une date. Tout ce que tu as à faire c'est venir ! »

Que dire ? Il est tellement prévenant, mais peut-être que j'ai envie d'être impliquée, moi ? Et je suis sûre que mes parents vont vouloir mettre leur grain de sel dans le mariage de leur fille unique. Comment lui faire comprendre sans le blesser ? J'ai essayé :

« Tu sais, Hugo, j'apprécie vraiment que tu prennes tout cela en charge, mais ça me ferait plaisir de participer à l'organisation. On pourrait s'en occuper tous les deux, non ?

— Pas du tout. Tu ne dois te soucier de rien, ma chérie. Tu dois juste venir et être merveilleuse. Le reste, c'est ma surprise ! Je ne veux plus en entendre parler. Je veux faire ça pour toi. »

La bataille était perdue d'avance, mais je dois admettre que je n'ai pas lutté longtemps. Il est tellement déterminé à rendre ma vie aussi facile que possible, et à tout me donner. C'est adorable, je ne devrais pas me laisser entraîner dans ces disputes idiotes.

Ensuite, on a reparlé d'Alexa et on a décidé que je la rencontrerais le week-end suivant. Il l'emmènerait à Londres pour la journée.

Je voulais tellement qu'elle m'aime, mais je ne m'étais pas attendue à avoir un deuxième coup de foudre en six mois.

Hugo, formel comme à son habitude (mais adorable), m'a présenté sa fille.

« Alexa, je voudrais que tu rencontres une de mes très bonnes amies. Voici Laura. »

Je me suis accroupie devant la plus jolie petite fille que j'aie jamais vue. Elle est absolument exquise. Elle a les cheveux blonds presque blancs, ondulés, et ses yeux sont un mélange hypnotique de marron et de vert. Elle est si fine et a l'air si fragile que j'ai envie de la prendre dans mes bras avec la plus grande douceur. Elle me regardait avec un peu de méfiance, alors j'ai essayé de briser la glace.

« Bonjour, Alexa. Je t'ai apporté un petit cadeau. Tu veux ouvrir le paquet pour voir ce qu'il y a dedans ? »

J'avais déniché une jolie poupée de chiffon, avec une robe en vichy rose pâle et un chapeau mou. Elle est toute douce pour les bébés, c'est pile le genre de poupée avec laquelle elle peut dormir.

Je n'avais jamais vu d'enfant ouvrir un paquet-cadeau comme elle l'a fait. Elle a déballé le cadeau avec précaution et elle a carrément plié le papier avant de le poser sur la table. On peut dire que ce n'est pas une enfant agitée. Et puis elle a levé les yeux et elle a souri. Un sourire d'ange, et son petit visage s'est éclairé de plaisir.

«Merci, Laura», a-t-elle dit sans même que son père ne lui demande. Incroyable!

J'étais amoureuse. Le coup de foudre, je te dis. Et je sais que je vais prendre soin de cette petite pour le reste de sa vie comme si c'était la mienne.

Plein de baisers.

Laura

P.-S. – Tu ne l'as toujours pas rencontré – donc je garde cette lettre. On les lira ensemble quand tout sera arrangé. Ce sera marrant.

10

Tom passa la tête par la porte du bureau de son chef. Ils avaient assisté tous les deux à l'autopsie mais le commissaire avait dû s'absenter pour un rendez-vous – d'après ce qu'il disait. Personne n'aimait les autopsies.

« James, vous avez un moment ?
— Entrez, Tom. Faisons le point sur l'enquête. »

James Sinclair repoussa une pile de dossiers pour faire de la place sur son bureau. Ce cas n'était pas sa seule enquête mais sans aucun doute la plus sensible. Tom s'assit.

« On n'a pas grand-chose de plus. Lady Fletcher est venue identifier le corps. Elle nous a parlé de la fondation de son mari, c'était très intéressant. D'ailleurs, elle insiste pour qu'on l'appelle Laura et le défunt Hugo. J'espère que ça ne vous ennuie pas ?
— Tom, vous savez que, si on garde la même distance avec tout le monde – les suspects, les victimes, et leurs familles – on est sûr de ne pas brouiller les pistes. Même s'il est très peu probable

qu'elle soit impliquée dans cette affaire, on ne peut pas encore écarter complètement cette hypothèse.

—Compris. Cependant, elle est très fragile en ce moment et refuser de briser la barrière de l'étiquette n'aurait fait que la renfermer sur elle-même.

—Très bien. Je vous laisse en décider. A-t-on une idée de la cause de la mort ?

—Oui. Nicotine liquide. Une énorme dose injectée dans l'aine – dans la veine fémorale. Apparemment c'est un endroit assez utilisé par les drogués. On a un lien, bien sûr. Prostitution plus abus de drogue ? Mais je ne vois pas trop où ça nous mène.

—Et je parie qu'il n'y en a pas beaucoup qui utilisent la nicotine liquide. Quelle est la dose mortelle ?

—À peine soixante milligrammes, et il a reçu beaucoup plus. Ça a dû faire effet très vite.

—Comment se procure-t-on ce produit ?

—On ne sait pas encore. J'ai cherché sur Google, c'est probablement là que la plupart des gens commenceraient, mais ça n'a rien donné. J'ai découvert qu'on pouvait le dissoudre dans de la vodka et le donner à boire à quelqu'un, mais ce n'est pas le cas ici. On a un gars sur le coup. »

Légèrement perplexe en entendant le mot « Google », le commissaire ramena la conversation en terrain plus connu.

« Qu'est-ce qu'on a d'autre ? Quelque chose sur les foulards ?

—Ils viennent de chez Tie Rack, une franchise qui a des boutiques dans toutes les rues commerçantes, les aéroports, partout. Ils vont vérifier sur les ordinateurs, mais ils en vendent des milliers chaque jour. Mieux vaut ne rien attendre de ce côté-là.

—Je vois, mais, je vous en prie, dites-moi qu'on a quelque chose sur la femme qui a été aperçue. »

Tom aurait aimé avoir quelques points positifs à rapporter au commissaire. Il avait besoin de résultats sur cette affaire.

« Oui et non. La police scientifique a analysé le cheveu roux trouvé sur la scène de crime. C'est un vrai, mais qui proviendrait d'une perruque. Apparemment les cheveux d'une perruque sont cousus dans un genre de bonnet en dentelle de coton, taillé sur mesure – du moins pour les perruques de qualité. Donc cette femme n'était pas forcément rousse, mais si sa perruque était en cheveux naturels, on peut commencer par interroger les perruquiers. Pour être franc, je ne crois pas qu'il y en ait beaucoup qui vendent des postiches si haut de gamme.

—Et les empreintes ? Vous avez pu relever celles de lady Fletcher ce matin ?

—Oui. Heureusement, la femme de ménage avait nettoyé la pièce récemment avec beaucoup de soin – elle appelle ça son "nettoyage d'automne" – donc toutes les empreintes qu'on a trouvées n'ont pas plus de dix jours. On a celles de Beryl et de sir Hugo dans la chambre, avec celles de lady Fletcher – mais elles, bizarrement, uniquement sur la porte et l'armoire. Elle en a laissé également dans la salle de bains, la cuisine et dans le salon. Dans cette pièce, on a aussi relevé celles de Jessica Armstrong, l'assistante personnelle de sir Hugo. C'est tout. »

James Sinclair tapotait son stylo sur le bureau.

« Je sais qu'il est mort depuis moins de vingt-quatre heures, mais nous devons pouvoir montrer que ça avance. Nous n'avons aucun mobile et pas de vrai suspect. Aucun signe de vol, j'imagine ?

— Aucun. La maison regorge de choses qui auraient fait la joie d'un cambrioleur. Beaucoup de petits objets en argent, sans parler des toiles de maîtres. On a envoyé deux gars avec la femme de ménage. D'après elle, il ne manque rien. On va aller voir les employés de la fondation, puis on retournera au manoir. Je vais aussi voir l'ex-femme aujourd'hui. »

Tom avait aussi envoyé quelqu'un interroger la société de sécurité rapprochée. Il comprenait pourquoi Hugo ne voulait pas de leurs services chez lui, mais pas pourquoi il avait besoin d'eux en général. Il devait se croire en danger.

« Que pensez-vous des gardes du corps, James ? J'imagine que sir Hugo pensait en avoir besoin à cause de sa fondation. Il a dû emmerder pas mal de gens pas très recommandables. Quelqu'un peut avoir accumulé assez de rancune contre lui soit pour le tuer, soit pour le faire tuer. Je doute que ça ait quelque chose à voir avec ses affaires immobilières. Il s'en occupait très peu et elles semblent plutôt régulières. »

Pensif, James Sinclair regarda dans le vague un instant.

« Pardonnez-moi d'enfoncer des portes ouvertes, Tom, mais nous savons qu'il connaissait cette femme – assez bien pour l'inviter chez lui – et qu'elle n'a pas eu à lutter pour l'attacher. Ce n'était pas une rencontre de hasard. Il devait avoir une maîtresse, et, si c'est le cas, quelqu'un devait être au courant. Et la famille ? De qui était-il le plus proche ? »

Tom retint un grognement d'exaspération. Il s'était posé ces questions des dizaines de fois. Il fallait retrouver la maîtresse, mais personne ne semblait au courant de rien. Il priait pour que quelqu'un de la fondation sache quelque chose, parce qu'il n'y avait pas beaucoup de monde qui pourrait lui apporter des réponses.

« À part sa femme, sa fille et son ex-femme, toutes ses relations ont un rapport avec sa fondation ou ses affaires. Il ne semble pas avoir eu d'amis proches. J'ai fait allusion à une éventuelle maîtresse devant Laura mais elle n'a pas réagi. Comme si ça ne la surprenait pas. J'ai bien l'impression qu'elle soupçonnait quelque chose, et je vais creuser de ce côté-là. En ce qui concerne la famille, son père est mort il y a une quarantaine d'années, sa mère en 1997, juste avant sa rencontre avec Laura. Et puis il a une sœur, Beatrice, mais on ne sait pas où elle se trouve.

— Et que pensez-vous de cette théorie : une des filles de l'Est accepte, contre une quelconque promesse de son souteneur, de séduire puis de tuer sir Hugo ?

— Les filles que sir Hugo aidait étaient toutes très jeunes et notre témoin a bien spécifié qu'il avait vu une femme. Pensez-vous qu'il ait pu ramener une de ces filles chez lui ? Vu sa notoriété et sa réputation, ce serait étonnant. De toute façon on va vérifier si certaines filles ne seraient pas devenues soudainement très riches ou n'auraient pas disparu sans laisser de trace. C'est Ajay qui s'en occupe.

— Très bien. Dernière question. Est-ce que ça vaut le coup de chercher du côté de la belle-sœur ?

— Tout à fait. Il y avait une telle électricité dans l'air entre ces deux femmes que je me suis demandé si ce n'était pas elle, la maîtresse. Je l'avais éliminée jusqu'à maintenant à cause de sa couleur de cheveux. Elle est toujours à Ashbury Park, je l'interrogerai quand j'y retournerai. »

Imogen avait la bonne taille et elle vaudrait bien un deuxième coup d'œil en jupe en cuir, c'était certain. Le problème c'était qu'une taille moyenne était – eh bien, dans la moyenne. Et toutes les femmes qu'ils avaient rencontrées depuis le début de cette enquête correspondaient à la description, surtout maintenant que la couleur de cheveux ne signifiait plus rien. Mais la réaction passionnée de Laura à l'intrusion d'Imogen et son refus d'en parler ce matin donnaient des raisons de croire qu'il y avait anguille sous roche. Il allait tirer ça au clair.

« Il vaut mieux que j'y aille, James. Je dois rassembler le personnel au bureau de la fondation et une fois qu'on leur aura parlé, direction l'Oxfordshire. Je serai là pour le débriefing ce soir, espérons qu'on aura avancé. »

***

Quinze minutes plus tard, Tom et Becky roulaient vers Egerton Crescent. Au moins c'était dimanche et malgré le monde sur la route il n'y avait pas d'embouteillage. Becky avait l'impression d'avoir travaillé des heures, mais ce n'était encore que le matin. Ils arriveraient dans l'Oxfordshire à l'heure du déjeuner et elle priait pour que Tom accepte de s'arrêter pour manger. Elle n'avait pas pris de petit déjeuner et mourait de faim.

« J'allais suggérer, commença Tom, que nous interrogions chacun une fille, mais j'ai changé d'avis. Je crois que le mieux ce serait que vous leur parliez toute seule, à toutes les deux. Bavardez avec elles. Quelqu'un pourra prendre leur déposition au commissariat plus tard. Elles se sentiront plus à l'aise si elles peuvent jouer les commères. Je vais interroger le responsable financier de la fondation et l'un de nos techniciens va s'occuper de l'ordinateur de sir Hugo. Qu'en pensez-vous ? »

Cela lui convenait parfaitement. Elle avait un excellent contact avec les gens et les femmes se confiaient plus facilement à elle qu'à un homme.

« Ça me va, chef. Vous voulez que je me concentre sur quelque chose en particulier, ou simplement des informations générales ? »

Elle ne fut pas le moins du monde surprise de s'entendre répondre qu'elle devait s'intéresser aux éventuelles maîtresses, passées ou présentes.

« Vous voulez que je leur parle ensemble ou séparément ?

— Qu'est-ce qui serait le mieux selon vous ? Vous savez comment fonctionnent les femmes.

Vous êtes toutes un mystère pour moi, pour être franc. »

Est-ce qu'il blaguait ? Son visage était impassible.

« Ça va dépendre de leur relation. Si elles sont bonnes copines, elles vont se pousser l'une l'autre à dire des choses qu'elles ne diraient pas seules. Sinon, elles vont être plus réservées. Il faudrait que j'évalue la situation avant. Je vais d'abord leur parler du travail au bureau, qui fait quoi, puis je déciderai. Ça vous va ?

— Parfait. On y est, Becky. Essayons de boucler ça assez vite. »

***

Jessica Armstrong ne plut pas à Becky. Cette dernière se montrait pourtant aimable. Une odeur appétissante flottait dans les bureaux.

« Je sais que vous êtes très occupés dans la police, dit Jessica, et je ne savais pas si vous auriez le temps de petit-déjeuner. Alors j'ai apporté une petite sélection de viennoiseries plutôt délicieuses. Je vais vous faire le café – espresso, cappuccino ou filtre. Ce que vous préférez. Ou du thé, bien sûr. »

Voilà pourquoi quelqu'un comme Jessica avait réussi à devenir l'assistante personnelle d'un homme aussi important. Entamant sa deuxième viennoiserie, elle remercia Jessica de sa prévenance. La réponse ressemblait à une miniconférence.

« L'art d'être une bonne assistante personnelle réside dans la capacité à anticiper les besoins des personnes pour lesquelles elle travaille et d'agir avant qu'on lui dise quoi faire. La plupart des gens pensent qu'on se contente d'exécuter les ordres efficacement, mais ils se trompent. Il faut prévenir ce qui va se passer. C'est pour cela que sir Hugo me trouvait irremplaçable. »

Quelle suffisance ! Mais Becky devait bien admettre que cette approche avait ses mérites.

Elle décida de parler aux deux filles séparément. Elles semblaient bien s'entendre mais manifestement Jessica prenait Rosie pour une subalterne doublée d'une cruche. Rosie travaillait pour sir Hugo depuis cinq ans, mais Jessica depuis plus de douze, et, par conséquent, se croyait supérieure en tous points. C'était pourtant Rosie qui avait les yeux rouges d'avoir pleuré tandis que Jessica semblait impassible.

Becky fut sérieusement tentée de demander à voir Rosie en premier simplement pour effacer l'expression légèrement arrogante du visage de Jessica. Mais elle avait besoin de se mettre Jessica dans la poche.

« J'aimerais en savoir le plus possible sur sir Hugo, sa vie, son travail. Vous avez été très proche de lui toutes ces années, vous devez pouvoir me donner un aperçu de l'homme qu'il était. Vous pouvez commencer par m'expliquer ce que vous faites ici, en quoi consistait votre travail auprès de sir Hugo.

— Je dois d'abord dire que sir Hugo était un homme véritablement exceptionnel. Il était unique, imaginer la vie sans lui m'est difficile. Je ne montre rien, et vous devez penser que je ne ressens rien, mais c'est faux. Tout est une question d'éducation, sergent. On m'a appris à ne pas laisser paraître mes sentiments. »

Bon sang, pensa Becky. Elle était à court de mots, mais, de toute façon, Jessica était intarissable.

« Une assistante personnelle est extrêmement importante pour quelqu'un comme sir Hugo qui avait tant de responsabilités. J'étais sa courroie de transmission auprès de Brian Smedley à la compagnie immobilière, mais ce que j'aimais le plus faire pour sir Hugo, c'était de travailler pour la fondation. Quand nous recevons des réponses à nos annonces pour les logements des filles, c'est moi qui m'occupe de la première inspection. Bien entendu, nous désignons des équipes de gens qualifiés pour tout ce qui concerne le suivi social et psychologique des filles, mais c'est moi qui décide quelle fille semble la plus appropriée pour chaque famille. Je mets en place un planning des visites de suivi, je confirme le financement, et cetera. C'est moi qui reçois les appels en cas de problèmes avec les filles ou la famille. Mon travail demande un niveau d'expertise qui ne peut être acquis qu'avec des années d'expérience. »

Becky mordit dans un délicieux croissant aux amandes en se demandant si c'était vraiment sa troisième viennoiserie.

« À quel genre de problèmes êtes-vous confrontée ?
— Oh, certaines de ces filles sont tellement bêtes. On leur donne une deuxième chance et elles la gâchent. Très occasionnellement, nous en avons

une qui vole la famille, mais c'est assez rare. On a eu le cas d'une fille qui avait couché avec le mari. Ça nous est retombé dessus parce que la femme, bien sûr, avait préféré perpétuer le cliché du mari séduit contre sa volonté. Certaines retournent dans la rue pour gagner plus d'argent. D'autres se contentent de laisser un mot et de disparaître on ne sait où. Et puis il y a celles qui sont enlevées dans la rue par l'un des gangs auxquels elles pensaient avoir échappé. Mon travail n'est pas facile. C'est un véritable défi, en fait.»

Selon Tom, une de ces filles pouvait avoir commis le meurtre, Becky voulut vérifier cette hypothèse.

«Est-ce qu'une de ces filles a disparu récemment, Jessica?

— Oh oui. Une petite idiote. Il y a deux semaines.

— Et?

— Excusez-moi? Oh, vous voulez savoir ce qui lui est arrivé? Ridicule, vu son passif. Elle vivait avec une famille charmante et elle était serveuse dans un café du coin. Elle a rencontré un type – il venait tous les jours et la draguait. Vous savez comme certaines femmes se laissent séduire par trois mots gentils. Vraiment pathétique. Enfin bon, apparemment il lui aurait demandé d'aller vivre avec lui et elle a accepté. J'imagine qu'elle a pensé que c'était sa chance d'avoir une vie normale. Elle n'a pas voulu en parler à la famille, parce qu'elle était persuadée qu'ils essaieraient de la dissuader. Vous devinez la suite. C'était un maquereau. Nous l'avons retrouvée via notre réseau d'informateurs, et le propriétaire du café n'était pas tout blanc dans cette histoire. Nous avons donné une autre chance à la fille, avec une autre famille. La première ne voulait plus d'elle. C'est très compréhensible. En ce qui me concerne, c'est sa dernière chance.

— Et avant ça, il y en a eu d'autres ?

— Pas récemment, non. Ça doit faire au moins deux mois qu'aucune ne s'est dit qu'elle serait mieux dans la rue.

— Comment c'était, de travailler pour sir Hugo ?

— Merveilleux. Il n'avait aucun défaut. Il était toujours courtois – même quand il n'était pas heureux, ou quand il était dans l'une de ses phases étranges.

— Il n'était pas heureux ? Pensez-vous que c'était à cause de son mariage ? »

Lèvres pincées, Jessica baissa les yeux. Becky était sûre qu'elle allait laisser échapper un sarcasme, finement voilé, mais néanmoins désobligeant. Becky connaissait ce genre de femmes sauf que la plupart du temps elles ne portaient pas le déguisement superficiel fourni par l'argent et l'éducation. Cependant, une garce, c'était une garce – avec ou sans les fringues chic.

« Je dois avouer que j'ai été choquée quand j'ai compris que sir Hugo s'apprêtait à épouser Laura – elle n'était pas faite pour lui. Il lui fallait quelqu'un avec une éducation – d'un milieu correct. Quelqu'un qui le comprenait. Quelqu'un avec de la classe – une âme sœur. Elle, ce n'était pas un choix approprié. Quoi qu'il en soit, du jour de leur rencontre jusqu'à celui de leur mariage, il avait l'air d'attendre quelque chose. Une impatience à peine dissimulée, je dirais. Ses yeux scintillaient littéralement. Personne ne peut rivaliser avec ça, n'est-ce pas ?

— Donc vous pensez que c'était un mariage heureux ? demanda Becky tout en pensant que le verbe "rivaliser" avait une connotation particulière dans ce contexte.

— Je ne saurais pas vous dire. Mais quand il est rentré de leur lune de miel, l'étincelle semblait avoir disparu, comme si quelque chose n'avait pas comblé ses attentes.

— Jessica, avez-vous déjà soupçonné sir Hugo d'avoir une maîtresse ? Pouvez-vous penser à quelqu'un avec qui il aurait pu avoir une aventure ?

— Sir Hugo était un homme très viril. Il avait fait deux mauvais choix, à mon avis, en termes de compagnes. Il avait besoin de quelqu'un qui le comprenait, qui vivait dans son monde et lui aurait donné tout le réconfort qu'il méritait. Et je ne crois pas qu'il ait eu tout ça avec ses deux épouses. J'ai eu plusieurs fois l'occasion, durant toutes ces années, de relever cette humeur étrange chez lui, ce mélange d'exultation et d'agitation. La dernière fois, pas plus tard que ces dernières semaines, mais je ne sais pas s'il avait une aventure. Si c'était le cas, je ne pourrais pas l'en blâmer. »

Est-ce qu'elle l'idolâtrait ou est-ce qu'elle était complètement obsédée par lui ? Jessica pensait manifestement que c'était elle que Hugo aurait dû choisir, alors si elle était au courant d'une aventure, elle le dirait sûrement. L'occasion de poignarder quelqu'un dans le dos serait trop tentante. À moins, bien sûr, que ce ne soit elle la maîtresse. Ça se tenait.

Becky remercia Jessica et nota mentalement de lui faire préciser où elle se trouvait au moment du meurtre, lors de sa déposition. Elle fit une pause avant d'interroger Rosie. Cette dernière semblait une gentille fille. Un peu étourdie, peut-être, mais normale. D'après sa façon de parler, elle venait d'un milieu convenable ; certainement plus aisé que le sien, mais, au moins, Rosie n'avait rien en commun avec Jessica.

Rosie avait encore les yeux rouges quand elle entra, mais son épaisse frange blonde les recouvrait presque. On se demandait comment elle pouvait y voir. Elle était habillée de manière plus détendue, comme un dimanche, plutôt qu'un jour de travail, en jean très moulant, très cher apparemment, de longues bottes en cuir et un pull vert vif. Becky se sentit soudain très vieille avec son habituel tailleur noir et ses chaussures plates.

« Rosie, je voudrais bavarder un peu avec vous – comprendre votre fonction ici, votre place dans la vie quotidienne de Hugo, et cetera. Pouvez-vous m'expliquer en quoi consistait votre travail ?

— Vous allez penser que ce n'est pas un vrai travail, mais ça demande beaucoup d'organisation. Je réservais ses voyages, je m'occupais des gardes du corps quand il en avait besoin, je vérifiais ses rendez-vous, et je gardais ses agendas à jour. Pour la fondation, je m'occupe de tout le secrétariat – je commande les fournitures, je réponds au téléphone, ce genre de choses. Ça me prend beaucoup de temps, même si Jessica pense que je ne sers pas à grand-chose.

— Vous ne vous entendez pas avec Jessica ?

— Ça va. Elle est un peu trop snob pour moi.

— Et vous aimiez travailler pour sir Hugo ?

— C'était assez bien. Il était un peu hautain lui aussi, mais c'était super de pouvoir dire à tout le monde que je travaillais pour un lord – et il ne me reprochait jamais de prolonger ma pause déjeuner, par exemple quand j'avais des courses à faire à Harvey Nicks. Tant que je faisais mes heures, bien sûr. En tout cas, il était plus sympa que Jessica qui s'énerve dès qu'on est en pénurie de trombones ! On croirait que c'est la fin du monde !

— Et ces agendas, Rosie ? Est-ce qu'il y notait des choses personnelles, ou simplement ses rendez-vous d'affaires ?

— Il était vraiment pénible avec ça. Il refusait d'avoir un agenda électronique. J'ai essayé de lui faire prendre un BlackBerry mais sans succès. Il aime les choses qu'il peut toucher – ou je devrais dire, il aimait. Donc j'avais son emploi du temps sur mon ordinateur et je devais le recopier – mot pour mot – dans son fichu agenda de bureau, qui était énorme. Un gros truc en cuir. Il en avait un par an, avec une page entière par jour. Il y avait à peine quelques lignes écrites sur chaque page – simplement ses rendez-vous. Mais il les gardait pendant des années. Enfin bon c'était mon boulot de m'assurer que les deux agendas concordaient chaque jour. Je lui imprimais aussi la liste de ses déplacements de la journée, avec tous les numéros de téléphone, les adresses, les heures et les rendez-vous. Il n'utilisait la technologie que s'il n'avait pas le choix. Un ordinateur ? *"Vade retro Satana !"* il disait – et pas en rigolant ! Il avait bien un portable, il ne sortait jamais sans, mais je n'y avais enregistré que les numéros utiles – en gros ceux du bureau, de son domicile et d'une société de location de limousines.

— Un portable ? Où est-ce qu'il le rangeait, Rosie ? On ne l'a pas trouvé.

— Il avait un porte-documents en cuir. Il y rangeait son itinéraire, des notes pour ses rendez-vous et son téléphone. »

On avait trouvé le porte-documents de Hugo avec l'itinéraire qui n'indiquait que les rendez-vous de la journée avant le meurtre. On enquêtait dessus mais rien ne semblait suspect. Cependant il n'y avait pas de téléphone.

« Rosie, savez-vous quelque chose à propos de sir Hugo qui pourrait laisser penser qu'il avait une aventure ?

— Eh bien, il y a une chose un petit peu bizarre, ça pourrait vouloir dire ça. Mais je ne sais pas. Peut-être que j'extrapole.

— Je vous écoute.

— Sur son agenda, il y a ici et là une inscription étrange. "LMF". Parfois pour un seul jour, parfois deux, parfois une soirée jusqu'au lendemain. Il n'a jamais voulu me dire à quoi ils correspondaient, mais il refusait de les déplacer. Sous aucun prétexte. Quand je demandais ce que LMF signifiait, il se contentait de me sourire en disant que ça voulait dire "Laissez-moi filer". Mais je n'y crois pas un instant, parce que, même moi, je vois bien que ce n'est pas un langage très correct. Lui, il serait plus du genre à dire "Je suis temporairement indisponible" ou quelque chose comme ça.

— Le F pourrait vouloir dire Fletcher ? Il allait peut-être rendre visite à quelqu'un de sa famille qui porte ces initiales ?

— Possible – mais alors personne que je connaisse. Au début j'ai pensé que le L était pour Laura – mais j'ai réservé des vols pour elle, donc je sais qu'elle n'a pas de deuxième prénom.

— Et entre Jessica et lui, est-ce que ça se passait bien ?

— Elle vénère le sol sur lequel il marche. Mais, malheureusement pour elle, elle n'était que son assistante personnelle. Je n'ai jamais pensé une seconde qu'il s'intéressait à elle en tant que femme. »

Becky resta pensive. S'ils avaient vraiment eu une aventure, peut-être Hugo était-il simplement meilleur acteur que Jessica. Mais ce LMF paraissait intéressant aussi.

« Et Jessica, elle connaît la signification de ces trois lettres ? Elle m'a semblé se vanter de tout savoir sur sir Hugo.

— Elle n'en a pas la moindre idée non plus. J'ai toujours pensé que ça devait être une autre femme, mais Jessica disait que ce n'étaient pas nos affaires. Peut-être que si on avait décidé que c'étaient nos affaires, on pourrait vous aider maintenant. Malgré ses petites excentricités, il ne méritait pas de mourir. »

Sentant arriver un nouveau flot de larmes, Becky décida de mettre un terme à la conversation.

« Merci, Rosie. Si vous pensez à quelque chose d'autre, contactez-moi. Même un détail qui pourrait vous sembler insignifiant. D'accord ? »

***

Becky rapporta les deux conversations à Tom tandis qu'ils se rendaient à Ashbury Park. Tom passa la plus grande partie du trajet à écouter avec attention – en râlant contre les conducteurs du dimanche. Ça ne dérangeait pas Becky de conduire, mais pour une raison ou pour une autre, il avait insisté pour prendre le volant.

« Bon boulot, Becky. Quand on en aura fini avec Laura, il faudra que je parle à Imogen, et puis j'irai voir l'ex-femme de sir Hugo.

— Jessica ne me revient pas du tout. Je ne lui fais pas confiance. On ne devrait pas l'écarter de la liste des suspects. Elle était collée à Hugo comme une poussée d'urticaire, apparemment. C'était peut-être elle, la maîtresse. »

Tom acquiesça tandis que les grilles d'Ashbury Park s'ouvraient. Ils regardèrent la sinistre demeure grise qui se dressait derrière le massif d'arbustes encore plus sinistres. Le long chemin jusqu'à la maison était bordé d'arbres qui disparaissaient en bois denses, et l'allée était envahie de rhododendrons sûrement très beaux au printemps, mais, en ce mois d'octobre, ils ne faisaient qu'ajouter à l'ambiance ténébreuse de l'endroit. Becky frissonna.

« Vous savez, Becky, ce manoir me donne la chair de poule. Il pourrait être très beau, mais tout y est si sombre. Les arbres ont presque l'air menaçant et les fenêtres sont sans vie, comme s'il n'y avait rien que le néant derrière. Il n'a pas d'âme. »

Tom avait raison. Ce n'était pas une demeure heureuse et elle ne comprenait pas que Laura n'ait jamais rien fait pour la rendre plus chaleureuse.

***

La jeune fille se réveilla soudain d'un sommeil agité. Elle craignait de s'endormir pour de bon. Elle craignait que quelque chose lui arrive pendant qu'elle dormait – quelque chose qu'elle ne pourrait pas contrôler. Elle ouvrit les yeux, paniquée, ignorant ce qui l'avait réveillée. Était-il revenu ? Était-il là, dans la pièce ? Ou était-il venu puis reparti pendant son sommeil ?

Mais il n'y avait rien. Aucun signe d'une présence humaine. Il n'y avait plus rien à manger, presque plus d'eau, et le lit était intact. S'il était venu, le lit serait défait.

Puis elle entendit un bruit. Un tapotement qui venait de la fenêtre derrière elle. Elle essaya de tourner la tête mais son cou était bloqué. Tout ce qu'elle voulait, c'était se retourner. Peut-être que quelqu'un essayait d'entrer. Peut-être que quelqu'un l'avait retrouvée. Pourquoi ne pouvait-elle pas tourner la tête ?

Elle porta les mains à sa gorge et la sentit : la chaîne. Son corps avait dû remuer pendant son sommeil et voilà le résultat. Le tapotement s'arrêta. Elle hurla de frustration. Elle finit par se libérer et se retourna. Mais il n'y avait rien.

Les mains sur le visage, elle luttait contre les larmes. Puis elle l'entendit à nouveau. Le soulagement l'envahit, elle découvrit ses yeux.

Mais ce n'était qu'une mésange bleue posée sur le rebord qui picorait à la fenêtre.

Désespérée, et si loin de la réalité, elle n'avait pas compris qu'aucune main humaine ne pouvait atteindre une fenêtre si haut au-dessus du sol.

11

Imogen passa la tête par la porte de la salle de bains où Laura était toujours allongée dans la baignoire, perdue dans ses pensées. Elle regarda son amie et se sentit triste pour elle en constatant tout le poids qu'elle avait perdu ces dernières années. Elle avait toujours une belle silhouette – beaucoup auraient dit qu'elle était mieux ainsi – mais, personnellement, elle pensait que ses courbes d'avant allaient mieux avec son caractère éclatant. Peut-être que son nouveau corps s'accordait à sa nouvelle personnalité. Redeviendrait-elle un jour l'ancienne Laura ?

« Hé, Laura, fit-elle doucement. Je ne veux pas te déranger, ma chérie, mais la police est là. Je serais ravie de les divertir un peu, particulièrement l'inspecteur principal, mais c'est à toi qu'ils veulent parler. Ça va aller ? »

Laura sembla soulagée d'être tirée de ses pensées.

« Je suis prête dans dix minutes. Tu peux t'en occuper jusque-là, Imo ? Alexa dort encore ?

— Oui et oui. Ne t'inquiète pas. Je sais ce que je peux dire ou pas. L'horrible Hannah est partie se promener et Alexa dort. Espérons qu'elle ne se réveille pas avant que les policiers soient partis. »

Sur ce, Imogen retourna au salon où attendaient les policiers.

« Laura sera là dans quelques minutes, je peux vous offrir à boire ?

— En fait, madame Kennedy, nous aimerions en profiter pour vous poser quelques questions, si ça ne vous dérange pas ? »

L'estomac d'Imogen se noua un peu, est-ce que c'était ça qu'on ressentait quand la police vous interrogeait ? Elle les fit asseoir dans le canapé et s'installa dans un fauteuil près du feu en espérant avoir l'air détendue.

« Tout ce que vous voulez, inspecteur, mais je ne suis pas sûre de pouvoir vous aider. »

Tom était vraiment séduisant. Pas son genre, certes ; elle n'avait qu'un seul genre, et c'était un idiot borné et bourré de principes qui vivait dans une région reculée de l'Afrique.

« Nous ne savons pas grand-chose sur vous, madame Kennedy, à part que vous avez été mariée au frère de lady Fletcher et que vous n'avez pas été accueillie très chaleureusement à votre arrivée. Pouvez-vous nous expliquer la raison de cette réception si glaciale, je vous prie ? »

Une question facile à laquelle elle pouvait répondre avec honnêteté.

« Quand le frère de Laura et moi avons divorcé, il a été estimé préférable que je ne la revoie plus.

— J'ai parlé un peu avec lady Fletcher ce matin, intervint la jeune femme policière – Becky, si elle se souvenait bien –, et elle m'a dit que vous vous connaissiez depuis l'enfance. Votre divorce s'est-il passé dans des conditions si terribles que vous ne pouviez pas rester en contact avec votre amie ?

— Vous m'avez l'air trop jeune pour être déjà divorcée, n'est-ce pas ? rétorqua Imogen avec un sourire. Eh bien, sachez que c'est très difficile pour tout le monde – famille ou amis – de rester en contact avec les deux parties. Les gens se sentent obligés de soutenir l'un ou l'autre, c'est dans la nature humaine que les membres d'une même famille se soutiennent. Il y en a toujours un qui a le mauvais rôle, à tort ou à raison, et dans ce cas-ci, c'était moi. »

Elle remarqua un sourire empreint d'ironie passer sur le visage de Tom. Intéressant et révélateur.

« Quelles étaient vos relations avec sir Hugo, madame Kennedy ? Souhaitait-il que vous coupiez les ponts avec sa femme ? »

Imogen faillit éclater de rire.

« Je crois que pour lui c'était la meilleure chose à faire, oui.

— Que pensiez-vous de lui ? Vous l'appréciiez ?

— Je ne le connaissais pas très bien. Je l'ai rencontré pour la première fois à leur mariage. En fait c'était la première fois qu'on le rencontrait tous. Je l'ai vu deux ou trois autres fois et puis je me suis séparée de Will. »

Tom Douglas l'observait avec attention. C'était lui le cerveau, manifestement, si elle mentait, il le saurait.

« Vous n'avez pas répondu à ma question, madame Kennedy. Est-ce que vous l'appréciiez ? »

Elle tenta de le déstabiliser en lui adressant un sourire radieux.

« Je vous en prie, appelez-moi Imogen. En ce qui concerne Hugo, je ne l'appréciais pas tellement, pour tout vous dire.

— Pourquoi cela ?

— Je ne le trouvais pas très amusant, fit-elle en feignant de réfléchir. Il était plutôt sérieux, et il semblait vouloir accaparer Laura. Elle était très aimée et avait une vie bien remplie, et moi j'ai senti qu'il pouvait l'étouffer.

— C'est ce qu'il a fait ?

— Difficile à dire. Comme vous le savez, très peu de temps après j'ai divorcé de Will.

— Vous avez complètement perdu le contact, madame Kennedy ? Je trouve difficile de croire que vous accouriez au chevet de quelqu'un que vous n'avez pas vu pendant des années uniquement parce que vous avez entendu parler du décès de son mari. »

Mince alors, ça ne se passait pas comme prévu.

« J'étais à l'aéroport quand j'ai entendu la nouvelle. J'allais rentrer au Canada et je regardais les infos dans la salle d'attente. L'aéroport d'Heathrow n'est pas loin d'ici alors j'ai attrapé un taxi. Je n'ai pas réfléchi, Laura m'avait tellement manqué toutes ces années, j'ai pensé que je pouvais l'aider.

— Pouvez-vous me dire, s'il vous plaît, où vous vous trouviez samedi matin ?

— Bien sûr, répondit Imogen d'un ton léger. J'étais à une exposition à Cannes. Je travaille pour une compagnie d'animation canadienne, j'étais en

France pour promouvoir notre société. C'était un événement important pour nous.

—Je suis déjà allé à Cannes, fit Tom. C'est une ville intéressante. Je suppose que l'exposition avait lieu au palais des festivals. À quel hôtel êtes-vous descendue ? »

Ce n'était pas de la simple curiosité, elle le savait.

« J'étais au Majestic. Beaucoup de gens choisissent le Martinez, mais il est trop bruyant pour moi, je préfère passer des nuits tranquilles. C'est un excellent hôtel, le Majestic – pas une débauche d'élégance comme le Carlton –, et il est très proche du palais. J'ai quitté Cannes en milieu de matinée vendredi, et je suis remontée en voiture de location à Paris. Je suis arrivée en avion à Heathrow samedi après-midi. »

Elle donnait probablement bien plus d'informations qu'on ne lui demandait.

« Où étiez-vous vendredi soir ? demanda Becky.

—J'ai dormi dans une petite auberge au sud de Paris. Quelque part entre Bourges et Orléans, je crois.

—Vous avez le nom de l'auberge ?

—Désolée, c'était une impulsion du moment, pas du tout planifiée.

—Vous n'avez pas de reçu ?

—Non. Je ne vois pas très bien pourquoi vous voulez savoir tout ça, mais j'ai payé en liquide. Je voulais me débarrasser de mes euros. J'ai dû laisser la note dans ma chambre.

—Vous ne vouliez pas faire passer ça en note de frais ? »

Becky ne semblait pas vouloir lâcher le morceau et Imogen avait du mal à dissimuler son irritation.

« Non, j'ai voulu passer une nuit de plus en France, en touriste. Si vous voulez tout savoir, Will et moi avons visité cette partie du pays, il y a quelques années. J'ai sauté sur l'occasion de revoir ces lieux des jours heureux. »

Elle fut soulagée de voir la porte du salon s'ouvrir enfin.

« Voilà Laura. Vous aviez d'autres questions à me poser ? »

Tom lui adressa un sourire charmant, elle se sentit soudain vulnérable.

« Non, merci, mais vous nous avez bien aidés. Becky, avez-vous d'autres questions ?

— Une dernière chose. À quelle heure avez-vous rendu la voiture ?

— Assez tôt. J'étais allée me coucher dès mon arrivée à l'auberge – un peu fatiguée par le trajet – donc je me suis levée aux aurores. Ça ne m'a pas pris plus de deux heures pour arriver à Paris. J'ai laissé les papiers et les clés dans une boîte à lettres spéciale, vous voyez. Leurs bureaux n'étaient pas ouverts. Je peux vous donner le nom de la compagnie, si ça peut vous aider ?

— En effet. Merci. »

Imogen souffla lentement. Reconnaissante, elle se tourna vers Laura – qui semblait aller mieux – en espérant que c'était enfin fini. Elle avait réussi à sortir de ses horribles vêtements de vieille femme et avait trouvé un vieux jean et un pull bleu foncé passable. Elle flottait un peu dedans. Elle n'avait pas pris le temps de se sécher les cheveux et ils n'étaient pas attachés. Un peu de couleur était revenu sur ses joues également, ça la transformait. Ça n'avait pas échappé à l'inspecteur principal, remarqua Imogen.

« Pardon de vous avoir fait attendre. Mais peut-être pouvez-vous me dire pourquoi vous interrogiez Imogen ? » demanda Laura d'une voix presque agressive.

Tom sourit.

« La routine, Laura. Nous devons interroger toutes les relations de sir Hugo susceptibles de correspondre au profil.

— Imogen n'avait aucune relation avec Hugo, comme elle a dû vous le dire. Ils ne se sont ni vus ni parlé depuis dix ans.

— Ça va Laura. Je leur racontais seulement l'exposition et mon voyage à travers la France. Ça m'est égal. Et ils savent que je n'ai pas vu Hugo. Je vais faire du thé pendant que vous discutez. »

**

Tom regarda la porte se refermer sur Imogen. Intéressant, pensa-t-il. Elle avait dit la vérité en majeure partie, mais il avait détecté un ou deux mensonges. Ses yeux bougeaient dans une autre direction – ça ne pardonnait pas. Elle était allée à Cannes, c'était certain et facile à vérifier, tout comme son histoire de vol depuis Paris. Alors pourquoi introduire quelques petits mensonges sans conséquence ? La compagnie de location de voitures les mènerait à une impasse sans aucun doute, mais il voulait la déstabiliser le plus possible pour voir ce qui allait en ressortir.

Il décelait en Laura des reflets de la personne qui figurait sur les photos prises des années auparavant. Il remarquait ses yeux pour la première fois. La veille, ils étaient rouges d'avoir pleuré, et lorsqu'elle était venue pour l'identification, elle portait des lunettes légèrement teintées et pas le moins du monde attrayantes. Par accident ou délibérément, elles avaient dissimulé ce que cette femme avait de plus beau. De grands yeux gris magnifiques. Le genre d'iris qui changeait de couleur en fonction de ce qu'elle portait, ou de son humeur.

« Laura, je suis désolée de vous importuner une fois de plus.

— Je vous en prie. »

Tom sentait une hostilité insistante, et ce n'était pas l'ambiance qu'il souhaitait. Il allait falloir se montrer très attentif.

« Si ça n'est pas trop pénible, pouvez-vous me dire quand vous avez parlé à votre mari pour la dernière fois ?

— Oui. Jeudi matin au téléphone, pour confirmer que je rentrais samedi et que j'étais sur le point de réserver le vol. Il était au bureau, c'est Rosie qui a répondu.

— Vous ne lui avez pas reparlé entre ce moment et votre départ d'Italie ?

— J'ai essayé de l'appeler samedi, pour lui dire à quelle heure je serais à la maison. Je l'ai appelé ici parce que Alexa était censée venir passer le week-end, mais il n'a pas répondu. Alors j'ai laissé un message.

— Et vous avez passé cet appel depuis votre maison en Italie ? »

Laura acquiesça. Inutile de préciser à Becky de vérifier les relevés téléphoniques, mais elle avait déjà eu affaire à Telecom Italia par le passé et il était certain que l'idée d'un match retour ne l'enthousiasmait pas.

« Savez-vous si le message est encore sur votre répondeur ?

— Je ne l'ai pas effacé. Je n'ai pas répondu au téléphone – c'est Imogen qui filtre les appels. Mais je ne pense pas qu'elle l'aurait effacé sans me le demander.

— D'accord. On vérifiera plus tard. Nous allons avoir besoin de jeter un œil à l'agenda de votre mari, et à son…

— Faites comme chez vous, mais son ordinateur a un mot de passe. »

Becky leva la tête de son carnet.

« Vous ne le connaissez pas ?

— Hugo avait ses petits secrets, fit Laura avec un rire sans joie. Il pensait que nous avions tous le droit à notre part d'intimité. »

Elle avait entrouvert une porte sur leur relation et Tom s'apprêtait à la pousser.

« Étiez-vous du même avis ?

— Il avait beaucoup de qualités, comme vous le savez, c'était donc facile de lui pardonner ses petits travers. De toute façon il n'utilisait presque jamais son ordinateur. Je ne crois pas qu'il ait jamais su faire autre chose que l'allumer. »

Il avait bien du chemin à faire avant de comprendre la relation entre sir Hugo et lady Fletcher.

« On va faire venir un spécialiste informatique, si ça ne vous dérange pas. Becky, occupez-vous de ça quand on aura terminé, s'il vous plaît. »

Puis il se tourna vers Laura.

« Laura, alliez-vous souvent à l'appartement d'Egerton Crescent ? »

Il connaissait la réponse. L'absence de tout objet personnel féminin indiquait qu'elle n'y restait jamais longtemps. Mais comment expliquer ses empreintes ?

« Je n'y ai pas séjourné depuis des années. Je lui rendais visite de temps en temps quand j'étais à Londres. Il m'arrivait de monter au salon ou à la cuisine. Mais je n'ai pas dormi là-bas depuis au moins six ans.

— Ça n'aurait pas été pratique de coucher là-bas quand vous alliez au théâtre ou à un gala de charité à Londres ?

— Je n'ai plus assisté à un gala depuis longtemps. Hugo pensait que c'était un peu ennuyeux pour moi et avec son planning chargé nous n'avions pas vraiment l'occasion d'aller au théâtre. »

Mais vous alliez à des dîners de charité avant, pensa Tom. J'ai vu les photos. Alors qu'est-ce qui a changé ?

« Quand êtes-vous allée à l'appartement pour la dernière fois ?

— La semaine dernière avant de partir pour l'Italie. Hugo avait besoin d'un costume. Je l'ai pendu dans l'armoire de sa chambre. Si vous vérifiez les empreintes, je ne crois pas avoir touché autre chose. Mais je suis allée à la salle de bains. Puis je me suis fait un thé que j'ai bu dans le salon. »

Voilà qui expliquait qu'on n'ait retrouvé d'empreintes de Laura que sur la porte et l'armoire de la chambre.

« Que pouvez-vous me dire à propos des gardes du corps ? Votre mari faisait appel à une agence, mais ça semble assez sporadique. Nous avons vérifié, il ne les a pas contactés pour le week-end dernier.

— Hugo devait passer le week-end à la maison avec Alexa. Je ne sais pas du tout pourquoi il était en ville. Pour tout dire, il n'avait recours à des gardes du corps que depuis deux ans, et le plus souvent c'était pour épater la galerie – pour essayer de montrer quel danger sa fondation lui faisait courir. Il pensait que ça lui donnait de l'importance, je crois. »

Il ne manqua pas de relever le ton légèrement ironique de cette dernière phrase. Mais peut-être prêtait-il à Laura le ton cinglant de son ex-femme.

« Ça ne devait certainement pas plaire à ces types – je parle des proxénètes –, qu'il leur retire le pain de la bouche, en quelque sorte ?

— Pardonnez-moi, fit Laura avec un sourire contrit, mon scepticisme est ridicule. Bien sûr qu'il courait des risques, et qu'il était très courageux de faire ce qu'il faisait pour ces filles. Seulement, parfois, j'avais l'impression que nous vivions dans un mauvais film américain. Il appelait les gardes du corps quand il allait à des événements très médiatisés. »

À cet instant Imogen ouvrit la porte pour apporter un plateau de thé, café et biscuits. C'était l'occasion d'interrompre l'interrogatoire.

« Avant de servir le thé, pourrions-nous écouter le message ? Pour confirmer la date, l'heure, et cetera.

— Bien sûr. Je vous montre le téléphone. »

Laissant Imogen servir le thé, ils traversèrent le couloir austère jusqu'à une porte opposée.

« C'était le bureau de Hugo. Son territoire. Je n'y entrais que rarement. Je crois que les classeurs sont fermés à clé et je ne sais pas où elles sont – mais vous pouvez les chercher, ou forcer les tiroirs si vous voulez. Essayez l'ordinateur ; vous aurez peut-être plus de chance que moi. Faites comme chez vous, ajouta Laura en désignant le téléphone.

— Le répondeur indique que vous avez reçu quatre messages, fit Tom. Vous m'autorisez à les écouter ? »

Laura sembla surprise par cette information mais se contenta de hocher la tête. Tom vérifia si l'heure affichée était exacte et appuya sur « play ». Sauf si la machine avait été trafiquée, l'heure des messages serait correcte.

Le premier venait de Laura, le samedi, exactement comme elle l'avait dit.

« *Hugo, mon chéri, c'est moi. Je croyais que tu étais à la maison ce matin ? Alexa vient toujours, n'est-ce pas ? Peux-tu lui dire que mon vol part l'après-midi mais elle devrait être encore debout quand j'arriverai.*

Je suis impatiente de vous voir. Je devrais être là vers vingt heures. J'espère que tout va bien. Je pars pour l'aéroport bientôt donc inutile de me rappeler. J'ai cueilli les olives donc nous aurons bientôt des litres d'huile délicieuse. Plein de baisers. »

Tom se fit la réflexion que, lorsque Laura avait appelé, sir Hugo était déjà mort.

« Des olives ? demanda-t-il pour détendre l'atmosphère.

— Oui, nous avons une vingtaine d'oliviers. Ce n'est pas beaucoup, mais les cueillir me fait du bien. J'ai terminé vendredi après-midi. Oh mon Dieu, j'aurais dû demander qu'on les emporte au pressoir ce matin. Elles vont être gâchées si j'oublie encore ! »

N'ayant jamais cueilli d'olives de sa vie, Tom voyait tout de même très bien ce que ce passe-temps pouvait avoir d'agréable, sous le soleil de l'Italie.

Une voix de petite fille retentit sur le deuxième message.

« *Papa, je suis vraiment fâchée contre toi. Pourquoi tu as annulé notre week-end ? Je voulais vraiment venir et tu m'avais promis qu'on pourrait parler de mon nouveau poney. Et en plus tu avais dit qu'on s'amuserait tous les deux avant que Laura revienne. Tu peux m'appeler quand tu as ce message, s'il te plaît ? Je suis très fâchée et tu vas devoir te plier en quatre pour arranger ça.* »

Tom savait quel pouvoir de persuasion une fille avait sur son père, quand celui-ci était pris en faute par rapport à elle.

« Alexa ? »

Laura acquiesça.

« Vous saviez qu'il avait annulé leur week-end ?

— Pas du tout. Comme vous l'avez entendu, je croyais qu'elle serait là. »

Laura avait perdu tout intérêt pour la situation et tournait le dos à la pièce en observant par la fenêtre le temps glacial et morne d'octobre. Tom pressa à nouveau le bouton.

« *Sir Hugo ? C'est Peter Gregson. Je m'excuse de vous appeler chez vous ; je sais que je ne dois pas. Mais nous avons un problème avec Danika. Elle a disparu. En début de semaine elle m'a dit qu'elle voulait vous voir. Elle voulait vous parler de quelque chose. Elle m'a dit qu'elle ne pouvait en parler qu'à vous. Et maintenant elle a disparu. On ne l'a pas vue depuis plusieurs jours. Pouvez-vous me rappeler, s'il vous plaît ? Manifestement quelque chose l'a contrariée.* »

Peter Gregson avait aussi laissé son numéro de téléphone.

Tom sentit un frisson d'excitation et se tourna vers Laura qui regardait toujours par la fenêtre.

« Laura ?

— Ça doit être l'une des filles de la fondation, répondit-elle calmement sans se retourner. Je suis désolée, je ne sais vraiment rien d'elles. Adressez-vous au bureau. »

Se pouvait-il que cette fille soit l'hypothétique ex-prostituée disparue dont ils parlaient ce matin ? Le timing était parfait.

Le dernier message était surprenant.

« *Hugo, espèce de connard. J'ai reçu une lettre de tes avocats qui m'explique ton sale tour. Espèce de sale enfoiré, qu'est-ce que tu crois ? Tu as acheté mon silence une fois, mais le prix vient juste d'augmenter. Et si tu oses encore me menacer de me rayer de ton testament, tu seras mort avant de passer la porte. Et ce ne sont pas des paroles en l'air, je le ferai. Connard.* »

Sans aucun doute l'ex-femme de sir Hugo.

« Je suis désolée, fit Laura calmement, mais pouvez-vous m'excuser un instant ? Je ne me sens pas très bien. »

12

« Merde, merde, *merde* ! »

Laura faisait les cent pas dans la chambre, les mains sur la tête. Près de la porte, Imogen se tenait sur ses gardes.

« J'aurais dû m'en apercevoir. J'aurais dû le *savoir*. Seigneur – je suis tellement *bête*.

— Du calme Laura, et baisse d'un ton, ils vont t'entendre. Ce n'est pas ta faute. Tu ne pouvais rien y faire et maintenant c'est trop tard.

— Ne sois pas ridicule, Imo. Je n'en ai pas fait assez, c'est ça. Pourtant j'ai essayé. Dieu sait que j'ai essayé. Mais c'était comme parler dans le vent. Tes paroles sont emportées à peine sorties de ta bouche, et personne n'entend tes cris. Je croyais simplement que...

— Oui, je sais ce que tu croyais, mais tu t'es trompée. Écoute, tu as fait ce que tu as pu.

— Et si je ne leur dis pas ? Qu'est-ce qui va se passer ? Avec quoi d'autre vais-je devoir vivre pour le restant de mes jours ? »

Elle se laissa tomber sur le bord du lit. Quel bazar.

« Qu'est-ce que tu penses pouvoir leur dire, très exactement ? insista Imogen. Tu ne sais rien toi-même. Ce n'était pas le but de notre petite aventure ? Et vu ce qui est arrivé, j'imagine que tu ne sais toujours rien – alors qu'est-ce que tu vas leur dire ?

— Je ne sais pas. Mais ma conscience me dit de faire quelque chose. »

Imogen s'agenouilla auprès de Laura pour lui saisir les mains.

« Écoute – Hugo est mort. C'est un fait. Il est *mort*. Tout ce que tu pourrais dire ou faire ne changera rien à ça. Et Alexa ? C'est *elle* que tu voulais protéger, non ?

— Bien sûr. Mais il faut que je réfléchisse. La logique veut que je ne puisse rien changer. Ce qui est fait est fait. Mais je me sens obligée, pour les autres. Oh, Imo, si seulement tu savais tout. J'aurais dû tout te dire depuis le début. Je suis tellement, tellement désolée. »

***

Laura se calma au bout de cinq minutes. Imogen se félicitait d'être là. Sinon ç'aurait pu dégénérer sérieusement. Elle aurait tellement voulu que Will soit là lui aussi, même si elle ne savait pas comment il aurait géré la situation.

On frappa à la porte de la chambre. Imogen se leva et l'ouvrit devant Becky.

« Comment va-t-elle ? demanda cette dernière, l'air soucieux.

— Mieux maintenant. Ces dernières vingt-quatre heures ont été éprouvantes. Ça la frappe par vagues.

— Je suis vraiment désolée, mais nous avons d'autres questions à lui poser, et elles sont assez délicates. »

La voix de Laura retentit dans le dos d'Imogen.

« Ça ira Becky, je vais mieux maintenant. Finissons-en. Je voudrais qu'Imogen reste avec moi, si c'est possible. Ça va mais je suis un peu faible, j'aurais besoin de soutien.

— Je suis sûre que ça ne posera pas de problème. Je peux vous apporter quelque chose avant de commencer ?

— Je n'ai besoin de rien, merci Becky, mais je dois m'assurer qu'Alexa va bien. Imogen, avant de nous rejoindre, tu peux aller voir Hannah, s'il te plaît ? Elle doit être rentrée et je crois qu'elle devrait lui faire prendre un bain ou une douche après cette sieste, et après elle pourrait regarder un DVD dans l'autre salon. Dis-lui que je viendrai la voir dès que je pourrai. J'ai vraiment besoin de passer plus de temps avec elle. »

Puis, se tournant vers Becky, Laura ajouta :

« Est-ce que vous allez avoir besoin de parler à Alexa ? Elle est arrivée dans la matinée, j'ai oublié de vous le dire.

— Je ne pense pas. Mais ça nous serait utile de savoir si son père l'a rappelée samedi, et s'il lui a dit qu'il devait voir quelqu'un ou pourquoi il annulait le week-end. Je pourrais peut-être accompagner Mme Kennedy pendant que vous parlez à Tom ? »

Imogen n'aimait pas l'idée d'être séparée de Laura. Elle ne savait pas ce que cette dernière pourrait raconter. Il fallait s'occuper d'Alexa et Hannah le plus vite possible.

***

Quand Laura entra dans la pièce, Tom leva les yeux et fut content de constater qu'elle avait repris une certaine contenance.

« Merci de nous avoir laissé écouter les messages, Laura. Je suis désolé si l'appel de la première femme de votre mari vous a choqué. Elle semblait très en colère. Je vais me pencher sur son cas quand nous en aurons terminé ici. Pensez-vous que la première lady Fletcher puisse être impliquée dans la mort de votre mari ?

— Je n'en ai aucune idée. Elle lui en demandait beaucoup, elle avait tendance à utiliser Alexa pour négocier, mais si elle est capable de l'avoir tué, ça, je ne peux vraiment pas le dire. »

Tom avait la forte impression que Laura tentait d'éluder la question, mais il en resta là.

« Nous avons trouvé l'agenda de votre mari. Nous savons qu'il en possédait aussi un à son bureau. Savez-vous comment ils étaient mis à jour ?

— Il rapportait celui de son bureau à la maison une fois par semaine et mettait celui qu'il laissait ici à jour en même temps.

— Nous avons celui de son bureau. Ça vous ennuie qu'on emporte celui-là ? Pour pouvoir les comparer. »

Laura acquiesça.

«Nous savons aussi qu'il avait un téléphone portable, mais nous ne l'avons pas retrouvé. Auriez-vous une idée de l'endroit où il se trouve?

— Il l'avait toujours avec lui. Il l'a peut-être perdu», fit Laura en haussant les épaules.

Pourquoi, si Hugo avait toujours son téléphone sur lui, Laura l'avait-elle appelé sur leur fixe et laissé un message? Mais à cet instant, Imogen et Becky les rejoignirent, ce qui ne manqua pas de le décevoir un peu. Laura semblait plus ouverte en tête à tête, mais même s'il pouvait envoyer Becky ailleurs, il n'avait aucune autorité légitime sur Imogen.

«Tom, Alexa dit que son père ne l'a pas rappelée samedi, elle ne peut pas nous aider.»

Il acquiesça puis inclinant discrètement la tête, fit comprendre à Becky qu'elle devait reprendre l'interrogatoire.

«La suite va être un peu difficile pour vous, Laura. Comme Tom vous l'a dit, nous pensons que le meurtrier est une femme, et que cette mort avait des motivations sexuelles. Ce que nous ne vous avons pas dit c'est que votre mari a été retrouvé dans une position qui suggérait qu'un acte sexuel allait ou avait déjà eu lieu. Nous devons savoir si vous pensiez que votre mari avait une aventure.»

Tom observait Laura. Ils n'avaient jamais précisé que sir Hugo avait été carrément pris avec le pantalon baissé. Et même sans pantalon, dans son cas. Mais cela ne semblait faire ni chaud ni froid à Laura. Même si les infidélités de son époux n'avaient pas le pouvoir de la blesser, Tom s'attendait au moins à un peu de colère face à cette humiliation.

« Je suis désolée. Je n'en sais strictement rien. »

Laura eut l'air de serrer les dents pour se donner le courage de dire ce qu'elle s'apprêtait à révéler.

« Je suis sûre que vous savez tous les deux que j'ai passé un temps considérable en maison de repos ces dernières années. Hugo avait réussi à ne pas trop l'ébruiter jusqu'à ce que quelqu'un prenne une photo, mais, en une occasion, j'y ai séjourné pendant deux ans. Peut-être que Hugo a rencontré une autre femme à cette époque. Qui pourrait le lui reprocher ? »

Becky dissimulait à peine son indignation.

« Avez-vous noté des changements dans son comportement envers vous alors ?

— Excusez-moi, intervint Imogen, mais c'est vraiment une question idiote. On la bourrait de médicaments, elle comprenait à peine à qui elle parlait – alors comment voulez-vous qu'elle ait décelé des changements en Hugo ?

— Madame Kennedy, dit Tom, pensif, comment savez-vous qu'elle était bourrée de médicaments, si vous ne la voyiez jamais ? »

La réponse vint du côté de la porte.

« Elle le sait parce que c'est moi qui le lui ai dit. »

Une grande femme bien charpentée, la soixantaine, pantalon noir élégant et veste fauve, venait d'entrer dans le salon.

Imogen se leva d'un bond pour accueillir la nouvelle venue qui devait être la mère de Laura.

Tom nota que, contrairement à ce que lui avait dit Imogen plus tôt, tous les membres de la famille n'avaient manifestement pas été forcés de choisir leur camp dans le divorce.

Laura regarda à peine sa mère et lui adressa un faible sourire.

« Merci d'être venue, maman, mais ce n'était pas la peine. »

La mère de Laura déposa un baiser sur la tête de sa fille.

« Laura, ma chérie, bien sûr que si. Je suis contente de ne pas être déjà partie rejoindre Will. Comment ça va ? »

Tom intercepta un regard entre Imogen et la mère de Laura. Imogen secoua la tête et Laura ne répondit pas. Il se leva en tendant la main.

« Inspecteur principal Tom Douglas, et voici ma collègue le sergent Becky Robinson. Je dirige l'enquête sur la mort de votre gendre. Je suis désolé que notre rencontre ait lieu dans des circonstances si difficiles. »

Stella ôta son gant et saisit fermement sa main.

« Je suis Stella Kennedy. Pardonnez-moi de débarquer à l'improviste.

— Nous ne t'attendions pas si tôt, maman, intervint Laura. Comment tu as fait pour arriver si vite ?

— Je suis peut-être à la retraite, répondit Stella, l'air relativement fier d'elle, mais ton frère a insisté pour me faire entrer de plain-pied dans le vingt et unième siècle en m'achetant un téléphone portable. J'ai appelé du train.

— Alors vous avez besoin d'une tasse de thé, fit Imogen. Installez-vous, je m'occupe de tout. »

Tom commençait à se demander s'il allait pouvoir reprendre cet interrogatoire sans paraître impoli, mais Stella le sortit d'embarras.

« En fait j'ai surtout faim. Il n'y avait rien à manger dans le train. Je vais me faire un sandwich si ça ne dérange personne. Je vais laisser la police faire son travail. Je vais préparer une fournée au cas où quelqu'un d'autre aurait faim. Ça ne te dérange pas, Laura ? »

La situation semblait devenir un peu trop difficile à supporter pour Laura, et il avait perdu le fil.

Quand Stella quitta la pièce, Tom jeta un coup d'œil à Becky qui comprit immédiatement ce que signifiait ce regard.

« Je vais voir si je peux me rendre utile », fit-elle.

Il reporta son attention sur les deux femmes devant lui. Imogen était à présent assise à côté de Laura et elles semblaient puiser leur force l'une dans l'autre, leurs mains se touchèrent imperceptiblement.

« Je crois que nous avons établi que vous n'étiez pas au courant que votre mari avait une aventure. Je voudrais néanmoins que vous y pensiez et que vous nous disiez s'il vous vient à l'esprit des noms de femmes qu'il aurait pu fréquenter. »

Il se tut un instant. Comment formuler la suite ?

« Pour en revenir aux agendas, Laura. Nous n'avons pas encore eu le temps de les comparer en détail, mais ce matin, Rosie nous a parlé de plusieurs rendez-vous que sir Hugo avait notés sous le sigle LMF. Il n'y a rien de tel dans l'agenda de la maison.

— Tom, répondit Laura avec une certaine exaspération, je consultais rarement l'agenda de mon mari sauf pour voir si je pouvais l'interrompre quand j'avais besoin de lui parler.

— Que voulez-vous dire par "interrompre"?

— S'il était à un événement et qu'il restait pour la nuit, il préférait que je ne le contacte pas. Trop de distraction, selon lui.

— Et savez-vous ce que les initiales LMF peuvent représenter?

— Je suis désolée, je n'en ai pas la moindre idée.»

Elle disait sans aucun doute la vérité, mais ces initiales n'étaient pas nouvelles pour elle, il en était certain.

***

Becky obtenait de meilleurs résultats avec Stella dans la cuisine, mais même si elles étaient très intéressantes, seul le temps dirait si ces informations étaient utiles.

«Madame Kennedy, tout ce que vous pouvez nous dire sur sir Hugo serait extrêmement utile.

— Je vous en prie, appelez-moi Stella. Il vaudrait mieux que je sois franche avec vous. De toute façon, ça ne vous prendra pas longtemps pour le découvrir. Je n'aimais pas Hugo. Depuis le moment où je l'ai rencontré, le jour de leur mariage, j'ai pensé qu'il n'était pas l'homme qu'il fallait à Laura.»

Stella se mit à trancher une miche de pain.

« Laura savait que vous n'aimiez pas son mari ?

— Malheureusement j'ai fait une grosse erreur en lui disant ce que je pensais, j'ai probablement gâché ma relation avec elle sans retour possible. J'ai vu très vite que quelque chose clochait, mais mes questions n'ont fait que la renfermer sur elle-même. J'ai réessayé, quelques années après leur mariage. Elle avait tellement changé, c'était un crève-cœur. J'ai pensé que je pouvais utiliser ma propre expérience, en lui parlant de mon mariage avec son père. »

Stella se concentrait sur le pain mais, au ton de sa voix, on devinait que cette histoire l'attristait.

« Laura était au courant des infidélités de son père. Ce n'était pas un grand secret. Mais elle ne s'apercevait pas que j'avais perdu tout respect pour lui. J'ai pensé que lui parler de mon malheur pourrait nous rapprocher. C'était une erreur. Les enfants ont envie de penser que leurs parents ont été heureux, j'imagine. J'ai créé une barrière que je n'ai jamais réussi à briser. »

Stella secoua tristement la tête.

« Le père de Laura est mort quelques années après qu'elle s'est mariée. Je suis contente qu'il ne soit plus là pour voir ça. David était un homme aux multiples facettes, mais il était surtout un père aimant, et voir Laura dans son état ces quatre ou cinq dernières années l'aurait tué, si son cœur ne l'avait pas fait avant.

— Vous dites n'avoir pas rencontré Hugo avant le jour du mariage. Ce n'est pas un peu inhabituel ? »

Stella eut un rire sans joie. Elle secoua la tête en se mettant à beurrer la pile de tranches de pain.

« Oh, nous avons bien essayé. Nous avons proposé de venir à Londres ; nous l'avons invité chez nous, à Manchester ; dit qu'on pouvait faire le trajet jusqu'à Oxford pour se rencontrer à mi-chemin – tout ce qu'il voulait. Mais nous avons essuyé refus sur refus, même s'ils étaient exprimés courtoisement. Laura était folle de lui, mais moi j'ai trouvé tout ça un peu bizarre. Vous saviez qu'elle n'avait jamais vu cette maison avant son mariage ? Hugo a tout organisé pour lui faire la "surprise". Elle était magnifique, c'est sûr. Pour moi c'était une princesse et lui un sacré chanceux – mais j'ai bien l'impression qu'il croyait que c'était elle la chanceuse. Il se prenait pour un beau parti. Il était sacrément arrogant et pontifiant. »

Purée, pensa Becky. Alors elle, elle n'aimait vraiment pas Hugo.

Elle se mit à préparer les tasses pour le thé et le café en laissant Stella discourir sur le mariage, la nouvelle maison de Laura et tout ce qu'elle détestait chez Hugo. Mais rien de tout ça ne l'éclairait sur la relation entre Laura et son mari.

« Vous avez dit qu'elle avait changé – mais est-ce que vous croyez que, à sa manière, elle était heureuse avec Hugo ?

— Honnêtement ? Non. Pas du tout, même si elle ne voulait pas l'admettre. Laura n'a jamais accepté la défaite. Quand elle veut réussir quelque chose, elle essaie encore et encore jusqu'à ce qu'elle y parvienne. Quand elle est heureuse, elle est si pétillante. On dirait une petite fille ;

l'enthousiasme suinte par tous les pores de sa peau. »

Un sourire fier et plein d'amour illuminait le visage de Stella. Difficile de relier cette image de Laura à la personne assise au salon. Le sourire de Stella s'effaça.

« Même avant le mariage, j'ai bien vu qu'elle essayait de contenir ses élans naturels. Je n'avais pas encore rencontré Hugo donc je ne savais pas si c'était dû au stress pré-mariage ou si c'était lié à son travail. Dès que je l'ai vu à l'autel, j'ai su que c'était lui le responsable. Mais qu'est-ce que je pouvais faire ? Me lever quand le prêtre a déclamé : "Si quelqu'un dans l'assemblée s'oppose à cette union…" et expliquer pourquoi sa tête ne me revenait pas ? »

Stella coupait à présent le fromage comme si elle s'attaquait à une partie de l'anatomie de sir Hugo. Elle était lancée, Becky ne l'interrompit pas. Le thé serait trop infusé mais elle pouvait le jeter discrètement et en refaire.

« Je n'ai pas aimé son discours non plus. Il a jacassé sur sa fantastique mère et présentait Alexa comme l'amour de sa vie. On ressent tous ça pour nos enfants, mais, le jour de son mariage,… je vous demande un peu ! Il a à peine parlé de Laura. Enfin bon, après, ils sont partis en lune de miel et je sais qu'elle était ravie de la destination qu'il avait choisie. Quand ils sont rentrés, je suis allée chez eux pour voir comment elle allait. Regardons les choses en face, le mariage ce n'est pas tout le temps idyllique et, parfois, il faut un certain temps pour s'en rendre compte. Elle avait l'air un peu abattue, j'ai pensé qu'elle avait simplement besoin de soutien, surtout qu'elle ne travaillait plus et qu'elle passait ses journées seule. »

Stella leva les yeux et ponctua ses pensées de la pointe du couteau.

« Ça aussi, c'était fort de café – il l'avait obligée à démissionner. C'était inconvenant, pour un homme de son importance, d'avoir une femme qui travaillait, j'imagine. J'ai été sincèrement choquée en la voyant. Elle avait perdu du poids – pas beaucoup, mais c'est ma fille, je voyais bien qu'elle avait maigri. Son sourire semblait forcé et elle avait de larges cernes sous les yeux. Bien sûr, elle m'a dit que tout allait bien. Ils avaient passé des vacances formidables et maintenant ils étaient de retour à la vie normale. Puis elle a dit quelque chose qui m'a paru étrange. »

Stella reposa le couteau et s'appuya contre le plan de travail, bras croisés.

« Je lui ai demandé si elle avait des photos. Elle a dit – "oui, bien sûr. Je vais les chercher – je crois qu'elles sont dans ma chambre". Bon, c'est vrai, elle aurait pu dire "ma" à la place de "notre" par distraction, mais, ensuite, j'ai demandé si je pouvais visiter la maison, parce que nous n'avions vu que le rez-de-chaussée lors du mariage. Pas très subtil, je sais mais je ne suis pas connue pour ma délicatesse. Elle a refusé. Elle m'a sorti qu'elle ne voulait pas que je la voie avant qu'elle ait fait venir les décorateurs, et je ne suis jamais montée à l'étage jusqu'aujourd'hui.

— Où dormez-vous quand vous venez ici, alors?

— Pour être honnête, Becky, je ne suis pas venue souvent. Mais les rares fois où je me suis imposée, on m'a logée dans le pavillon des invités. Hugo pensait apparemment qu'il me fallait mon intimité. J'ai bien senti que quelque chose n'allait pas, alors je lui ai demandé ouvertement : "Es-tu heureuse avec Hugo ? Parce que j'ai constaté au mariage qu'il n'a pas un caractère facile." Elle a répondu, très fâchée : "Qu'est-ce que tu veux dire, maman ? Il est merveilleux et je suis vraiment désolée que tu ne l'approuves pas. Tu ne devrais peut-être pas profiter de son hospitalité si tu penses du mal de lui." Complètement sur la défensive. Je ne l'avais jamais vue comme ça. J'ai laissé tomber. »

Becky avait bien envie d'en savoir plus sur ce que Stella pensait de sir Hugo, mais il fallait avancer.

« Stella, je sais que c'est dur, mais pouvez-vous me dire pourquoi Laura a été envoyée deux fois en maison de repos ?

— Ce qui s'est passé ? Hugo l'a fait enfermer – ou "interner" comme on dit maintenant », répondit Stella. Ses yeux lançaient des éclairs.

Dire qu'elle n'aimait pas Hugo était certainement l'euphémisme du siècle.

« La première fois pour dépression grave et elle y est restée deux ans. Puis Hugo a décrété qu'elle avait un comportement délirant, qu'elle était un danger pour elle-même. Il a toujours réussi à trouver des gens pour soutenir ses dires. La deuxième fois c'était l'un de vos collègues, un directeur, croyez-moi si vous voulez. Je suis sûre que Hugo a essayé de leur faire jeter la clé, mais, cette fois-là, elle a réussi à sortir après un peu plus d'un an. »

Ravalant sa surprise en entendant parler de l'un de ses supérieurs, Becky posa la question qui s'imposait :

« Vous dites qu'il réussissait toujours à trouver des gens pour appuyer ses dires. Pouvez-vous me dire qui l'a aidé à obtenir le premier internement de votre fille ?

— Cette horrible fille qui sert de nounou à Alexa. Hannah. Et, d'après Laura, elle était tout sourire quand ils l'ont emmenée. Peut-être qu'elle pensait que, Laura ayant débarrassé le plancher, elle allait enfin avoir sa chance. »

13

« C'est bon, Laura. Tu peux te détendre maintenant. Le bel inspecteur est parti, le sergent se noie dans les paroles de ta mère à la cuisine et moi je vais me promener. J'ai besoin d'air frais. Tu viens ?

— Merci, Imo, mais une petite demi-heure toute seule me fera du bien, si ça ne te dérange pas. Tu as lu tout ce que je t'ai donné ?

— Oui, ma chérie. Je veux en lire plus – mais seulement quand tu seras prête. Je veux combler les vides, mais je vois bien que tu te mets à nu dans ces lettres. Je ne veux pas te forcer la main.

— Merci. C'est difficile pour moi de faire ça, mais je te le dois. Va te promener, je vais y réfléchir. »

Même si elle commençait à apprécier Tom Douglas et la délicatesse avec laquelle il la traitait, Laura était contente de se retrouver un peu seule. Il avait demandé à Becky de rester au manoir pour qu'elle « prenne soin » d'elle, mais la policière était toujours coincée avec Stella dans la cuisine. Elle n'avait aucune idée de ce dont elles parlaient, mais ça devait être quelque chose d'important, parce que Becky avait appelé Tom juste avant qu'il parte pour avoir une petite conversation avec lui.

L'une des équipes de Tom avait enfin réussi à mettre la main sur Annabel, et insisté pour qu'elle rentre chez elle immédiatement ou qu'elle se rende au poste de police. Dans les deux cas, on l'avait prévenue que l'inspecteur principal Douglas allait l'interroger. Annabel avait choisi la première option et Tom avait gentiment proposé de ramener Alexa, toujours paniquée, à sa mère. Laura n'avait pas de temps à consacrer à Annabel et encore moins à essayer de jouer les mères de substitution ; elle se savait trop distraite pour donner à Alexa l'amour et le réconfort dont elle avait besoin en ce moment.

Elles s'étaient dit au revoir à grand renfort de larmes et d'embrassades, Laura avait promis à Alexa de l'appeler tous les jours et de s'arranger avec sa mère pour qu'elles puissent se revoir vite. Elle n'était que la belle-mère d'Alexa, mais Annabel ne ferait pas de difficultés pour lui confier sa fille car ainsi elle pourrait s'adonner à ses plaisirs de femme superficielle tels que shopping, soins de beauté et autres passe-temps qu'elle s'autorisait constamment. Si Hugo avait bel et bien modifié ses dispositions testamentaires à son égard, Annabel allait devoir réduire drastiquement son train de vie.

Laura se fichait royalement de la manière dont Hugo avait finalement choisi de distribuer son argent. Elle avait des choses bien plus graves en tête que le testament de Hugo, et grâce à des placements prudents, elle avait de l'argent de côté.

Même si ça ne représentait pas grand-chose par rapport à l'immense fortune de Hugo, elle pourrait certainement s'acheter une maison décente et vivre correctement.

De toute façon, c'était le moment de s'occuper des détails pratiques. Il fallait trouver où coucher tout le monde. La nuit précédente, Imogen avait fini par somnoler sur le canapé tandis que Laura avait passé la nuit dans un fauteuil – à regarder dans le vide. Elle décida de demander à Mme Bennett, la gouvernante, de préparer le pavillon pour sa mère, comme d'habitude. Il était toujours aéré parce qu'il servait à Hannah quand Alexa passait la nuit au manoir. Même si Alexa dormait dans la maison, Hugo n'avait jamais voulu de la loyale Hannah à l'étage.

Laura savait aussi qu'Imogen refuserait tout net de dormir dans le pavillon. Il ravivait ses pires souvenirs, elle aurait donc une chambre dans le manoir. Hugo n'était plus là pour s'y opposer.

La police avait déjà passé la chambre de Hugo au peigne fin à la recherche d'indices sur cette « autre femme », mais ils avaient fait chou blanc. Tom Douglas n'avait pas manqué de remarquer que Laura faisait chambre à part.

« Hugo est habitué à dormir seul et, bien sûr, j'ai le sommeil agité – ça semblait la meilleure solution. »

Tom n'avait fait qu'acquiescer, mais ses yeux trahissaient sa compassion ainsi qu'une pointe de compréhension qu'elle aurait préféré ne pas relever.

Avec un soupir, elle s'enfonça dans son fauteuil. Elle n'avait besoin que de quelques instants de paix. Cependant, ses pensées ne cessaient de la ramener aux jours précédant son mariage, quand elle aurait dû se rendre compte que les choses n'allaient pas se passer comme prévu. Elle avait lu la lettre suivante assez souvent pour savoir que n'importe quel crétin aurait compris à quel point elle avait été crédule. Allait-elle pouvoir supporter de voir la tête d'Imogen quand celle-ci ferait le même constat ?

Il n'y avait qu'une chose à faire : donner *toutes* les lettres à Imogen. Elle ne voulait pas savoir combien elle en lirait – elle ne voulait pas essayer de deviner ses réactions. La honte était déjà assez difficile à supporter seule, si d'autres personnes en étaient témoins, elle deviendrait intolérable.

14

AOÛT 1998 – PLUS QUE DEUX SEMAINES !

Chère Imogen,
Ça fait un temps fou que je ne t'ai pas écrit. C'est bête, en fait, parce que je t'écris ces longues lettres et puis je ne te les envoie jamais. Je veux tout te raconter. Mais pas tout de suite.

Ces derniers mois, j'ai été très occupée parce que j'ai soudain découvert tout ce que j'avais à apprendre ! Quand notre relation est devenue « officielle », Hugo m'a emmenée plusieurs fois faire du shopping. Je peux te dire que c'était une expérience, et ça a confirmé mes craintes sur mon manque de goût. J'avais l'impression que les vendeuses se fichaient de moi.

Mais Hugo était très gentil. Il me laissait choisir les couleurs et les styles que j'aimais, puis il parlait aux vendeuses qui se précipitaient dans les profondeurs de leur stock pour revenir avec une tenue similaire mais peut-être un peu plus raffinée. Bien sûr, ça, c'était dans les magasins de prêt-à-porter. Les maisons de couture, c'était encore pire !

Maintenant j'ai une garde-robe fabuleuse. Ça valait bien le coup de me ridiculiser un peu.

J'apprends vite et je ne referai pas les mêmes erreurs deux fois.

Sortir en public avec Hugo a été une autre révélation. Il connaît tellement de gens célèbres – tout le monde, des acteurs jusqu'aux hommes politiques. Il appelle même le Premier ministre par son prénom ! Rencontrer toutes ces personnalités à des dîners de charité snob, c'est aussi excitant que stressant. Il y a un tel protocole à respecter. Par exemple, un jour on m'avait placée près d'un membre secondaire de la famille royale et je n'avais aucune idée de la manière dont je devais m'adresser à lui. Hugo a dû m'aider à m'en sortir plus d'une fois. Nous avons développé un genre de langage secret. Si je suis en train de faire une gaffe – comme poser ma serviette sur mes genoux avant que le serveur ait eu le temps de le faire pour moi –, Hugo pince les lèvres et me fait un imperceptible signe de tête. Alors, je regarde les autres femmes pour voir ce qu'elles font. Une fois, j'ai bien cru qu'il allait nous faire une attaque après que je m'étais assise discrètement, à mon avis, sur mon mouchoir. Je n'avais nul endroit où le cacher ! Ni poches ni manches. Et j'avais le nez qui coulait à cause de la soupe de piment rouge. D'ailleurs, très bizarrement, au cours de tous les dîners auxquels j'ai assisté, je n'ai jamais vu personne se moucher ! Comment ils font ? Enfin bref, tout cela a été très révélateur, alors je me suis mise à étudier l'étiquette et toutes sortes de règles de savoir-vivre dans des livres, pour que Hugo n'ait plus honte de moi.

Mais une chose me tracasse. C'est le sexe – ou plutôt l'absence de sexe. Nous avons rendu notre relation publique début juillet, et, juste après, Hugo a dû partir en voyage pour lever des fonds. Pendant son absence, je me suis réservé un traitement de choix. Exfoliations du corps, épilation à la cire, pédicure... pour être parfaite à son retour. J'ai aussi acheté de la nouvelle lingerie. Rien de trop vulgaire. Vu ce qu'il avait déjà choisi pour moi, j'ai pensé qu'il n'aimerait pas, donc j'ai acheté des choses sexy mais élégantes.

J'étais impatiente qu'il rentre – mais, bien sûr, j'aurais pu me douter qu'il serait un peu fatigué après son voyage. Quand nous sommes sortis dîner quelques jours plus tard, je lui ai suggéré que je pouvais rentrer à Egerton Crescent avec lui pour passer la nuit. Mais il était d'un autre avis.

« Laura, ma chérie – il n'y a rien que je voudrais autant. Tu sais comme je te désire. Mais nous venons seulement d'annoncer notre relation à la presse. Si on te voit déjà sortir de mon appartement, ça te fera passer pour une femme de petite vertu, tu ne penses pas ? »

Je n'y avais pas songé, mais j'étais prête à défendre ma position.

« Hugo, *tout le monde* fait l'amour de nos jours. Jamais personne ne trouvera à redire à ça ! »

Puis il a fait cette déclaration surprenante :

« Laura, cette relation représente bien plus que du sexe. Du moins je l'espère. Je crains que le fait de se concentrer sur l'acte de chair ne fasse vaciller la construction d'une relation solide. Nous savons que nous sommes compatibles. Nous n'avons peut-être pas couché ensemble, mais, à notre manière, nous avons fait l'amour. »

De quelle manière Hugo ? Pas une que je connaisse.

Je n'ai rien dit, évidemment. Je ne voulais pas de dispute. Mais il a continué.

« Nous nous embrassons – passionnément. Nous nous étreignons et nous nous touchons. C'est merveilleux. Nous allons nous marier dans deux mois. J'aimerais continuer ainsi jusqu'à ce jour. Prendre le temps de nous connaître. De nous comprendre. De faire croître l'intensité de notre désir. Imagine la force que cela va donner à notre couple. »

Je ne sais pas quoi penser. Je voulais t'en parler, mais j'avais trop honte. Pas du fait que nous ne couchons pas ensemble, mais que je ne sache pas si c'est normal ou non. J'ai tellement envie de lui. Il rend ça si excitant – comme une très longue phase de séduction. Et quand nous serons enfin ensemble – eh bien, je n'ose pas y penser ! Il a continué à essayer de me convaincre, mais ma détermination faiblissait.

« Tu sais, avant les gens ne couchaient jamais ensemble avant le mariage. Et j'ai entendu dire que les mariages les plus heureux sont ceux où les deux conjoints s'épousent vierges. »

Là, j'ai hésité à lui faire remarquer que ce n'était le cas ni de l'un ni de l'autre ! Il y a quand même quelque chose d'admirable dans cet homme qui, manifestement, me veut, mais qui est prêt à se maîtriser en signe de respect pour moi, non ?

Deux semaines avant le mariage et le corps de mon futur mari est toujours un mystère pour moi ! Tout comme le mariage lui-même. Une autre des surprises de Hugo. Il va y avoir de très nombreux invités – ça, je le sais. Toutes sortes de célébrités, des gens de sa fondation, des dignitaires locaux – ce genre de personnes. Maintenant que sa mère est morte, il n'a plus de famille. Ça m'attriste réellement pour lui. Il semblait très proche de sa mère, même si elle a été alitée pendant des années. Il ne veut pas me montrer de photos d'elle parce que ça lui fait encore trop mal.

Je crois qu'il détestait son père. Je ne sais pas pourquoi. Peut-être ne lui pardonne-t-il pas de s'être suicidé. Je ne me rappelle pas t'avoir parlé de ça ? Mais ça a dû être vraiment dur pour Hugo. C'est dommage que sa sœur ait disparu, tout le monde a besoin d'une famille, non ? Je ne sais pas ce que je ferais sans la mienne. Tout ce qui lui reste maintenant, c'est Alexa. Et moi, bien sûr.

Comme il n'a pas de famille, il a proposé que nous restreignions la mienne au minimum. Selon lui, ça ferait bizarre d'avoir un tas de gens de mon côté et personne du sien. Je comprends ça (même si maman n'est pas supercontente, je suis sûre qu'elle t'en a parlé). Comme je ne pouvais pas faire venir tous mes collègues de bureau, nous avons décidé de n'inviter que mon chef, Simon, et sa dernière copine. Et quelques investisseurs en capital-risque. Ils peuvent toujours être utiles, à ce qu'il paraît.

D'ailleurs en parlant du boulot, je démissionne. Je ne sais pas trop si je suis contente ou pas. Mon travail me prend beaucoup de temps, surtout quand les tournages s'éternisent – ce qui est presque inévitable. Étant donné la situation de Hugo et tout le reste, si je continuais à travailler, nous ne nous verrions jamais. Et je ne pourrais jamais garantir ma présence aux dîners importants auxquels il doit assister. Je vais avoir beaucoup à faire à la maison, enfin je crois. Et j'espère aussi que je vais pouvoir faire du bénévolat à la fondation. On en a parlé, mais Hugo pense qu'il vaut mieux que je m'installe d'abord dans ma nouvelle vie, et qu'on verrait après. Il est toujours si prévenant. Je n'ai pas vraiment *besoin* de travailler. L'argent n'est pas un problème, bien sûr. Et je veux pouvoir passer le plus de temps possible avec Alexa. Il faut que j'apprenne à la connaître. Et qui sait, peut-être que l'an prochain à la même date nous aurons commencé à nous occuper d'un nouveau venu dans la famille!

Je vais quand même garder mes parts de la compagnie. Simon m'a laissée entendre qu'elle serait peut-être vendue à une plus grosse boîte bientôt. Si c'était le cas, je ramasserais un petit pactole.

Je suis nerveuse, excitée et à cran. Pas uniquement à cause du «grand jour», mais je me demande aussi si j'ai les épaules assez larges pour endosser le rôle de l'épouse d'un personnage si important? J'ai beaucoup appris, mais est-ce que ce sera assez?

Ma robe de mariée est magnifique. Hugo m'a emmenée voir cette femme incroyable qui fait les robes les plus fantastiques que j'avais jamais vues.

Il n'est pas censé la voir avant le jour J, mais, pour lui, c'est une superstition stupide. Je crois qu'il voulait s'assurer que je ne choisirais pas quelque chose de trop décolleté. Selon lui, il y a certaines parties de mon corps qui doivent être préservées pour son plaisir personnel.

Je suis impatiente.

Plein de baisers.

Laura

15

SEPTEMBRE 1998

Chère Imogen,
Nous sommes le lendemain de mon mariage. Et rien ne se passe comme je l'avais imaginé.

Pour commencer, je ne pensais pas avoir le temps de t'écrire avant la fin de notre voyage de noces. Et il n'a même pas encore commencé ! Peut-être que coucher tout cela sur le papier va me permettre d'y voir plus clair.

Le matin du mariage, le temps était couvert, mais, au moins, il ne pleuvait pas et j'étais excitée comme je ne l'ai jamais été de ma vie ; je tremblais presque de nervosité et j'attendais avec impatience de découvrir ma nouvelle maison. Et de voir Hugo. Je l'aime tellement.

Tu te souviens de l'arrivée du cortège devant l'hôtel ? Tout le personnel aligné pour me regarder partir au bras de mon père. C'était formidable, n'est-ce pas ? Je suis désolée de ne pas avoir pu te demander d'être ma demoiselle d'honneur. Je le voulais, mais Hugo trouvait que des demoiselles d'honneur adultes – et mariées, qui plus est –, ça faisait un peu étrange. Il a dit que tu comprendrais. J'espère qu'il ne s'est pas trompé.

L'église était absolument magnifique, tu n'as pas trouvé ? Et les fleurs ! Incroyable. C'est l'« équipe » de Hugo, comme il les appelle, qui s'en est chargée, pour me faire une surprise. J'avais tellement peur qu'il ne choisisse des lis. J'ai horreur des lis. Leur odeur me donne la nausée. Heureusement tout était décoré de roses ivoire et de feuilles sombres et brillantes d'aspidistra. Hugo était époustouflant, pas vrai ? Cette queue-de-pie noire avec ce gilet gris – on aurait dit un héros de film romantique.

Je suis fière de moi. Tu as remarqué que je n'ai pas bafouillé ? Je n'ai pas pleuré (j'ai bien failli plusieurs fois). Même maman n'a pas pleuré, même si papa en était tout près quand il m'a vue dans ma robe.

Et puis nous sommes partis pour Ashbury Park. Je ne sais pas ce que tu as pensé en voyant le manoir, Imo. Mais moi, j'étais aussi excitée de le découvrir que par le mariage lui-même. Quand la voiture a passé les grilles, je ne pouvais toujours pas le voir. Comme s'il se cachait. J'avais imaginé qu'il ressemblerait un peu au Manoir aux Quat'Saisons – le fameux restaurant de Raymond Blanc. Mais je n'y étais pas du tout. L'allée étroite semblait avoir totalement baissé les bras face à la forêt vierge de haies et d'arbres. J'avais presque l'impression que la nuit tombait pendant qu'on s'approchait. Je m'attendais à ce que l'allée se termine en une explosion de lumière, mais, après le virage, j'ai vu la maison et j'avoue avec horreur avoir été parcourue par un frisson de consternation. Les arbres immenses se balançaient dans le vent, leurs longues branches venaient gratter les fenêtres du premier étage, et le massif d'arbustes dense s'ouvrait sur la plus petite avant-cour du monde, totalement obscurcie par l'auvent. Je suis sûre que ce manoir illustre parfaitement l'architecture médiévale, avec ses murs en pierre grise et son toit à créneaux. Tout peint en noir, et les fenêtres à meneaux vides et sans âme.

Ici, on ressent une hostilité presque palpable.

Je n'ai pas su quoi dire. Hugo s'est tourné vers moi, en fier propriétaire.

« Ta nouvelle demeure, Laura. N'est-elle pas magnifique ? »

J'étais muette. Heureusement, Hugo a pris ça de manière positive et murmuré qu'il savait que je serais impressionnée. Je n'avais jamais pensé que j'aurais une fois dans ma vie la furieuse envie d'avoir une tronçonneuse dans les mains : il fallait en priorité déboiser l'endroit. Le manoir est véritablement gigantesque – tu l'as vu ! Bien plus que dans mes rêves. Cette dimension ajoutée à son austérité sinistre, ça m'a vraiment perturbée. Mais, en éternelle optimiste, j'ai souri à mon sublime mari. J'aime bien dire ça, malgré tout ce qui s'est passé depuis.

Mon optimisme a vite été réduit à néant, cela dit. L'intérieur du manoir était encore plus sinistre que l'extérieur. Certes les dalles du grand hall sont très belles (bien qu'un peu crasseuses), tout comme l'immense tapis vert cendré Aubusson qui les recouvre presque toutes, mais la salle semble si sombre et négligée. Comme sortie d'un film d'horreur, à vrai dire. Et ces murs ternes – beige terne avec tous les portraits des ancêtres qui te dévisagent ! Je crois que le pire ce sont les têtes de cerf et les vitrines avec les animaux empaillés. Et cette épouvantable hermine ! Tu l'as vue ?

Quelque chose s'est figé en moi. Hugo m'observait avec une expression impénétrable. Je lui ai jeté un coup d'œil nerveux. Il s'attendait à ce que je sois en extase. Et là, j'ai fait quelque chose d'impardonnable à ses yeux. C'était sûrement à cause du stress de la journée. J'ai ri.

Je me suis vite arrêtée mais pour faire pire encore :

« Pardon, Hugo. C'est un endroit incroyable, c'est sûr, avec un grand potentiel. Je suis sûre que ta mère l'adorait – et ça va être vraiment super de pouvoir en faire quelque chose qui nous ressemble. Ça va être génial. »

Qu'est-ce que je n'avais pas dit ! Il s'est crispé.

« Nous parlerons de ton opinion sur mon domicile plus tard, Laura, a-t-il reparti assez froidement. À présent, il est temps d'aller accueillir nos invités. J'espère que le reste de la maison et mes préparatifs trouveront grâce à tes yeux, plus que le grand hall. »

J'avais l'impression d'avoir été réprimandée comme une enfant. Hugo ne m'avait jamais parlé sur ce ton avant. Cependant, j'ai pensé que j'étais ridicule d'imaginer que Hugo, qui a un goût si sûr, puisse réellement croire que cet endroit était parfait.

« Chéri, je suis sûre que tout ce que tu as organisé sera absolument merveilleux. Et je suis impatiente d'explorer la maison et de faire des projets. Ça va être super, tu verras. »

Je pensais qu'en répétant le mot « super » ça lui donnerait de l'enthousiasme. Je me trompais.

Puis j'ai vu mes parents sur le pas de la porte. Ils n'avaient toujours pas rencontré Hugo, je me suis tournée vers eux pour essayer de rattraper la sauce.

« Maman, papa, entrez. Nous étions en train de parler de cette fabuleuse demeure. Vous ne trouvez pas que ça fera un foyer génial ? J'ai tellement de chance ! »

J'ai vu à la tête de maman qu'elle avait eu la même réaction que moi. Mais j'ai continué en l'ignorant.

« Il faut qu'on trouve du temps pour que vous puissiez bavarder avec Hugo, pour le connaître mieux. Peut-être tout à l'heure entre le dîner et le bal ? Qu'en penses-tu Hugo ? »

Lui n'était pas disposé à se montrer sous son meilleur jour à mes parents, je dois dire qu'il a été carrément pédant. Pas un début de très bon augure pour notre relation.

« Je serais certainement enchanté de passer du temps avec tes parents, Laura. Après le brunch, comme tu l'as suggéré. Il n'y aura pas de bal, cela dit. Cela fait moins d'un an que ma mère est décédée dans cette maison, dans ces circonstances, ce genre de festivités me paraît fort inapproprié. »

J'étais un peu déçue parce que j'adore danser et j'étais sûre de le lui avoir dit quand nous avions parlé des projets de mariage. Mais j'imagine que c'est logique. Un an de deuil, ça semble obligatoire.

Enfin bon, le brunch était absolument exquis, et la grande galerie était si belle avec toutes les fleurs que j'ai complètement oublié l'horreur du hall. Je ne pensais qu'à tout ce que Hugo avait fait pour moi.

La journée est passée si vite, et tout le monde est parti après le repas. J'avais espéré que tu resterais un peu, mais je crois que Hugo a été assez clair sur ce qu'il attendait. Toi et Will étiez les derniers à partir et quand tu es allée chercher ton sac, Will m'a fait l'un de ses supercâlins de papa ours.

Il n'a pas eu beaucoup de temps pour parler avec Hugo auquel il a proposé qu'on se voie à notre retour de lune de miel. Hugo lui a répondu qu'il y réfléchirait et qu'il l'informerait dès qu'une opportunité se présenterait.

La réplique de Hugo pouvait paraître un peu formelle – un peu comme on congédie un candidat à la fin d'un entretien d'embauche – mais ce n'était pas son intention. Puis tu es arrivée et tu m'as chuchoté que Hugo était beau à se damner (je suis ravie que tu le penses) avant de m'encourager à «m'éclater».

Ta remarque a déclenché chez moi un éclat de rire que j'ai eu bien du mal à arrêter. Je suis contente d'avoir enfin réussi à te parler de notre vœu de chasteté hier matin. C'était bizarre de te raconter ça pendant que tu fixais mon voile, je sais, et je crois que je t'ai dépeint quelque chose de plus positif que ça ne l'est en réalité – mais quand même, j'étais contente de te l'avoir dit.

Quand vous êtes partis, j'ai attrapé le bras de Hugo en lui disant à quel point j'étais heureuse et que tout ce qu'il avait fait était fantastique. Mais il était totalement froid.

« Je n'ai pas été particulièrement impressionné par tes messes basses avec Imogen. C'est très impoli. Je ne suis pas certain qu'elle ait une bonne influence sur toi, Laura. Et ta démonstration d'affection avec ton frère était un peu excessive. »

Avant de pouvoir répondre, j'ai entendu un toussotement derrière nous. C'était la nounou d'Alexa, Hannah. Je n'arrive pas à m'y faire. Elle a l'air narquois. Et, pour elle, Hugo c'est Dieu tout-puissant.

« Je vais dans ma chambre, sir Hugo. Alexa a pris son bain et est prête pour aller au lit. Elle est dans la cuisine. »

J'adore Alexa, mais je ne m'attendais pas à ça. Je croyais qu'Hannah l'avait ramenée chez elle depuis longtemps. Hugo m'a expliqué pourquoi ce n'était pas le cas et il a même eu la grâce de s'excuser de ne pas me l'avoir dit. Apparemment, Annabel – son ex-femme (qui commence déjà à m'énerver) – a exigé qu'Alexa reste dormir au manoir parce qu'elle avait d'autres projets. Le départ pour notre voyage de noces était reporté d'un jour.

« Ne t'inquiète pas, ai-je dit. Elle va s'endormir vite. Je suis impatiente de voir notre chambre. On l'emmène à l'étage et j'enlève cette robe pendant que tu la mets au lit ? »

J'essayais de le provoquer, mais ça n'a pas eu beaucoup d'effet.

Il m'a regardée.

« Je vais chercher Alexa, et puis je te montre l'étage. Je reviens tout de suite. »

Il ne m'a pas parlé en passant devant moi avec Alexa – sûrement pour ne pas réveiller la petite – et il est monté. Je l'ai suivi en soulevant la longue jupe de ma robe et en essayant de ne pas frissonner devant les horribles animaux empaillés.

En haut de l'escalier, il s'est arrêté.

«Attends ici une minute, Laura. Je mets Alexa au lit.»

Il a passé une double porte immense. En l'attendant, j'ai jeté un œil autour de moi. Il y avait des portraits sombres et lugubres aux murs. En vérité, toute cette partie du manoir me donne un avant-goût de la mort! Je me demandais vraiment à quoi le rez-de-chaussée allait ressembler sans les décorations du mariage, mais je n'ai pas eu beaucoup de temps pour cogiter parce que Hugo est revenu.

«Par ici.» C'est tout ce qu'il a dit.

Je me suis agrippée fermement à sa main pour parcourir le couloir. Il s'est dégagé doucement mais m'a tenu le coude.

Il s'est arrêté devant la troisième porte.

«Voici ta chambre, Laura. J'espère que tu vas l'apprécier.»

La chambre venait d'être redécorée avec un papier peint à motif de fleurs de lavande, un tapis vert pastel et des meubles fins et jolis, dont une méridienne crème – j'ai toujours rêvé d'en avoir une. J'ai aperçu une salle de bains moderne attenante. Mais je n'en croyais pas mes oreilles. J'ai eu comme un coup dans la poitrine, comme si j'allais m'étouffer.

« Qu'est-ce que tu veux dire, Hugo ? Ce n'est pas *notre* chambre ?

— Je préfère que chacun ait sa chambre, Laura. Je trouve l'idée de dormir avec une autre personne toutes les nuits assez détestable. Et, bien entendu, je ne crois pas que partager une salle de bains soit favorable à une relation maritale heureuse et active. »

Là, pour la deuxième fois de la journée, mon optimisme s'est un peu effrité. La boule dans ma poitrine continuait de grossir. Elle écrasait mes côtes, me serrait la gorge et les larmes menaçaient. Pour une fois je lui ai dit exactement ce que je pensais.

« Eh bien, pour votre information, *sir* Hugo, moi je pense que partager un lit est une partie très importante d'une relation intime. Je te laisserai volontiers ton intimité dans la salle de bains, mais j'insiste pour que nous dormions dans le même lit.

— Nous partagerons un lit certaines nuits, bien entendu. Tu auras remarqué que ceci est la troisième porte du couloir. Entre nos deux chambres se trouve une autre chambre à coucher que nous pourrons partager quand le moment sera approprié.

— Et qui en décidera, je te prie ? Que se passera-t-il si j'ai envie de faire l'amour le matin ? Est-ce que je devrai venir frapper à ta porte et te demander si tu veux bien aller dans la "chambre à sexe" ?

— Laura, ne fais pas l'enfant. La journée a été chargée et fatigante pour tous les deux, et j'ai décidé que ce soir n'est pas approprié. Et puis nous devons penser à Alexa.

— Et où dort Alexa, très exactement ?

— Elle ne te dérangera pas. Je m'occuperai d'elle si elle se réveille. Elle a besoin de se sentir en sécurité, cette nuit entre toutes. Je te suggère d'aller dormir. Nous partons demain pour notre lune de miel. Alors, nous serons seuls. »

Et il est parti. Comme ça. Sans même un baiser de bonne nuit.

Il m'en voulait manifestement pour quelque chose – mais je ne sais pas quoi. Peut-être pour avoir un peu décrié le manoir ? Peut-être à cause des messes basses avec toi ? Aucune idée. En tout cas j'ai eu un sentiment de *frustration*. Ce n'est pas un mot que j'utilise souvent mais maintenant, je sais exactement ce que ça veut dire.

J'étais abasourdie je crois. Trop pour faire quoi que ce soit. Fallait-il que je débarque dans sa chambre en furie pour lui demander de me rejoindre dans mon lit ? Ou faire mes valises et ficher le camp d'ici ?

Je n'ai rien fait.

J'avais attendu cette nuit avec tant d'impatience. Mais en fait l'incroyable déception de cette nuit ratée n'était rien comparée aux implications à long terme de ce qu'il m'avait dit. On ne dormirait donc jamais ensemble ? Nous ne partagerions jamais le même lit ? Je ne pourrais jamais me retourner et toucher mon mari quand je ne pourrais pas dormir ou que j'aurais fait un cauchemar, ou simplement quand j'aurais mal au ventre et besoin d'une main chaude et réconfortante pour chasser la douleur.

Je n'avais pas remarqué que mes larmes coulaient avant d'apercevoir les taches sur ma belle robe de mariée. Je me suis regardée dans le miroir et j'ai eu une vision qui n'aurait jamais dû m'apparaître. Celle d'une magnifique jeune mariée totalement et complètement désespérée.

J'ai ôté lentement ma robe pour la pendre avec soin dans l'armoire. La déchirer en lambeaux aurait évacué ma frustration, mais je sais que j'aurais fini par le regretter.

J'ai décidé de me coucher : peut-être Hugo comprendrait-il à quel point il s'était montré cruel et viendrait-il me rejoindre plus tard. Mais les huiles et les lotions de luxe que j'avais achetées expressément pour ce moment sont restées dans mon sac. Leurs parfums n'allaient qu'approfondir ma tristesse. J'ai rampé sous les draps et me suis roulée en boule en essayant de contenir le chagrin. Et puis j'ai attendu.

***

Et j'étais toujours seule en me réveillant ce matin – je crois que la fatigue m'a prise par surprise. Mais la boule de tristesse pesait encore dans ma poitrine.

Mon prochain mouvement serait crucial. Je voulais tellement que ce mariage fonctionne. Il fallait que je réfléchisse à la meilleure approche. J'aurais eu naturellement tendance à discuter le coup. Lui dire ce que moi je voulais. Le forcer à prendre en compte mon point de vue.

Je crois que je rêvais un peu. Pourquoi avait-il fallu attendre cette scène pour que je comprenne ce qui me guettait depuis des mois ? Est-ce que Hugo avait déjà pris mon point de vue en compte une seule fois ? Est-ce qu'il lui était déjà arrivé de se dire, à un moment, qu'il pouvait avoir tort ?

Tout ce qu'il faisait, il semblait le faire *pour moi*. Mais n'était-ce pas seulement pour pouvoir garder le contrôle ? Ou bien était-il réellement la personne généreuse et prévenante qu'il avait toujours semblé être, essayant constamment de me simplifier la vie ? Il m'accompagnait pour acheter des vêtements – il disait qu'il connaissait les meilleurs magasins, et c'est lui qui payait. Il choisissait toujours le menu au restaurant, parce qu'il disait qu'il savait quelles étaient les spécialités de chaque restaurant. Il avait même organisé seul le mariage – comme un cadeau qu'il me faisait.

Je ne savais plus quoi penser. Qui était-il réellement ? Voulait-il tout régenter (comme ma mère l'avait supposé une fois), ou était-il gentil, prévenant et attentionné ? Assise au bord du lit, la tête dans les mains, le cerveau sens dessus dessous, j'ai cédé à la crise de désespoir qui s'était emparée de moi.

« Mon Dieu. Quel atroce bordel. »

Un petit bruit m'a alertée, je n'étais plus seule.

« Laura, ça va ? Tu parles avec qui ? »

J'ai levé la tête et me suis retrouvée face à face avec l'adorable Alexa, qui avait l'air soucieux. Elle portait une tenue entièrement rose qui m'a fait cligner des yeux. Mais rien ne peut atténuer la beauté de cette gamine.

« Papa m'a envoyée te chercher. Il dit qu'il faut que tu te lèves. Ça va ? » a-t-elle répété.

J'ai eu du mal à contenir mes larmes, mais j'ai acquiescé.

« Tu veux un câlin ? Papa dit qu'un câlin c'est toujours réconfortant, et il adore mes câlins. »

J'ai pris Alexa dans mes bras en souhaitant de tout mon cœur que Hugo m'étreigne de la sorte un jour prochain. Rien que ça, ça aurait déjà été quelque chose.

« Merci Alexa, j'en avais besoin. Dis à papa que je vais prendre une douche et que je descends dans une demi-heure. Tu vas t'en souvenir ? »

Elle m'a regardée avec un peu de dédain, comme si n'importe quel message, même complexe, lui serait facile à transmettre. Puis elle m'a fait un bisou.

« Je suis contente que tu sois là, Laura. Je t'aime bien. »

Elle a souri et puis elle est partie en sautillant. Je me suis forcée à me lever et je suis restée sous la douche la plus chaude que j'ai pu supporter. Il fallait rationaliser la situation. Hugo et moi sommes très, très différents. Nous avons été élevés avec des valeurs différentes, et peut-être que faire chambre à part est normal dans son monde.

Je ne devrais pas continuer à penser que mon mari prenait toutes ses décisions en ne pensant qu'à lui. Il fallait bien reconnaître son indéniable générosité et sa prévenance.

J'avais réagi avec excès. Certes, les choses ne se passaient pas comme je l'avais imaginé. Il fallait que ça change. Je devais lui faire comprendre qu'il ne pouvait pas dormir sans moi. Mais ça ne marcherait pas si je me faisais trop pressante. La seule manière avec Hugo, c'est d'avoir l'air docile. Se disputer ne mènerait à rien. Je devais trouver un autre moyen pour qu'il se rende compte de ce qu'il perdait.

**

Voilà, le premier jour de mon mariage touche à sa fin, je suis censée être en train de me reposer avant notre départ ce soir. Je ne sais toujours pas où nous allons. Une autre surprise de Hugo, mais il dit que je vais adorer. Et je le crois.

Après un début apocalyptique, je suis beaucoup plus optimiste. J'ai rencontré la femme de ménage – une femme charmante du nom de Mme Bennett qui tient à m'appeler « Madame » même si je lui ai dit que Laura ferait l'affaire. Hugo dit que je peux choisir mon propre personnel de maison, du moment qu'ils n'habitent pas ici. Il n'aime pas ça (même si nous ne sommes pas à une ou deux chambres près). Je lui ai déjà dit que je voulais faire la cuisine, donc que nous n'avions pas besoin d'un chef. Je vais réussir à l'assouplir, j'ai simplement besoin de temps !

Il y a eu un seul moment un peu délicat. Je crois qu'il faut que je m'habitue à me sentir un peu en marge avec Hugo et Alexa, par moments. Ils vivent tous les deux en vase clos depuis la naissance d'Alexa, ce n'est pas très surprenant que j'aie l'air de m'incruster – ça doit être un truc normal de belle-mère. Quoi qu'il en soit, quand j'ai fini par descendre, ce matin – ayant réussi à faire disparaître toute trace de larmes –, je les ai trouvés dans le petit salon. Alexa gloussait: apparemment, Hugo était en train de lui dire quelque chose qui la faisait rire. J'ai arboré le sourire le plus éclatant possible.

« Papa me raconte une histoire drôle, a crié Alexa. Allez, papa, finis l'histoire. »

Je suis chaque fois ébahie par la capacité de cette enfant à prononcer des phrases claires et complexes, même si je sais qu'Annabel lui paie des leçons de conversation plusieurs fois par semaine. Certainement la meilleure solution pour ne pas avoir à lui parler elle-même, j'imagine.

Mais Hugo a refusé de terminer l'histoire, j'ai eu l'impression d'interrompre un moment spécial.

« Pas maintenant, Alexa. Je suis certain que mes histoires drôles n'intéressent pas Laura.

— Bien sûr que si, Hugo. J'adorerais entendre celle-ci. »

Je me suis tournée vers lui en souriant toujours. Il ne fallait pas qu'il se rende compte à quel point il m'avait blessée la nuit dernière.

« Plus d'histoires. Alexa, termine ton petit déjeuner, s'il te plaît. »

Pendant un instant, ma détermination a faibli, mais Hugo m'a surprise en se levant pour tirer ma chaise avec un sourire et un peu de cérémonie. Ça m'a soulagée. Tout va bien se passer. J'aime mon mari et je suis sûre qu'il m'aime. Il faut juste qu'on s'habitue l'un à l'autre.

Nous partons dans quelques heures. Me revoilà tout excitée. Pour le moment je me « repose » dans ma belle chambre. C'est vrai qu'elle est belle. Il a vraiment pensé à tout. Je voulais voir l'autre chambre dont il m'a parlé – que j'ai appelée assez méchamment la « chambre à sexe », mais il n'avait pas la clé sur lui, alors je vais devoir attendre. Peut-être que, à la fin du voyage, ça ne sera plus nécessaire, parce que nous aurons démêlé toute cette histoire idiote.

Affectueusement.

Laura

16

Heureusement que le trajet jusqu'au domicile de l'ex-femme de Hugo laissait à Tom Douglas le temps de réfléchir un peu. Il avait essayé de discuter avec Alexa, mais la petite était bien trop anéantie, et Hannah se montrait peu communicative. Il allait bien falloir reprendre l'interrogatoire avec Hannah, étant donné ce qu'avait raconté Stella à Becky, mais pas avec la petite dans la voiture.

Les observations de Becky à propos de Laura semblaient intéressantes.

« Elle avait l'air plus inquiète pour ses fichues olives que de savoir si son mari avait une maîtresse, avait-elle commenté, acerbe. Vous êtes très gentil avec elle, mais c'est comme parler à un mur. Il y a quelque chose qui cloche. Je ne sais pas quoi, mais j'en suis sûre. »

Becky ne comprenait pas le *modus operandi* de son chef, mais, dans ce genre de situation, il estimait préférable d'éviter toute tension avec les gens qu'il interrogeait. D'après lui, ceux-ci révélaient souvent bien plus qu'ils ne le voulaient dans ces conditions. Il était allé un peu plus loin que ça avec

Imogen parce qu'il avait senti son malaise, mais son alibi tenait la route. Elle était bien trop intelligente pour mentir sur quelque chose de vérifiable. Les filles de la fondation, par contre, c'était un tout autre problème. Il n'adhérait pas à la théorie de l'« instinct » policier, cependant, le sien le chatouillait chaque fois que ces filles revenaient sur le tapis. Il espérait sincèrement qu'il y aurait des nouvelles de la fille portée disparue, Danika Bojin, très bientôt.

Finalement, l'agent de la police locale chargé de lui servir de chauffeur toute la journée se gara devant une jolie demeure de style géorgien où vit Annabel Fletcher avec sa fille et sa nourrice, plus, d'après ce qu'il avait compris, un nombre régulier et sans cesse renouvelé de jeunes hommes de moins en moins recommandables. La propriété, peinte en crème clair avec les fenêtres blanches, se tenait sur un terrain ouvert et bien entretenu. L'allée se terminait en grand cercle où trônait une petite fontaine au milieu d'un rond-point d'herbe devant la maison. Elle était bien plus petite, mais infiniment plus belle qu'Ashbury Park, selon lui.

Il ouvrit la portière à Hannah et à une Alexa bien silencieuse. Pauvre gosse. Lui-même était toujours en proie au chagrin d'avoir perdu son frère à peine un peu plus d'un an auparavant, et même s'il devait son style de vie luxueux présent à Jack, il aurait préféré vivre dans une cage à lapin si cela pouvait lui ramener son frère.

Il ne savait pas à quoi s'attendre en rencontrant la première lady Fletcher, mais certainement pas à la personne qui se tenait à la porte. Elle devait approcher la cinquantaine et il avait pensé qu'elle serait certainement assez bien conservée, mais la femme qui l'accueillit, même à des yeux bienveillants, représentait à elle seule toutes les dérives de la chirurgie esthétique. Elle était maigre à un point qui frisait l'anorexie, mais possédait une poitrine disproportionnée par rapport au reste de son corps. Elle portait un jean slim rose assorti de sandales à talons également roses et d'un minuscule débardeur noir. Il devait faire sacrément chaud à l'intérieur pour être habillée comme ça fin octobre, pensa Tom.

Annabel était très maquillée, portait des faux cils, et sa tête était couronnée d'une large paire de lunettes de soleil pour le moins inutile en ce jour d'automne grisâtre. Elle sourit, la tête inclinée avec coquetterie, mais Tom s'aperçut que son sourire ne s'étendait pas à tout le visage. À cause du Botox, probablement.

« Lady Fletcher ? Inspecteur principal Tom Douglas. Veuillez m'excuser de vous déranger, mais j'ai quelques questions à vous poser. Tout d'abord, je ne sais pas si vous étiez restée proche de votre ex-mari, mais j'aimerais vous présenter mes condoléances.

— Enchantée, inspecteur principal. Entrez je vous prie, et rassurez-vous, Hugo n'est pas une grosse perte pour moi, ni pour le reste du monde si vous voulez mon avis. »

Tom resta impassible mais se demanda ce que lui réservait cet interrogatoire.

Annabel le conduisit jusqu'à une pièce presque entièrement vitrée.

« Quel magnifique jardin d'hiver ! fit Tom en observant les plantes luxuriantes autour de lui.

— En fait, inspecteur, c'est une orangerie. Les jardins d'hiver me font toujours penser à ces horribles choses en plastique blanc qu'on colle derrière les petites maisons comme d'énormes furoncles, pas vous ?

— Toutes mes excuses, lady Fletcher. »

Lady Fletcher n'avait manifestement aucune classe mais adorait donner l'impression qu'elle venait de la haute et qu'elle en possédait les manières. Elle s'assit sur un canapé en osier tandis que Tom prit la chaise en face d'elle.

« Comme vous le savez, nous sommes à présent certains que votre ex-mari a été victime d'un meurtre. Nous soupçonnons le coupable d'être une femme. J'essaie d'en apprendre le plus possible sur la vie de sir Hugo, afin de voir si nous pouvons identifier quelqu'un qui aurait pu avoir un mobile pour le tuer.

— Eh bien, par exemple moi, je l'aurais volontiers assassiné, mais ce n'est pas le cas. C'était un petit homme arrogant, borné et dépravé, inspecteur. »

Tom voulait bien admettre qu'une ex-femme qualifie son ex-mari d'être arrogant et borné, mais, concernant sir Hugo, dépravé semblait un peu fort. Annabel alluma une cigarette avec un élégant briquet en argent.

« Pouvez-vous me dire où vous étiez samedi entre onze heures et douze heures trente, je vous prie ? »

Elle souffla un long filet de fumée en l'air et tenta un sourire – autant que le lui permettaient ses muscles paralysés.

« J'étais ici, bien sûr. Et avant de poser l'inévitable question, j'étais seule. Hannah avait emmené Alexa nager au club. Nous n'avons toujours pas notre propre piscine ; Hugo était bien trop méchant pour en faire construire une.

— Alors soyons clairs. Vous étiez ici toute la matinée, et vous n'avez parlé à personne ?

— Exact. Inspecteur, je peux vous assurer que j'ai très souvent eu envie de tuer Hugo, mais je ne me serais jamais sali les mains pour ça. »

Tom avait bien du mal à croire que sir Hugo ait pu s'allonger nu sur un lit devant cette femme et se laisser attacher par elle. Elle le haïssait avec une telle violence qu'il semblait très improbable qu'il ait eu des relations sexuelles avec elle, mais on avait déjà vu plus bizarre.

« Lady Fletcher, nous avons écouté les messages téléphoniques laissés à Ashbury Park, dont le vôtre. Vous sembliez suggérer que sir Hugo s'était joué de vous et qu'il prévoyait de modifier son testament. Pouvez-vous m'expliquer ça, s'il vous plaît ?

— Oh, mon Dieu. Si j'avais su que ce salaud allait se faire descendre, je n'aurais pas laissé ce message. Heureusement, je ne crois pas qu'il ait eu le temps de modifier son testament – enfin c'est ce que m'a dit mon avocat ce matin. Il m'a affirmé que tout changement, codicille ou quoi que ce soit de ce genre devait être tapé avant d'être renvoyé à Hugo pour qu'il l'atteste et le signe. »

Elle prit une longue bouffée de sa cigarette, ses joues ainsi creusées lui donnaient un air encore plus émacié.

« Il m'a déjà fait un sale coup, vous voyez. Quand nous avons divorcé, j'ai eu cette maison et, avant notre séparation, il m'en avait acheté une autre au Portugal. C'était le genre d'endroit qu'il détestait, mais je voulais une jolie villa avec une piscine et je préférais être entourée d'Anglais – issus d'un milieu convenable, bien sûr –, alors, même si je déteste le golf, j'avais choisi une villa dans un lotissement très sélect qui possédait deux terrains de golf. »

Si seulement elle pouvait éteindre cette cigarette ou au moins ouvrir une fenêtre. Les volutes semblaient attirées par lui comme par un aimant. Heureusement, elle se leva et alla à la cuisine, même si elle n'avait manifestement pas fini de parler.

« Dieu sait pourquoi Laura a voulu acheter cette maison en Italie. J'ai vu les photos qu'Alexa a prises, elle est au milieu de nulle part, encerclée par tous ces *Italiens*. Avant de continuer, je peux vous offrir quelque chose à boire ? Je prends une vodka tonic, ça vous dit ?

— Non merci, lady Fletcher. Mais je vous en prie, servez-vous. J'ai encore quelques questions à vous poser avant de rentrer à Londres. »

Annabel chancela sur ses talons hauts en préparant son verre. Comment se faisait-il que Hugo l'ait épousée ? Peut-être avait-elle été une beauté en son temps, mais elle ne venait manifestement pas du genre de famille à laquelle on s'attendrait qu'un lord s'unisse par les liens sacrés du mariage. Laura non plus ne venait pas d'un milieu très aisé ni titré, mais on sentait qu'elle avait une certaine classe, et qu'elle savait comment se comporter. Annabel, c'était autre chose.

Elle revint avec un très grand verre dans lequel la quantité de vodka et de tonic devait largement dépasser les doses classiques, mais ce n'était pas l'affaire de Tom. Et puis, ça pouvait lui délier la langue.

«Peut-être pouvons-nous en revenir à ce qu'a fait sir Hugo pour vous mettre en colère?

— Bien sûr. Je parlais de cette maison au Portugal, non? Donc, quand nous avons divorcé, l'accord stipulait que je récupère cette maison-ci, plus celle au Portugal et un million par an jusqu'aux dix-huit ans d'Alexa. Hugo payait tous les frais de scolarité directement et c'est lui aussi qui payait Hannah. Quelle fille horrible, et sinistre, mais je n'avais pas mon mot à dire. Quand Alexa partira de la maison, ma pension annuelle chutera à sept cent cinquante mille jusqu'à ma mort — indexée bien sûr, parce que je suis très jeune.»

Elle n'était en rien aussi jeune qu'elle le prétendait, mais, étant donné que la maison dans laquelle ils discutaient devait valoir au moins trois millions et celle du Portugal pas loin non plus, elle était certainement une femme très riche.

«Ça peut vous surprendre qu'un million ne vous mène pas très loin quand vous devez vivre dans un certain standing, donc j'ai voulu vendre la maison du Portugal, mais il s'est arrangé pour que les termes du contrat de divorce stipulent qu'il avait accepté de me "fournir une maison de vacances à l'endroit de mon choix d'une valeur de deux millions de livres". C'était il y a dix ans, maintenant elle vaut bien plus. Mais la maison ne m'appartient pas. Je vous avais dit que c'était un salaud. »

Elle but une longue gorgée avant de reprendre sa diatribe.

« Forcément, quand j'ai compris le problème, j'ai changé d'avocat et je lui ai demandé de tout vérifier. Et apparemment, son testament est rédigé de telle manière que mon train de vie va en prendre un sacré coup. Moi, je m'étais imaginé qu'il avait institué un fidéicommis à mon intention pour que je sois protégée, mais j'avais tort. Comme sur beaucoup de choses concernant cet homme effroyable. »

Elle écrasa violemment sa seconde cigarette à moitié fumée dans un grand cendrier de verre rempli de cendres et de filtres marqués de rouge à lèvres.

Tom étouffa une quinte de toux. Il ne comprenait pas les tenants et les aboutissants des fonds en fidéicommis, mais nota les détails pour vérifier leur exactitude. Cependant, elle pouvait toujours vendre cette maison et vivre confortablement ailleurs. Madame avait sans aucun doute une idée tout à fait différente de ce que signifiait « vivre confortablement », et il ne put s'empêcher de méditer sur ce qui arriverait à son visage si les traitements au Botox cessaient.

« Quand votre ex-mari vous a-t-il menacée de vous rayer de son testament ?

— Mon nouvel avocat essaie de régler tout ça, mais ça n'avance pas vite. J'ai bien peur d'avoir appelé Hugo la semaine dernière pour le menacer personnellement. Il m'a raccroché au nez. Deux jours plus tard, mon avocat m'a transmis un message du sien selon lequel Hugo allait revoir les clauses de son testament qui me concernaient et voir de quelle manière il allait modifier le fidéicommis. C'est juste après ça que je lui ai laissé le message que vous avez entendu. »

D'expérience, Tom savait que les testaments pouvaient être délicats à exécuter. Malgré tout, aussi mécontente qu'elle l'était, Annabel Fletcher avait plutôt intérêt à ce que sir Hugo reste en vie. Même s'il changeait son testament, il avait la cinquantaine, ce qui conférait à Annabel de nombreuses années de pension extrêmement généreuse et beaucoup de temps pour le faire changer d'avis – et de testament.

« Lady Fletcher, pouvez-vous me dire pourquoi vous avez dit : "Tu as acheté mon silence une fois, mais le prix vient juste d'augmenter", dans votre message à sir Hugo ? »

Pour la première fois Annabel sembla mal à l'aise.

« Oh, ça, c'était juste quelque chose entre Hugo et moi. Si ça ne vous dérange pas je préférerais ne pas en parler.

— Je suis désolé, mais je dois insister. J'ai besoin de comprendre ce que vous avez voulu dire. »

Annabel soupira. Manifestement elle rechignait à raconter cette histoire.

« Nous nous sommes rencontrés quand je travaillais pour la mère de Hugo, et j'ai découvert certains aspects… certaines excentricités, si vous voulez, de la personnalité de Hugo par hasard. Des choses qu'il n'aurait jamais voulu voir révéler à tout le monde. Mon prix initial était un changement de style pour moi ; quelques opérations de chirurgie esthétique, pas grand-chose. Et puis j'ai décidé que j'aimais bien l'idée de devenir lady Fletcher, alors je lui ai demandé de m'épouser. Il n'avait vraiment pas le choix, vous savez. »

Il y avait une suffisance crispante dans sa voix. Pourquoi vouloir épouser quelqu'un qui n'avait pas d'autre choix que d'accepter ? Et qu'avait donc bien pu faire Hugo pour se mettre dans une telle position ?

« Vivre avec Hugo était insupportable, à vrai dire. Quand nous avons divorcé, j'étais certaine qu'il ne voudrait pas que Laura soit mise au courant de tous les détails horribles que j'avais promis de garder pour moi, donc mon prix a été cette maison. Et avant que vous disiez quoi que ce soit, ce n'était pas du chantage. Un échange de bons procédés, rien de plus. Quand je l'ai appelé la semaine dernière, je savais que ce serait un peu tard pour le menacer en utilisant Laura. Elle connaît forcément tous ses petits secrets sordides maintenant, donc je l'ai menacé de les exposer à la voracité de la presse à scandale – quelque chose qui abîmerait définitivement sa réputation immaculée, si vous voyez ce que je veux dire.

— Êtes-vous en train de dire qu'il ne la méritait pas ? »

Annabel explosa d'un rire narquois.

« Mon Dieu, non, inspecteur ! Il avait des appétits particuliers dont je préférerais ne pas parler et qu'il faudrait mettre sur le compte de sa sorcière de mère.

— Si votre ex-mari était si étrange, pourquoi laissiez-vous votre fille passer autant de temps en sa compagnie ? »

Annabel s'irrita avec indignation.

« Alexa est aussi sa fille, et c'est lui qui payait, je n'avais pas vraiment le choix et puis Hannah est toujours avec elle. Enfin, celle-là, on dirait une vache qui se languissait d'amour, alors je ne suis pas sûre si c'est un bien ou un mal. »

Tom avait du mal à digérer l'indifférence d'Annabel vis-à-vis de sa fille, mais il fallait reconnaître que l'expression « appétits particuliers » était pertinente au regard de la façon dont sir Hugo avait trouvé la mort.

« Il va falloir que vous m'en disiez plus sur les inclinations sexuelles de votre ex-mari, même si cela vous met mal à l'aise, car c'est au cours d'une mise en scène au caractère sexuel indéniable que sir Hugo a été tué. »

Annabel Fletcher s'enfonça dans son siège, but une longue gorgée de sa vodka tonic, alluma une autre cigarette et prit la parole avec une grimace de dégoût.

« Je suppose que je n'ai pas trop le choix. Mais ce n'est pas une histoire très agréable, vous êtes sûr de ne pas vouloir boire un verre ? »

***

Tom avait refusé le verre, mais en rentrant à Londres pour le débriefing quotidien, il se demandait sérieusement si ça n'avait pas été une erreur, surtout qu'il avait un chauffeur. Ce qu'il avait entendu ne l'avait pas choqué – il était dans le métier depuis bien trop longtemps et pensait avoir été témoin des pires abjections dans lesquelles l'être humain était capable de se jeter. Surpris, était un adjectif plus adapté.

Impossible de discerner la part d'exagération ou de mensonge inventés par une ex-épouse acariâtre. Il était peut-être plus prudent de ne raconter ça qu'au commissaire pour le moment. Il fallait aussi retrouver le nom du directeur de police qui avait été impliqué dans l'internement de Laura Fletcher, et son rôle exact. Becky avait bien fait d'arracher cette information à Stella Kennedy.

Il regarda par la vitre le soir d'automne obscur et pluvieux, sans vraiment rien voir, retournant dans sa tête les événements de la journée en essayant de rassembler les pièces d'un puzzle qui semblait devenir plus complexe d'heure en heure.

***

La jeune fille se traîna hors du lit jusqu'à la fenêtre pour sa veillée nocturne. Malgré sa peur, elle avait besoin qu'il revienne, et vite. Si seulement elle pouvait ouvrir la fenêtre et attirer l'attention d'un passant. Même si personne ne semblait jamais passer par ici. Mais au moins ça lui aurait donné un espoir.

Mais les fenêtres étaient en verre renforcé et clouées à leur cadre. Et même si elle trouvait quelque chose pour les casser, le grillage en acier à l'intérieur l'empêchait d'atteindre les vitres.

Dès qu'il avait déverrouillé la porte de cette pièce pour la pousser à l'intérieur, elle avait été terrorisée. Quoi qu'elle ait fait pour le mettre en colère, c'était sa punition. Mais ce qui l'effrayait le plus, c'était que cette pièce existe – prête, comme si elle l'attendait.

Elle regarda la chaîne qui enserrait sa cheville jusqu'à son point d'attache, vissé à une grosse poutre en chêne au plafond. Même si elle trouvait un moyen de le dévisser, elle ne pourrait jamais l'atteindre.

Tandis qu'elle scrutait la campagne dans l'espoir vain de voir un véhicule s'approcher, il lui vint à l'esprit que, si elle était un animal – un lapin ou un renard, peut-être – elle se rongerait le pied pour se libérer de son piège. Mais elle ne serait jamais capable de faire ça.

Et puis de toute façon, il allait forcément revenir. Quand il déciderait qu'elle avait assez souffert.

17

Tom arriva au bureau juste à temps pour la fin du débriefing des deux officiers du service de lutte contre les trafics humains. On lui tendit un papier sur lequel figuraient leurs noms, inspecteur Cheryl Langley et inspecteur principal Clive Horner. Ce tandem fit sourire Tom car la femme était petite, ronde avec un large sourire tandis que l'homme grand et maigre affichait une mine lugubre. Cheryl parlait justement de sir Hugo.

« Il a fait du très bon boulot dans des conditions très difficiles. Le trafic d'êtres humains est un problème majeur, comme vous le savez. Une fois que les filles arrivent ici, elles comprennent qu'elles n'ont aucune échappatoire. Leur seul moyen de s'en sortir est de racheter leurs dettes, mais comme les gangs prélèvent environ quatre-vingts pour cent de leurs gains, il leur est impossible de réunir les vingt mille livres, parfois même les quarante mille livres nécessaires. »

Ça ne prit qu'une seconde à Tom pour se figurer que, même au « prix » le plus bas, la fondation Allium avait dû débourser au minimum deux millions de livres pour sortir les filles de leurs terribles vies de prostituées non consentantes. Et puis il y avait aussi les coûts de fonctionnement d'une telle fondation.

Cheryl fit signe à son collègue qui continua – sa voix légèrement haut perchée contrastait avec son apparence austère.

« Sir Hugo ne se contentait pas seulement de racheter les filles et de leur trouver un foyer. La fondation possédait un certain nombre de centres gérés par du personnel qualifié et même des refuges. Les filles qui n'étaient pas séquestrées pouvaient nous demander de l'aide, même si la crainte des représailles empêchait la plupart de prendre ce risque. Chaque année, plusieurs campagnes médiatiques étaient mises en œuvre pour décourager les hommes d'avoir recours aux services de ces filles. »

Les deux officiers avaient attiré l'attention de toute la salle et l'une des nouvelles recrues posa une question à Clive.

« J'imagine que je suis le seul ici à ne pas savoir ça, mais comment les filles de l'Est entrent-elles au Royaume-Uni ? »

Clive gagnait en assurance, il s'assit au bord de la table et réussit à esquisser un sourire.

« Bonne question. Il y a quelques années a été mise en place la convention de Schengen entre un certain nombre de pays européens dont l'une des conséquences a consisté en la fin des contrôles de passeport aux frontières des pays membres. Une fois que les filles sont sorties clandestinement de leurs pays d'origine, on peut leur faire traverser sans problème la France, l'Italie, l'Allemagne et autres parties du continent. Certaines passent en bateau en Italie, d'autres par voie terrestre. Seule la traversée jusqu'en Angleterre est risquée. Mais même si nous contrôlons nos propres frontières, dans les faits, il est impossible de fouiller chaque camion ou chaque conteneur qui entre dans le pays. »

Tout cela était très intéressant, mais Tom avait un meurtre à résoudre.

« À votre avis, est-ce que ces gangs auraient eu intérêt à abattre Hugo Fletcher ?

— Honnêtement, répondit l'autre inspecteur, nous ne le pensons pas vraiment. Sa fondation rachète les filles au prix fort à leurs souteneurs. Ils n'avaient donc aucune raison de le tuer. Et même, d'un certain point de vue, sa campagne pour convaincre le badaud de ne pas avoir recours à ces filles peut servir de publicité gratuite à ces gangs. La mauvaise pub c'est mieux que pas de pub. »

Cette réponse surprit Tom qui, comme tout le monde, avait été trompé par le battage médiatique qui avait été fait autour de la menace que ces criminels faisaient soi-disant peser sur la vie de sir Hugo.

Il aurait bien voulu assister aux questions-réponses, mais il fallait qu'il rapporte les renseignements glanés auprès d'Annabel au commissaire Sinclair. Ils avaient forcément un lien avec le meurtre, mais encore fallait-il trouver lequel.

***

Tom répéta quasiment mot pour mot sa conversation avec l'ex-femme de Hugo à un commissaire silencieux mais attentif.

« On ne peut pas ignorer la corrélation entre ce dont elle dit avoir été témoin et la scène de crime. Mais à vrai dire je ne la vois pas bien dans le rôle de l'assassin. Elle n'était sûrement pas la seule à connaître les goûts de sir Hugo. D'autre part, je préférerais que nous gardions ça pour nous pour le moment. Je vais me contenter de leur communiquer ce que j'ai appris sur l'ex-femme de sir Hugo : son nom de naissance est Tina Stibbons, elle était l'infirmière à domicile de la mère de sir Hugo et elle a changé de prénom en se mariant – apparemment parce qu'elle pensait que Tina ne faisait pas très classe.

— C'est votre choix, Tom, fit James avec une grimace étrange. J'ai l'impression que nous avons toutes les pièces du puzzle en main, mais que nous ne savons pas comment les assembler. »

Tom acquiesça. C'était son boulot d'assembler les pièces sans avoir aucune idée de l'image finale.

« Une dernière chose. J'ai la forte impression que personne ne croit que la fondation de sir Hugo mettait sa vie en péril – même sa femme a trouvé cette idée amusante. Alors pourquoi les gardes du corps ? Est-ce que c'était seulement un coup de pub ou courait-il un danger dont lui seul connaissait l'existence ? »

***

Tom entra dans son appartement accueillant avec un grand soulagement. Il appuya sur l'interrupteur qui commandait toutes les lampes de la pièce et laissa son doigt jusqu'à obtenir l'atmosphère apaisante qu'il recherchait. Il choisit Natalie Merchant en fond sonore puis se débarrassa de ses vêtements pour se laver. Il se sentait sale de tout ce qu'il avait entendu aujourd'hui et la douche rapide qu'il avait eu l'intention de prendre se transforma en un déluge d'eau la plus chaude qu'il pouvait supporter pendant dix minutes. Puis il enfila un vieux bas de jogging noir et confortable et un tee-shirt blanc avant de se rendre à la cuisine pour y dénicher quelque chose à manger.

Il se versa un verre de pinot noir, mit de l'eau à bouillir et déposa une goutte d'huile d'olive dans une grande poêle. Il y fit frémir des tranches de pancetta, coupa des tomates cerise en deux, éminça du basilic et mit des pâtes dans l'eau bouillante.

Il ne serait peut-être pas capable d'avaler quoi que ce soit, mais, d'expérience, il savait qu'il était complètement improductif le ventre vide. Au moins ça c'était simple et rapide. En attendant, il s'assit au bar avec son verre de vin et se plongea dans ses pensées. Qui était Hugo Fletcher ? Était-il le modèle de vertu que tout le monde avait toujours cru ? Ou bien l'homme qu'Annabel avait décrit ? Rien ne concordait. Il avait l'impression de se trouver face à deux hommes en tout point différents.

Quand le minuteur sonna, il ajouta les tomates à la pancetta. Comme sur pilote automatique, il versa les pâtes égouttées dans la poêle, ajouta le basilic, deux tours de moulin à poivre et un peu plus d'huile. Il transvasa le tout directement dans l'assiette et râpa un peu de parmesan avant de remplir à nouveau son verre. Il s'assit, pas plus avancé dans sa réflexion que lorsqu'il avait passé la porte d'entrée.

Il avait à peine enfourné la première délicieuse bouchée qu'il fut interrompu par la sonnerie de l'Interphone. De sa place sur le tabouret du bar de la cuisine, il vit s'afficher le visage de Kate sur l'écran. Il se précipita pour répondre, sans plus penser à ses pâtes.

« Kate – qu'est-ce que tu fais là ? Lucy va bien ?

— Oui, tout va bien. Elle est avec la baby-sitter. Tu me laisses entrer, s'il te plaît ? Je voudrais te parler. »

Soulagé que sa fille aille bien, et extrêmement irrité que son ex-femme interrompe son dîner si ça n'avait rien à voir avec Lucy, il ouvrit la porte et se rassit pour continuer à manger. Il n'avait pas oublié comment elle lui avait parlé deux jours auparavant.

Il leva les yeux vers elle lorsqu'elle entra dans la cuisine. Elle était soigneusement maquillée, ce qui mettait en valeur sa beauté exotique et, au lieu de son habituelle queue-de-cheval, ses longs cheveux noirs lui tombaient, droits et brillants, en dessous des épaules. Il désigna le frigo en résistant à l'envie d'émettre un commentaire.

« Il y a du vin blanc, si c'est toujours ce que tu préfères. Les verres sont là-dedans, fit-il en montrant le placard au-dessus du frigo. Si ça ne t'ennuie pas, je finis de manger.

— Tu as toujours été meilleur cuisinier que moi. C'est l'une des choses qui me manque chez toi. »

Étrange. Par le passé, Kate ne lui avait jamais fait sentir qu'il avait de quelconques qualités – du moins pas depuis la naissance de Lucy.

Kate se servit un verre de vin et s'assit en face de lui, de l'autre côté du bar. Elle regarda autour d'elle avec un demi-sourire.

« C'est un très bel appartement, Tom. Tu t'es bien débrouillé. »

Tom imaginait aisément qu'aux yeux de Kate, son appartement correspondait à un signe extérieur de richesse. Il était équipé de tout ce dont on pouvait rêver, de tout sauf d'une âme. Tom n'avait rien choisi, l'appartement était déjà meublé. Les canapés en cuir brun, l'écran de télé géant et la cuisine blanche brillant de mille feux étaient le must du must, certes. Mais tout cela ne révélait rien sur lui, excepté les livres et les CD empilés par terre.

Toujours très soupçonneux, Tom répondit sans chaleur à ce compliment :

« Nous savons tous les deux que ce n'est pas grâce à mon salaire d'inspecteur principal que je peux me payer cet appartement, Kate. Que me vaut cette visite surprise ? Tu n'étais pas spécialement sympa la dernière fois qu'on s'est parlé, si je ne m'abuse.

— Je suis désolée. Je n'étais pas dans mon assiette. Il se passe tellement de choses en ce moment, j'étais distraite. Je ne voulais pas être aussi garce. »

Il n'y avait qu'une seule réponse à ça, mais il la garda pour lui. Kate soupira doucement avant de continuer.

« Il faut que je te dise quelque chose. »

Il leva les yeux un court instant sans interrompre le mouvement de sa fourchette.

« Je voulais que tu l'apprennes de ma bouche, Declan et moi, c'est fini. Ça ne marchait pas, il a fallu faire quelque chose. Désolée de ne pas avoir été sympa au téléphone l'autre jour, mais c'était aussi à cause de ça. »

Ça alors, il ne l'avait jamais entendue dire que tout n'était pas rose entre eux, mais encore une fois, il ne lui posait jamais de questions à ce sujet. Lucy semblait heureuse, c'était tout ce qui lui importait.

« Qu'est-ce qui s'est passé ? »

Kate déglutit, nerveuse.

« Je t'ai quitté pour beaucoup de raisons, Tom. Tu sais que tes horaires de travail n'étaient pas faciles, et Declan se montrait si attentif. Toi tu étais toujours préoccupé par ton dernier meurtre. »

Tom ramassa son assiette pour vider les restes dans la poubelle. Il avait perdu l'appétit. Pourquoi remettre tout ça sur le tapis ?

« Ne me regarde pas comme ça. C'était dur pour moi. Declan travaille beaucoup lui aussi – mais il a des horaires réguliers, je sais à quoi m'attendre. Ça ne me dérange pas qu'il se lève si tôt pour être au bureau aux aurores, de toute façon je dois m'occuper de Lucy. Et même s'il rentre tard, au moins il m'a prévenu. »

Kate se tut mais Tom n'était pas disposé à lui faciliter la tâche.

« Mais, récemment, il est beaucoup sorti entre collègues et j'ai découvert, par hasard, qu'"entre collègues" voulait dire en fait avec une seule collègue. Il dit que c'est fini, que ce n'était qu'une aventure, mais je ne sais pas. Nous ne sommes pas mariés, et je ne suis pas prête à risquer que ça se reproduise dans quelques années. Il faut que je trouve quelque part où habiter et tourner la page. »

Elle était bien bonne celle-là ! Elle lui avait décrit Declan comme une sorte de saint, et même s'ils s'étaient vus plusieurs fois quand il déposait ou venait chercher Lucy, il n'avait jamais voulu en savoir plus sur lui. À vrai dire, à une époque, c'était pour éviter de lui casser la figure, mais la colère avait disparu depuis longtemps.

« Je suis désolé qu'il t'ait fait du mal, Kate. Je sais ce que ça fait quand la personne qui partage ta vie tombe amoureuse de quelqu'un d'autre. »

Il se montrait mesquin, mais vu la façon dont elle l'avait laissé tomber pour son merveilleux Declan, il avait du mal à ressentir de la compassion pour elle.

« Pas la peine d'en rajouter, Tom. Je suis vraiment désolée d'avoir été aussi superficielle. J'aurais dû apprécier tes qualités, au lieu de me faire avoir par des petites attentions et des compliments. Je sais maintenant que c'est toi l'homme de ma vie. »

Ces paroles n'émouvaient pas Tom le moins du monde, surtout qu'il savait que ce qui avait attiré Kate chez Declan, c'étaient ses revenus à six chiffres, sans parler de son énorme bonus annuel.

Quoi qu'elle mijotât, il n'aimait pas ça. Une chose l'inquiétait plus que le reste.

« Où comptes-tu aller, Kate ? Je n'ai emménagé ici que pour me rapprocher de Lucy ; je ne suis pas là depuis cinq minutes et tu parles de déménager. Où ça ?

— Je ne sais pas encore si je vais rester à Londres. »

Il n'arrivait pas à croire ce qu'il entendait. Depuis que Kate l'avait quitté, il s'était passé beaucoup de choses et uniquement désagréables. Il reprenait seulement maintenant sa vie en main. Quand elle était partie, elle avait emmené Lucy à l'autre bout du pays sans se soucier le moins du monde de lui. Il n'était pas toujours facile de prendre des week-ends et se rendre à Londres lui avait coûté un bras quand il ne roulait pas sur l'or. Le divorce lui coûtait cher, mais il mettait un point d'honneur à s'occuper de Lucy.

Puis son frère Jack était mort. Il avait perdu sa femme et son frère – et s'il n'avait pas demandé et obtenu cette mutation, il aurait certainement perdu sa fille aussi. Elle aurait grandi en ne le voyant qu'un week-end de temps en temps, ce qui lui était impossible à envisager.

« Et où vas-tu aller, Kate ? Pourquoi veux-tu partir ? Lucy a des amis maintenant, et tu semblais te plaire ici.

— Je ne peux pas faire autrement si je veux conserver mon niveau de vie et donner le meilleur à Lucy. »

Nous y voilà, pensa Tom. Kate l'avait quitté pour les revenus de businessman de Declan, mais maintenant Tom avait hérité d'une somme d'argent extraordinaire, laissée par son frère qui avait vendu son affaire florissante juste avant sa mort. Il ne fallait pas être très perspicace pour comprendre ce que cherchait Kate.

« Je t'achèterai une maison, Kate. Ça te va ? Je t'achèterai une maison bien, dans un quartier bien, et je t'entretiendrai bien gentiment jusqu'à ce que tu te trouves quelqu'un d'autre – ce que tu ne manqueras pas de faire. »

Il s'efforça de ne pas rire, mais lorsque démarra la chanson « My Beloved Wife[1] », sa préférée d'habitude, il ne put s'empêcher de sourire devant l'ironie de la situation. Cependant, l'ambiance qu'il avait essayé de créer était brisée, il coupa la musique. Soudain il s'immobilisa, sentant Kate juste derrière lui. Ses bras lui entourèrent la taille et elle se colla contre son dos.

« Tom, regarde-moi. »

Il se retourna avec appréhension. Kate leva les bras jusqu'à son cou. Il regarda dans ses yeux noirs ; des yeux qui l'avaient fasciné durant des années. Il vit qu'elle le suppliait et comprit que Kate était une femme qui ne se sentait pas complète sans un homme. À cet instant, il était probablement la meilleure – si ce n'était pas la seule – option.

« Je suis tellement, tellement désolée pour ce que j'ai fait il y a deux ans. C'était une terrible erreur que j'ai regrettée plus que tout.

---

1. Littéralement : ma femme bien aimée (*N.d.T.*).

— Kate, tu avais un amant. Tu m'as quitté. Tu m'as pratiquement détruit. Maintenant ça va, mais je ne compte pas revivre un truc comme ça. »

Après avoir découvert l'aventure de Kate, il avait été tourmenté par la culpabilité. Il avait mis un temps fou à comprendre que c'était le désir de sa femme pour le grand frisson qui en avait été la cause. Son amour à lui, paisible et simple ne lui suffisait pas. Bien sûr, elle n'avait jamais considéré les choses sous cet angle.

« Tu sais que ce n'est pas aussi simple. Je n'ai pas été capable de lui résister. Ça semble ringard, mais je me sentais seule et il était si prévenant. Tu ne sais pas ce que c'est, Tom. Ça ne t'est jamais arrivé à toi. »

Tom lui saisit les bras et se dégagea de son étreinte. Après tout ce temps, il se rendait compte qu'il était encore en colère contre elle.

« Tu crois sincèrement que je n'ai jamais eu l'occasion, ou l'envie, de coucher avec quelqu'un d'autre ? Tu crois que ça n'est arrivé qu'à toi ? Tu crois que je ne sais pas ce que c'est que ressentir cette excitation quand une femme entre dans la pièce, quand tu sais qu'elle te veut autant que tu la veux ?

— Oh arrête, Tom. Tu es policier. Tu ne peux pas avoir d'aventure avec une de tes collègues, parce que tu perdrais ton boulot. Et tu ne vois jamais personne d'autre. »

Tom essayait de maîtriser sa colère et sa frustration. Kate avait toujours cru que les choses lui arrivaient contre son gré. Elle ne comprenait pas qu'elle était responsable de ses actes.

« Deux choses, Kate. Je rencontre énormément de gens à mon travail, comme tu l'aurais su si tu t'y étais un peu intéressée. Et – plus important – je n'aurais pas résisté à cause de mon boulot : je l'aurais fait pour préserver mon mariage. Si tu crois que je n'ai jamais cédé à la tentation parce que j'avais peur de perdre mon travail, pourquoi, toi, tu n'as pas craint de perdre ton mari dans la même situation ? »

Kate ne se laissait pas décourager aussi facilement, elle posa une main sur son épaule. Il se crispa. Elle était tellement belle. Le corps de Tom réagissait à sa présence mais son esprit lui hurlait de la repousser. Il ne bougea pas, ni pour la rejeter ni pour l'attirer à lui.

« J'ai fait une erreur, Tom, c'est tout. Je ne suis qu'un être humain, et je n'ai pas ta force de caractère. Mais je ne veux pas vivre dans une belle maison dans un beau quartier toute seule avec Lucy. Au moins, à Manchester, on a des amis, mais ici je n'ai personne. Personne sauf toi. »

Elle voulut l'embrasser. Deux ans plus tôt, Tom aurait donné un bras pour vivre cet instant. Il posa une main sur sa taille et l'écarta de lui. Ils ne parlaient pas et aucun d'eux ne savait ce qui allait se passer. Il ne pouvait pas la laisser l'embrasser, mais, devant ces lèvres douces et roses, il aurait été si facile de perdre la tête.

Kate brisa le silence.

« Pourquoi on ne pourrait pas être à nouveau une famille ? Toi, moi et Lucy ? Elle serait ravie, tu sais, et moi aussi. J'ai tellement honte de mon comportement. Je te promets, sur la tête de Lucy, que je ne recommencerai pas. Qu'est-ce que tu en dis ? On était heureux avant, on pourrait réessayer. Pour Lucy ? »

Elle jouait sa carte maîtresse. L'idée de vivre avec Lucy tous les jours et de la voir chaque soir le tentait énormément. Mais, sans le savoir, Kate avait rompu le charme. Le bon sens l'emportait, il savait exactement ce qu'elle était en train de faire. Sa beauté ne suffisait pas. Elle n'était pas quelqu'un de mauvais, mais elle était superficielle. Tom ne s'en était pas aperçu auparavant, mais Kate ne prenait jamais d'initiative. Elle se contentait de réagir à ce qui se passait. Il se dégagea.

« J'adorerais voir Lucy tous les jours. Mais, toi et moi… nous avons dépassé le point de non-retour. Laisse-moi te trouver un endroit où vivre pour que tu puisses quitter Declan, et puis on verra comment ça évolue.

— Est-ce que c'est un "non" définitif ou un "peut-être" ? »

Tom lui prit les mains – en partie parce qu'il voulait s'assurer qu'elle n'allait pas essayer à nouveau de le toucher, en partie parce qu'il savait qu'il la blessait.

« Disons simplement qu'il faut que les choses se calment et puis on pourra reparler de la bonne solution. »

Un « non » catégorique renverrait Kate à Manchester par le premier train. Il fallait lui donner des raisons d'espérer, même s'il ne revivrait jamais avec elle. Le plus urgent, pour le moment, c'était de maintenir le *statu quo*.

Kate semblait croire qu'elle avait fait des progrès. Elle lui sourit en lui serrant les mains.

« Pourquoi je n'essaierais pas de chercher quelque chose dans le coin ? Je pourrais commencer demain. Tu pourrais voir Lucy plus souvent, et si on se contente de louer ça sera plus facile de déménager pour de bon quand tu seras prêt. Qu'est-ce que tu en penses ?

— D'accord. Cherche. Tiens-moi au courant, mais ne t'engage pas. Ce sera probablement à moi de signer le contrat de location. Si tu dois quitter Declan le plus vite possible, alors prends une chambre d'hôtel. Je paierai la note.

— Je savais qu'on arriverait à quelque chose. Je t'appelle demain quand j'aurai trouvé. »

Elle embrassa sa joue mal rasée, sourit encore et sortit d'un air presque triomphant.

Tom avait à présent deux choses dans la tête : son enquête et son ex-femme. Quelque part, il savait que la bonne nuit de sommeil qu'il s'était promise ne serait pas la prochaine.

18

Le dîner avait manqué d'entrain, chacune des convives étant enfermée dans ses pensées. Stella avait essayé d'alléger l'atmosphère, mais ses tentatives de bavardage anodin étaient tombées à plat. Après une conversation précipitée avec Laura pendant que Stella faisait le café, Imogen avait enfin réussi à se réfugier dans sa chambre.

« Écoute, Laura, si tu ne veux plus que je lise tes lettres, dis-le. Je sais que tu m'as proposé de les lire parce je ne comprenais rien à ce qui se passait, mais je peux arrêter, ça ne me vexera pas. »

Laura lui adressa un petit sourire triste.

« Au début je détestais l'idée que tu les lises, mais maintenant je crois qu'il faut que tu continues. Je veux qu'au moins quelqu'un comprenne, et tu es vraiment la personne la mieux placée pour ça. Dans un sens ça sera un soulagement énorme pour moi. Déjà, quand je les écrivais, c'était comme si tu étais dans la pièce et que j'étais en train de tout te raconter. Mais en vérité, j'avais bien trop honte de ma bêtise et de ma faiblesse pour te dire tout ça en vrai. Détruis-les après que tu les as lues, d'accord ? Je ne veux plus jamais les voir ni y penser.

— Tu es sûre ? Dans ce cas, je vais sauter le café et retourner dans ma chambre. »

Elle en était là, la pile de lettres qui diminuait d'un côté, la déchiqueteuse du bureau de Hugo de l'autre pour s'en débarrasser dès qu'elle les aurait lues.

Elle but une gorgée de whisky qu'elle avait troqué contre le café, et, résolue, tira les premières pages vers elle.

SEPTEMBRE 1998

Chère Imogen,
J'ai décidé que tu ne lirais jamais ces lettres. Pourtant, Imo, ça m'apaise, même si cette expression est un peu ridicule. J'ai l'impression d'être en train de te parler – et c'est comme si je pouvais un peu anticiper tes réactions. En même temps, je n'ai pas à supporter la honte de te dire tout ça en face. Tu comprends ce que je veux dire ? J'ai tellement honte. Même si je ne sais pas très bien pourquoi je me sens si humiliée. Tu sais, toi, pourquoi on a constamment honte des actes des gens qui nous entourent ? Enfin bon, je divague.

Je suis à Sorrento. D'où je me trouve, je vois la baie de Naples, c'est incroyable. J'en rêvais. Mais je ne m'imaginais pas que la contemplation de ce panorama fantastique s'accompagnerait d'un sentiment de malaise si profond. Même toute cette beauté ne peut atténuer ma douleur.

Hugo n'est pas là. Il est resté à l'hôtel pour passer des coups de fil. J'avais un besoin désespéré d'être seule. De prendre le temps de réfléchir. J'ai voulu louer une voiture mais Hugo a insisté pour m'en choisir une avec chauffeur. Je me suis sentie frustrée, mais, à force de croiser des véhicules déboulant à toute allure dans les virages en épingle et de se faire dépasser sur une route si étroite et bordée par un précipice si abrupt, j'ai compris que Hugo avait raison.

Comme toujours, il faut croire.

Le gros problème c'est que je ne sais pas si c'est moi qui suis ridicule. J'ai tout repassé en boucle dans ma tête et je ne peux pas m'empêcher de me demander si mes rêves romantiques étaient réalistes ou non. J'aimerais savoir ce que toi tu en penses, même si je ne sais pas si je t'en parlerai un jour.

Le lendemain du mariage, nous sommes partis en lune de miel. Malgré ma résolution d'essayer de voir les choses à la manière de Hugo, je me sentais encore mal. Je crois que j'ai réussi à cacher mon désarroi – si j'avais dit quoi que ce soit, ça se serait transformé en dispute, ce que je voulais éviter.

J'ai commencé à me sentir un peu mieux à l'aéroport. Une berline avec chauffeur nous avait déposés à Heathrow et je ne connaissais toujours pas notre destination. Hugo m'avait aidée à choisir mes vêtements pour la lune de miel, apparemment il allait faire un peu plus chaud qu'en Angleterre, et ce serait même un endroit assez glamour, à en juger par mes nouvelles tenues. Je n'ai pas été déçue.

Une fois à Heathrow, on nous a très vite poussés dans la salle d'embarquement des première classe, et Hugo m'a murmuré à l'oreille « Venise ». Ça, c'était le Hugo que je connaissais. Il a souri et m'a embrassée sur la joue. Je ne sais pas ce qui lui était passé par la tête la veille, mais il était redevenu l'homme romantique de mes rêves, celui qui savait que Venise est mon endroit préféré au monde. Je n'y étais allée qu'une seule fois – à une conférence et non pour des vacances, tu te souviens ? Mais j'avais trouvé le temps de prendre un vaporetto sur le Grand Canal et de boire un Bellini dans un Harry's Bar assez décevant. J'avais toujours voulu y retourner – si possible avec un homme que j'aurais aimé pour pouvoir faire un tour en gondole avec lui. Ringard, je sais – mais tellement romantique. Et voilà que Hugo m'y emmenait.

Et ce n'était que le début. Quand je lui ai demandé où nous allions dormir, il a eu la réponse parfaite.

« Au Cipriani, quelle question – il avait une étincelle dans les yeux. Ce n'est pas mon préféré, mais je me suis dit que tu l'aimerais. »

J'étais surexcitée. J'avais manifestement pris tout ce qui s'était passé un peu trop au sérieux, tout allait bien se passer.

« Combien de temps resterons-nous là-bas ?
— Cinq jours, seulement. Et puis nous nous envolerons pour Naples puis Positano. »

Je n'arrivais pas à y croire. La côte Amalfitaine ! Il avait vraiment pensé à tout.

Comme nous étions en première classe, l'hôtesse souriante m'a offert un verre de champagne glacé dès que nous nous sommes installés. Je pourrais m'habituer très vite à cette vie, même si la vie ne se résume pas au luxe que peut procurer une immense fortune.

Quand nous nous sommes enregistrés à l'hôtel, je pensais que tout allait être parfait, parce que, quand on a demandé à Hugo s'il voulait réserver une table pour le dîner, il a répondu ce que j'espérais.

« Merci, mais nous préférons dîner dans notre suite. Je pourrais peut-être m'entretenir avec le chef sur le menu. En attendant, je vous serais reconnaissant de faire monter dès maintenant une bouteille de Cristal dans notre chambre. »

J'ai été un peu moins ravie une fois dans notre suite en découvrant qu'il y avait deux chambres à coucher et que j'étais clairement censée dormir dans l'une tandis que Hugo prendrait l'autre. J'avais déjà décidé de travailler là-dessus, les colères ne régleraient rien. Ce qui me paraît bizarre n'a pas l'air de l'être pour Hugo.

« Chérie, pourquoi ne vas-tu pas prendre un bain avant de t'habiller pour le dîner ? » a demandé Hugo.

J'ai passé mes bras autour de sa taille et murmuré :

« M'habiller, mon amour ? Tu es sûr que c'est ce que tu veux ? »

Hugo a doucement desserré mes bras en souriant – cet adorable sourire qui transparaît même dans ses yeux.

« J'en suis assez sûr. Je préférerais te voir en face de moi dans l'une de tes magnifiques robes plutôt qu'en déshabillé. Fais-moi plaisir, je t'en prie. »

Je me suis dit que j'allais prendre mon temps pour me préparer. Je voulais que tout soit parfait. Je me suis fait couler un grand bain moussant. J'étais tellement impatiente à la perspective de cette soirée – et, bien sûr, de la nuit qui suivrait.

J'ai revêtu avec soin une robe droite en soie d'une belle couleur turquoise. C'était parfait avec mes cheveux roux que Hugo adorait. Le devant de la robe était assez sobre mais le dos faisait un grand décolleté en V jusqu'à la taille, et la robe tombait parfaitement – ni trop ni pas assez serrée. C'était l'une des préférées de Hugo.

Le repas qu'il avait choisi était succulent. Une pièce de saumon délicieuse marinée au gingembre, suivie de gnocchis d'aubergine dans une salsa *di pecorino*, et puis, pour compléter le menu, le filet de bœuf le plus tendre que j'aie goûté avec une sauce antiboise. Après quoi, Hugo m'a fait goûter une cuillerée de son sorbet à la poire épicée et j'ai vraiment cru que j'étais au paradis. J'ai regardé mon mari, si élégant et sophistiqué. Il était tellement beau ; élégant mais décontracté avec son pantalon noir classique, une veste caramel pâle en lin sur une chemise blanche ouverte au cou. Je n'ai pas pu m'empêcher de remarquer quelques poils noirs juste sous ses clavicules, et j'avais tellement envie d'ouvrir sa chemise un peu plus grand, de l'embrasser dans le cou. Je te dis ce que je ressentais à ce moment précis.

J'ai décidé de ne pas trop boire, je n'ai pris que deux petits verres de vin. Hugo a pris un verre de grappa après le dîner, mais moi je voulais garder toute ma tête. Nous sommes sortis sur notre terrasse privée pour regarder la lagune. Le paradis.

J'ai senti que ça n'était pas le bon moment pour le toucher. Il aime bien prendre les initiatives, alors j'ai résisté à la tentation. Tandis qu'on admirait la vue, il a posé son bras sur mes épaules. Je me suis penchée vers lui, mais pas trop. Et puis il a prononcé les mots que j'attendais avec impatience :

« Je suis conscient que nous n'avons pas démarré du bon pied hier soir, Laura, et je suis désolé que l'agencement des chambres t'ait prise de court. Je suis certain que tu en apprécieras bientôt tous les avantages, mais je comprends que ce ne soit pas la norme dans ton milieu. J'aurais dû me montrer plus compréhensif. Mais à présent, ma chérie, c'est notre vraie nuit de noces. Nous devrions aller dans ta chambre. »

J'ai ignoré la partie sur nos différences de milieu, parce qu'il n'avait pas tort. Je me sentais vraiment nerveuse. La veille, toute ma confiance en avait pris un coup, et cette fois je devais veiller à ne pas tout gâcher de nouveau. Je voulais lui dire combien je l'aimais et combien il comptait pour moi. Mais je ne voulais pas briser ce fragile moment d'intimité. Je me suis dit qu'il préférerait les louanges à l'émotion.

« Hugo, permets-moi de dire à quel point j'apprécie ces superbes vacances. Tu as si bien tout organisé, tout ce que je veux c'est te rendre heureux. »

Je sais, Imo, ça sonne un peu guindé, mais c'était ce qu'il fallait dire. Hugo avait l'air enchanté. Nous avons passé la porte-fenêtre bras dessus bras dessous pour entrer dans ma chambre – somptueuse dans ses tons or et argent.

J'avais le cœur qui battait la chamade – je ne sais pas si c'était la passion ou la peur du rejet ! Je l'ai enlacé. J'ai bien vu le désir ardent dans ses yeux. Il m'a embrassée. Tendrement, au début, puis de plus en plus passionnément. Quand j'ai voulu déboutonner sa chemise, il m'a arrêtée doucement. Je devais ralentir. Puis il a attiré ma tête contre son épaule pour la caresser, en embrassant mes cheveux. Je crevais d'envie de faire avancer les choses, mais, là encore, je me suis retenue.

Il a posé les mains sur mes épaules.

« Ma chérie. Tu es sublime, j'ai envie de toi. Mais je veux vraiment savourer ce moment, nous ne devons pas nous précipiter. Je t'en prie, éloigne-toi et laisse-moi te regarder. »

Il s'est assis sur une chaise en m'observant. Je n'ai pas aimé ça. Je voulais qu'il me serre dans ses bras.

« Je ne sais pas ce que tu veux, Hugo. Je dois rester là sans bouger ?

— Oui, pendant un instant. Tes magnifiques cheveux roux sont pris dans la lumière. Je veux te voir dans toute ta splendeur et me rappeler cette nuit. »

Je me sentais un peu bête, mais c'était toujours bon à savoir qu'il me trouvait belle – enfin, mes cheveux au moins. Cependant, moi, je voulais qu'il me prenne dans ses bras. Je me sentais tellement si seule à l'autre bout de cette chambre.

Il s'est reculé dans son fauteuil et m'a fait ce sourire merveilleux.

« Je voudrais que tu enlèves tes vêtements. »

J'étais perplexe, pourtant c'était clair.

« Ce n'est qu'une simple requête, Laura. S'il te plaît, garde tes chaussures, mais je voudrais que tu enlèves tes vêtements, pendant que je te regarde et que je t'admire. »

Là j'ai compris, il voulait que je lui fasse un strip-tease. Oh non, pitié pas ça ! C'était la première fois qu'il allait me voir nue, je ne voulais pas faire ça. À l'avenir, si ça l'amusait, pourquoi pas. Mais cette nuit était censée être toute tendresse et passion, non ? Consacrée à découvrir le corps de l'autre sous nos doigts, nos mains et nos lèvres, non ? Je n'avais pas envie de me produire en solo. J'ai essayé de formuler ça de manière à éviter le conflit.

« Je ne te demande pas de te comporter comme une *pute*. Je veux te voir enlever chaque vêtement, un par un. Merci de continuer jusqu'à être entièrement nue. Tu trouves cela étrange que je veuille admirer ton corps ? »

Qu'est-ce que je pouvais répondre ? Il faisait passer ça pour un compliment – mais ça me paraissait tellement peu naturel ; si froid et austère. J'ai réessayé.

« Est-ce que je suis obligée de faire ça, Hugo ? S'il te plaît, chéri. »

J'essayais de ne pas avoir l'air de geindre, mais je crois que ce n'était pas convaincant.

« Dis-toi que tu es mon cadeau. Je voudrais te voir te déballer très lentement. Je n'aurais jamais pensé que tu étais si prude, Laura. Ne fais pas toute une montagne d'une simple requête. »

Il rend tout tellement *raisonnable*. Avec lui, c'est toujours moi qui ai l'air difficile. Il a peut-être raison. Est-ce que ça vient de moi ? Je n'ai aucun problème avec la nudité, dans le bon contexte. Mais là, il serait le seul à assouvir son plaisir.

Puis je me suis reprise. Je faisais encore toute une montagne de rien du tout. Il voulait me voir me déshabiller, bon et alors ? Ce n'était pas un crime capital. Alors je me suis lancée, en suivant ses ordres à la lettre. Dieu merci je ne portais pas de collant, c'est tout ce à quoi je pensais. Ça a failli me faire rire. Mais pas pour longtemps.

Ça ne fonctionnait pas. Si le corps de l'autre n'avait plus été un inconnu, j'aurais pu imaginer faire un strip-tease ludique, danser lascivement sur une musique adaptée devant Hugo qui aurait ri et qui aurait eu envie de moi. Ou j'aurais pu lui ordonner de ne pas bouger et de ne pas me toucher – simplement me regarder – comme si j'essayais de le séduire. Mais là ça n'avait rien à voir avec tout ça, et c'est peut-être ma faute. Je n'arrive pas à le savoir. J'aurais pu faire quelque chose de tellement mieux. Tout ce que j'ai fait c'est rester là à essayer d'avoir l'air sexy.

J'ai commencé à défaire ma robe. Heureusement que je n'ai pas eu à l'enlever par la tête. Je l'ai tenue un instant devant ma poitrine avant de la laisser tomber. Je me sentais vaguement ridicule.

Les yeux de Hugo ont soutenu mon regard avant de descendre sur mon corps. Je pouvais pratiquement les sentir sur ma peau.

J'allais continuer quand il a levé la main.

« C'est habituel pour toi, de ne pas porter de soutien-gorge, Laura ?

— Je me suis dit que tu apprécierais ce soir, comme nous sommes seuls.

— J'ai des préférences en matière de soutien-gorge, mais nous pouvons en parler une autre fois. Continue s'il te plaît. »

J'ai ravalé la repartie qui m'était venue à la bouche. Toute l'excitation que j'avais pu ressentir après le dîner se dissipait rapidement devant le regard froid, pour ne pas dire analytique, de Hugo. Je n'avais plus qu'à enlever ma petite culotte.

Après quoi, j'ai levé les yeux vers Hugo de l'air le plus séducteur possible. Mais je n'ai vu aucun désir dans son regard. Il était froid et morne. Il s'est levé pour aller contempler la lagune à la fenêtre derrière moi. Ses mots ont été atroces.

« Laura, tu me déçois profondément. Rhabille-toi. »

Qu'est-ce que j'avais fait ? Je lui ai demandé de s'expliquer en refoulant toutes mes émotions. Il m'a fait face.

« Tu es une menteuse. Rien d'autre qu'une sale petite menteuse. Je ne t'aurais pas crue capable d'atteindre un tel niveau de supercherie. »

Il avait une expression de mépris total et moi je me sentais vulnérable et exposée, nue comme ça avec rien d'autre qu'une paire de chaussures à talons aux pieds, les bras croisés contre ma poitrine comme pour éviter une attaque physique.

Mon corps le décevait. Je sais que je ne suis pas parfaite, peut-être un peu plus épaisse que ce qui est à la mode, mais je ne suis pas si mal ! Et lui, il avait l'air absolument dégoûté. Je n'y comprenais rien. Ce qu'il a dit ensuite m'a frappée comme une tonne de briques.

« Tu m'as trompé, et je le répète, tu me déçois profondément. »

Il s'est retourné vers la fenêtre comme s'il n'y avait plus rien à dire.

En y repensant, je sais qu'il aurait été naturel que je sois en colère – mais ça ne marche pas comme ça quand quelqu'un que vous aimez vous fait ressentir que vous avez fait une erreur. On se sent désespéré. Du moins c'est comme ça que je me suis sentie. Il n'avait jamais été méchant avec moi, j'avais envie de m'agenouiller devant lui en le suppliant de m'expliquer.

Mais c'était compter sans ma fierté. Pourquoi c'était moi qui devais me sentir mal ? Il savait bien qu'il m'avait blessée. Toutes ces pensées entraient en collision avec la déception et la douleur, comme des montagnes russes qui me précipitaient dans un gouffre où la raison disparaît au profit de l'émotion pure. J'étais au bord des larmes.

« Hugo, je ne comprends pas le problème, mais cela me blesse. Qu'est-ce que j'ai bien pu faire de mal ? »

Il a fini par se tourner vers moi.

« Ça ! »

Il désignait mon pubis.

J'ai eu un nouveau sursaut d'émotions, où se mêlaient sarcasmes et colère.

« Et à quoi tu t'attendais ? À un *pénis* ? »

Je n'aurais probablement pas dû dire ça.

« Tu as les cheveux roux. »

Je ne comprenais plus rien. Qu'est-ce qu'il pouvait bien vouloir dire ? J'ai baissé la tête et soudain j'ai compris que c'étaient mes poils pubiens noirs qui lui posaient inexplicablement problème. J'étais complètement abasourdie.

« Oui, j'ai les cheveux roux en ce moment mais j'ai aussi été blonde. Naturellement je suis brune. Je me teins les cheveux – comme à peu près cinquante pour cent des femmes. Même plus, je suis sûre. Où est le problème ?

— Tu ne comprends vraiment rien. Je t'ai épousée en partie à cause de tes magnifiques cheveux, et maintenant je m'aperçois que tu m'as trompé sur leur couleur. »

C'était tellement insignifiant que tous mes sentiments précédents se sont évaporés dans l'atmosphère, me laissant vaguement perplexe.

« Mais qu'est-ce que ça peut faire ? Je ne t'ai épousé que parce que je t'aime, Hugo. Je ne sais rien de ton corps, mais ça n'a aucune importance. Pourquoi ça en aurait ? Je veux explorer ton corps et le connaître, avec ses défauts et ses qualités. C'est *toi* que j'aime ! »

La douleur de son rejet me taraudait toujours, mais il commençait franchement à m'exaspérer. Si on devait se disputer, ce qui me semblait probable, je n'allais certainement pas faire ça toute nue. J'ai enlevé mes chaussures et enfilé la robe de chambre pliée sur le lit. Je me suis sentie tout de suite moins vulnérable. S'il voulait une dispute, il allait être servi.

« Tu sais, Hugo, je crois que nous avons plusieurs options. Numéro un, nous pouvons divorcer. Le mariage n'a pas été consommé, à ma grande déception. Numéro deux, je peux acheter une teinture rousse, mais il faut attendre demain matin. Numéro trois, tu peux toujours porter un bandeau sur les yeux. Et, numéro quatre, tu peux juste arrêter d'être aussi *con*. C'est toi qui décides.»

Après tous mes efforts pour me plier à ses désirs, ma colère a étrangement paru avoir de l'effet, parce qu'il a enfin condescendu à me répondre, assez froidement certes :

«Même si je n'apprécie pas qu'on me parle sur ce ton, Laura, et que je ne peux pas fermer les yeux sur l'utilisation d'un tel langage, je me rends compte que ma réaction a pu te paraître un peu disproportionnée.»

Je me suis retenue et l'ai laissé continuer.

«Tu n'as manifestement aucune idée de ce que cela représente pour moi, mais je vais t'expliquer et tu vas comprendre. Je t'ai épousée parce que tu ressembles à quelqu'un qui m'était très cher. En fait, la personne la plus merveilleuse que j'ai connue. Elle avait de magnifiques cheveux roux, et, jusqu'à toi, je n'avais jamais rencontré personne qui lui ressemblait. Nous étions tout, l'un pour l'autre, et toi tu lui ressemblais tellement – ta force, ton corps, tes cheveux, en particulier.»

Je ne pensais pas qu'autre chose puisse me blesser ce soir-là, mais là je reçus le coup en pleine poitrine. J'ai réussi à lui demander pourquoi il ne l'avait pas épousée, elle, si elle était tellement merveilleuse.

«C'était impossible. Et maintenant elle est partie. J'ai pensé que tu pourrais la remplacer.»

Je me sentais mal. Il ne m'aimait pas pour moi, mais à cause de quelqu'un d'autre. Sûrement une femme mariée qui a dû retourner à son mari. Il fallait que je sache.

« Hugo, est-ce que tu m'aimes ? Sans tenir compte de ma ressemblance avec cette femme, est-ce que c'est à moi que tu veux être marié ?

— Étant donné que je ne suis pas prêt à supporter l'ignominie d'un second mariage raté, Laura, nous allons devoir trouver le moyen de surmonter ma déception. Oui, je veux rester marié à toi. »

Je ne ressens que du chagrin en écrivant ça – parce qu'il n'a pas dit qu'il m'aimait, parce qu'il m'a épousée pour remplacer cette femme, parce que je me suis laissé persuader que nous ne devions pas coucher ensemble avant le mariage. Je n'ai aucun remords concernant la couleur de mes cheveux. Je crois qu'il est complètement grotesque.

Pourtant, à ce moment-là, j'étais seulement soulagée – mon mariage n'était pas mort-né et nous allions pouvoir arranger les choses. Ma réaction est difficile à comprendre. J'aurais dû être indignée, fâchée. Mais moi je voulais simplement arranger les choses pour consolider notre mariage. Je suis allée jusqu'à lui pour passer mes bras autour de sa taille et lui murmurer :

« Je suis désolée de ne pas t'avoir parlé de ma couleur naturelle. Si tu avais accepté d'aller chez mes parents, tu aurais su, parce qu'il y a beaucoup de photos de moi. Mais ça ne peut pas être si important que ça. Je peux les garder roux aussi longtemps que tu veux. Viens au lit, mon chéri, d'accord ? On va surmonter ça.

— Toi va te coucher. Je te rejoins plus tard. »

Je n'allais pas avoir le plaisir de le déshabiller ce soir, mais, au moins, nous ne ferions pas appel dès le lendemain à des avocats spécialisés dans les affaires de divorce. Bêtement, j'ai pensé qu'on avait besoin d'un peu de légèreté.

« On ne sait jamais, Hugo. Peut-être que cette autre femme se teignait les cheveux elle aussi. »

J'aurais dû savoir que ça n'aurait aucun effet sur lui.

« Je sais qu'elle ne le faisait pas. »

Il est sorti de la chambre et a fermé la porte derrière lui.

***

Je n'ai pas trop envie de m'appesantir sur la suite. La consommation du mariage. Mais je vais te raconter.

Quand il est revenu dans la chambre, il avait une serviette autour de la taille. Il a éteint la lumière avant de l'enlever et de se glisser au lit. J'ai murmuré que j'aimerais vraiment allumer la lumière parce que je voulais explorer son corps. Je voulais qu'il comprenne à quel point je l'adorais. Et, pour être honnête, j'avais très envie de voir mon mari nu. Je ne crois pas que ce désir soit particulièrement déplacé dans ce contexte ! Mais Hugo était d'un autre avis. Il a ignoré ma demande et m'a attirée à lui en m'embrassant dans le cou mais pas sur la bouche. S'embrasser m'a toujours paru très érotique, rien ne m'excite plus. Mais chaque fois que j'essayais, il réussissait à s'esquiver. Quand mes mains ont commencé à se balader sur son corps, il les a attrapées fermement. Je me demandais si c'était un genre de préliminaires – peut-être voulait-il que je résiste à la tentation de le toucher le plus longtemps possible. Alors j'ai suivi le mouvement. Ça semble toujours être la meilleure option avec Hugo.

Soudain il m'a mise sur le dos et s'est littéralement hissé sur moi – à peine deux minutes après m'avoir embrassée dans le cou. Je ne sais pas trop si je peux écrire la suite. Est-ce que j'ai vraiment envie de te raconter ça?

J'ai senti sa main entre nos corps tandis qu'il cherchait son chemin. Il avait du mal parce que, pour tout dire, il était à peine assez dur. J'ai essayé de lui suggérer gentiment de ralentir. Il m'a ignorée et ce qui a suivi a été franchement désagréable. Sans se préoccuper de moi il m'a pour ainsi dire pénétrée en essayant de se stimuler tout seul, jusqu'à ce qu'il finisse par se retirer soigneusement après un petit grognement, avant de retomber sur le dos à côté de moi.

Je suis restée muette. Mes larmes coulaient et j'étais soulagée que la lumière soit éteinte. Je ne voulais pas qu'il sache à quel point il m'avait blessée. J'ai ravalé un sanglot mais cette précaution était bien inutile : il est sorti du lit.

« Bonne nuit, Laura. »

Et c'est tout. Sans rien dire d'autre, il m'a laissée.

***

Le lendemain je me suis réveillée seule – encore une fois. Pas de sexe au réveil, ni même la possibilité de nous faire un câlin avant de nous lever. Je me sentais complètement vide, comme si on m'avait aspiré les organes pendant mon sommeil. Pendant un instant je n'ai pas compris mon état. C'est étrange ; on dit que, lorsque quelque chose de mal nous est arrivé, on se sent bien au réveil jusqu'à ce qu'on se rappelle. Pour moi c'est exactement le contraire. Je me suis réveillée avec la douleur, mais ça m'a pris du temps pour me souvenir de ce qui l'avait causée.

Et voilà, deux jours de mariage et j'avais déjà appris que mon mari m'avait épousée parce que je lui rappelais quelqu'un d'autre, que nous ferions chambre à part et que le sexe avec lui – du moins pour le moment – n'avait rien à voir avec ce que j'avais imaginé.

Ça, c'était il y a sept jours, depuis il s'est passé d'autres choses. Mais je n'arrive pas à les retranscrire. Pas maintenant du moins.

Je voudrais tellement pouvoir tout te dire – pour de vrai. Je ne sais pas quoi faire, Imo. Je suis perdue et malheureuse. Mais je dois positiver. Alors je vais commander un grand verre de vin blanc et essayer de me concentrer sur des choses constructives avant de retourner à l'hôtel. Et à Hugo.

Laura xxx

19

Le lundi matin arriva, frais et vivifiant – le genre de journée d'automne que Tom appréciait en général. Après le départ de Kate la veille, il avait été fortement tenté de se venger sur une bonne bouteille de pur malt, mais, à présent, il était content d'avoir résisté à la tentation. Le vin lui avait amplement suffi et il démarrait la journée avec les idées claires. Du moins non alcoolisées. À part ça, des millions de pensées diverses et variées encombraient son esprit.

« Merci, Kate ! » murmura-t-il pour lui-même. Les soucis personnels, c'était bien la dernière chose dont il avait besoin en ce moment. Il lui fallait se concentrer sur son affaire.

Il devait passer par le bureau mais il voulait retourner dans l'Oxfordshire le plus vite possible. Tout comme Becky, il ressentait la tension rampante, mais, contrairement à Becky, il avait besoin de comprendre d'où elle venait.

Même s'il n'était que sept heures du matin, il trouva quelques membres de son équipe déjà sur place. Une belle brochette de gens motivés. Il les réunit pour faire un point rapide sur les progrès de ces dernières onze heures. Comme toujours, Ajay tenait à s'exprimer le premier.

« On a trouvé des infos sur Tina Stibbons, monsieur. Elle est dans nos fichiers. Elle était l'infirmière d'un vieux monsieur près de Cromer, et elle a été accusée par la fille de son employeur d'avoir volé des timbres de valeur. Il y avait ses empreintes partout sur l'album – d'après elle, elle l'aurait feuilleté avec la permission de son patient. Lui, il ne se souvenait plus de rien. La fille voulait à tout prix faire arrêter Tina, mais, deux jours avant le procès, la plainte a été retirée. On n'a jamais retrouvé les timbres, Tina Stibbons a quitté Cromer, fin de l'histoire. On a fortement soupçonné une affaire de chantage, mais on n'a rien pu prouver. La fille a soudain eu l'air de vouloir tout planquer sous le tapis. Dieu sait ce que Tina Stibbons avait déniché. »

Quelque chose se dessinait devant les yeux de Tom, étant donné ce que Tina, alias Annabel, lui avait raconté la veille.

« Bon boulot, les gars. Vous avez trouvé une photo d'elle ?

— Ah ça, oui, et c'est pas très beau à voir, je peux vous le dire ! À quoi pouvait bien penser sir Hugo ? » fit Ajay.

Commentaire assez prévisible de la part d'un homme si fier de sa beauté asiatique et si pointilleux sur chaque détail de son apparence.

« L'apparence ne fait pas tout. Elle s'est occupée de sa mère, peut-être qu'il voyait autre chose en elle. Où est la photo ?

— Sur le tableau derrière vous, chef. En haut à droite. »

L'image le stupéfia. Tina Stibbons et Annabel Fletcher ne semblaient pas être la même personne. La veille, elle lui avait dit qu'une partie de l'accord entre les époux stipulait « quelques opérations de chirurgie esthétique », elle n'avait pas menti.

Une jeune femme lui tendit un café bienvenu et désigna la photo suivante.

« Celle-ci, c'est lady Annabel Fletcher juste après leur mariage. Les paparazzis s'en sont donné à cœur joie. Vous avez déjà regardé une de ces émissions américaines de relooking extrême ? »

Ça n'avait pas l'air d'évoquer quoi que ce soit aux hommes, mais quelques femmes acquiescèrent.

« Ils prennent les filles les plus quelconques et les refont de la tête aux pieds. Ils transforment de vilains petits canards en cygnes. On leur refait le nez, le menton, on enlève les poches sous les yeux, liposuccion, implants mammaires, toutes sortes de facettes dentaires, on leur enlève quasiment la peau pour la faire repousser, épilation au laser, implants capillaires si nécessaire, et quand ils ont créé un être humain complètement différent de ce qu'il était au départ, on le confie à la coiffeuse et à la maquilleuse. C'est remarquable, sauf que ces femmes finissent par toutes se ressembler. Eh bien elle, on dirait qu'elle sort tout droit d'une de ces émissions, et j'estime que son nouveau look a coûté environ un demi-million de livres.

— Est-ce que quelqu'un d'autre que moi trouve ça bizarre qu'il ait transformé sa première femme en cygne avant de faire l'inverse avec sa deuxième femme ? » demanda Ajay.

L'équipe acquiesça, mais Tom eut instinctivement envie de défendre Laura.

« Je crois que vous savez tous qu'elle a été malade, et que sa dépression l'a manifestement beaucoup affectée. Mais si j'étais vous, je ne la disqualifierais pas tout de suite. Elle a quelque chose. »

Tom sourit devant les sifflets et les remarques grivoises auxquels il aurait dû s'attendre.

« Bon, qu'est-ce qu'on a d'autre ? »

Alice, une jeune recrue, leva la main.

« On a vérifié les vols de Laura Fletcher et d'Imogen Kennedy. Tout est normal. La seule chose, c'est que nous ne savons pas avec certitude où se trouvait Kennedy la nuit qui a précédé le meurtre. Vu le timing, j'ai vérifié les vols de tous les aéroports de Londres vers Paris, au cas où elle serait venue commettre le crime à Londres avant de reprendre l'avion en sens inverse pour ensuite revenir. Mais ça ne colle pas.

— Bien pensé, Alice. Bravo. Nous n'avons aucune raison de soupçonner Imogen Kennedy, et elle dit n'avoir pas vu Hugo depuis des années. Cependant, je suis sûr qu'elle m'a menti quand je lui ai demandé son avis sur lui. Elle est restée évasive, se contentant de dire qu'il n'était pas très marrant, quelque chose comme ça. Mais son indifférence m'a paru calculée. D'un autre côté, Laura est passée d'adversaire à supportrice fidèle d'Imogen. Alibi ou pas, je ne veux pas qu'on efface l'ex-belle-sœur de la liste des suspects pour l'instant. Alice, s'il vous plaît, trouvez-moi tout ce que vous pourrez sur elle, en particulier si elle est venue en Angleterre ces dernières années et cherchez si on peut faire le lien avec sir Hugo. Ensuite, est-ce qu'on a des nouvelles de Danika Bojin, la fille qui a disparu ?

— Rien, chef, aucun signe d'elle. On est allé voir sa famille d'accueil – les Gregson – ils ne savent rien. Apparemment elle était adorable, et très reconnaissante envers sir Hugo. Elle vivait avec eux depuis deux ans, elle avait seize ans. Ils ne voient pas en quoi elle aurait pu être mêlée à notre affaire.

— Autre chose ?

— À la fondation, on nous a dit que, souvent, les gangs essaient de récupérer les filles après leur rachat. Pour empêcher ça, une fois que les filles sont relogées, elles n'ont pas le droit de rester en contact les unes avec les autres. En théorie, si elles ne communiquent pas entre elles, les gangs perdent leurs traces, et ça les aide à s'intégrer dans la vie des familles – qui ne sont pas censées non plus se connaître les unes les autres, apparemment. M. Gregson et certains membres du personnel de la fondation ne comprennent pas très bien la pertinence de cette mesure, mais sir Hugo y tenait, et, comme on dit, c'est lui qui tient les cordons de la bourse… Enfin bon, selon Peter Gregson, Danika n'a pas respecté cette règle. Quand elle est arrivée chez eux il y a deux ans, elle était encore en contact avec deux filles – Ajay consulta ses notes : Mirela Tinescy et Alina Cozma. Elles avaient décidé de ne pas s'échanger leurs adresses – mais elles se voyaient chaque mois. M. Gregson l'a su parce que, lorsque Alina Cozma a disparu six mois plus tard, Danika est venue lui demander son aide. »

D'abord Alina et maintenant Danika Bojin. Jessica Armstrong, l'assistante personnelle de sir Hugo, semblait mépriser certaines des filles qui fichaient leur seconde chance en l'air, mais ces deux-là ne semblaient pas correspondre au profil. Tom nota leurs noms avec une orthographe approximative.

« Pourquoi Danika était-elle inquiète ?

— Ces filles avaient une « boîte aux lettres morte », fit Ajay avec un sourire, comme dans les films de James Bond. Elle leur servait à s'informer les unes les autres au cas où il y avait des changements importants dans leur vie. Dans ce cas, elles laissaient un message sous une poubelle de Green Park – près de l'endroit où elles avaient l'habitude de se retrouver. Bien sûr le mot a pu s'égarer, mais Danika était vraiment inquiète. Elle n'avait plus vu sa copine depuis près de trois mois quand elle s'est adressée à la fondation. Elle est allée à Egerton Crescent avec Mirela Tinescy. Elles ont demandé à Jessica Armstrong si elle savait ce qu'était devenue Alina. Jessica n'a pas pu ou pas voulu les aider. Elle les a juste engueulées pour ne pas avoir respecté les règles. »

Tout le monde écoutait Ajay avec une grande attention.

« Elle n'a pas fait peur à Danika, qui se faisait beaucoup de souci pour son amie. Quelques jours plus tard elle a essayé de voir sir Hugo chez lui, dans l'Oxfordshire. Mirela n'a pas eu le courage de l'accompagner. Sir Hugo absent, elle a tout raconté à lady Fletcher qui, d'après Danika, s'est montrée très compatissante. Elle a dit qu'elle allait l'aider, mais elle n'a eu des nouvelles de Laura que deux semaines plus tard. Danika était très déçue, mais, peu de temps après, Laura a été renvoyée en maison de repos. »

Mais alors, si Laura avait rencontré Danika, pourquoi n'avait-elle rien dit hier en entendant le message ? Elle ne semblait pas intéressée et disait ne rien savoir sur ces filles. Pourquoi mentir ?

« Comment avez-vous découvert tout ça, Ajay ? Danika est portée disparue depuis mercredi.

— Par Peter Gregson, à qui elle a raconté toute l'histoire. »

Une pensée frappa Tom. Et si ce n'était pas le message d'Annabel qui avait secoué Laura, mais plutôt la disparition de Danika ? Même si elle ne l'avait vue qu'une fois deux ans auparavant, elle n'avait peut-être pas oublié son prénom.

« Avons-nous vérifié le cas de – Tom consulta ses notes – Alina Cozma auprès de Jessica Armstrong ? Selon Becky, c'est elle qui s'occupe des filles qui disparaissent.

— Pas encore, mais on ira lui parler à l'ouverture des bureaux de la fondation. On va vite savoir si quelque chose est arrivé à Alina ou si elle s'est simplement enfuie.

— Bien. Et relevez toutes les informations sur les filles disparues ces douze derniers mois. Elles peuvent être des suspects. Voyez ce que vous pouvez dénicher. Quoi d'autre ? Quelque chose sur les gardes du corps ? »

La pièce s'était remplie et le commissaire écoutait à présent au fond de la salle. Alice leva une fois de plus la main, un peu plus prudemment. Elle regarda par-dessus son épaule, elle semblait bien trop timide pour être dans la police. Brillante, certes, c'était ce dont il avait besoin, mais elle rougissait en parlant.

« Oui, chef. J'ai eu la société qui s'occupait de sir Hugo. Le week-end dernier, il leur avait effectivement précisé qu'il n'avait pas besoin d'eux. Une affaire privée, selon lui, rien d'officiel. Ils ont confirmé les dires de lady Fletcher – il les appelait essentiellement pour les événements médiatisés et il n'y a jamais eu aucun incident pendant leur service.

— Vous leur avez demandé s'il était parfois accompagné d'une femme ?

— On a posé la question et tous les gardes du corps qui ont travaillé pour lui sont formels : ça n'est jamais arrivé. »

C'était une impasse.

« D'accord. Quelque chose sur les perruques ? »

L'un des plus vieux, et des plus populaires, sergents se leva.

« On n'a pas pu faire grand-chose hier, tout était fermé, mais on s'y remet aujourd'hui. Cependant il y a autre chose, chef. J'ai fait mes recherches sur la maladie de lady Fletcher. Même si les médecins ne confirment rien, quand cette photo d'elle a été publiée, les gens ont commencé à remuer la poussière. Apparemment elle souffrait de troubles délirants, ça rejoint ce qu'a dit sa mère à Becky. Du moins c'est le diagnostic qui a été posé pour justifier son deuxième internement. J'ai regardé la définition sur Wikipedia, et pour les crétins de l'assistance, j'ai simplifié. »

Le policier eut une petite toux théâtrale.

« *Une personne atteinte de trouble délirant entretient une ou plusieurs illusions non dénuées de sens. Celles-ci peuvent être parfaitement plausibles et les individus ne montrent pas de comportement étrange sauf en ce qui concerne leurs délires.* »

Cette définition très réductrice ne provoqua aucune réaction dans l'assemblée, à part quelques sifflets pour le mot « crétins ».

« Qu'est-ce que vous appelez une illusion non dénuée de sens ? demanda Tom.

— Je crois que c'est une illusion qui est plausible, même si elle est fausse. Une illusion dénuée de sens, ce serait par exemple de croire que les gens dans cette pièce ont tous le visage bleu, ou que les martiens ont envahi mon salon, vous voyez ? Une illusion non dénuée de sens, ce serait plutôt croire que chaque fois que j'entre dans une pièce, tout le monde se moque de moi, ou que ma femme se tape le laitier, même si tout porte à croire que le laitier est homosexuel. La personne atteinte de délire est persuadée à cent pour cent qu'elle a raison, on ne peut pas la convaincre du contraire.

— Nous avons appris hier qu'un chef de police est impliqué dans l'internement de Laura. Le commissaire Sinclair a bien voulu s'en occuper. Des nouvelles, monsieur ?

— Oui et non. Le chef en question est Theo Hodder. »

Un murmure parcourut la salle. Même à Manchester, Tom avait entendu parler de Theo Hodder. À l'époque, déjà, de nombreuses rumeurs circulaient à son sujet. Cependant, on n'avait jamais rien prouvé. James Sinclair poursuivit.

« Malheureusement, M. Hodder est actuellement en vacances sur l'Amazone ou quelque chose dans ce goût-là et impossible à joindre. Il semblerait que nous en soyons réduits à l'attendre, ou à poser la question à lady Fletcher elle-même. En tout cas, mes félicitations à vous tous. Vous avez rassemblé beaucoup d'informations pour un dimanche. »

Ce bon vieux James, pensait Tom, toujours le mot pour remonter le moral de ses troupes.

Avant de mettre fin à la réunion, Tom voulait faire le point sur les différentes pistes dont ils disposaient.

« Très bien. Alice, pouvez-vous noter, je vous prie. »

La jeune femme se dirigea vers le tableau blanc.

« Dressons la liste des suspectes. On va commencer par la plus évidente, Laura Fletcher. Je n'ai pas encore trouvé de mobile particulier, à part que son mari semble avoir été le responsable de son internement. Mais c'était il y a longtemps – même si la vengeance est un plat qui se mange froid. Cependant, il faut creuser leur relation qui me paraît assez inhabituelle chez un couple marié. La deuxième suspecte, c'est Annabel, l'ex-épouse. Elle n'a pas d'alibi, donc en théorie c'est une coupable potentielle. Cela dit, elle ne ressemble pas à la femme décrite par notre témoin. Elle est beaucoup trop mince. Et n'oublions pas que la victime s'est laissé attacher volontairement aux montants du lit, qu'il n'y a eu aucun signe de lutte. D'autre part, je ne la crois pas intellectuellement capable d'une mise en scène si raffinée, ni qu'elle ait eu le sang-froid nécessaire pour la mener à son terme. Elle aurait plutôt payé un tueur à gages, et je ne connais pas beaucoup de femmes qui font ce métier. »

On ajouta Annabel à la liste.

« Même domicile, continua Tom, Hannah Jacobs, la nounou. Décrite comme amoureuse transie de sir Hugo, et, d'après Stella Kennedy, c'est elle qui a fourni le témoignage pour le premier internement de Laura. Mais apparemment, à l'heure du crime, elle était dans l'Oxfordshire avec Alexa, à la piscine. »

Tom s'était mis à faire les cent pas.

« Puis nous avons Imogen Kennedy. Elle se trouvait bien en France, mais on a quelques trous dans son emploi du temps – absolument aucun indice sur un éventuel mobile et aucune preuve qu'elle ait déjà mis les pieds à Egerton Crescent. Mais il y a quelque chose de louche dans sa relation avec lady Fletcher. Du côté de la fondation, nous avons Jessica Armstrong, la très dévouée assistance personnelle de sir Hugo. Âge et silhouette compatibles avec la description du témoin oculaire, accès libre à l'appartement où on a retrouvé ses empreintes, mais c'est justifiable. Elle ne nous a pas donné d'alibi. Pas de mobile, à part une obsession potentielle pour son patron. Elle n'est pas facile à décrypter. Il faut chercher en profondeur, voir ce qu'on peut faire remonter. Selon Becky, elle est parfaite dans le rôle de la maîtresse. Les prostituées de l'Est aidées par la fondation, maintenant. Deux d'entre elles, au moins, ont disparu. Elles auraient pu monter le coup de leur propre chef, ou quelqu'un aurait pu les y contraindre. Peu probable selon nos collègues du service de lutte contre les trafics humains. Des idées ? »

Bob, l'un des enquêteurs les plus expérimentés du service, prit la parole.

« Quand Laura était enfermée, sir Hugo a très bien pu en profiter pour se tourner vers ses protégées et en faire ses maîtresses. Peut-être que la deuxième fille qui a disparu devait remplacer la première et que celle-ci n'a pas apprécié de se faire jeter ?

— Pas bête, Bob. On se met là-dessus dès l'ouverture de leurs bureaux. La seule qui puisse être au courant est Jessica, poussez-la dans ses retranchements. Appelez-moi quand vous avez quelque chose. Pour en finir avec le personnel de la fondation, pensez-vous que Rosie soit impliquée ?

— Franchement, non, fit Bob. On l'a retrouvée à Harvey Nichols environ trois heures après le meurtre. L'amie avec qui elle était a confirmé qu'elles étaient là depuis au moins deux heures. Il faut de sacrés nerfs pour aller faire du shopping une heure après avoir commis un meurtre.

— D'accord, les pistes principales mènent donc aux filles de la fondation ou à une maîtresse inconnue. Alice, vérifiez les déplacements d'Imogen Kennedy ces dernières années – voyons si on peut faire le lien à un moment ou à un autre avec sir Hugo. Jessica est une bonne candidate, vérifiez tout, argent, petits copains, vie sociale, son ordinateur, et cetera. Demandez-lui aussi ce qu'elle sait d'une éventuelle visite que Danika Bojin aurait faite à sir Hugo, il y a quelques années, et à nouveau, selon Peter Gregson, la semaine dernière. On a aussi cette mystérieuse inscription sur son agenda, qui n'apparaît pas dans son agenda à son domicile. C'était quoi déjà ?

— LMF, chef, fit Ajay. On n'a toujours aucune idée de ce que ça peut être. On a regardé tous les noms et adresses sur son ordinateur et ailleurs, on n'a rien trouvé qui corresponde.

— D'accord. Continuez à chercher. Posez la question à tous ceux que vous allez interroger. Quelqu'un a quelque chose sur la nicotine liquide ?

— Ouais, fit Bob en levant la main. C'est toujours la même chose : si on creuse assez profond sur Internet, on trouve tout. C'est assez facile. Il y a d'autres options, comme l'obtenir de quelqu'un qui travaille dans une entreprise qui fabrique les patchs, mais la manière la plus sûre c'est de la faire soi-même.

— Merci, Bob. Plus rien de sacré de nos jours, hein ? OK, les gars, on reprend où on en était et on se revoit ce soir. Moi je retourne dans l'Oxfordshire déterrer autre chose sur la vie de sir Hugo. Appelez-moi si vous trouvez quelque chose sur les filles portées disparues. Entre-temps, je vais aller demander à lady Fletcher ce qu'elle peut me dire à propos de la visite chez elle de Danika. »

Et essayer de comprendre pourquoi elle ne m'en a pas parlé auparavant, pensa-t-il.

20

Imogen se réveilla très tôt d'un sommeil agité. Elle s'était arrêtée de lire après la première nuit de la pauvre Laura avec Hugo. Elle avait besoin de digérer ce qu'elle avait découvert avant de continuer. Le dilemme de Laura, sa douleur et sa déception étaient patents.

Personne ne devait être réveillé dans la maison, alors elle se remit à lire.

TOUJOURS SEPTEMBRE 1998!!

Chère Imogen
Nous sommes au dernier jour de notre lune de miel. On quitte Positano dans deux heures. Hugo est en train de lire le journal et moi je me suis échappée à la «plage». Ce n'est pas vraiment une plage, mais plutôt une avancée de rochers qui donne dans la mer, c'est merveilleux. Il faut prendre un ascenseur dans la falaise pour l'atteindre. C'est la fin de l'été mais il fait toujours grand soleil, au moins je reviendrai bronzée. Je persiste à vouloir donner l'impression que j'ai

passé une magnifique lune de miel. Le plus triste, c'est que, par beaucoup d'aspects, c'était magnifique. Hugo s'est montré charmant et prévenant, il a choisi l'endroit uniquement pour me faire plaisir, mais je n'arrive pas à surmonter la déception de notre vie sexuelle.

Enfin, au moins, il ne viendra pas me déranger jusqu'ici. Il était vraiment étonné que je sois ravie d'explorer les environs alors que j'aurais pu me laisser vivre sur la terrasse de notre suite.

Enfin bon, je vais te raconter la première journée de notre voyage. Le matin – après ce qui s'était passé la nuit –, je me sentais tellement mal que j'ai dû me forcer à me lever et à m'habiller, tant la douleur de la déception me collait à la peau.

Mais bon, on était à Venise, la ville de l'amour. La « Serenissima ».

C'est la ville la plus romantique du monde, tout est beau, les incroyables vieux *palazzi*, la Piazza San Marco... Elle est réputée pour ses aventures amoureuses et ses amants célèbres ; c'est une ville de contradictions – entre les sites touristiques bondés et ses ruelles pavées minuscules et désertes le long des canaux. Je sais que tu n'y es jamais allée, mais quand on s'écarte de la foule, on entend le bruit des éclats de rire, les cris et les chants par les fenêtres ouvertes et les volets fermés : on sent les parfums de cuisine – les herbes aromatiques, les tomates – qui flottent hors des maisons et se mélangent aux odeurs de l'eau croupie et terreuse. Il y a une joie persistante dans l'atmosphère. Tu savais qu'avant, à Venise, l'amant d'une femme mariée (un *cicisbeo*, d'après ce que je sais) pouvait l'accompagner avec la bénédiction du mari pour sortir, et même à l'église !

L'amour et le sexe y ont toujours été célébrés. Et Hugo a choisi de m'amener ici. Ça doit sûrement vouloir dire quelque chose, non ?

Les événements de la première nuit étaient un malentendu. La fatigue des préparatifs du mariage, l'abattement dû à notre dispute, peut-être. Ç'aurait pu être lié à des centaines de choses, et je ne connais pas assez bien Hugo pour savoir laquelle. Quel aveu ! Mais si j'avais posé la question, ça aurait impliqué que je le critiquais, et je sais que parler des performances sexuelles d'un homme peut mener au désastre.

Donc je me suis rappelé que c'était lui qui avait organisé cette lune de miel parfaite et donc je lui devais d'être heureuse. Et tout peut s'arranger. « Il n'y a pas de problèmes, il n'y a que des solutions », c'est ce que je disais au boulot. J'étais décidée à lui montrer que je l'aimais. J'étais si sûre de pouvoir le faire changer.

Je l'ai accueilli le lendemain matin avec un sourire charmant sur notre terrasse privée pour le petit déjeuner.

« Bonjour, mon chéri. J'espère que tu as bien dormi. Est-ce que tu as prévu ce que nous allons faire aujourd'hui ? »

Hugo semblait avoir retrouvé sa bonne humeur, pour ne pas dire retenue, habituelle. S'il était surpris de me voir si contente, il l'a bien caché.

« En effet, j'ai organisé une petite excursion. Je suis déjà souvent venu ici et je suis ravi de pouvoir te montrer les trésors de cette ville. Dis-moi ce que tu en penses, veux-tu ? »

Il avait dressé la liste de tout ce que nous allions faire à Venise, jour par jour. J'ai eu un petit coup au cœur en découvrant ses priorités. Tu sais que je suis ravie de visiter les galeries d'art, mais j'aime aussi prendre un café en terrasse et regarder les gens passer. J'avais envie de me reposer à la Piazza San Marco en écoutant les petits orchestres se faire de la concurrence pour attirer le chaland. J'avais envie de sauter dans n'importe quel vaporetto et de dénicher un restaurant typique et rempli de convives joyeux pour déjeuner.

Mais s'il y a bien une chose que j'ai apprise, c'est que la clé du succès avec Hugo consiste à ne jamais critiquer ses plans. C'était notre première journée, elle devait se dérouler sans stress. Je n'avais qu'à le suivre, puis, peut-être, lui glisser une ou deux suggestions quand il serait d'humeur conciliante.

« Tout ça a l'air parfait, mon chéri. Il vaudrait mieux que je mette des chaussures plates, parce qu'on va beaucoup marcher. »

Hugo a reposé son couteau.

« Et cela te pose un problème ?

— Non, pas du tout. J'essaie juste de me souvenir de ce que j'ai mis dans ma valise. J'irai vérifier après manger. Mais comme c'est toi qui t'en es occupé, je suis sûre qu'elle contient tout ce dont j'ai besoin. »

Le ton de notre séjour était donné, et le ton de notre relation également. Chaque jour, nous avons commencé par la visite d'un site connu puis par une galerie d'art moins connue. J'ai tenté deux fois de lui faire modifier son planning, mais ça n'a pas marché – et, bien sûr, il a fallu louvoyer avec subtilité pour ne pas le contrarier et gâcher notre voyage de noces.

Un jour, nous sommes passés devant un vaporetto qui venait juste de s'arrêter.

« Oh Hugo, regarde, on pourrait le prendre pour voir où il nous emmène. Qu'en dis-tu ?

— Laura, ceci est un bus ! Honnêtement, ma chérie, ce n'est pas dans mes habitudes de monter dans des bus, même s'ils flottent dans la plus belle ville du monde. Si tu as vraiment besoin d'aller sur l'eau nous louerons un bateau de plaisance et tu iras faire un tour pendant que je lirai les journaux. Ça te va ?

— Parfait. Merci, Hugo, c'est une excellente idée. »

Il m'a souri affectueusement et m'a prise par le bras. J'étais ravie d'avoir créé ce moment agréable.

Je sais ce que tu vas penser. J'imagine bien ce que tu pourrais me dire. Mais, Imo, je ne veux pas passer mon temps à me disputer avec lui. Il doit bien y avoir un autre moyen, n'est-ce pas ?

La seule autre fois où j'ai tenté ma chance, nous traversions la Piazza San Marco. C'était notre dernier jour à Venise.

« Tu sais, Hugo, j'aimerais beaucoup boire un cappuccino. Si on s'asseyait à une terrasse pour écouter l'orchestre ? Cinq minutes.

— Si tu veux un café, d'accord. Mais pas ici. Ces pigeons sont dégoûtants et véhiculent toutes sortes de maladies. Le Danieli est tout près. Allons prendre un café dans un endroit plus civilisé. »

Les hôtels de luxe, c'est bien beau, mais moi j'aime bien regarder passer les gens. Et quand je dis les gens, je ne parle pas des clients du Danieli. Mais Hugo avait accepté de modifier son programme pour moi de bonne grâce, c'était un début, un pas en avant.

Notre séjour s'est passé dans une harmonie relative. Hugo faisait des plans et moi j'ai vu tous les endroits importants de Venise. On a mangé des plats succulents et on s'est parlé – sûrement plus que jamais auparavant. J'ai vraiment senti qu'on se rapprochait.

Et il était tendre : il me tenait la main pour que je monte sur le bateau, le bras pour me guider sur un chemin étroit. Si je m'arrêtais devant une vitrine de bijoutier ou autre, il demandait si je voulais entrer et choisir quelque chose. Et, chaque fois qu'il tirait ma chaise au restaurant, il se penchait pour m'embrasser sur la joue. Tout ça c'était parfait.

Sauf les nuits. J'ai bien essayé, la deuxième, d'attirer Hugo dans ma chambre.

« Est-ce que tu vas me rejoindre tout à l'heure ?

— Pas ce soir, ma chérie. Nous sommes tous les deux fatigués. Je te le ferai savoir quand le moment viendra. »

Puis il m'a attirée à lui pour m'embrasser.

Dieu que c'est frustrant. Mais même si je me rebiffais, je n'obtiendrais rien et le lendemain serait un cauchemar. La seule chose à faire était de rendre les journées agréables, ce qui n'était pas bien compliqué, à part les musées et les galeries, pour être honnête. Je voulais tellement que tout soit parfait pour qu'il ait envie de me rejoindre la nuit.

J'ai attendu jusqu'au dernier jour. J'ai été drôle, provocante, pendant le dîner, je l'ai fait rire et je lui caressais la main pendant que je parlais. Il avait décidé de dîner dans la grande salle de l'hôtel. Il voulait que tous voient sa magnifique femme, et il avait choisi une robe en soie grise pour moi, qui faisait ressortir ma chevelure. Comme tu l'imagines, les commentaires sur mes cheveux sont un point sensible maintenant – mais j'ai bien respiré et je me suis calmée.

En rentrant dans notre suite, j'ai posé ma tête sur son épaule et refais une tentative prudente.

« Hugo, je voulais simplement te dire que ces quelques jours ont été absolument merveilleux. Et je veux te remercier d'en avoir fait la lune de miel rêvée.

— C'était fantastique, n'est-ce pas ? J'espère que tu as compris que je fais passer tes désirs avant tout. Je sais, en général, ce qui est le mieux pour toi, même si tu ne le penses pas toujours. Après Positano, nous rentrerons chez nous pour débuter notre vie ensemble. Tout sera différent. »

Je n'ai pas trop su quoi penser de ce qu'il venait de dire, mais mon dur labeur de ces derniers jours avait porté ses fruits. J'ai pris le risque.

En entrant, je me suis pressée contre lui. Je l'ai embrassé avec toute la tendresse possible. Il a commencé à répondre. Ça devenait passionné – j'ai dû lutter pour me contrôler. Ça allait marcher. Je le savais.

J'ai passé une main sous sa veste, je me suis pressée contre lui – il refusait de me laisser faire ça avant notre mariage.

« Hugo, on va dans ma chambre ? »

Je l'ai senti se crisper.

« J'avais espéré faire cette suggestion moi-même, Laura. C'est très inconvenant pour une femme de faire le premier pas, tu ne crois pas ? »

Non, je ne crois *pas*. Pas un instant. Et toi ? Mais quelle erreur idiote. Après tout ce travail d'approche, je commets une erreur de débutante. Je sais qu'il aime prendre les décisions. Je me suis excusée instantanément, mais j'avais tout fichu par terre. Encore une fois.

« Je suis vraiment désolée, Hugo. Je n'ai pas compris, mais ça n'a jamais posé de problème dans mes relations précédentes. Il faut juste que j'apprenne à te connaître. Pardonne-moi, s'il te plaît. »

Ça y est, j'avais fait empirer les choses !

« J'apprécie l'intention, mais je ne souhaite vraiment pas entendre ni même avoir à penser aux relations de traînée que tu as pu avoir avant notre rencontre. »

Quelques jours auparavant à peine, j'aurais été en colère. Mais tout ce que je ressentais sur le moment c'était que j'avais tout gâché. Le lien fragile que j'avais mis tant d'efforts à tisser était coupé.

« Mon chéri, je n'étais pas une traînée. Vraiment. Je t'ai raconté tout mon passé avant notre mariage. Comme la plupart des filles de ma génération, j'ai eu quelques relations. Mais tu sais que tu es le premier que j'ai aimé, et le seul que j'ai voulu épouser pour passer le restant de mes jours avec toi. »

J'entendais avec horreur un léger tremblement dans ma voix, mais je n'ai pas pu m'arrêter de m'excuser.

« Je suis tellement désolée. J'espérais seulement que nous ferions l'amour, et je ne comprends pas vraiment ce que j'ai fait. »

Il s'est radouci et m'a saisi doucement le bras.

« Je crois que tu as beaucoup à apprendre sur le mariage, et sur la façon de penser des hommes. Je ne voulais pas insinuer que tu es une traînée, et je m'en excuse. Mais il existe une grande différence entre une relation de ce genre et un partenariat à vie. J'ai besoin de te respecter, Laura. Et quand tu demandes du sexe, ça me paraît en quelque sorte dégradant. Est-ce que tu comprends? »

J'avais envie de hurler « Non, non, *non* ! »

Je me suis traînée jusqu'à mon lit en essayant de ne pas pleurer. J'espérais qu'il changerait d'avis mais bien sûr, il ne s'est pas montré. J'avais détruit ce qui aurait dû être un beau moment.

J'ai eu du mal à m'endormir cette nuit-là. J'ai passé les dernières heures à débattre toute seule sur cette lune de miel et sur notre relation.

J'étais tellement perdue. Et je le suis toujours. Tu crois que ça peut être lié à son âge? Ou peut-être à son milieu. Qu'est-ce que tu en penses, Imo?

Il faut que je me souvienne qu'il a voulu que notre mariage et notre voyage de noces soient parfaits. Il a été gentil et attentionné, il m'a fait des tas de petits cadeaux. Je fais tout un plat de rien du tout, non ? Bon, il n'a pas voulu monter dans un vaporetto ni dans une gondole (trop vulgaire, apparemment), et après ? Et puis il a peut-être pris mes tentatives poussives de l'amener dans mon lit pour une forme de critique parce qu'il ne me satisfaisait pas. Peut-être, malgré tout, éprouve-t-il lui aussi de l'insécurité ? Tu crois que c'est ça ?

Ou alors je dois faire plus d'efforts encore.

Le lendemain matin en nous préparant à partir pour Positano, il n'a pas été question des événements de la veille. J'avais tant attendu cette partie du séjour, mais là j'étais seulement fatiguée et abattue. J'étais mariée depuis à peine une semaine et il n'y avait eu qu'une seule tentative vaine de faire l'amour.

Malgré la tristesse, Positano a été la meilleure partie du voyage, même si je me sens coupable d'écrire ça. En fait cette partie de l'Italie n'intéresse pas tellement Hugo. Il n'a même pas considéré l'idée de s'aventurer jusqu'à Pompéi – un odieux piège à touristes – et je n'ai pas osé suggérer l'ascension du Vésuve. Mais il était ravi que je parte avec le chauffeur pendant qu'il s'amusait avec divers papiers et appels téléphoniques, et il était toujours content de me voir revenir. Il a dû demander au chauffeur de le prévenir de notre arrivée à l'hôtel parce qu'il y avait toujours un verre de vin servi à la minute où je passais la porte.

Mais, dans un sens, c'était un soulagement de ne pas avoir à passer toutes mes journées à essayer de lui faire plaisir. J'avais du temps pour moi. Je ne suis peut-être pas faite pour le mariage. Est-ce que tu as trouvé ça difficile au début, toi ? Je ne crois pas – tu rayonnais de bonheur, si je me souviens bien.

Enfin, il y a quand même eu une petite amélioration dans notre vie sexuelle ! J'apprends. Je dois lui faire comprendre que je suis réceptive, mais sans lui faire d'avances. J'ai essayé la nuit dernière – et il est venu dans ma chambre. Donc l'amélioration, c'est qu'il voulait essayer, mais malheureusement l'acte lui-même ne passe toujours pas bien. En vérité, ç'a été carrément l'horreur. Encore une autre pénétration violente qui ne m'a fait absolument aucun effet.

Je sais que je ne devrais pas insinuer une seconde qu'il ne me satisfait pas, mais bizarrement il en a parlé ce matin.

« Laura, je sais que tu as du mal à prendre du plaisir. Mais quelles que soient les inhibitions dont tu souffres, je suis certain qu'elles disparaîtront une fois que nous serons rentrés au manoir. Je ferai tout ce qui est en mon pouvoir pour t'aider à surmonter ces obstacles. »

Tu sais, ça ne m'avait pas traversé l'esprit que Hugo pouvait sincèrement croire que le "problème" venait de moi ! Mais il a peut-être raison ? J'ai failli répliquer par réflexe, mais Hugo semblait tellement soucieux que je me suis contentée d'acquiescer, sûre de pouvoir remédier à ça plus tard.

Le voyage touche à sa fin. J'ai beaucoup appris sur Hugo et sur moi-même. Je ne me suis jamais considérée comme arrogante, mais il faut croire que je le suis devenue puisque je rejette toutes les fautes sur lui alors qu'il essaie seulement de me faire plaisir. Cependant, Hugo ne supporte pas la critique – directe ou implicite. Je me demande si ça vient de l'enfance ? En général c'est le cas il me semble.

Tout mon amour et un peu de tristesse.
Lxxxx

21

Stella ne se sentait à peu près à l'aise que dans la cuisine. Il faisait à peine jour mais elle avait quitté le pavillon et était entrée par la porte de derrière. C'était la première fois qu'on la laissait aller et venir comme il lui plaisait, elle voulait être présente au réveil de Laura. Les mariages de ses deux enfants avaient mal fini, elle ne pouvait pas s'empêcher de penser que leur éducation avait joué un rôle dans ces échecs. Elle aurait mieux fait de leur dissimuler sa propre souffrance. Et David aurait dû avoir une morale. À quoi servait un mari s'il ne vous apportait que du chagrin ?

Contrairement aux autres pièces, la cuisine était assez agréable, avec son style un peu démodé. L'électroménager semblait neuf mais les placards, repeints des dizaines de fois, dataient d'avant-guerre. Combien de repas avaient été servis sur cette énorme table en pin, témoin de toutes les joies et tous les malheurs de cette famille ?

Stella n'avait pas dormi la nuit dernière et Imogen non plus apparemment.

« Bonjour, ma chérie. Pourquoi te lèves-tu si tôt ? »

Elle désigna la théière. Elle savait qu'Imogen aurait préféré du café mais elle avait la flemme d'en faire.

Avec un petit sourire distrait, Imogen s'assit et murmura un « bonjour », mais Stella avait besoin de parler. Peut-être qu'Imogen comprenait l'enfer qu'avait été la vie de Laura ces dix dernières années. Elle avait plusieurs fois essayé de sonder sa fille, mais Hugo avait toujours été un obstacle. Ce qu'il n'était plus maintenant.

Laura n'aurait jamais admis sa défaite. Un jour, elle devait avoir dix ans, elle avait essayé de grimper à une corde accrochée dans un arbre par Will. Elle n'y arrivait pas – malgré ses multiples tentatives. Jour après jour. Elle tombait sur le dos toutes les cinq minutes et se faisait des brûlures aux mains. Impossible de la convaincre de renoncer. Au bout d'une semaine environ, elle y était parvenue. Elle n'avait jamais cherché à réitérer son exploit. Elle avait réussi et maintenant, ça ne l'intéressait plus.

À présent Stella espérait qu'Imogen puisse éclairer sa lanterne sur les raisons pour lesquelles sa fille s'était coupée du monde.

« Imogen, je sais que tu ne l'as pas vue depuis ta séparation d'avec Will, mais comme tu dois le savoir, Laura n'était pas heureuse avec Hugo. Elle a commencé à déchanter dès les premiers jours de son mariage. Elle refusait de m'en parler et quand vous avez coupé les ponts, elle n'a plus eu personne.

—Je sais, Stella. »

C'était vrai. Stella aurait tant voulu aider ses filles – elle considérait Imogen comme sa seconde fille. Et Will aussi était malheureux. Les divorces, c'était toujours difficile, mais, bon sang, Laura était toujours mariée. Et pourtant elle l'avait vue sombrer dans le désespoir, et ça l'avait déchirée. Les deux amies avaient besoin l'une de l'autre plus que jamais et n'auraient jamais dû laisser une dispute s'immiscer entre elles.

« Il est grand temps que vous m'expliquiez ce qui s'est passé entre vous. Qu'est-ce qui a pu être si terrible non seulement pour te faire divorcer de Will, mais aussi pour que Laura ne veuille plus te parler ? Et pourquoi personne n'a voulu me dire la vérité, parce que je ne crois pas une seule seconde à l'histoire que vous m'avez servie.

— Oh Stella – je suis désolée. Tu as raison – on t'a menti. Will ne voulait pas que tu saches quel genre de monstre je suis, et moi je voulais que tu continues à m'aimer. »

Imogen ravalait ses larmes et Stella lutta pour ne pas la prendre dans ses bras. Elle se contenta de lui tenir la main.

« Je crois que, dans un sens, Laura s'est sentie coupable. Je t'aurais tout dit il y a bien longtemps, mais je continuais à espérer que Will reviendrait. Je vais le faire maintenant, mais d'abord, j'ai besoin d'un café, bien fort.

— Raconte, Imogen. Je vais faire le café et des tartines. »

La honte accumulée toutes ces années semblait submerger Imogen.

« Tu te souviens que, avant le divorce, Will avait commencé à chercher un boulot dans l'humanitaire ? Il pensait vraiment pouvoir se rendre utile et moi j'aurais été ravie de le suivre où qu'il aille. Il y avait un projet qui l'intéressait beaucoup. En fait, ça l'intéressait tellement qu'il a demandé à Laura de demander à Hugo s'il accepterait de faire un don à cette association caritative. Will pensait que ce serait plus facile de réunir une équipe s'il pouvait lever des fonds auparavant.

« On attendait toujours la réponse de Laura quand Hugo nous a appelés. Il nous invitait à passer le week-end au manoir. Un de ses amis de fac serait aussi dans le coin. On était sciés. Hugo ne nous avait jamais fait ce genre de proposition, je n'avais pu voir Laura que deux fois en coup de vent et jamais en tête à tête. »

Stella posa un mug de café devant Imogen qui semblait à des kilomètres.

« L'invitation sortait de nulle part, mais on était contents. On a cru que Hugo avait enfin admis qu'on faisait partie de la vie de Laura. Mais la veille de notre visite, une compagnie irlandaise qui s'occupait de projets caritatifs a appelé Will. Ils cherchaient un ingénieur et ils lui ont demandé de prendre l'avion pour le rencontrer le samedi matin. On n'a pas trouvé ça bizarre, nous, que ce soit un samedi, parce que, pour ce genre de projet, on ne compte pas ses heures ni ses jours. Will s'est même demandé si Hugo n'avait pas fait un don. La grosse blague.

« Il fallait qu'il y aille, surtout s'il devait cet entretien à Hugo, mais il était trop tard pour annuler l'invitation, alors j'ai décidé d'y aller seule. Will devait prendre le vol de nuit et il m'a déposée ici avant d'aller à l'aéroport. »

Imogen s'agrippait à sa tasse pour rassembler son courage.

« Hugo avait commandé un dîner très fin. Son ami Sebastian était charmant, quoiqu'un peu trop obséquieux à mon goût. Hugo n'arrêtait pas de remplir nos verres et finalement la soirée a été très agréable.

« Après avoir renvoyé les serveurs, il a apporté le cognac. Laura et moi n'en voulions pas mais il a insisté. J'ai essayé de refuser, mais il a pris la mouche, comme quoi il serait profondément offensé que je ne goûte pas à l'une des liqueurs qu'il avait sélectionnées expressément pour l'occasion. Je n'y ai pas cru une seule seconde, mais c'était la première fois que Hugo se montrait aussi chaleureux envers moi, alors j'ai accepté et Laura aussi. On était toutes les deux un peu pompettes, mais certainement pas saoules. Il commençait à se faire très tard. Hugo a préparé lui-même nos verres. Laura et moi on pensait manifestement la même chose : mieux valait boire que contrarier sa seigneurie. »

Imogen fixait la table, la tête dans les mains. La panique gagna Stella, ça allait être pire que tout ce qu'elle avait pu imaginer. Elle entendit à peine Imogen tandis que les sanglots montaient dans sa gorge.

« C'est la dernière chose dont je me souvienne jusqu'au lendemain. Quand je me suis réveillée, j'étais au lit dans le pavillon. Et je n'étais pas seule.

Sebastian dormait à côté de moi. Il était nu... et moi aussi.

« Stella, tu dois me croire, ç'a été le pire moment de ma vie. J'ai été réveillée par la porte d'entrée et des pas dans l'escalier. Je me suis retournée et Will se tenait à la porte de la chambre. Je n'oublierai jamais son expression, Stella. Il aurait dû être furieux, mais, au lieu de ça, son désespoir m'a brisé le cœur. J'ai voulu aller vers lui mais j'étais trop faible pour me lever. Il s'est retourné et il est parti. »

La tête au creux de ses bras, Imogen se mit à pleurer doucement. Stella ne pouvait s'empêcher de penser à son fils. Il aimait tant sa femme. La souffrance quand elle avait découvert les infidélités de David lui revenait, et elle ressentit la douleur de son fils comme si c'était la sienne. Pourquoi n'avait-il jamais rien dit? La honte, certainement. Pauvre petit. Imogen la dégoûtait.

« Tu es en train de me dire que tu étais tellement saoule que tu as invité cet homme – un inconnu – dans ton lit? Comment as-tu pu faire ça, Imogen? Comment?

— Non. Non! Stella il faut que tu me croies. Je n'ai rien fait. Au début, j'ai cru que c'est ce qui avait dû se passer, mais même si je me souviens d'avoir été un peu pompette, à aucun moment je ne me suis sentie saoule. Un instant, Laura et moi étions simplement joyeuses, l'instant d'après c'était le noir total. Quand j'ai enfin pu parler à Laura, elle m'a dit qu'il lui était arrivé la même chose, et que Hugo l'avait mise au lit. Il a dit qu'on lui avait fait honte. »

Imogen se leva pour essuyer ses larmes. Toujours sceptique, Stella avait du mal à se contenir.

« Qu'est-ce que Will faisait là, Imogen ? Apparemment tu ne l'attendais pas avant le lendemain. Sinon tu te serais mieux comportée, au lieu de le déchiqueter en morceaux.

— À son arrivée, un message l'attendait l'informant que l'entretien avait été annulé, on lui avait réservé un vol de retour le lendemain matin très tôt. Sebastian est parti immédiatement, je ne l'ai jamais revu. Apparemment, Laura ignorait son existence avant cette soirée, et elle n'a plus jamais entendu parler de lui. Hugo était soi-disant trop gêné pour le réinviter. Je sais à quoi tu penses. Mais je t'en prie, laisse-moi finir avant de me juger. Après cette nuit, Hugo a dit à Laura que j'étais une alcoolique qui avait brisé le cœur de son frère. Je lui avais fait honte devant Sebastian, même si je ne comprenais pas pourquoi je devais me sentir plus coupable que son soi-disant ami, pour finir, il m'a dit qu'il ne voulait plus me voir chez lui et qu'il espérait qu'elle romprait définitivement toute relation avec moi elle aussi.

« Je ne savais pas ce qui s'était passé, mais quelque chose clochait et six mois plus tard, je suis tombée sur un article qui parlait du Rohypnol. Aujourd'hui tout le monde a entendu parler de la "drogue du viol", mais à l'époque c'était tout à fait nouveau. C'est là que j'ai compris qu'on avait dû glisser du Rohypnol dans mon verre et celui de Laura cette nuit-là.

— Pourquoi Hugo vous aurait-il droguées ? Et comment se serait-il procuré ce produit ?

— J'imagine que c'est Sebastian qui l'a apporté. Le plan était de me faire tomber en disgrâce pour que Laura ne veuille plus jamais me revoir.

— Je ne vois toujours pas pourquoi Hugo aurait fait ça, mais c'est autre chose. Comment quelqu'un aurait-il pu savoir que Will reviendrait pile au bon moment ?

— D'abord j'ai cru que c'était vraiment pas de chance, mais ça semblait trop bien coïncider. Alors j'ai appelé cette compagnie en Irlande. Personne chez eux n'avait proposé de rendez-vous à Will. Hugo savait ce que représentait cette opportunité pour Will. Le timing était trop parfait. »

Peut-être y avait-il un fond de vérité dans ce qu'Imogen racontait, mais dans ce cas, le défunt beau-fils de Stella apparaissait sous un jour bien plus sombre qu'elle ne l'avait cru. Elle se fit une tartine, mais n'eut pas le cœur de la manger.

« Désolée, Imogen, mais tout ça semble bien trop tiré par les cheveux. Pourquoi aurait-il fait ça ? Et Laura, qu'est-ce qu'elle en pense ?

— Laura était totalement sous son emprise, elle n'a pas voulu me croire à propos du Rohypnol. Elle m'a défendu de l'appeler et moi j'étais tellement bouleversée que je me suis exécutée. J'ai essayé des milliers de fois de plaider ma cause auprès de Will, mais je n'ai pas réussi à le convaincre de mon innocence. J'avais déjà compris ce qui avait pu entraîner tout ça. Quelques jours avant de recevoir l'invitation de Hugo, j'avais reçu un appel de Laura. Elle était en larmes, littéralement. Elle avait quelque chose d'important à me dire. J'ai essayé de la faire parler, mais elle ne pouvait pas le faire au téléphone. J'étais prête à venir en personne, mais elle m'a suppliée d'attendre que Hugo s'absente. Il devait se rendre à Paris quelques semaines plus tard. Alors elle me dirait tout, mais elle voulait aussi me montrer quelque chose – il fallait que je vienne au manoir. On avait tout organisé par téléphone quand elle a dit : "Merde ! Je dois y aller. Pitié faites qu'il n'ait rien entendu !" et elle a raccroché. On n'a pas eu le temps de se voir avant l'invitation à dîner, et on ne nous a jamais laissées une minute seules toutes les deux.

— Donc tu crois que Hugo a entendu votre conversation. Tu crois qu'il a élaboré tout ça juste pour briser votre amitié ?

— Oui, Stella, c'est ce que je crois – et ça a marché.

— Et qu'en pense Laura maintenant ? »

Elles n'avaient pas entendu Laura qui était entrée dans la pièce depuis quelques minutes, et qui écoutait attentivement leur conversation.

« C'est la vérité maman. Tu n'as pas idée de ce dont Hugo était capable. C'était le moindre de ses crimes. »

***

En entendant ça, Becky s'arrêta net dans le couloir. Les voix lui parvenaient plus étouffées à présent, elle détestait se montrer si indiscrète, mais elle était flic, après tout. Elle se rapprocha de la porte.

« Tu n'as jamais prononcé un mot contre Hugo toutes ces années, alors je veux que tu me dises tout, maintenant. À commencer par ce que tu entends quand tu dis : "C'était le moindre de ses crimes", demanda Stella, avec autorité.

— S'il te plaît, maman, je ne veux pas parler du passé en ce moment. »

Quelqu'un d'autre voulut prendre la parole.

« Non, Imo, ne m'interromps pas. C'est ma mère, il faut qu'elle sache que je suis absolument enchantée que Hugo soit mort. Inutile de ressasser. Mais finissons-en.

— C'est tout ce que tu as à dire ? Qu'est-ce que tu étais sur le point de raconter à Imogen pour que Hugo organise un tel traquenard ? Si tu étais au courant de cette histoire, pourquoi n'as-tu rien dit à ton frère ? Laura, je ne sais plus quoi penser.

— Maman, ce que j'allais dire à Imogen n'a plus aucune importance aujourd'hui. Tout ça c'est du passé, et je n'ai aucune intention d'en reparler. Quand Imogen m'a appelée pour me parler du Rohypnol, je ne voulais pas la croire. Je ne pouvais pas. Imagine ce que ça m'aurait révélé sur mon mari ? Mais je le soupçonne de l'avoir utilisé sur moi plusieurs fois après cette nuit-là. Ne me regarde pas comme ça. Pas pour me violer, mais quand il avait besoin que je sois docile pour d'autres choses. Ça m'a pris beaucoup de temps pour me rendre compte qu'Imogen avait raison. Elle sait à quel point je me sens coupable, mais c'était trop tard.

— Comment Imogen pourrait-elle le savoir si vous ne vous êtes plus jamais parlé après cet incident ? Vous avez à peine eu le temps de vous voir hier, avec toutes ces allées et venues. Qu'est-ce qui m'échappe ? »

Il y eut une pause et Becky n'osa pas bouger. Puis Imogen répondit :

« Je suis désolée, Stella. On t'a menti. Ça fait un an et demi que Laura et moi sommes en contact. Depuis qu'elle a été internée la deuxième fois. On ne voulait pas que ça se sache au cas où ça tomberait dans l'oreille de Hugo. On s'envoyait des mails que Laura avait le droit de consulter dans la maison de repos. Laura semblait avoir baissé les bras. Je voulais qu'elle retrouve son mordant. Je voulais restaurer la personnalité que ce connard avait essayé de détruire. »

Un silence se fit, le temps que la tension provoquée par cette diatribe se dissipe. Puis Stella lâcha sa bombe :

« Imogen, est-ce que tu as tué Hugo ?
— Non, Stella. Même si je crois qu'il ne méritait pas de vivre, je ne l'ai pas tué. »

Soudain Becky sentit une présence derrière elle. Mme Bennett approchait. Elle serait découverte d'une seconde à l'autre, alors elle poussa la porte et feignit la surprise en découvrant la pièce occupée.

« Dites donc vous êtes bien matinales, mesdames. Mme Bennett m'a laissée entrer, j'espère que ça ne vous dérange pas. Vous avez réussi à dormir ? »

Trois paires d'yeux à l'expression légèrement interloquée se tournèrent vers elle, mais elle fit semblant de ne s'apercevoir de rien. Mme Bennett arriva.

« Lady Fletcher, madame Kennedy, madame Kennedy, bonjour. Ah, sergent, asseyez-vous, je vais vous faire du thé. Quelqu'un d'autre en veut ? »

***

Après une tasse de thé et quelques toasts, plus personne n'avait le cœur à parler et l'on commença à quitter la cuisine. Tout plutôt que de rester dans cette atmosphère pesante, pensait Becky. Stella n'avait sûrement pas fini de questionner sa fille et son ex-belle-fille, mais Imogen allait prendre un bain qu'elle ferait sûrement durer le plus longtemps possible. Stella ne la suivrait pas dans la salle de bains.

Cette dernière, l'air contrarié, retourna au pavillon pour s'habiller. Elle avait invité sa fille à l'accompagner mais celle-ci avait préféré rester avec Becky pour s'entretenir avec elle.

« Pardonnez-moi, Becky, je ne voulais pas vraiment vous parler. C'est juste que maman veut tout savoir de ce que j'ai vécu ces dix dernières années et je n'ai absolument aucune envie de satisfaire sa curiosité personnelle dans l'immédiat. Je vais lire les journaux, si vous le voulez bien. J'imagine que si vous aviez du nouveau, vous me l'auriez déjà fait savoir. »

Laura s'éloigna, l'air songeur. Becky avait bien du mal à comprendre la méthode douce de Tom avec ces femmes, étant donné leur duplicité. Pour Tom, sans preuve accablante, l'interrogatoire à la dure ne ferait que dresser des barrières et la vérité n'éclaterait jamais. Il préfère collecter de petits éléments d'apparence insignifiante et les garder en réserve jusqu'au moment où il peut les utiliser. En attendant, il fallait l'informer de certaines choses qu'elle venait d'apprendre.

Elle sortit son portable et s'éloigna pour ne pas être entendue.

«Tom, j'ai surpris une conversation intéressante ce matin. Il y a beaucoup à dire, mais j'ai pensé à quelque chose. Nous savons qu'Imogen Kennedy a pris un vol depuis Paris, et nous avons vérifié qu'elle n'avait pas pris un autre vol depuis Londres le même jour. Mais est-ce que quelqu'un a vérifié la liste des passagers des Eurostar ? »

Malgré la nuance de respect dans la voix de Tom, il ne semblait pas croire que cette idée lui était venue de nulle part.

«Quoi? Non, je n'ai entendu que la fin de la conversation, mais je me demande pourquoi Stella a pu la soupçonner d'avoir tué sir Hugo. Si vous vous procurez la liste des passagers, je me chargerai avec plaisir de l'étudier. J'ai apporté mon ordinateur donc je vais pouvoir faire quelques recherches. Par exemple, me renseigner sur le Rohypnol et voir si on pouvait s'en procurer facilement à la fin des années quatre-vingt-dix. »

Tom posa la question inévitable.

«Je vous expliquerai quand on se verra. Il faut aussi que vous sachiez qu'Imogen et Laura avaient secrètement renoué contact depuis un an et demi, vous devriez peut-être en parler à Laura. Elle est plus solide que vous ne le pensez, Tom. »

***

Elle était faible. Très faible. Et elle allait perdre la tête. Trop de temps pour penser, c'était ça le problème. Elle avait commencé à remettre en question sa compréhension de la réalité, est-ce que tout cela lui arrivait réellement ? Ou n'était-ce qu'un horrible rêve – un cauchemar d'une telle clarté qu'il était difficile de croire qu'on n'était pas dans la réalité. Ce serait peut-être l'un de ces réveils soudains ; comme quand on tombe d'une falaise et qu'on se dresse en sursaut dans son lit, trempé de sueur.

Mais éveillée ou endormie, elle savait à présent ce que signifiait l'enfermement. Comment on disait déjà ? Elle l'avait lu quelque part. La « torture invisible ». Pas de blessures physiques, mais ça rend les gens fous.

Elle pensa à des techniques pour ne pas sombrer. Elle avait vu un film dans lequel un prisonnier faisait de l'exercice chaque jour dans sa cellule. Mais cela lui était impossible. Elle était trop faible.

Et son esprit ne cessait de vagabonder. Il fallait se concentrer, sinon quand il reviendrait la chercher – il allait revenir, c'était sûr – il ne voudrait plus d'elle. Et s'il ne voulait plus d'elle, Dieu sait ce qu'il lui ferait.

Mieux valait penser à des choses heureuses. Se rappeler les beaux moments de sa vie.

Elle sonda son esprit à la recherche d'un seul jour où elle s'était sentie vivante. Il devait bien y en avoir un, non ? Elle avait bien eu des rêves. Des rêves d'une vie luxueuse ; d'une vie de mannequin célèbre ; d'une vie remplie de rires et d'amour. Chacun de ses rêves avait été détruit.

22

Enfermée dans la salle de bains, Imogen se faisait couler un bain chaud. Elle avait apporté les lettres avec elle, mais décida d'abord de s'immerger dans la baignoire. Il lui fallait rassembler son courage, lire ces lettres lui faisait tellement mal.

Laura devait voir les exécuteurs testamentaires dans la journée, mais elle ne semblait absolument pas concernée par cette affaire, au grand soulagement d'Imogen. Hugo lui avait sûrement réservé de mauvaises surprises. Comme toujours.

Dès leur rencontre, Laura aurait pu reconnaître tous les signes de la maltraitance à venir, mais cet homme était un manipulateur diabolique et l'ardeur de Laura à se plier à sa volonté avait posé les fondements de leur vie commune. Laura se reprochait d'avoir manqué de volonté et de courage pour reconnaître qu'il avait lentement tissé une toile autour d'elle. Sa honte s'en ressentait de manière presque insupportable.

Imogen saisit la lettre suivante et commença sa lecture.

JUIN 1999

Ma chère Imogen,

Ça fait des mois que je ne t'ai pas écrit l'une de ces stupides lettres. Depuis le dernier jour de notre lune de miel. En fait, je me suis rendu compte à quel point elles étaient ridicules. Mais j'ai besoin de m'ouvrir à quelqu'un, même virtuellement.

Ma vie a changé. Je ne travaille plus et Hugo ne veut pas que je l'aide à la fondation. Je voulais redécorer le manoir mais ça aussi, c'est tombé à l'eau.

Et maintenant je ne t'ai même plus, toi! J'ai perdu ma meilleure amie, et tu me manques tellement. Tu as essayé de m'appeler hier, mais je ne pouvais pas écouter tes mensonges. Ce sont forcément des mensonges. Ça me tue, Imo – choisir de croire mon mari, ou ma meilleure amie? Personne ne devrait être placé devant un tel dilemme.

La dernière fois que je t'ai écrit nous allions rentrer en Angleterre, où Hugo m'avait promis une vie – du moins une vie sexuelle – meilleure. Il semblait croire que j'avais beaucoup à apprendre sur les désirs d'un homme. Qu'il allait trouver un moyen de me satisfaire.

Il avait tort. Oh, mon Dieu à quel point! Et je voulais te le raconter. J'allais te le raconter!

La vie n'est pas si mal ici. Nous allons à beaucoup de galas ensemble, et Hugo est très attentionné avec moi. Il insiste toujours pour que j'achète une nouvelle robe à chaque occasion, et il m'aide à parfaire mon comportement en société. Je ne suis toujours pas capable de choisir les vêtements qui correspondent à mon nouveau rang. Hugo ne se fâche jamais quand je choisis quelque chose qui ne va pas. Il se contente de froncer les sourcils, et là je sais qu'il n'aime pas. Quand ça lui va, il fait toujours quelque chose de merveilleux. Par exemple, l'autre soir je suis arrivée, prête à sortir, et il m'a fait l'un de ses sourires les plus radieux, il a sauté du canapé pour me faire un baisemain. Il m'a dit que je serais la reine du bal. Un autre soir il s'est éclipsé et est revenu avec une paire de boucles d'oreilles en émeraude. Elles ne sont pas à moi parce qu'elles font partie du trésor familial et donc passent de génération en génération – mais c'était gentil d'y avoir pensé.

Mais tu sais comme je peux être têtue. Plus d'une fois j'ai décidé de l'ignorer et j'ai choisi de porter quelque chose qu'il n'aimait pas. Mais ça ne vaut pas le coup. Je sais quand il désapprouve, il devient plus distant et du coup je regrette immédiatement. Il ne crie pas, il ne dit pas un mot désagréable. Il me parle le moins possible, sans être totalement impoli, ça gâche ma soirée et manifestement la sienne aussi – donc en général il vaut mieux que je suive le mouvement. Je commence à avoir ces galas en horreur. Je sais que je vais quasiment tout le temps faire quelque chose de travers. J'en viendrais presque à préférer qu'il me dise le fond de sa pensée. Au moins, ça me donnerait l'occasion d'exposer mon point de vue.

On ne se dispute pas, c'est une bonne chose, non ? Il est arrivé que je sois un peu énervée par quelque chose et que j'aie l'air en colère. Mais si je monte le ton ou que j'aie l'air irrité, Hugo tourne les talons et s'en va. La première fois, il ne m'a pas adressé la parole pendant deux jours. J'ai fini par lui demander pourquoi.

« J'attends des excuses, Laura, m'a-t-il répondu. Ton attitude la nuit dernière était inacceptable. Je ne tolère pas que l'on me crie dessus. »

J'ai ajouté quelque chose comme : « Oh pour l'amour du ciel, Hugo. Arrête d'être aussi autoritaire. Moi aussi je suis une personne, je te signale. Et j'ai le droit d'avoir mon propre avis ! »

Il est sorti, il a mis quelques affaires dans un sac et il est allé s'installer à Egerton Crescent jusqu'à ce que je ne puisse plus supporter son absence. Je l'ai appelé et je me suis excusée. Je sais que tous les couples ont leurs petites prises de bec, et on a encore beaucoup à apprendre l'un sur l'autre.

Mon plus grand bonheur, c'est Alexa. J'adore les week-ends qu'elle passe ici. Elle arrive le vendredi et reste jusqu'au dimanche. Plus longtemps pendant les vacances. Elle passe beaucoup de temps avec moi à la cuisine, je lui donne de petites tâches à faire. On fait des pizzas et des gâteaux qu'elle décore elle-même, comme quand on était petites, tu te rappelles ? Bien sûr, on ne fait ça que quand Hugo n'est pas là. Je ne crois pas qu'il approuverait que sa fille mange des pizzas. Ni de la voir couverte de chocolat !

Je fais tout ce que je peux pour me débarrasser de son horrible nounou. Je ne sais pas comment Annabel fait pour la supporter au quotidien. J'ai toujours l'impression qu'elle m'observe pour tout rapporter à Hugo. Donc j'essaie de lui donner congé pour la journée ou de l'envoyer faire des courses. Ça ne marche pas toujours.

Mais je cherche à éluder le vrai problème. Voilà ce que je voulais te raconter.

Ça a commencé une semaine après notre retour de voyage. Ma priorité était d'alléger l'atmosphère cauchemardesque du mausolée qui nous sert de maison, donc j'ai commencé à examiner des échantillons de moquette, de tissus et de peinture. Le plan consistait à faire plusieurs patchworks pour que Hugo puisse faire son choix. J'avais aussi préparé un budget – avant de finir par comprendre que l'argent n'était pas un problème. Je t'en parlerai plus tard. Enfin bon, j'occupais mes journées.

Mais on faisait toujours chambre à part, et je ne voulais pas briser la paix fragile en demandant quoi que ce soit. Puis, un soir, il a dit qu'il avait une « surprise » pour moi.

« Laura, comme je l'ai déjà dit lors de notre lune de miel, je sais que pour toi le sexe dans le cadre du mariage est difficile. Je crois que tu changeras d'avis ce soir. »

Il m'a souri, les yeux brillants d'une excitation retenue.

« Puis-je te suggérer d'aller prendre une douche. Tu verras que j'ai disposé plusieurs articles sur ton lit. Si tu veux bien les porter et venir me rejoindre quand tu seras prête. »

Si c'était ça, pour Hugo, le moyen de rendre les choses plus excitantes, ça ne l'était pas pour moi. Je voulais de la spontanéité. Et je ne voulais pas de sexe, je voulais faire l'amour. Mais je n'avais pas intérêt à dire ça.

Découragée, je suis allée dans ma chambre. Avec un léger soulagement, j'ai découvert un ensemble de lingerie et un négligé.

Le soutien-gorge était assez joli, en soie couleur crème et de la dentelle un peu plus foncée au bord. Mais l'ensemble incluait aussi un porte-jarretelles et un genre de très large panty en soie qui montait jusqu'à la taille et descendait au milieu des cuisses. Pas mon genre, mais je crois que je voyais à peu près comment ça pouvait être sexy. S'habiller, comme se déshabiller, ce n'est pas vraiment un péché mortel. Mais c'était si froid et prémédité. Enfin, ça aurait pu être pire – il aurait pu vouloir que je mette du latex noir, ça, ç'aurait été inquiétant.

Une fois habillée, avec les bas crème, je me suis regardée dans le miroir. J'avais l'air vaguement ridicule et étrangement triste. J'ai pensé qu'il allait encore vouloir que je me déshabille et ça ne me réjouissait pas – mais si je devais passer par là pour faire l'amour avec lui…

J'ai passé le négligé avant de le rejoindre avec un peu d'appréhension. J'ai frappé et quand je suis entrée dans la chambre, il était allongé, totalement nu, sur le lit, avec juste un drap au niveau de la taille. C'était la première fois que je voyais le corps de Hugo en pleine lumière. Il était déjà excité (ça me gêne de te raconter ça).

J'ai avancé vers le lit.

« Stop. Ne me touche pas. Je ne suis pas prêt. »

Il avait les pupilles complètement dilatées.

« Je veux que tu m'attaches, a-t-il dit en désignant une pile de foulards en soie. Les poignets et les chevilles aux colonnes. Non – n'enlève pas ton négligé. Je ne veux pas te voir. »

Pourquoi rien ne peut être normal avec lui ! D'accord, les gens font des choses comme ça. Je le sais. Est-ce que ça vient de moi ? Peut-être. Je sais que je n'arrête pas de le répéter, mais je ne suis pas prude. Loin de là, tu le sais.

« Ce soir, Laura, je vais t'apprendre comment on satisfait un homme. »

Je me suis penchée pour prendre les foulards.

« Ne t'assieds pas sur le lit, ne me touche pas. Je vais glisser mes mains et mes pieds dans les nœuds que j'ai préparés et tu vas m'attacher au lit. »

J'ai obéi comme une domestique.

« Plus fort, ce n'est pas assez serré. Tu vois – je peux bouger. Je ne dois pas pouvoir bouger. C'est très important. »

Je commençais à avoir la nausée.

Hugo a fermé les yeux, je ne pouvais plus voir leur profondeur noire.

« Maintenant, ôte ce négligé. Garde tout le reste. Maintenant retire le drap, et prends du plaisir ! »

Comment je pouvais faire ça ? Cette mise en scène ne me faisait aucun effet. On jouait selon ses règles et moi je me sentais comme une prostituée. Pas comme une femme aimante.

« Qu'est-ce que tu attends, Laura ? Je t'ai dit de retirer le drap ! Tu dois apprendre à prendre le contrôle. Fais-le ! »

J'avais tellement eu envie de le voir, de le toucher, de sentir son corps contre le mien. Peut-être que ça pouvait encore marcher. Alors j'ai enlevé le drap et j'ai finalement vu mon mari entièrement nu pour la première fois. Comment pouvait-il être aussi excité ? Moi je voulais l'embrasser, lécher son corps, puis le prendre dans ma bouche et je voulais qu'il me réponde – mais pas comme ça.

Je me suis agenouillée près de lui sur le lit pour caresser sa cuisse. J'avais l'intention de l'embrasser sur le ventre et de descendre doucement.

Mais ce n'était pas ce qu'il voulait. Clairement.

« Arrête ! Je ne t'ai pas dit de me donner du plaisir, je veux que tu *prennes* du plaisir. »

Je voyais ce qu'il attendait. « Fais-le, je me disais. Ça pourrait être mieux que prévu. »

En fait non.

Je me suis assise sur lui lentement. Encore une fois j'ai pensé que je pouvais l'amener à changer d'avis, donc au lieu de le guider en moi, je me suis penchée contre son torse.

« Pas comme ça. Tu dois apprendre que ton plaisir est *mon* plaisir.

— Mais Hugo, c'est *ça* mon plaisir – te toucher, t'embrasser.

— Fais ce que je te dis, Laura. Maintenant ! »

J'aurais dû partir. Ce n'est pas facile de t'expliquer pourquoi je ne l'ai pas fait. Tout ce que je peux dire c'est que j'étais mariée depuis moins de trois semaines, et plus que tout au monde je voulais que ça fonctionne. On n'abandonne pas après si peu de temps, n'est-ce pas ? J'en savais déjà assez sur Hugo pour comprendre qu'il fallait la jouer à sa manière, sinon les répercussions rendaient la vie impossible. Je n'étais pas prête à assumer les conséquences si je m'opposais à son avis. Alors j'ai fait ce qu'il me demandait.

Je n'ai même pas eu besoin d'enlever le panty tant il était large. Avoir un orgasme était hors de question pour moi, mais je ne savais pas à quoi s'attendait Hugo. Il gardait les yeux fermés donc je pouvais toujours simuler. J'avais eu assez d'orgasmes dans ma vie pour savoir comment faire. Mais combien de temps comptait-il que ça me prenne ? J'ai décidé d'en finir le plus vite possible ; je pouvais toujours raconter que j'avais attendu si longtemps. Je ne vais pas te détailler ma performance – trop d'info tue l'info – mais c'était assez convaincant.

« Garce ! Détache-moi, garce ! »

Comment avait-il pu se douter que je simulais ? Sans comprendre ce qui n'allait pas, je me suis dépêchée de le détacher. Puis il a ouvert les yeux. Moi qui avais voulu lire le désir dans les yeux de mon mari, je n'y ai vu que de la sauvagerie. J'ai cru qu'il allait me frapper. Il aurait peut-être mieux valu.

Il m'a attrapé le bras et m'a plaquée à plat ventre sur le lit. Puis il m'a prise d'une manière que je ne peux pas te décrire. Tout ce que je peux dire c'est que ç'a été brutal.

J'ai hurlé. Je n'ai pas pu m'empêcher. Mais il s'en fichait. Heureusement il a éjaculé en moins d'une minute – c'est dire s'il était excité. Et il n'a pas dit un mot. Je suis restée le visage contre les draps, à pleurer. J'ai entendu la porte se refermer derrière lui.

Je ne sais pas combien de temps je suis restée là. Des minutes, des heures ? Dès que j'ai pu, j'ai attrapé ma robe de chambre et j'ai couru me réfugier dans ma chambre. J'ai enlevé tous ces sous-vêtements dégoûtants et je les ai massacrés aux ciseaux. Puis j'ai pris une douche. Longue. On voyait toujours les marques laissées par Hugo sur ma poitrine, j'ai fini par sécher mon corps meurtri.

Le lendemain matin, j'avais décidé de lui parler, quoi qu'il arrive. Quand je suis descendue, il lisait les journaux. J'ai demandé à Mme Bennett de nous laisser seuls. Hugo avait l'air ravi de me voir. Il a tiré ma chaise et m'a même embrassée sur la joue.

« Comment vas-tu ce matin, ma chérie ?

— Hugo, il faut que je te parle de cette nuit.

— Absolument. Mais peut-être pas pendant que nous mangeons. Nous pouvons en parler plus tard si tu le souhaites. Il y a quand même une chose que je voulais te dire, Laura. Je tiens à te remercier d'être si gentille avec Alexa. La vie avec sa mère et moi n'était pas facile, mais elle était trop jeune pour comprendre. Je suis ravi que nous puissions lui offrir un foyer stable – du moins quand elle est avec nous. Elle n'aurait pas pu trouver de meilleure belle-mère. »

Et c'est tout. J'étais tellement contente qu'il me trouve convenable pour Alexa que je n'ai pas eu le cœur de gâcher ce moment. Donc nous n'avons jamais eu cette conversation. Mais depuis, chaque fois que j'entre dans ma chambre, je crains d'y découvrir un cadeau de Hugo sur le lit. Chaque soir j'appréhende le moment de me coucher.

Je n'ai personne à qui en parler. Pour savoir ce que je devrais faire. Et je ne t'ai même plus toi.

Mais je ne romprai pas ce mariage. Il faut que je trouve le moyen d'arranger les choses. Ça détruirait Alexa.

C'est pour ça que je t'ai appelée. Les premières fois j'avais trop honte, mais ça durait depuis des mois et les choses ne s'arrangeaient pas. Hugo est très fier de lui. Une fois j'ai essayé d'évoquer le sujet, mais apparemment il croyait que j'adorais ça ! Je lui ai expliqué que je préférais *faire l'amour*, mais il m'a demandé si je critiquais ses performances. Je n'allais pas dire oui. Alors j'ai suggéré que, certes, j'avais peut-être des choses à apprendre, mais qu'on pouvait essayer autre chose aussi. Il s'est contenté de plier son journal avec un soupir en disant un truc du genre :

« Laura, il faut que tu me fasses confiance là-dessus. Nous ne sommes pas des adolescents, il faut que tu évolues. Tu dois apprendre ce qu'est le sexe entre adultes. Je te promets que tu finiras par apprécier. »

Bien sûr que non. Mais il est tellement *convaincant*, c'est pour ça que je voulais te parler. J'ai attendu qu'il soit occupé dans son bureau et je t'ai appelée de ma chambre. Je sais que mon discours avait l'air totalement incohérent – mais c'était tellement dur d'en parler, même à toi. Il fallait que je te voie, et je voulais te montrer les sous-vêtements. Un instant, j'ai cru que Hugo nous avait entendues. J'ai vraiment eu très peur. Mais c'est impossible. Sinon, il ne vous aurait pas invités à dîner.

Et puis il s'est passé cette chose affreuse entre Sebastian et toi. Comment as-tu pu faire ça, Imogen ? Quand je pense à ce pauvre Will. Je ne peux pas vraiment en vouloir à Hugo de t'avoir interdit de remettre les pieds ici. Mais ça me fend le cœur. Et Will est en miettes.

Et voilà que tu m'appelles pour me dire que Hugo t'aurait droguée. Imogen, tu racontes n'importe quoi ! Pourquoi aurait-il fait une chose pareille ? Il n'a aucune raison de vouloir que tu te sépares de Will. Et il savait que tu étais ma meilleure amie. Je ne peux pas croire ça de mon mari, impossible. C'est de la folie.

Depuis cette horrible nuit, je me sens tellement seule. Tout ce qui me restait au milieu de cette misère c'était le réaménagement du manoir. J'ai passé des heures sur les plans avant de les présenter à Hugo. Il y a à peine jeté un œil et il m'a dit que c'était la maison de sa mère et qu'il n'y changerait rien.

Mais je n'allais pas baisser les bras. J'ai décidé que je pouvais m'occuper de la maison d'Egerton Crescent, pour lui faire une surprise. Mon ancienne compagnie a été vendue – tu ne dois pas être au courant – et j'ai reçu une somme considérable grâce à mes parts. J'ai pensé que je pouvais les utiliser pour faire un cadeau à Hugo. Je voulais redécorer l'appartement, juste pour lui montrer ce que je savais faire. J'ai attendu qu'il soit à l'étranger. Tout était prêt il suffisait de lancer les travaux. Bye-bye les vieux meubles, bonjour le style contemporain. J'ai fait arracher la hideuse moquette verte à motif et l'ai remplacée par une épaisse moquette abricot. Et j'ai fait peindre les murs couleur crème. C'était fabuleux, j'avais hâte que Hugo le voie.

Il a détesté.

« Laura, j'apprécie l'attention. Mais je croyais qu'après ces quelques mois, tu avais compris que tes goûts avaient encore besoin d'être affinés. Où sont les anciens meubles ? »

J'ai dû avouer que je les avais remisés dans l'Oxfordshire, mais que la vieille moquette avait été brûlée.

Excédé, Hugo a ordonné à Jessica – qui a assisté à mon humiliation – de renvoyer les meubles neufs au magasin et de rapatrier les anciens. On pouvait laisser la moquette.

Je me sens tellement bête, et tu me manques.
Lxxxx

23

« Imo, tu as pleuré ! Je n'aurais jamais dû te demander de lire ces lettres. J'aurais dû tout te raconter de vive voix. »

Laura avait trouvé Imogen sur son lit en train de s'essuyer les yeux. Elle avait honte de devoir la faire dormir dans cette chambre sombre et morne – mais c'était la meilleure de la maison.

« Ça va. Je suis contente de les lire. Oh, ma chérie, je suis désolée pour toi. Ç'a dû être horrible. Pourtant tu es si forte. Comment tu as pu le laisser te faire ça ?

— Je ne sais pas comment l'expliquer, Imo. À l'époque, tout ce que je voulais c'était préserver mon mariage. »

Laura s'assit sur la courtepointe et posa la tête sur l'épaule de son amie.

« Tu dois comprendre ce que c'est de vivre avec un manipulateur. Ils sont très intelligents. Je ne sais pas s'ils planifient chacun de leurs actes, ou si ça leur vient naturellement. Hugo ne criait jamais, ne m'insultait pas et ne me frappait pas. Si on t'enferme dans une cave sans eau pendant des jours ou que tu te retrouves régulièrement avec un œil au beurre noir, tu sais sans l'ombre d'un doute que tu es maltraitée. Mais quand la personne a l'air prévenant, qu'elle n'élève jamais la voix et ne semble agir que dans ton propre intérêt, comment ça pourrait passer pour de la maltraitance ?

— Mais tu étais malheureuse. Ça, ce n'était pas normal.

— En effet – mais c'était difficile de savoir exactement pourquoi. À part ses préférences sexuelles plutôt bizarres au départ, je n'arrivais pas à mettre le doigt sur ce qui clochait. »

Aucun mot ne permettait de répondre à la question – seules des pensées, des images et des sensations le pourraient. L'estomac noué quand elle savait sans même qu'il n'ait rien à dire, que Hugo était mécontent, et la joie disproportionnée quand il lui souriait avec un peu d'affection. Des comportements de couple normaux prenaient une importance monumentale et la submergeaient d'espoir. Mais le marionnettiste savait toujours quand elle avait atteint le fond du désespoir et la récompensait toujours avec rien de plus qu'un mot gentil ou un baiser tendre. Et bien sûr, avec le temps, ces moments se firent plus rares et donc infiniment plus précieux.

« Je ne peux pas décrire comment je me sentais, même à toi. Déjà, je me rends compte à quel point j'étais têtue, mais j'étais forte – ou du moins je le pensais. Je n'allais pas abandonner et admettre que mon mariage idyllique avait échoué en moins d'un an. Ce n'est facile pour personne. Il fallait que je nous donne du temps, que je sois patiente. Mais, dès les quelques premiers mois, je suis devenue plus faible, ma confiance en moi-même s'est érodée. Peut-être savait-il réellement mieux que moi ce qu'il fallait que je fasse. Peut-être que je réagissais exagérément à des choses parfaitement normales, parce qu'elles n'étaient pas telles que, *moi*, je voulais qu'elles soient. Le problème c'est qu'il n'y avait rien de tangible. Il faisait toujours en sorte que j'aie l'impression de passer en premier, alors qu'en vérité il ne faisait que saper chacune de mes idées. Qui plus est j'étais seule. Je ne travaillais plus, et je ne te parlais plus. Will était loin et je ne pouvais pas me résoudre à en parler à maman. Je ne me définissais plus qu'à travers les yeux de Hugo et tout ce que je voyais c'était un échec.»

Laura n'avait jamais exprimé ces sentiments à voix haute, elle avait atrocement honte. Dehors on entendait les branches d'un arbre frotter contre la fenêtre, le bruit lui rappela les nombreuses nuits passées à se demander ce qu'elle faisait de travers. Elle était déjà conditionnée alors pour croire que tous les problèmes venaient d'elle.

«Mais, et le sexe? Je suis vraiment désolée d'aborder le sujet, Laura, mais je viens juste de lire ta première nuit dans cette chambre. Pour moi ça ressemble bien à un viol!»

Laura s'allongea sur le lit et fixa le plafond. Il lui avait toujours été facile de parler de sexe – quand la chose était encore drôle. À présent, c'était incroyablement difficile.

«Je sais. C'était la seule chose concrète que je pouvais rattacher à de la maltraitance. Mais est-ce que ça l'était? Ce n'était pas ce que je voulais, mais est-ce que c'était mal pour autant? D'accord il aimait être attaché. Est-ce que c'était vraiment bizarre ou est-ce que c'est moi qui étais prude ? Et il aimait se comporter rudement. Mais ce que je prenais pour de la brutalité, pouvait être interprété comme de la passion. Je me suis convaincue que j'avais une vision idéalisée, romantique, du sexe. J'ai beaucoup lu sur ce sujet, et j'ai été stupéfaite de constater à quel point le bondage est répandu, et combien ils sont nombreux les gens qui aiment avoir le pouvoir et le contrôle pendant l'acte. J'étais persuadée que tous les couples mariés faisaient l'amour et avaient une vraie intimité heureuse. Quand j'ai découvert que je n'étais pas la seule à ne pas être satisfaite de notre vie sexuelle – si on peut appeler ça comme ça – je me suis trouvé des excuses. Peut-être qu'il ne connaissait que ça, et moi j'aurais pu l'aider à apprécier une approche plus tendre. J'essayais tout le temps d'être compréhensive, je croyais que j'arriverais à le changer. Ce n'est pas particulièrement inhabituel pour une femme, si ?

— Tu ne t'es jamais rebellée – même pas un peu ?

— Si une fois, on était mariés depuis deux ans. Hugo était absent, j'ai sauté sur l'occasion pour déjeuner avec mon ancien chef, Simon. Ces deux heures de répit m'ont redonné un fragment d'estime de moi-même. Le soir du retour de Hugo, je devais le retrouver à un gala de charité au Dorchester. J'ai décidé de faire preuve d'initiative – probablement le peu qui me restait – en ne portant pas ce qu'il avait choisi pour moi. Je me suis dit que je n'étais plus la femme dont il était tombé amoureux. Alors je suis allée faire du shopping toute seule et j'ai trouvé une robe époustouflante. D'un bleu intense, du velours le plus doux. Le corsage m'allait parfaitement et descendait sur mes hanches. J'avais encore des hanches à l'époque. La jupe était du même tissu, mais droite jusqu'au sol, fendue au genou. Je portais un collier tout simple en argent et j'avais fait teindre mes cheveux dans ma couleur d'origine. Fini le roux, j'étais brune comme avant, mais c'était sensationnel avec la robe. Je me suis sentie à nouveau moi-même. Je devais retrouver Hugo là-bas donc j'ai pris un taxi et j'avais prévu d'arriver quelques minutes en retard pour pouvoir faire mon entrée. J'ai marché jusqu'à la table de Hugo et d'autres philanthropes de haut vol. Tous les hommes se sont levés immédiatement et même les femmes m'ont souri. J'avais l'air fabuleuse, je le savais. »

Elle se souvenait d'avoir cherché l'admiration – absente – dans les yeux de Hugo avant de se sentir nerveuse. Elle était tellement sûre qu'il retomberait amoureux d'elle.

« Comme souvent dans ce genre d'événement, Hugo et moi n'étions pas assis côte à côte, mais il s'est levé et est venu tirer ma chaise. Il a murmuré à mon oreille. Tout le monde autour de la table a cru qu'il me faisait un compliment, parce qu'ils ont tous souri. En fait il a dit : "Tu as l'air d'une pute." C'est la seule fois où je l'ai entendu jurer. J'ai dû sourire et rester polie pendant tout le repas, mais, à l'intérieur, j'avais l'impression de mourir.

— Mais pourquoi n'en as-tu parlé à personne ?

— J'avais tellement honte. J'étais tellement gênée, et je ne savais pas ce que j'avais fait de mal. C'est cette nuit-là que j'ai passé le point de non-retour. Je croyais sincèrement que tout était ma faute. J'ai présenté mes excuses à Hugo. Il m'a pardonné, et je me suis résignée à être une bonne épouse et une bonne belle-mère pour Alexa, même si ce dernier rôle n'a pas été compliqué du tout à tenir. Mais je ne me suis jamais refait teindre les cheveux en roux, je n'ai plus jamais tenté d'avoir l'air sexy et attirante. J'ai cultivé le look de la femme qui n'en avait plus rien à faire. Peut-être que, comme ça, il me ficherait la paix. »

Incapable de supporter plus longtemps la pitié dans les yeux d'Imogen, Laura alla à la fenêtre.

Et elle avait omis de dire à son amie que, depuis ce jour, un nouvel accessoire avait été ajouté aux cadeaux laissés sur son lit, un accessoire extrêmement inquiétant.

24

Il y avait toujours quelque chose pour empêcher Tom de retourner dans l'Oxfordshire.

La description de la femme aperçue sortant de la maison de Hugo Fletcher avait été publiée dans la presse et ils avaient déjà reçu plusieurs appels. Le plus exploitable semblait être celui de quelqu'un qui avait vu une femme correspondant au signalement sortir d'Egerton Crescent pour entrer dans la station de métro de South Kensington. Malheureusement, arrivée là elle aurait pu prendre les lignes Piccadilly, District ou Circle, dans l'une ou l'autre direction. Mais le timing correspondait et ils pouvaient visionner les enregistrements des caméras de surveillance de la station. Bien sûr, elle pouvait avoir changé de lignes plusieurs fois, mais il fallait tenter le coup.

Tom avait chargé Ajay d'enquêter sur Danika Bojin, la fille disparue, et une visite surprise allait considérablement l'aider dans sa tâche : celle de Peter Gregson qui venait de débarquer au commissariat accompagné d'une jeune fille à qui on aurait donné à peine quatorze ans.

« Inspecteur principal Douglas. Je suis désolé de venir ici sans vous avoir prévenu, mais je voulais vous présenter Danika qui est revenue à la maison. Elle a des révélations très importantes à vous faire.

— Je suis heureux de vous voir saine et sauve, Danika. On s'inquiétait pour vous.

— Quand j'ai parlé à vos collègues l'autre jour, fit Peter Gregson, je leur ai expliqué qu'une règle assez extrême de sir Hugo stipulait que les filles n'avaient pas le droit de rester en contact. Eh bien Danika ne l'a pas respectée. Elle et Mirela Tinescy se sont aperçues de la disparition d'Alina Cozma – elle ne venait plus à leurs rendez-vous. Quand sir Hugo a appris qu'elles se voyaient régulièrement, il a été furieux, et Danika a promis de ne plus jamais lui désobéir. Ce qu'elle a fait jusqu'à ce qu'elle découvre que Mirela avait disparu à son tour. Il vaut mieux qu'elle vous explique tout cela elle-même. »

« Jeudi dernier, je vais au parc et j'entends une fille qui parle en roumain à un petit garçon. Je lui parle et elle dit qu'elle est une fille d'Allium. Elle habite avec une bonne famille, mais c'est parce que la dernière fille d'Allium est partie pour travailler. Elle dit en roumain, bien sûr : "Merci, Mirela, tu perds, je gagne", elle dit. Je lui pose des questions, c'est sûr, elle parle de *ma* Mirela. Elle me dit que Mirela partie il y a huit semaines. Elle laisse message. Elle dit qu'elle a grosse chance d'être fille de luxe avec l'argent. Je suis méchante d'aller sans dire à Peter, mais si il sait, il m'empêche. Quand je reviens aujourd'hui, Peter dit que je dois venir vous parler.

— Pourquoi avez-vous essayé de la retrouver, Danika ?

— Parce que je ne crois pas que Mirela peut faire ça. Elle est – comment on dit – malade ? Oui, malade avec la vie de prostituée. Elle pleure toujours et elle dit que les hommes lui font mal. Elle ne veut plus jamais le faire, elle dit. Juste avec son mari ou un homme gentil qui s'occupe bien d'elle, et lui donne l'amour. Je ne crois pas qu'elle retourne travailler comme ça. Alors je vais la chercher. Je dois essayer, Peter. Tu vois ? »

Manifestement elle était affolée d'avoir trompé la confiance de Peter.

« Où êtes-vous allée, Danika ? Pour la retrouver ? lui demanda Tom.

— D'abord, j'essaie de trouver sir Hugo. Je ne peux pas aller au bureau parce que la fille là est méchante avec moi la dernière fois. J'attends, mais il ne vient jamais, j'essaie autre chose. J'essaie de trouver comment avoir le travail de prostituée de luxe, comme Mirela dit. Je ne crois pas que je suis moche. Les hommes disent toujours qu'ils aiment mon corps, et je parle un peu anglais. Pas très bien, mais ça va. Alors, ils me disent non. Jamais possible pour moi d'être luxe. Ils disent les filles comme nous sont sales, et personne ne veut nous toucher. Ils ne peuvent pas prendre beaucoup d'argent pour les filles de l'Est.

— Pourquoi ils disent que vous êtes sales, Danika ?

— Les hommes ont le droit d'aller avec nous sans protection. Ils préfèrent. Nous on veut pas, mais pas de choix. Mais j'ai fait les tests. Peter m'aide. Je ne suis pas sale, pas du tout. »

Tom ressentit le poids de la honte d'être un homme l'assaillir. Il était aussi un peu déçu. Jusque-là, Danika était en haut de sa liste de suspects. Hugo meurt, une fille disparaît. La coïncidence était un peu grosse.

« Je suis certain que vous n'êtes pas sale, Danika. Mais est-ce que ça veut dire que vous n'avez pas pu retrouver Mirela ?

— Non. J'essaie où on allait – mais j'ai très peur d'être attrapée. Mais Grace m'a acheté des beaux vêtements alors personne ne sait que je suis une prostituée avant. »

Grace devait être la femme de Peter Gregson. Au moins, il était arrivé une bonne chose dans la vie de cette jeune fille. Mais si la femme aperçue sortant de chez Hugo était la meurtrière, il n'y avait aucune chance que cela puisse être Danika. Elle ne répondait pas du tout à la description qu'on en avait faite.

À présent Tom roulait en direction de l'Oxfordshire. Si Danika ne faisait plus partie des suspects, Mirela venait de la remplacer tout en haut de la liste.

***

Quand il arriva finalement à Ashbury Park vers quatorze heures trente, Becky l'attendait.

« Vous m'avez apporté les listes de passagers ? Je commence à m'ennuyer ici.

— "Bonjour Tom, ravie de vous voir", plaisanta ce dernier. Oui, j'ai les listes. Quoi de neuf ?

— Rien depuis ce matin. On a déjeuné ensemble mais Stella n'a pas arrêté de jacasser. Imogen avait l'air d'avoir pleuré. Personne ne m'a parlé. Elles se barricadent dans leurs chambres respectives, ou alors elles se la jouent en duo, si vous voyez ce que je veux dire. Pas mal de coups d'œil chargés de sens – mais rien de concret. Et vous ? »

Tom lui raconta l'histoire de Danika, même si ça ne servait pas à grand-chose.

« Vous pensez que Danika a quelque chose à voir là-dedans ? demanda Becky.

— Je suis sûr que non, mais Mirela Tinescy a disparu – elle, c'est possible. Il va falloir interroger toutes les filles – du moins celles que Hugo a aidées cette année. Ainsi que tout le personnel de la fondation. »

Le sergent avait installé un bureau temporaire dans la salle à manger. La pièce était décorée d'un papier peint couleur terre et une vieille tapisserie élimée qui aurait sûrement été belle si on en avait pris soin occupait tout un mur. Au milieu, trônait la plus énorme table qu'il ait jamais vue, au moins trente places. Pas d'autre meuble, uniquement une cheminée en pierre et d'épais rideaux de velours. Une pièce bien accueillante, en somme.

« Bon sang, Becky, vous n'auriez pas pu trouver un endroit plus joyeux pour travailler ? Pourquoi êtes-vous installée au bout de la table ? Il est au moins à deux kilomètres de la porte.

— Exactement. Comme ça, j'ai le temps de cacher tout ce qui se passe sur mon écran si quelqu'un débarque. Je ne leur fais pas confiance, Tom. Je les aime bien, mais même si elles n'ont rien à voir avec le meurtre de Hugo, elles cachent quelque chose. Surtout Imogen. Elle en sait bien plus qu'elle ne le dit. »

Becky arborait un air déterminé et impatient. Lui, travaillait plus lentement. Mais ils n'avaient rien de concret à se mettre sous la dent pour incriminer Laura ou Imogen. Il ne s'agissait même pas de preuves indirectes. Ils n'avaient pas de preuves du tout.

« Honnêtement, je patauge un peu. J'ai besoin de mieux les comprendre.

— J'ai fait des recherches sur le Rohypnol. Comme une petite jeunette que je suis, je croyais que ça existait depuis toujours, mais, apparemment, on n'a commencé à en parler sur Internet qu'en 1999. Disponible depuis plus longtemps par prescription, bien sûr, mais c'est la première fois qu'on parlait de drogue du viol. Le violeur en série Richard Baker a été le premier à s'en servir dans ce pays. Le Rohypnol est le nom commercial du Flunitrazepam, il est dix fois plus puissant que le Valium. D'après Internet, c'est, je cite, un produit "hypnotique extrêmement puissant ayant des propriétés sédatives, anxiolytiques, qui entraînent des troubles de la mémoire et une relaxation musculaire". Laura pense qu'il l'a utilisé sur elle aussi, mais pas pour un viol. Il faut qu'elle nous en dise plus, Tom.

— Elle est très forte pour éluder les questions, la bombarder ne servira à rien. »

Becky aurait sans doute voulu attaquer les défenses de Laura comme elle s'attaquait aux embouteillages : sans retenue, sans se soucier d'écraser quelques pieds au passage, mais ça ne marcherait pas avec Laura. Il fallait gagner sa confiance.

« Dites-moi exactement ce que vous avez entendu ce matin. Il faut trouver quelque chose de solide à leur demander.

— J'ai tout noté au mot près ou presque. L'atmosphère était à couper au couteau. Les mots ne suffisent pas. Il fallait entendre Laura. Elle était si froide. Elle détestait Hugo. Presque autant qu'Imogen le haïssait. »

***

Leur conversation autour des drogues et de la haine prit fin avec l'arrivée de Brian Smedley, le directeur financier de la compagnie immobilière de sir Hugo, et d'un avocat. Tom se dirigea vers la porte où Laura accueillait les nouveaux venus. Elle avait l'air d'aller mieux de jour en jour. Elle portait un jean noir et un pull à large encolure dans les tons framboise qui contrastait avec les murs beige sale de l'entrée.

« Tom ? Je suis désolée, je ne savais pas que vous étiez là.

— Pardon, Laura. J'aurais dû vous prévenir. Je ne voulais pas vous déranger. Me laisseriez-vous assister à la lecture du testament ? Ça peut nous être utile pour l'enquête. »

Laura avait détaché ses cheveux et ses racines noires apparaissaient. Pourquoi se teindre les cheveux dans une couleur aussi terne ? Elle avait l'air d'avoir davantage confiance en elle aujourd'hui. Mais tout de même à cran. Quel genre de surprise Hugo avait-il bien pu lui réserver dans son testament ?

Laura emmena tout le monde au salon et demanda à Mme Bennett de préparer du thé. Seul l'avocat accepta sa proposition d'une boisson plus corsée. Il avait l'air d'en avoir sérieusement besoin.

Brian Smedley semblait nerveux, c'était lui qui lirait le testament.

« Ne vous inquiétez pas, Brian. Je connaissais très bien Hugo, quoi qu'il m'ait réservé dans son testament, je ne serai pas surprise.

— Merci, Laura, répondit Brian Smedley. Comme vous le savez, Hugo était immensément riche, mais il avait placé la majorité de sa fortune. Ses investissements lui rapportaient environ un million de livres par an pour ses dépenses, même si, bien sûr, une bonne partie allait aux impôts. Mais comme Ashbury Park est la propriété d'un trust qui en finance l'entretien et les services annexes, ainsi que le domicile d'Egerton Crescent, le reste servait à vos dépenses de tous les jours. »

Comment avaient-ils pu dépenser des centaines de milliers de livres chaque année ? Laura avait l'air de se poser la même question.

« Et cet argent était dépensé chaque année, ou on en économisait ?

— Vos dépenses courantes se montaient à environ trente mille livres par mois. Vêtements, nourriture, voyages, entretien de la maison en Italie. Et sir Hugo retirait aussi vingt mille livres en liquide par mois.

— Vingt mille livres en liquide ? Vous êtes sûr ? C'était pour Alexa et Annabel ?

— Non. Quand Hugo a divorcé, il a séparé certains des trusts pour garantir un niveau de vie à Alexa toute sa vie, et à Annabel aussi. »

Laura semblait perplexe mais ne fit aucun commentaire.

« Pour en revenir au testament, il vous a laissé des fonds, même si les dispositions sont un peu complexes. En gros, vous avez l'autorisation de vivre ici jusqu'aux vingt et un ans d'Alexa, lorsqu'elle deviendra l'occupante légale d'Ashbury Park. Si vous restez jusque-là, la propriété en Italie sera à vous – elle est actuellement au nom de sir Hugo et sera transférée à la compagnie jusqu'à cette date. Vous pourrez alors la vendre et vous acheter une propriété en Angleterre, ou aller vivre là-bas. Si vous décidez de quitter Ashbury Park avant les vingt et un ans d'Alexa, vous perdrez la maison en Italie, et tout contact avec Alexa vous sera interdit. Si cela devait arriver, Annabel a l'ordre de se conformer aux vœux de sir Hugo. Sinon elle perdra elle aussi une partie conséquente de son héritage. D'après ce que je sais d'elle, j'imagine qu'Annabel se pliera sans difficulté à cette disposition. En attendant, vous devez passer au moins dix mois de l'année dans cette maison et vous assurer qu'elle sera en état le jour où Alexa viendra y habiter. »

Tom scrutait les réactions de Laura, mais, à part son étonnement lié à l'histoire des retraits mensuels en liquide, rien ne semblait ni la surprendre ni la troubler. Cela n'avait rien du testament d'un époux aimant, tout le monde en était conscient.

« Le trust s'occupera de payer toutes les taxes de la maison et vous recevrez une pension de cinquante mille livres par an, qui augmentera avec l'inflation, si vous acceptez de vous conformer aux conditions précédentes. Vous perdrez également vos revenus annuels si vous quittez la maison avant les vingt et un ans d'Alexa. Les conditions du trust sont claires : les revenus annuels ne doivent servir qu'aux vêtements, nourriture et voyages occasionnels. Avec la permission des administrateurs, vous pourrez également utiliser une somme déterminée pour l'acquisition de biens spécifiques, par exemple une nouvelle voiture, si cela se révèle nécessaire.

— Y a-t-il un fonds prévu pour la décoration intérieure de la propriété, ou les jardins ? demanda Laura qui devait méditer sur l'idée d'habiter ce mausolée encore dix ans.

— Le trust a reçu des instructions strictes à ce sujet, les travaux ne doivent servir qu'à réparer et rénover l'endroit exactement à l'identique. »

Laura parut horrifiée et c'était bien naturel. Cette maison avait besoin d'un sacré coup de neuf pour entrer dans le vingt et unième siècle.

« Y a-t-il quelque chose qui m'empêche d'utiliser mon propre argent pour changer l'aspect de la maison ? »

Brian Smedley avait l'air de plus en plus mal à l'aise.

« Je ne suis pas sûr que vous compreniez, Laura. Le seul revenu régulier dont vous disposez est la somme annuelle versée par le trust, qui ne peut être dépensée que selon les désirs de sir Hugo.

— Mais si moi j'ai de l'argent de côté, Brian ? D'avant mon mariage ? »

L'espoir illuminait enfin le visage de Laura. Elle était charmante, ne pouvait s'empêcher de penser Tom.

Brian Smedley jeta un coup d'œil à l'avocat qui n'avait plus ouvert la bouche depuis qu'il avait fini son whisky.

« Sir Hugo était-il au courant de l'existence de cet argent, lady Fletcher ? demanda-t-il.

— Je lui en ai parlé quand j'ai vendu mes parts de la compagnie pour laquelle je travaillais. Il n'a même pas voulu en connaître le montant tellement c'était insignifiant pour lui. Aujourd'hui j'ai certainement assez d'argent pour réaménager la maison à mon goût, plusieurs fois, sans doute. Suis-je autorisée à le faire ?

— C'est un testament complexe, lady Fletcher. Je vais vérifier chaque détail ainsi que les conditions concernant le manoir. Ce dont je suis sûr, c'est que sir Hugo voulait la conserver dans l'état où il l'avait reçu en héritage. D'autre part, tout remariage ou cohabitation est soumis aux mêmes conditions : si vous quittez la maison, vous perdrez celle en Italie et vous ne pourrez plus revoir Alexa. »

Tout le monde devait avoir conscience de la cruauté innée de sir Hugo, maintenant. Tom avait de la compassion pour Laura, mais celle-ci souriait avec ironie. L'avocat continua :

« Pensez-vous pouvoir vous plier à ses vœux, lady Fletcher ?

— Je n'ai pas le choix.

— Je pense que sir Hugo s'en est assuré avec les conditions liées à la maison en Italie.

— Eh bien ! vous vous trompez lourdement : si je reste, c'est pour Alexa. »

Laura avait un sacré sang-froid et Hugo était une belle ordure au final. Elle remit son masque habituel pour écouter les derniers termes du testament.

Tom avait rencontré Annabel et comprenait le désir de Laura de protéger Alexa. Mais dicter son avenir et empêcher qu'elle puisse se remarier ou même vivre avec un homme ces dix prochaines années, alors qu'elle ne serait alors peut-être plus en mesure d'avoir des enfants, c'était faire preuve d'une extrême cruauté.

L'avocat n'avait manifestement pas envie de perdre son temps sur les legs minimes, et comme Laura ne le pressait pas de questions, il soupira de soulagement et passa aux conditions testamentaires qui concernaient Annabel. Apparemment quelque chose dérangeait l'homme de loi. Il allait falloir que Tom se procure une copie de ce testament. Il y avait peut-être un autre bénéficiaire.

Annabel non plus n'allait pas être enchantée. Pour recevoir sa très généreuse pension elle devait accepter qu'Alexa s'installe avec Laura à Ashbury Park au moins trois mois par an, en comptant les week-ends et les vacances scolaires. Comme Alexa était en pension dans une école de l'Oxfordshire, cela signifiait qu'elle ne verrait pratiquement jamais sa mère. Mais tant qu'il y avait de l'argent à la clé, aussi gênant que cela puisse paraître, Annabel ne trouva rien à y redire.

Si ces conditions étaient respectées, la maison au Portugal deviendrait la propriété d'Annabel aux vingt et un ans d'Alexa.

***

Une fois l'avocat et Brian Smedley partis, Tom chargea Becky d'aller recueillir la réaction d'Annabel. Il était de plus en plus urgent de parler à Laura.

Si cette dernière avait eu l'illusion que son mari l'aimait, on venait de lui prouver le contraire en public. Comment se sentait-elle ? Mais c'était aussi le boulot de Tom de creuser sous la surface pour découvrir les secrets enfouis de cette famille. Mieux il comprendrait les émotions tumultueuses de l'entourage de sir Hugo, mieux il pourrait comprendre l'homme. Et ainsi, avoir une chance de retrouver son assassin. Une oreille attentive au bon moment pourrait bien faire tomber les défenses de Laura.

« Comment allez-vous Laura ? Ça ne me regarde pas, mais je trouve que, pour le moins, sir

Hugo ne s'est pas montré chevaleresque vis-à-vis de vous dans son testament. »

Laura lui sourit sincèrement avant de s'asseoir en face de lui. Elle paraissait presque amusée, ça le dépassait.

« Merci de vous inquiéter, Tom, mais ça va. Il a vraiment pensé à tout, hein ? Je ne peux pas laisser Alexa à la merci de l'indifférence d'Annabel, vous savez. La pauvre petite a déjà beaucoup à supporter. Cependant, il a commis une erreur. Je vais vérifier auprès des administrateurs que j'en ai la possibilité et, ensuite, je prendrai un intense plaisir à dépecer cet endroit. J'ai eu du temps, toutes ces années pour penser à ce que je pourrais en faire. Même si j'utilise mon argent pour quelque chose qui ne m'appartiendra pas au final, je ne pourrai pas supporter de vivre dix ans de plus dans cet endroit sinistre. Alexa mérite bien mieux, et il me restera encore beaucoup d'argent quand je devrai partir. »

Elle s'en fichait. Mais ce testament contenait d'autres cruelles dispositions en dehors de l'incarcération dans cette maison.

« Vous n'avez pas non plus l'autorisation de vous marier ni de vivre avec quelqu'un. C'est violent, non ?

— Ah çà ! non merci, fit-elle en riant. Plus jamais. Pour moi ce n'est pas une punition.

— Mais vous aimez Alexa. Vous ne vouliez pas d'enfant à vous ? »

Le visage de Laura s'affaissa quelque peu.

« J'aurais adoré. Mais ce n'était pas possible. »

Le portable de Tom sonna. Il était si près du but. Mais il devait répondre : c'était Kate. Il s'éloigna pour lui parler. Quand il revint, l'ambiance avait changé et l'heure des confidences était passée. Kate avait toujours eu le sens du timing.

« Un problème personnel que je dois résoudre. »

Laura parut soulagée. Peut-être de savoir qu'elle n'était pas la seule à avoir des soucis.

« On vient juste d'exposer en public les sentiments que mon mari éprouvait à mon égard, alors si je peux faire quoi que ce soit pour vous, n'hésitez pas. Ça peut m'aider à penser à autre chose qu'au chantier qu'est devenue ma vie. »

Tom se rassit et soudain, il se sentit seul. Ça ne l'avait jamais vraiment dérangé, mais, depuis son emménagement à Londres, il n'avait personne pour ne serait-ce que prendre un verre ou jouer au squash. Il travaillait, voyait Lucy le plus possible et passait le reste du temps dans son grand appartement sans âme. Ses amis se trouvaient à trois cents kilomètres et en deux ans il avait perdu sa femme et son meilleur ami – son frère.

À présent que Laura s'intéressait sincèrement à lui, il se rendait compte que les gens à qui il parlait d'ordinaire l'écoutaient avec une politesse indifférente.

« Mon ex-femme, Kate. Nous sommes divorcés. Ce n'était pas très joyeux pour moi, parce qu'elle a emmené ma fille avec elle. Mais apparemment son nouveau couple ne marche pas comme prévu et elle a décidé de me récupérer.

— Vous l'aimez toujours ? demanda Laura avec une émotion indéfinissable dans la voix.

— Non. Je l'ai aimée très longtemps, mais ce n'est pas pour ça qu'elle veut revenir. Kate aime l'argent – enfin, le dépenser en tout cas. C'est ironique, après vous avoir vu pendant la lecture du testament. À votre place, Kate serait en train de hurler à l'injustice.

— J'ai appris depuis longtemps à ne pas réagir aux injustices de Hugo. Je n'aurais probablement plus de cordes vocales. Et donc pour Kate, l'homme au porte-monnaie, c'est vous, n'est-ce pas ?

— Oui, mais je ne suis qu'un inspecteur principal, mon argent je l'ai hérité de mon frère.

— Je suis désolée, Tom, fit Laura, émue par la nouvelle. Je ne vois pas beaucoup mon frère, mais si quelque chose lui arrivait je serais dévastée. Comment est-il mort ? Si je peux vous poser la question. »

Même après tous ces mois, c'était difficile d'en parler.

« Il était intelligent, mon frère, mais pas de manière conventionnelle. Les études ne l'intéressaient pas mais il était passionné par l'électronique. Moi j'étais raisonnable et studieux. Son premier ordinateur était un ZX Spectrum qui pouvait faire des choses étonnantes. À dix-huit ans, il a commencé à vendre des programmes informatiques à toutes sortes de gens, et, à vingt-cinq ans, il avait gagné son premier million. Il a monté une start-up sur Internet qui a rapidement valu de l'or et qu'il a vendue quelques mois avant sa mort. »

Laura semblait réellement intéressée.

« Il dépensait son argent pour des choses atypiques, dont, entre autres, le hors-bord le plus rapide qu'il ait pu trouver. Et il a eu un accident. On n'a jamais retrouvé son corps. »

Il avait essayé de masquer son émotion mais Laura n'était pas dupe. Il prit le temps de se reprendre.

« Maintenant que je suis plein aux as, Kate veut revenir. Elle menace de repartir avec Lucy pour Manchester si je refuse. J'avais déjà fait le chemin inverse pour me rapprocher de ma fille. Vous avez l'air heureuse de vous sacrifier pour un enfant qui n'est pas à vous – alors moi je devrais sûrement pouvoir supporter Kate dans l'intérêt de ma fille, non ?

— Vous savez, Tom, je crois que je suis la dernière personne à pouvoir donner des conseils sur les relations de couple. Mais je me souviens d'avoir grandi dans un foyer avec mes deux parents que j'aimais. Le problème, c'est que mes parents, eux, ne s'aimaient pas vraiment. Oh, ils ont bien essayé. Et ils n'étaient pas méchants l'un envers l'autre, malgré quelques disputes. Mais il n'y avait pas d'amour. Will et moi avons eu une vie stable, mais je crois que, au final, il n'y avait pas de joie. Je crois que les enfants ont besoin de joie dans leur vie. S'ils grandissent en observant leurs parents s'éviter continuellement – même sans se disputer –, ça leur donne des valeurs erronées sur la vie de couple.

— Pardon, nous ne sommes pas là pour parler de moi. Excusez-moi, Laura. Je n'aurais jamais dû laisser mes problèmes personnels interférer. »

***

Dommage, pensait Laura. Écouter Tom lui permettait de se rendre compte qu'elle n'était pas la seule à avoir des problèmes, même si ce n'étaient pas les mêmes. Elle avait été un peu jalouse quand il avait parlé de son ex-femme, être mariée à un homme si sensible bien qu'un peu bourru devait être si agréable. Mais, à présent, il avait remis sa casquette de policier, il fallait rester concentrée.

« J'ai besoin de vous parler d'un certain nombre de choses, Laura, mais, après cette histoire de testament, je ne sais pas si ça va aller. Comment vous sentez-vous ?

— Tout va bien. Posez vos questions. Par contre, je vais ouvrir une bouteille de vin, je l'ai bien méritée – enfin, j'ose espérer que sa seigneurie a décrété que j'avais toujours le droit de boire du vin. Vous en voulez ?

— Je ne devrais pas, mais un petit verre ne peut pas faire de mal, merci. »

Comment Tom aurait-il pu comprendre son indifférence à l'égard du testament ? Comment lui expliquer qu'elle savait que Hugo serait abject sans paraître encore plus faible à ses yeux ?

Elle revint, tendit un verre à Tom et proposa un toast bien ironique à sir Hugo. Constatant que Tom ne buvait qu'une petite gorgée, elle se sentit coupable.

« Pardon, Tom. J'oublie que vous êtes en service. C'était bête de ma part.

— Ne vous en faites pas. Je n'allais quand même pas vous laisser boire toute seule. »

Ils se rassirent et elle se prépara à répondre aux questions que Tom allait lui poser en se rappelant qu'il était policier.

« Que pouvez-vous me dire au sujet de la famille de Hugo ? Sa mère est morte l'année qui a précédé votre mariage, mais que savez-vous de leurs relations ? »

Quelle question bizarre. Qu'est-ce que ça pouvait avoir à faire avec le meurtre ?

« Pas grand-chose, en fait. Ce manoir regorge de portraits d'ancêtres, mais je n'ai jamais rien su de ses parents. Il était très proche de sa mère. Ça, je le sais, mais il ne m'a jamais montré de photos d'elle. Elle est morte d'un cancer un peu avant notre rencontre. Elle était alitée depuis des années. Apparemment depuis la mort du père de Hugo, et elle ne sortait plus que très rarement de son lit. D'après Annabel, rien ne clochait chez elle. Si elle était née dans un autre milieu, elle se serait levée et aurait continué sa vie. Pour finir, elle est tombée réellement malade, je crois qu'elle a très mal supporté la chimiothérapie.

— Savez-vous de quoi est mort son père ? »

Hugo n'en avait parlé qu'une seule fois avant leur mariage, avec un tel dégoût qu'elle aurait dû comprendre à ce moment-là que l'empathie n'était pas un de ses points forts. Elle avait mis ça sur le compte de la douleur – comme chaque fois qu'elle excusait les comportements déviants de Hugo.

« Il s'est suicidé. Il s'est pendu dans les bois. Pour Hugo, c'est à cause de sa sœur, Beatrice. Apparemment elle aurait fait une fugue à quinze ans et son père en avait été dévasté. Quelques mois plus tard il s'est suicidé.

— Et Beatrice ? Vous savez ce qu'elle est devenue ?

— On n'a jamais eu aucune nouvelle de Beatrice depuis sa fugue. Ça fait tellement longtemps que j'imagine que personne ne la retrouvera jamais, sauf si elle veut qu'on la retrouve, bien sûr. »

Tom essayait de trouver la formulation adéquate de sa prochaine question.

« Laura, j'ai besoin de détails plus personnels sur votre vie. Ça peut vous sembler insignifiant, mais je voudrais en savoir plus sur votre maladie. J'espère que ça ne sera pas trop douloureux pour vous de m'en parler. »

Comment répondre à une question aussi indiscrète ? Mais Tom n'avait pas terminé et la suite la chamboula :

« Becky a entendu votre conversation ce matin. Ce n'était pas dans son intention, mais elle a eu l'impression que la mort de sir Hugo vous laisse plutôt indifférente. Elle a aussi entendu parler de Rohypnol. C'est certainement un sujet sensible, mais il faut que nous en parlions. »

Elle se composa un masque et tenta de se calmer. À son grand soulagement, le portable de Tom sonna de nouveau.

Il jura tout bas mais finit par répondre. La conversation semblait animée.

« D'accord, merci Ajay, c'est très intéressant. On se parle plus tard. Tenez-moi au courant. »

Il raccrocha et se tourna vers elle.

« Pardon encore une fois. Je voudrais revenir à ces sujets plus tard. On a trouvé un cheveu roux à Egerton Crescent. Un cheveu humain issu d'une perruque. L'un des perruquiers interrogés a eu la mère de sir Hugo comme cliente durant la dernière année de sa vie, après la perte de ses cheveux. Il lui en a fabriqué cinq en tout. »

Tom se tut mais elle savait pertinemment ce qu'il allait dire ensuite.

« Il a aussi dit qu'elles avaient toutes été faites en véritables cheveux roux. »

25

Laura se précipite au grenier après avoir dit à Tom qu'elle savait où se trouvait la boîte à perruques. Il lui fallait de l'air ; du temps pour se calmer.

Comment allait-elle répondre aux questions sur les perruques, et sa santé mentale ? Sans parler du Rohypnol… Comment avaient-elles pu être aussi imprudentes ? En ce qui concernait la dépression, son explication était prête. Mais, apparemment, Becky en avait bien trop entendu. Après la lecture du testament, Tom savait combien Hugo était loin d'être parfait, mais jamais elle ne pourrait révéler sa vraie nature. Jamais.

« Laura ? Tu es là-haut ?
— Oui, je fais semblant de chercher quelque chose pour la police. »

La tête d'Imogen apparut dans l'escalier.

« Comment s'est passée la réunion avec l'avocat ? Tu es une femme riche ?
— Ne dis pas de bêtises. C'est de Hugo qu'on parle, rappelle-toi. Je t'expliquerai plus tard, mais là j'ai des choses plus importantes sur le feu.
— Qu'est-ce que tu cherches ?

— Des perruques. Enfin, je ne cherche pas. Je sais où elles sont. Je fais semblant.

— Quoi ? Je savais que je n'aurais jamais dû te laisser seule. Qu'est-ce qui s'est passé, bon sang ? Qu'est-ce que tu leur as raconté ? »

Parfois Imogen la prenait vraiment pour une abrutie. Elle lui expliqua rapidement l'histoire des perruques avant de lui montrer la boîte.

« Voilà la boîte à perruques. »

L'ouvrir serait comme la boîte de Pandore – tous les démons et les souvenirs la submergeraient –, mais elle n'avait pas le choix. Elle l'ouvrit. Quelque chose n'allait pas. Les cheveux étaient tout emmêlés. Peut-être se trompait-elle. Pourvu qu'elle se trompe. Elle sépara les perruques en retenant sa panique.

« Merde, Imo. Il n'y en a que trois. »

Elle n'avait pas d'explication à ça. Pas de réponse pour la police. Imogen lui entoura les épaules d'un bras.

« De quoi tu as peur, Laura ? Soyons logiques. Ne laisse pas quelque chose d'aussi insignifiant te déstabiliser. N'importe qui aurait pu venir prendre une perruque ici n'importe quand. Mme Bennett aurait très bien pu en piquer une pour la vendre dans une brocante, qu'est-ce qu'on en sait ? Et surtout, si la vieille sorcière se faisait faire des perruques tous les quatre matins, il y en a sûrement quelques-unes qui sont parties à la poubelle. Deux perruques manquantes ça ne veut absolument rien dire.

— Tu as sûrement raison. Mais que va penser la police ? »

Elle ne savait sincèrement pas comment expliquer la disparition de ces deux perruques. Ça la perturbait mais elle se reprit très vite.

« D'accord, voilà ce qu'on va dire, et espérons que Tom va nous croire. Quand Alexa était petite, on jouait à se déguiser avec une des perruques. Elle est trop jeune pour s'en souvenir bien entendu. Je dirais que je n'ai aucune idée d'où elle est passée. Et maintenant que j'y pense, il me semble que la mère de Hugo en portait une à son enterrement. Cinq moins deux égale trois. Ça te paraît plausible ?

— Excellent. Avec un peu de chance ça convaincra ce charmant inspecteur. »

Mais tout cela ne réglait pas le problème principal. Il manquait deux perruques, ça n'avait aucun sens.

« Attends, Imogen. Avant de redescendre, on a un autre problème. Tom veut que je lui parle de ma maladie – ce qui s'est passé et pourquoi j'ai été internée si longtemps. Qu'est-ce que je devrais dire, selon toi ?

— Tu dois dire à l'inspecteur ce qu'il sait déjà. Rien de plus.

— Mais il va vouloir savoir ce qui m'est arrivé.

— Alors tu devrais peut-être lui dire la vérité.

— Quoi ? Mais t'es dingue ? Tu veux que je dise quoi ? "Alors tu vois, Tom, mon mari a voulu me droguer mais j'ai été assez intelligente pour ne pas boire mon verre cette nuit-là. Du coup, je l'ai découvert en train de s'adonner à ses jeux dégueulasses, je lui ai craché mon dégoût à la figure et ma punition a été une incarcération de deux ans en asile de cinglés."

— Laura, mais de quoi tu parles ? Te droguer ? Je croyais qu'on en avait déjà parlé !

— Ça fait longtemps que j'ai compris qu'il t'avait droguée aussi, Imogen. Mais ça m'a pris du temps pour comprendre qu'il faisait pareil pour moi. Tu n'as pas lu mes lettres ?

— Je suis désolée. J'y vais doucement. Je sais que tu veux que je les lise, ma chérie, mais j'ai l'impression de t'espionner, en quelque sorte.

— C'est beaucoup te demander. Je ne voulais pas au début, mais maintenant j'ai besoin que tu les lises. Fais-le, Imogen. Je ne peux toujours pas tout te dire en face, et je ne peux certainement rien dire à Tom. Lis seulement la suivante. Je t'attends ici. »

Laura s'assit la tête dans les mains. Elle avait oublié de parler de leur conversation surprise par la police, mais tout cela lui semblait bien anodin maintenant que les souvenirs l'assaillaient.

MARS 2004

Chère Imogen,

Je recommence à t'écrire, même si je ne peux ni te voir ni te parler. Ça me donne l'impression d'avoir une vie normale. J'ai arrêté il y a quelques années parce que, honnêtement, je n'avais pas grand-chose à dire. Les jours étaient tous les mêmes, les nuits aussi. Seule Alexa m'apportait un peu de réconfort. J'aime tellement cette gamine, mais je ne sais pas quoi faire pour l'aider. Sa mère, ce n'est même pas la peine d'y compter. Mais me voilà encore en train de radoter. Peut-être que je suis bel et bien folle après tout. Ils ont peut-être raison.

Je suis en asile psychiatrique, tu vois. Oh, ils ont mis un bel emballage dessus – une maison de soins pour des gens atteints de troubles psychologiques (ils ne disent pas ça pour de vrai, bien sûr). C'est Hugo qui m'y a envoyée. C'est le seul moyen qu'il ait trouvé pour être sûr que je ne cracherai pas le morceau. Tout ce que je dis maintenant sera considéré comme le délire d'une malade. Enfoiré.

Je ne sais pas trop si je vais réussir à écrire les raisons de ma présence ici. Je vais essayer – je suis là depuis des mois et je n'arrive toujours pas à m'en remettre. C'est pour ça que je t'écris. Avec un peu de chance, ça m'aidera.

Il faut commencer par le début et voir jusqu'où je peux aller sans que me prenne l'envie de vomir. Ça va venir, c'est sûr. Je ne m'étends pas sur les années passées depuis ma dernière lettre. En gros, tout s'est déroulé à peu près de la même façon. De l'extérieur, tout allait bien ; à l'intérieur c'était tout le contraire. Jamais un mot plus haut que l'autre, parce que je faisais tout ce qu'on me disait de faire.

Mais Hugo a fait une erreur. Il a cru qu'en m'envoyant ici, il allait s'assurer de ma docilité. Il s'est fourré le doigt dans l'œil.

Je suis là à cause de ce que j'ai découvert. Tout a commencé par un verre de vin que je n'ai jamais bu. Il m'arrivait souvent de me réveiller fatiguée, pas du tout en forme. Je mettais ça sur le compte du vin, mais quand Hugo me versait mon grand verre habituel, je ne pouvais pas refuser. Il l'aurait pris comme une insulte et il aurait trouvé un moyen subtil de me punir pour cet affront. Donc ce soir-là, j'y ai à peine touché. Il m'en a fait la remarque quand je me suis levée pour débarrasser.

« Laura, tu n'as pas bu ton vin. Y aurait-il un problème ?

— Non, Hugo, il est délicieux, comme d'habitude. En fait, je vais l'emmener à la cuisine pendant que je mets la touche finale au poisson. Je reviens dans deux minutes. »

J'excelle dans la flagornerie et lui, il adore ça.

J'ai versé le vin dans l'évier et je l'ai remplacé par un infâme mélange de jus de pomme et d'eau – pour la couleur.

Après le dîner, j'ai remarqué que Hugo me scrutait avec une attention inhabituelle. Normalement, à la même heure, je commençais à me sentir très fatiguée. Souvent Hugo me suggérait de me coucher et je m'endormais à la seconde où ma tête touchait l'oreiller. J'ai eu une illumination : un verre de vin, même grand, ne pouvait pas avoir un tel effet sur moi. Alors, il me droguait ! Cet enfoiré mettait quelque chose dans mon verre ! Mais pourquoi ? Ça n'avait aucun sens, parce que, dans cet état, je ne pouvais pas participer à ses petits jeux. (Heureusement ça devenait de plus en plus rare. Il n'appréciait pas mon manque d'enthousiasme.)

Alors j'ai fait semblant de bâiller une ou deux fois.

« Je crois que je vais aller me coucher, si ça ne te dérange pas.

— Je t'en prie. Passe une bonne nuit. »

Il avait un sourire faux.

Je me suis retournée pendant deux heures dans mon lit jusqu'à ce que j'entende un bruit. Un bruit inhabituel dans cette maison, qui semblait venir de la chambre d'à côté. On aurait dit un rire. J'ai écouté attentivement. Peut-être qu'il écoutait simplement la radio ? Les murs sont épais, mais j'entendais les échos d'une voix grave d'homme et un petit rire aigu.

J'ai enfilé ma robe de chambre et je suis sortie. J'en étais à regretter de ne pas avoir bu ce verre parce que j'étais confrontée à l'un de ces affreux moments d'indécision. Je ne voulais pas voir ce qui se passait derrière cette porte parce que cela aurait des conséquences néfastes, mais je ne pouvais pas non plus ne pas pousser la porte.

Ce que j'ai fait.

La suite est trop abominable pour être décrite. Je suffoquais d'horreur. Bien sûr, Hugo m'a entendue. Il n'avait absolument pas l'air gêné en se tournant vers moi, nu et en érection.

En fait il s'est même moqué de moi.

« Ah, Laura. Je vois que tu es venue gâcher la fête, comme toujours. Ou alors veux-tu te joindre à nous, ma chère ? »

Je ne peux pas te dire ce que j'ai vu, Imo. Pas encore. Mais tout à coup, toute l'horreur de ce que j'avais vécu ces dernières années s'est effacée devant ce que je venais de découvrir. Je tremblais de tout mon corps, j'avais envie de vomir. Je n'avais jamais rien ressenti de tel – la haine pure. L'amour est un sentiment puissant, mais il n'est *rien* comparé à la haine.

J'avais envie de hurler mais je me suis maîtrisée. Je devais garder mon sang-froid – je ne peux pas te dire pourquoi, mais il le fallait.

« Hugo, je veux te parler *maintenant* s'il te plaît. Dans ma chambre. J'ai passé les cinq dernières années à tout te passer, mais pas ça, Hugo. Jamais.

— Eh bien, comme tu peux le constater Laura, je suis un peu occupé. Je viendrai te voir plus tard, si tu y tiens. »

J'étais révulsée. Il lisait dans mes pensées. Il savait exactement ce que j'allais faire. D'un coup, je pouvais faire s'écrouler tout son monde. Et j'avais l'intention de le faire. Mais d'abord il devait sortir de cette chambre.

Avec un soupir théâtral il a dit:

« Laura, tu es si assommante et provinciale. Je n'apprécie pas le chantage mais je vois bien que je n'ai pas le choix. Je suis à toi dans dix minutes si tu peux réussir à t'empêcher d'être aussi prévisible jusque-là ? »

Je suis partie sans rien dire. J'ai cru que mes jambes allaient se dérober sous moi. En attendant Hugo, ma fureur et mon dégoût montaient. Durant des années, il m'avait fait douter de tout ce que je pensais. Mais pour une fois – juste cette fois –, je savais que j'avais raison. J'ai pensé partir – mais je ne pouvais pas. Pas ce soir. Ce soir j'avais quelque chose à faire. Mais je ne pourrais plus dormir, alors je me suis habillée.

J'allais révéler la vraie nature de Hugo, et il le savait.

Finalement il est entré dans ma chambre. Il portait un pantalon noir et une chemise étonnamment blanche, il avait décidé que l'attaque était la meilleure défense. Je n'aurais pas droit à des excuses, j'aurais dû m'en douter.

« Qu'est-ce qui t'autorise, Laura, à traîner là où tu n'as rien à faire ? Je ne tolère pas ce genre de comportement. »

J'étais furieuse et je n'allais pas battre en retraite. Je voulais le gifler et même, si j'avais pu, je lui aurais enfoncé un couteau dans le ventre. Mais je n'avais que mes mots.

« J'ai vu la chose la plus répugnante de toute ma vie. Tu es cinglé et tu me fais vomir, Hugo Fletcher. Je savais que tu avais un sérieux problème avec le sexe, mais ça, c'est… c'est indescriptible. Tu es un pervers. Tu me dégoûtes. »

J'ai failli lui cracher au visage.

Il s'est avancé vers moi. S'il n'avait pas eu les mains dans les poches pour se donner l'air détendu, j'aurais eu peur qu'il ne me frappe. Mais j'aurais répondu coup pour coup. J'aurais sans doute perdu, mais je ne me serais pas laissé faire et ça m'aurait défoulée.

J'aurais dû savoir qu'il n'avait aucun remords.

« Ce n'est pas moi, espèce de pute de banlieue, qui ai un problème avec le sexe. C'est toi qui es frigide ! Tu ne sais pas te détendre et tu ne sais pas ce qu'aiment les hommes. Et tu sais pourquoi ? Parce qu'on ne t'a jamais appris à le faire correctement. J'imagine que la première fois que tu as couché c'était avec un garçon de ton école. Vous avez tâtonné ; ça ne servait à rien, mais vous avez insisté. Et puis tu es devenue une adulte et tu t'es habituée à cette forme médiocre de l'acte, sans comprendre quelle part d'art il recèle. Sans moi, tu serais passée à côté de l'essentiel avec tous tes petits câlins, tes petits bisous et ton vulgaire pelotage. »

Je lui ai ri au visage, son sale visage arrogant.

« Tu crois sincèrement que ce que tu penses de mes performances sexuelles m'intéresse, Hugo ? Après ce que je viens de voir ? Dieu merci je n'aurai plus jamais à faire semblant. Et tu sais quoi, *sir Hugo* ? Personne d'autre ne s'approchera plus de toi maintenant. Tu ne vas pas retourner dans cette chambre cette nuit, et moi je vais prendre le téléphone – je vais faire tout ce qui est en mon pouvoir pour m'assurer que tu iras en enfer, Hugo – alors... »

Le reste est un peu flou. Il m'a attrapé le bras et puis il a sorti quelque chose de sa poche. Une seringue.

***

À mon réveil je me sentais extrêmement mal. J'avais mal partout et mes paupières semblaient collées l'une à l'autre. Je ne savais pas combien de temps s'était écoulé ni où j'étais. Je n'ai pas reconnu la pièce. Elle était complètement vide. Ni meubles ni tapis, le sol était poussiéreux. Je n'avais pas la force de me lever, aucune énergie. Et j'étais nue. Je n'avais aucune idée de comment je m'étais retrouvée ici, ni d'où se trouvaient mes vêtements. Je n'avais qu'un vague souvenir de ce qui s'était passé, mais c'était assez pour comprendre que j'avais échoué. J'ai pleuré. Parce que j'ai su qu'à partir de maintenant, je n'aurais plus aucun pouvoir. J'avais gaspillé mon minuscule avantage. J'aurais dû penser au futur et non au moment présent. Je ne sais pas combien de temps j'ai pleuré cette fois-là, mais ça n'allait pas être la dernière.

J'ai rampé jusqu'à la porte fermée à clé, tapé et hurlé pour qu'on vienne à mon secours. Ça devait être une des ailes inhabitées du manoir. J'avais exploré tout Ashbury Park en l'absence de Hugo et ça m'avait effrayée – toutes ces chambres vides qui cachaient Dieu sait quels secrets du passé.

Au fond de moi, je savais que personne ne m'entendrait. Hugo savait manifestement où j'étais, il viendrait quand il y serait disposé. Je me suis roulée en boule par terre. Je tremblais de peur. Je ne sais pas combien de temps j'ai attendu – des heures peut-être. Puis la porte s'est ouverte. Je ne pouvais pas supporter de le regarder. Je voulais couvrir ma nudité et sortir d'ici et de sa vie. Mais pas avant d'être tout à fait sûre que ce que j'avais vu la veille ne se reproduirait plus jamais.

« Bonjour, Laura. »

J'entendais ses pas mais je ne voulais pas lever les yeux vers lui.

« Espèce d'idiote bonne à rien. Je t'ai apporté à boire. Je suis sûr que tu as soif. Allez, bois ce verre. »

Je ne voulais rien qui vienne de lui. Il m'a attrapée par les cheveux.

« Bois ! Bois si tu veux sortir de cette pièce vivante. Personne ne sait où tu es et personne ne doit le savoir. »

Je l'ai cru. Quelle idiote. Il ne pouvait pas se permettre de me laisser partir. J'aurais dû m'en douter. J'étais bien trop dangereuse. Il avait un plan. Il a *toujours* un plan.

Ce n'était pas de l'eau qu'il me donnait, je me suis endormie en quelques minutes. Quand je me suis réveillée, il est revenu et m'a encore forcée à boire. Mon corps est devenu mou et j'ai sombré dans le sommeil. Puis, une autre fois, après avoir bu, j'étais à peine consciente, il a ouvert mes bras, écarté mes jambes, et il est resté là à me regarder. J'étais trop faible pour réagir. Il riait. Après ça, chaque fois qu'il venait, il tordait mon corps sans défense dans différentes positions comme si j'étais sa poupée. J'étais sale et il me faisait prendre les positions les plus dégradantes auxquelles il pouvait penser, m'exposant à ses yeux dépravés et, de temps en temps, à ses doigts. Mais c'était tout. Dieu merci. Je ne l'intéressais pas. Il voulait seulement être témoin de mon humiliation – et de ma peur. La peur de ce qu'il pourrait me faire pendant que j'étais à demi éveillée.

Dans un rare moment de lucidité, j'ai été soudain horrifiée de constater que ma vessie était pleine. C'est probablement ce qui m'a réveillée. J'ai rampé jusqu'au coin le plus éloigné de la porte. Et je me suis accroupie, en pleurant. Je ne pouvais plus supporter que Hugo jubile devant ma honte.

Après ce qui m'a semblé des semaines, j'ai entendu un cri. Ce n'était pas Hugo.

« Sir Hugo, je l'ai trouvée ! »

La porte s'est ouverte et Hannah a débarqué. Même si je méprise cette fille, j'étais heureuse de la voir. Elle s'est arrêtée d'un coup avec une expression de dégoût, sûrement à cause de mon état et de l'odeur. Hugo est apparu derrière elle avec un sourire triomphal. Dès qu'elle s'est tournée vers lui, il a changé d'expression en un clin d'œil.

« Oh, ma chérie, nous étions si inquiets. Que s'est-il passé ? Personne ne vient jamais dans cette partie de la maison – tu le sais. Nous n'avons pas pensé à venir te chercher ici. Et où sont tes vêtements ? Tu es là depuis au moins deux jours. Nous t'avons cherchée partout. Hannah, appelez un médecin. Appelez le Dr Davidson – vous trouverez ses coordonnées dans mon répertoire sur le bureau. Dites-lui de faire vite. »

Avec un dernier regard d'horreur et de dégoût, Hannah est partie.

Puis Hugo s'est tourné vers moi avec un sourire cruel.

« Plus qu'un petit détail à régler sur la poignée de la porte… »

Il a sorti un petit tournevis de sa poche. Je ne savais pas si ce que je le voyais faire était réel ou une hallucination due à la drogue. Je n'ai pas vraiment remarqué l'arrivée du docteur. Il a décrété que je souffrais d'une forme de dépression chronique, il m'a fait enfiler une robe de chambre et m'a poussée jusqu'à une ambulance. J'ai bien essayé de protester, d'expliquer que j'avais été enfermée, mais Hugo a montré au docteur que la porte s'ouvrait facilement et que, en fait, il n'y avait pas de serrure.

Et je me suis retrouvée ici. Je vois très bien pourquoi Hugo a choisi cet endroit. Pendant que j'avais « disparu », il a fait des recherches et a trouvé un institut qui avait désespérément besoin de subventions. On peut dire que j'ai comblé le déficit financier de l'établissement.

Bien sûr, Hannah a eu sa part de responsabilité. J'ai appris plus tard par le Dr Robinson qu'elle avait dressé un tableau très détaillé de ce qu'elle avait constaté – ma nudité et ma saleté –, que j'aurais pu sortir quand je le voulais, que j'avais fait mes besoins par terre alors qu'il y avait une salle de bains attenante à la chambre.

L'autre problème, c'est les médicaments. Malgré ses efforts, Hugo n'a pas pu empêcher ma mère de venir me voir. Alors les docteurs me bourrent de médicaments chaque fois qu'elle me rend visite. Elle croit, j'en suis sûre, que je suis malade. Je ne peux pas lui dire ce que je sais – parce que les médicaments me transforment en zombie. Je n'arrive à réfléchir que quand je suis seule.

Je ne sais pas combien de temps ils vont me garder ici. Hugo les tiendra à sa merci aussi longtemps qu'il le voudra. Je dois me farcir les thérapies de groupe, individuelles, et tout le tintouin – mais ici je me sens en sécurité. Plus qu'à la maison. En fait, je resterais bien ici, si je n'avais pas quelque chose à faire dehors. Mais le temps passe vite. J'ai besoin d'un plan.

Je sais maintenant sans aucun doute que tu avais raison pour le Rohypnol, Imo. Si je t'avais crue alors, qu'est-ce qui se serait passé ?

Je ne peux que te dire à quel point je suis désolée.

Avec plein d'amour.

Laura

Visiblement, Laura avait du mal à trouver les perruques, mais Tom avait bien besoin de ces quelques minutes de répit. La liste des passagers de l'Eurostar n'avait rien donné. Les appels à témoin à propos d'une femme rousse ne progressaient pas non plus. On disait l'avoir vue en différents endroits entre West Ruislip et Lewisham. Si la théorie de Becky était juste, elle aurait plutôt changé de métro à Green Park vers St Pancras. Il y avait des témoignages qui allaient dans ce sens, mais d'autres qui certifiaient de sa présence dans le train de la ligne Paddington-Plymouth. En gros, ils pataugeaient.

Il avait l'impression de perdre son temps dans l'Oxfordshire. Becky faisait une fixette sur Imogen Kennedy, mais lui ne dormirait pas tranquille tant qu'il n'aurait pas découvert ce qui était arrivé à Mirela Tinescy. Avec un peu de chance son équipe avait avancé sur ce dossier. Et avec celui de Jessica Armstrong – la meilleure candidate au titre de maîtresse potentielle de sir Hugo.

Mais il avait besoin de Laura pour combler les trous dans la vie de la victime. Plus il en apprenait sur Hugo, moins il l'appréciait. Mais pourquoi Laura était-elle restée avec lui ?

Il utilisa l'ordinateur de Becky pour faire quelques recherches sur sa famille. Il erra un peu sur la Toile en affinant ses recherches jusqu'à tomber sur un gros titre qui attira son attention.

Il mit toutes ses pensées sur l'enquête de côté en découvrant ce qui ressemblait à une biographie non autorisée de sir Hugo Fletcher. On y parlait de la mort de son père. C'était à peu près la version de Laura, avec cependant quelques anomalies. L'auteur donnait librement son avis car, bien qu'on ait retrouvé un mot, certains aspects de sa mort étaient difficilement explicables. Avec les méthodes d'aujourd'hui on aurait tiré des conclusions plus définitives, mais c'était tout de même une lecture intéressante.

Tom cliqua sur le lien attaché à lady Daphne Fletcher. Il se souvenait d'avoir entendu que la mère de sir Hugo était la fille d'un comte, d'où le titre de lady, tandis que son père était un roturier – bien que très riche.

Cela expliquait peut-être la motivation de sir Hugo Fletcher à obtenir un titre lui aussi. Il continua à écumer les sites jusqu'à tomber sur des photos, dont une photographie couleur de Daphne Fletcher en robe du soir.

Incroyable. Sa mémoire devait lui jouer des tours. Aussi, il fouilla dans les dossiers de Becky pour en extraire une photo qu'il approcha de l'écran.

Bon sang, que penser de ça ? Ça ne présageait rien de bon.

***

Stella préparait seule le dîner dans la cuisine. Trancher des légumes se révélait être une excellente thérapie.

« Stella, ça sent superbon ! »

Elle leva les yeux. L'air parfaitement innocent de Becky ne l'émouvait pas, mais c'était une gentille fille. Elle faisait son boulot, rien de plus.

« Vous dînez avec nous, Becky ?

— Merci, c'est très gentil mais je ne veux pas m'imposer, j'ai amené un sandwich. Je loge au B&B en bas de la rue, au cas où il y aurait du nouveau. Comme ça, je peux être chez vous à tout moment.

« Vous ne nous dérangez pas du tout. Vous êtes la bienvenue.

— Merci, mais, de toute façon, je ne crois pas que ce soit nécessaire. Laura vous a, vous et Imogen, pour la soutenir, sinon bien sûr, je resterais.

— Et Tom ? Il est encore là ?

— Non. On avait besoin de lui au commissariat. Je l'ai croisé en arrivant. Il s'est passé quelque chose. Je voudrais voir Laura pour lui expliquer les raisons de son départ, avant de m'en aller aussi. Elle a de la chance de vous avoir.

— Laura est très bonne cuisinière, alors je ne peux pas me permettre de servir des œufs et des frites. Il faut qu'elle reprenne des forces. Elle n'a pas toujours été aussi mince, vous savez. Elle avait même de belles formes avant. Laura Kennedy et Imogen Dubois – tous les garçons en rêvaient. Elles n'avaient que l'embarras du choix. Mais Will a toujours été le seul pour Imogen. »

Stella continua à bavarder, mais Becky semblait à des lieues, préoccupée. Ça ne pouvait pas avoir de lien avec ce qu'elle disait, elle la laissa donc à ses pensées et continua de préparer le repas.

***

La jeune fille ne surveillait plus la fenêtre. Ses forces la quittaient rapidement. Elle avait commencé à rationner son eau depuis des jours, mais il n'y en avait plus une goutte. Depuis quand n'avait-elle rien mangé ? Son corps n'avait pas beaucoup de réserves.

Elle n'arrivait pas à croire qu'il était parti depuis si longtemps. Il avait dit qu'il lui donnerait une leçon, alors, quand il ne lui avait laissé que quelques biscuits et un peu d'eau, elle avait cru qu'il reviendrait deux ou trois jours plus tard. Pas plus longtemps.

Il faisait tellement froid. Elle resserra le fin négligé en soie crème autour de son corps squelettique en essayant de se réchauffer sous les couvertures. Elle aurait voulu enlever les bas – le porte-jarretelles lui entaillait la peau. Mais elle avait besoin de chaleur. Et maintenant, elle avait peur de s'endormir. Peur des rêves. Elle commençait à délirer, elle le savait.

C'était un sentiment atroce qui l'assaillait de plus en plus souvent. Elle avait l'impression d'être éveillée, mais elle se trouvait bizarrement incapable de réagir à ce qui l'entourait. Quelqu'un se trouvait dans la pièce avec elle. Elle sentait sa présence, mais n'avait pas la force d'ouvrir les yeux ni de bouger. Il était là, au bout du matelas. Il avançait, lentement, très lentement vers elle. Elle essayait de lever le bras pour le repousser. Elle essayait de crier mais pas un son ne sortait de sa gorge. Finalement, elle se réveillait baignée d'une sueur glaciale, effrayée de faire face à ce qui l'attendait.

Dans de rares moments de lucidité, elle reconnaissait la source de sa peur. Ce n'était rien de plus qu'une longue perruque rousse et sinistre, posée sur son portant, sur une commode.

Puis le délire la submergeait et elle sombrait à nouveau dans les abysses de sa terreur.

26

Tom était déçu de ne pas avoir terminé sa conversation avec Laura. Ceci dit, il avait reçu des nouvelles intéressantes. La famille d'accueil de Mirela Tinescy avait confirmé l'histoire de Danika. En partant, Mirela avait effectivement laissé un mot pour dire qu'on lui avait fait une offre qu'elle n'avait pas pu refuser. Mais la lettre de Mirela ne mentionnait pas en quoi elle consistait. La nouvelle fille d'Allium qui avait remplacé Mirela avait très vite conclu que ça ne pouvait être lié qu'à la prostitution. Mais si ça n'avait rien à voir ? Et si cette grosse opportunité impliquait le meurtre de Hugo Fletcher en échange d'une somme conséquente ?

La théorie tenait debout, mais ce n'était pas ce qui l'avait poussé à revenir au bureau en toute hâte. On avait examiné le testament de sir Hugo à la loupe et celui-ci contenait des choses inattendues.

Dès qu'il passa la porte, un cri retentit.

« Chef, venez voir ça ! Il faut convoquer Jessica Armstrong. Avec ce que sir Hugo lui a laissé, c'est impossible qu'elle ne soit que son assistante.

— C'est pas vrai – c'est plus que ce qu'a eu sa *femme* ! Voilà pourquoi Brian Smedley avait l'air embarrassé. Bon, vous avez raison, on va la convoquer. Mais avant je veux que vous fouilliez dans sa vie – comptes en banque, cartes de crédit, train de vie, etc. On fait le point demain et on la fait venir ici. Si elle devait s'enfuir elle serait déjà partie. Tout le monde est d'accord ? Encore une chose. Becky a appelé, Laura a vérifié la boîte qui contient les perruques de la mère. Il n'y en a plus que trois. Elle a donné des explications plausibles, mais quelqu'un qui avait accès au manoir aurait pu en prendre une, et ça pourrait bien être notre meurtrière. Il y avait cinq perruques rousses et il n'en reste que trois, la coïncidence est trop belle. Il faut plancher là-dessus. »

Tom n'avait plus qu'à réfléchir à ce que toutes les étranges découvertes de la journée pouvaient apporter de nouveau à l'enquête.

***

Quand Tom entra dans la salle des inspecteurs, ce matin-là, il entendit une exclamation outrée : « Purée, elle habite à Lowndes Square ! Vous avez une idée du prix des apparts là-bas ? Ça se compte en millions ! » Il en déduisit qu'on devait parler de Jessica.

Tom avala une gorgée de son café noir. La nuit avait été difficile. Chaque fois qu'il était sur le point de s'endormir, le visage suppliant de Kate lui apparaissait avant d'être soudain remplacé par celui de Laura qui riait devant la cruauté abjecte de son mari.

« L'appartement coûte neuf cent mille livres. Elle l'a acheté il y a deux ans et elle a un emprunt de sept cent mille livres. Vous voyez le tableau ? fit Ajay, l'air révolté.

— On sait combien elle gagne ?

— Soixante-dix mille livres par an. Généreux mais pas assez pour vivre à Lowndes Square.

— D'accord, ne tirons pas de conclusions hâtives. Ça ne fait pas d'elle une meurtrière. Comment rembourse-t-elle son emprunt ? Il doit y avoir une explication logique – et pourquoi sir Hugo lui a laissé autant d'argent ? Le plus intéressant, c'est que le testament impose autant de contraintes à Jessica qu'à Annabel. Un commentaire désobligeant sur sir Hugo et elle perd tout. Alors qu'est-ce qu'elle sait ? Qu'est-ce qui vaut plus qu'un demi-million de livres ? »

Personne dans la pièce n'avait la réponse.

« OK, allez la chercher. »

***

Une Jessica impeccable, très coûteusement vêtue, fit son entrée dans la salle d'interrogatoire. Ses cheveux châtains tirés en arrière faisaient ressortir un visage sévère et osseux, un nez fin et des lèvres pincées. Elle avait tendance à hérisser Tom, mais il fallait qu'il reste poli.

« Jessica, merci d'avoir accepté de répondre à nos questions. Vous n'avez pas souhaité la présence d'un avocat, mais si vous changez d'avis, faites-le-moi savoir, et ce, à n'importe quel moment de cet interrogatoire.

— Pourquoi diable aurais-je besoin d'un avocat ? J'imagine que je suis là pour répondre à des questions sur sir Hugo ?

— Non. Nous avons examiné votre train de vie et vos revenus. Et j'ai bien peur que quelque chose ne cloche. Nous voudrions savoir comment il vous est possible de vivre à Lowndes Square avec votre salaire actuel. »

Jessica soupira bruyamment. On aurait dit que c'était la question la plus ridicule qu'elle eût jamais entendue.

« Vraiment, inspecteur, mes parents sont extrêmement riches. L'argent n'est pas un problème pour moi.

— C'est inspecteur principal. Nous sommes conscients de l'état de la fortune de vos parents, mais nous avons aussi vos relevés de compte, nous n'avons trouvé aucune preuve d'activité venant de cette source. Les seuls versements sur votre compte sont vos salaires qui, après déduction des impôts, vous servent à rembourser votre emprunt.

— Bon, fit-elle avec un sourire hautain. Vous l'avez votre réponse, non ? Mon salaire couvre mon emprunt.

— Certes, mais, Jessica, vous conduisez une Mercedes SLK flambant neuve, et il faut bien que vous vous nourrissiez. Sans parler de vos vêtements qui ne viennent pas de n'importe où. Donc, comment faites-vous très exactement ?

— C'est très simple. Mon père arrondit mes fins de mois. Je n'ai qu'à demander.

— Si je pose la question à votre père, il confirmera vos dires ?

— Bien sûr. Papa n'a jamais été près de ses sous.

— Est-ce que, par exemple, il a payé vos vacances au Saint-Géran à l'île Maurice l'an dernier ? Ce ne serait pas l'hôtel le plus cher de l'île par hasard ?

— Pas forcément. On dit que c'est le plus élégant mais il y a d'autres bons hôtels maintenant. »

Pour la première fois, Jessica sembla mal à l'aise. Tom sauta sur l'occasion.

« Vous ne répondez pas à la question. Comment avez-vous financé ce séjour ?

— En fait, je l'ai payé avec ma prime.

— Quelle prime ? Elle n'apparaît pas sur vos relevés de compte.

— Il arrivait que sir Hugo me la donne en liquide.

— Vous êtes en train de me dire que sir Hugo Fletcher, pilier de la société, payait ses employés au noir ? Je ne crois vraiment pas, Jessica. Essayez encore. »

Jessica refusa d'en dire plus.

« Êtes-vous déjà montée à l'étage de l'appartement d'Egerton Crescent, Jessica ?

— Bien sûr. Sir Hugo passait beaucoup de temps à Londres, je préparais le salon, disposais les journaux à portée de main, allumais les lampes, remplissais toutes les carafes, le seau à glace, ce genre de choses. Habituellement, je n'allais qu'à la cuisine et au salon, mais il m'est arrivé d'apporter du linge dans sa chambre. Je ne faisais pas le lit par contre. Je ne savais pas s'il aurait apprécié. »

Seigneur, pensa Tom.

« Vous a-t-il déjà fait des cadeaux, Jessica ? Ou seulement versé des "primes" en liquide ?

— Il ne m'a jamais fait de cadeaux. Pourquoi voulez-vous savoir ça ?

— Seriez-vous d'accord pour qu'une de nos équipes aille jeter un œil à votre appartement ? Nous pourrions demander un mandat, mais on gagnerait du temps si vous acceptiez de coopérer. »

Tom doutait fort de pouvoir obtenir un mandat, mais il espérait que Jessica n'en saurait rien. Comme d'habitude, il l'avait sous-estimée.

« Je ne pense pas que ce soit aussi facile, inspecteur principal. Mais je n'ai rien à cacher. Faites comme chez vous, fit-elle en agitant ses clés sous son nez. Tenez, prenez-les.

— Nous voudrions que vous nous accompagniez.

— Inutile. Je vais faire venir la femme de ménage. L'appartement est parfaitement en ordre, j'espère qu'il le restera. Je préférerais rester là et en finir avec cet interrogatoire afin de pouvoir retourner au travail. »

Tom chargea Ajay d'organiser la perquisition et de rapporter des boissons. Il ne fallait pas trop secouer Jessica avant la fin des recherches s'il ne voulait pas qu'elle revienne sur sa décision. Mais ils ne trouveraient certainement rien. Elle ne devait pas être du genre à laisser traîner une perruque rousse ou une fiole de nicotine liquide.

Après une courte pause, Tom était déterminé à effacer le sourire du visage de cette fille.

« D'accord, Jessica. Je veux savoir combien d'argent vous donnait sir Hugo, et à quelle fréquence.

— Je ne crois pas que cela vous regarde.

— Vous refusez de répondre à la question ?

— En effet. Comme je vous l'ai dit, cela ne vous regarde pas.

— Pour quoi payait-il, exactement, Jessica ? Votre corps ou votre silence ? »

Touchée.

« Aucun des deux. Comment osez-vous ! »

Tom perdit patience. Il se leva et ouvrit la porte.

« C'est complètement ridicule. Ajay, pouvez-vous continuer l'interrogatoire, s'il vous plaît, parce que ça ne va nulle part là. »

Finalement, ils laissèrent Jessica rentrer chez elle avec une nouvelle convocation pour le lendemain. Cela lui donnerait le temps de réfléchir, et, peut-être, de s'inquiéter.

***

Le lendemain Tom se sentait moins irrité, mais il avait toujours besoin de réponses.

Comme prévu on n'avait rien trouvé dans l'appartement mais ça ne signifiait rien. Jessica n'était pas stupide, elle n'aurait laissé aucune preuve.

On en revenait à l'argent. Pourquoi les hommes offraient-ils de l'argent aux femmes ? Tom n'en voyait qu'une. Elle devait forcément être sa maîtresse, mais est-ce qu'elle l'avait tué ? Cela lui aurait été facile – elle avait accès à l'appartement, ses empreintes étaient partout, mais rien de plus normal dans ces circonstances.

Tom était prêt pour le deuxième round.

« OK, Jessica, commençons par le commencement. Notre entretien est enregistré, en cas de mensonge, vous serez poursuivie pour entrave à une enquête de police. Vous m'avez bien compris ? »

Jessica sembla effrayée mais acquiesça.

« Vous m'avez bien compris, Jessica ? répéta-t-il.
— Oui.
— Bien. Quand avez-vous acheté votre appartement ?
— Il y a deux ans.
— Comment avez-vous réuni les deux cent mille livres de votre apport initial ?
— C'est mon père qui me les a données. Ne me regardez pas comme ça. C'est vrai. Demandez-lui si vous ne me croyez pas.
— Comment se figurait-il que vous alliez rembourser votre emprunt ?
— Je lui ai simplement dit que sir Hugo appréciait énormément mon travail et qu'il avait décidé de doubler mon salaire.
— Et comment pensiez-vous rembourser cet emprunt ?
— Sir Hugo me confiait un travail plus personnel, confidentiel, en dehors des heures de bureau. Il me payait un extra chaque mois. En liquide.
— C'est-à-dire ?

— Quelques milliers de livres. »

Il fallait vraiment lui tirer les vers du nez, mais elle avait sûrement compris qu'il y arriverait.

« Combien ça fait précisément "quelques milliers", Jessica ?

— Huit mille.

— Huit mille livres ! Par mois ?

— Oui, fit-elle le menton levé, mais les joues de plus en plus rouges.

— Que faisiez-vous pour mériter une telle somme, Jessica ? Étiez-vous sa maîtresse ?

— Je vous ai déjà dit que non. S'il me l'avait proposé, surtout au début, j'en aurais été ravie. Et je peux vous assurer que j'aurais refusé d'être payée pour ça. Malheureusement ça n'est jamais arrivé.

— Alors que faisiez-vous pour lui ?

— Je préfère ne pas le dire. Je suis désolée, mais c'était confidentiel.

— Jessica, sir Hugo est mort. Quoi que vous ayez fait pour cette somme, ça peut avoir un lien avec son décès.

— Ça n'en a pas.

— Comment le savez-vous ?

— Je le sais, c'est tout. »

Il y avait de quoi perdre patience. Puis Tom comprit : il y avait une autre raison pour qu'un homme donne autant d'argent à une femme régulièrement.

— Est-ce que ç'a un rapport avec les clauses du testament ?

— Que voulez-vous dire ?

— Vous savez qu'il vous a laissé de l'argent ?

— Brian m'en a parlé, oui. Je n'en sais pas plus, mais il a précisé que j'allais être contente.

— Est-ce que Brian Smedley vous a précisé que le versement de votre part d'héritage – une somme très généreuse – était soumis à la condition expresse que vous ne fassiez rien qui puisse salir le nom de sir Hugo ? »

Ajay regarda Tom d'un air perplexe. Il se demandait pourquoi son chef dévoilait cette information. Mais ce dernier avait un plan et il commençait à comprendre le fonctionnement de Jessica.

« Eh bien, cette condition ne me posera aucun problème ! Sir Hugo n'a rien fait qui puisse faire du tort à sa réputation. »

Le tour était joué. Il le savait.

« Qu'est-ce que vous savez, Jessica ? Qu'est-ce que vous savez sur sir Hugo que vous avez promis de ne pas répéter ?

— Rien du tout, combien de fois faudra-t-il vous le dire ? »

Son excitation retomba un peu devant l'obstination de Jessica.

« Alors pourquoi vous ne voulez pas nous dire ce que cache cet argent, pourquoi ça doit rester un secret si ce n'est pas à cause du testament ?

— Parce que ça ne vous regarde pas, et que ça n'a absolument aucun rapport avec votre enquête. Il avait la générosité modeste, vous savez.

— Quand cela a-t-il commencé ? Est-ce que quelque chose a déclenché cette... générosité ?

— Je veux bien vous dire quand ça a commencé. Mais pas quelle part j'y prenais. Je ne suis pas une terroriste, je crois que j'ai le droit de garder le silence.

— Commençons par là, voulez-vous ? Dites-moi quand ça a commencé et pourquoi. »

Jessica tripotait son sac sur ses genoux. Il l'avait déstabilisée, mais était-ce assez ?

« Plusieurs choses se sont produites en même temps, il y a quelques années. Ça a commencé quand deux filles de la fondation ont débarqué au bureau. Elles cherchaient une de leurs amies qui avait disparu sans laisser d'adresse. Je les ai découragées, bien sûr. Sir Hugo tenait absolument à ce que les filles ne restent pas en contact entre elles, j'étais vraiment furieuse.

— Vous ne trouviez pas cette règle étrange ?

— Pas du tout. C'était dans leur propre intérêt. Un ou deux jours plus tard quelqu'un a sonné. J'étais seule avec sir Hugo au bureau. Rosie était sortie acheter du matériel pour le bureau. J'ai ouvert et cette gamine m'a poussée pour entrer. Elle a dit qu'elle voulait voir "Hugo" – pas "sir Hugo". J'ai trouvé ça très déplacé. Puis je l'ai reconnue. J'avais lu son dossier le jour même. Elle était bien habillée, alors ça ne m'avait pas tout de suite frappée. J'ai essayé de l'arrêter mais elle est entrée directement dans le bureau de sir Hugo et elle a claqué la porte derrière elle. Bien sûr, je l'ai suivie, mais sir Hugo m'a dit qu'il gérait la situation. »

Jessica se tut le temps de boire une gorgée d'eau. Il ne fallait pas la brusquer.

« Puis j'ai entendu des cris. *Des cris*. Sir Hugo ne criait jamais, mais, ce jour-là, il était manifestement très en colère. Ça n'a pas duré très longtemps. Au bout de quelques minutes, la fille est sortie, tout sourire. Puis sir Hugo m'a dit de ne jamais mentionner cet incident à qui que ce soit et il voulait que je lui répète ce que j'avais entendu.

— Vous aviez entendu quelque chose ?

— Pas vraiment. Rien d'important. Je crois qu'elle avait parlé d'une "poule", ou quelque chose comme ça. J'ai entendu deux fois ce mot, mais ça n'avait aucun sens pour moi. Enfin, sir Hugo a dit qu'il rentrait dans l'Oxfordshire pour quelques jours. Il ne voulait pas être dérangé. J'ai cru que c'était fini, mais quand Rosie est revenue, elle m'a dit qu'elle l'avait vu partir en voiture avec une fille. Il avait dû décider de la raccompagner, même si elle avait été extrêmement impolie. C'est tout.

— Qui était cette fille, Jessica ?

— Je crois que son nom était Alina Cozma. »

La fille que recherchait Danika Bojin. Une trop grande coïncidence.

« Que vous a dit sir Hugo ? Est-ce qu'il s'est expliqué ?

— Sir Hugo n'avait pas besoin de me donner d'explications, inspecteur principal. »

Pourquoi cette fille ne pouvait-elle jamais répondre simplement aux questions ? Mais elle continua.

« Je ne sais pas si ça a un rapport, mais, le lendemain, sir Hugo m'a demandé de lui trouver des gardes du corps. Il ne les a pas toujours eus avec lui, vous savez. Et puis, quelques jours plus tard, nous avons eu un autre visiteur inattendu au bureau. Lady Fletcher. C'était très inhabituel, mais il a été ravi de ma manière de gérer la situation. Il a dit que j'avais fait preuve de loyauté, responsabilité et discrétion. »

Ça devait être après la visite de Danika à Ashbury Park, pensa Tom.

« Qu'était-elle venue faire ?

— Elle voulait voir les dossiers de la fondation, les listes de tous les domiciles où les filles avaient été envoyées ces cinq dernières années. Elle voulait des chiffres exacts. Elle voulait aussi savoir si j'avais un dossier sur des filles qui étaient retournées dans la rue ou d'où elles venaient. J'étais assez douée pour anticiper les désirs de sir Hugo, je ne pensais pas qu'il serait content que sa femme fouille dans les dossiers, donc j'ai refusé.

— Comment lady Fletcher a-t-elle réagi ?

— Elle a dit sérieusement que son mari l'avait chargée d'un travail et qu'il avait demandé que les dossiers dont elle avait besoin soient mis à sa disposition. Je savais bien qu'il ne lui confierait jamais une tâche de cet ordre sans m'en parler, donc j'ai refusé et elle est partie.

— Avez-vous parlé de sa visite à sir Hugo ?

— Bien sûr. Il était très fâché, mais content de moi. C'est juste après qu'il m'a proposé ce travail en extra. Et l'argent. Il a dit que la confidentialité était primordiale pour une assistante personnelle, qu'il devait savoir s'il pouvait me confier ses secrets les plus obscurs. Ça faisait bizarre d'entendre ça, parce que moi je l'aurais fait pour rien, mais, selon lui, sa confiance en moi valait huit mille livres par mois. Alors je me suis cherché un appartement.

— Jessica, vous n'êtes pas stupide, vous avez dû comprendre que vous étiez payée une fortune pour votre silence. Et, avec le testament, il semble se l'être assuré pour un bon bout de temps. Tout ça ne vous paraît pas étrange ?

— Vous ne comprenez vraiment pas, inspecteur principal. Sir Hugo était un homme extraordinaire, d'une profondeur que vous n'imaginez même pas. »

Au contraire, il commençait à saisir plutôt bien toute la profondeur du personnage – et elle était bien plus sombre que Jessica ne semblait le croire. Mais rien ne pouvait la détromper.

« Ce que j'ai juré de ne pas révéler est simplement un exemple de plus de l'immense générosité de cet homme. Et je ne vous le dirai pas. J'en ai fait la promesse solennelle.

— Ce que vous allez toucher, Jessica, en contrepartie de votre silence, va vous permettre de rembourser intégralement votre emprunt en un an. Vous le saviez ? »

Jessica acquiesça.

« Voilà un très bon mobile pour un meurtre. Vous ne nous avez pas dit où vous vous trouviez quand sir Hugo a été tué. Vous avez pensé que rendre compte de vos allées et venues n'était pas nécessaire. Est-ce que je me trompe ? Nous ne savons pas ce que vous faisiez en contrepartie de l'argent. Je peux donc parfaitement en conclure que vous le faisiez chanter. Ce serait logique, vous ne trouvez pas ? Je vous conseille de rentrer chez vous et d'y réfléchir. Je veux vous voir ici demain matin. »

Tom sortit de la salle sans saluer une Jessica abasourdie.

***

Jessica avait vénéré Hugo Fletcher. Ça pouvait être un mobile, mais Tom n'y croyait pas. Rien ne la déstabilisait et la mettre en garde à vue ne mènerait nulle part. Mais il trouverait le moyen de la faire parler.

Par ailleurs, le cas Alina Cozma devenait très intéressant : Alina disparaît. Danika et Mirela vont voir Jessica qui les met à la porte. Il voyait bien la scène ! Alors Danika rend visite à Laura. Alina surgit dans le bureau de sir Hugo et se dispute avec lui. Ça, bien sûr, c'était très bizarre. Puis Laura fait des recherches sur les filles – et se fait également envoyer promener par Jessica. Sir Hugo l'apprend, embauche des gardes du corps et donne à Jessica un petit boulot à faire. Un petit boulot à huit mille livres par mois – en liquide. Et maintenant Mirela avait disparu. Demain il faudrait parler des filles disparues à Jessica. C'était la priorité.

Il allait rentrer chez lui quand Becky l'appela du manoir.

« Stella m'a donné les noms complets de Laura et Imogen. Laura Kennedy et Imogen Dubois. Et là, ma mémoire photographique m'a permis de me souvenir de quelque chose. Dans la liste des passagers de l'Eurostar de Londres à Paris, il y avait une Imogen Dubois. Il s'agit peut-être de quelqu'un d'autre, parce que le nom qui figure sur son passeport est bien Imogen Kennedy. Mais la coïncidence est trop belle.

— Ça serait une *sacrée* coïncidence, Becky. Bien joué. Vous avez vérifié son passeport ?

— Oui. Le nom sur le billet doit correspondre au passeport, et c'est effectivement Imogen Kennedy. J'ai contacté le service des passeports britanniques, ils n'en ont émis aucun au nom d'Imogen Dubois. Je fais aussi vérifier les billets pour savoir quand ils ont été achetés et le nom sur la carte de crédit. J'attends une réponse.

— Très bien, Becky. Dommage pour le passeport mais continuez à plancher là-dessus. Je n'aime pas les coïncidences. Je suis sur quelque chose ici, mais j'essaierai de passer au manoir demain.

— Alors, préparez-vous à une surprise !

— Qu'est-ce que ça veut dire ?

— Vous verrez ! »

***

Le lendemain matin Tom tenta de déstabiliser Jessica en changeant de méthode.

« Je crois qu'il est temps que vous me montriez les dossiers qui intéressaient tant lady Fletcher, qu'en pensez-vous ? Ceux qui portent sur les filles de la fondation ; ceux que vous avez refusé de lui montrer. »

À sa grande surprise, Jessica sourit.

« Malheureusement, ce ne sera pas possible.

— Que voulez-vous dire, Jessica ?

— Peu après l'incident avec lady Fletcher, sir Hugo a décidé de faire un peu de ménage. Il m'a demandé de passer à la déchiqueteuse toutes les informations sur les filles qui ont quitté leurs familles d'accueil.

— Alors comment la fondation justifie-t-elle tout son travail ?

— Nous gardons les chiffres, pas les identités. J'ai donné tous les dossiers à Rosie pour qu'elle les détruise. »

Quelle déception. Le silence de Laura au sujet de Danika, les disparitions d'Alina et de Mirela, Jessica qui refusait de donner les informations que Laura lui demandait et sir Hugo qui insistait pour détruire tous les dossiers, tout cela menait forcément quelque part.

« Jessica, pensez à tout ce dont nous avons parlé, je voudrais que vous reconsidériez votre vœu de silence. Vous pensez peut-être que ce que vous savez n'a pas d'importance, mais je crois que vous avez tort. Vous devez encore me convaincre que vous ne faisiez pas chanter sir Hugo.

— Je me trompe en disant que c'est à vous qu'incombe la charge de la preuve, inspecteur principal ? »

S'il avait pu effacer le sourire du visage de cette femme... Mais quelque chose l'interpella. L'étonnement de Laura en découvrant que sir Hugo retirait vingt mille livres par mois de leur compte en banque. La prime de Jessica ne représentait même pas la moitié de cette somme – alors à quoi servait le reste ? Est-ce que Laura le savait ?

«Vous nous avez dit que sir Hugo était un homme très généreux. Et la manière dont il vous traitait le prouve. Alors dites-moi, Jessica, est-ce que votre secret a un lien avec d'autres gens à qui il donnait de l'argent ? Des gens qui auraient pu le faire chanter ? »

Jessica refusa de répondre. Mais Tom n'avait pas manqué de voir un éclair de surprise traverser son regard.

***

Remisant Jessica dans un coin de son esprit, il frappa à la porte du commissaire.

« James, vous avez une minute ?

— Certainement. Toute évolution dans l'affaire est la bienvenue. »

Tom lui fit un résumé de l'interrogatoire frustrant de Jessica.

« Vous pensez qu'elle le faisait chanter ? demanda James.

— Si seulement ! Mais, je ne le crois pas. Elle le prenait pour le Messie et, d'habitude, on ne lègue pas d'argent à son maître chanteur. Tout semble lié aux filles de la fondation. Je vous tiendrai au courant des progrès de l'enquête à ce sujet. En attendant, j'aimerais vous montrer des photos. »

Tom posa le premier cliché sur le bureau. Le commissaire chaussa ses lunettes.

« Qui est-ce ? Très belle femme, non ?

— "Était-ce", en fait. C'est la mère de sir Hugo, lady Daphne Fletcher. »

Il posa la deuxième photo à côté. James regarda la photo, puis Tom. Il parla d'un ton plus sérieux que triste.

« Quand a-t-elle été prise ?

— Il y a environ dix ans. Juste au moment de sa rencontre avec Hugo, et bien avant de tomber malade.

— C'est troublant. Avec tout ce que nous savons, surtout les révélations d'Annabel, c'est même un peu écœurant.

— Laura n'a jamais vu de photos de sa belle-mère.

— Pauvre femme. Bon, je crois que ça nous confirme le complexe d'Œdipe de cet homme.

— Il me semble que le complexe d'Œdipe, en plus d'une obsession pour la mère, implique également le désir de tuer le père. Et nous savons que la mort du père n'est peut-être pas due à un suicide. C'est pour le moins intrigant et si sir Hugo a épousé Laura parce qu'elle ressemblait presque trait pour trait à sa mère, la pauvre femme a dû vivre un enfer.

— Mais est-ce une raison suffisante pour le tuer ?

— Raison suffisante ou pas nous avons vérifié toutes ses allées et venues dans les vingt-quatre heures qui ont précédé le meurtre de son mari. Le sergent Massi a parlé aux témoins en Italie. La villa est à la lisière d'une petite ville où tout le monde se connaît. Elle a été vue en train de cueillir des olives et le carabinier local l'a croisée quand elle se rendait à l'aéroport samedi. Et le message qu'elle a laissé à Ashbury Park a sans aucun doute possible été envoyé de la maison en Italie, le samedi matin, et il était bien de la voix de Laura.

— Et son amie, Imogen Kennedy. Elle aurait un mobile ?

— Becky y croit dur comme fer. D'autre part, nous pensons que sir Hugo avait quelque chose à voir dans le divorce d'Imogen. En revanche, nous pensions que les deux femmes ne se parlaient plus depuis des années, à tort comme Becky l'a découvert. L'autre point intéressant c'est qu'une femme nommée Imogen Dubois – le nom de jeune fille d'Imogen Kennedy – a pris l'Eurostar à St Pancras pour Paris en début d'après-midi samedi. Or le nom qui figure sur le passeport d'Imogen est bien Kennedy. Elle n'a pas repris son nom de jeune fille.

— On peut avoir deux passeports. Les gens qui vont en Israël et dans ses pays ennemis, par exemple, ou de grands globe-trotters qui ont besoin d'un passeport quand l'autre est soumis à une demande de visa.

— On a vérifié, il n'existe aucun détenteur de passeport anglais du nom d'Imogen Dubois. Encore une impasse.

— Dubois... Un peu inhabituel comme nom, pour quelqu'un de Manchester.

— C'est parce qu'elle n'est pas originaire de Manchester, elle est... oh ! *merde*. Comment j'ai pu être aussi stupide ? »

Tom se précipita vers la porte, téléphone en main.

« Becky ? Imogen Kennedy a quitté Cannes le vendredi, c'est bien ça ? »

L'incroyable mémoire de Becky s'était mise en marche, elle confirma.

« Mais son vol n'était que le samedi après-midi ? »

Becky confirma une fois de plus.

« Je veux que vous cherchiez combien de temps Imogen a mis de Cannes à Paris en voiture, puis regardez les listes de l'Eurostar dans l'autre direction. Nous savons qu'une Imogen Dubois a pris l'Eurostar à Londres pour se rendre à Paris – avec juste assez de temps pour attraper cet avion. Il fallait qu'elle soit à Londres pour ça. Voyez si elle peut y être allée la nuit précédente ou le matin très tôt en Eurostar. Si ce n'est pas le cas, il faudra revérifier les vols. »

Tom se dirigeait vers sa voiture. Becky hurlait toujours au téléphone.

« Quoi ? Pardon je n'ai pas compris. Oui, c'est très possible. Je vous parie ce que vous voulez qu'elle a aussi un passeport canadien. Non, je n'ai aucune idée sur le mobile, mais une chose à la fois. On se voit dans une heure. »

27

Laura avait l'air d'aller mieux, ce qui enchantait Imogen. Elle semblait moins tendue. Sauf quand on sonnait à la porte. Elle sursautait chaque fois comme si on était venu lui annoncer de mauvaises nouvelles. Peut-être pensait-elle que la police était de retour. Tom Douglas n'avait pas montré le bout de son nez depuis trois jours, il suivait sûrement une piste pour l'enquête, mais Becky n'avait rien dit.

L'amélioration de l'état de Laura devait avoir un rapport avec le fait que Hugo avait oublié l'argent qu'elle mettait de côté. Rien ne pourrait l'empêcher, à présent, d'effectuer tous les changements qu'elle avait prévus depuis des années. Une équipe de jardiniers était déjà à l'ouvrage et le manoir et Laura semblaient tous deux plus joyeux. L'hermine empaillée avait miraculeusement disparu pendant la nuit, cependant il leur faudrait un homme fort armé d'un bon tournevis pour enlever tous les autres animaux naturalisés.

Alexa avait passé la journée de la veille ici, et Imogen avait été enthousiasmée de constater combien Laura l'aimait. Alexa faisait bien plus jeune que ses douze ans. Elle était très fine et semblait ne pas avoir la maturité de son âge. Laura lui avait parlé de tous les changements qu'elle comptait apporter au manoir et ça avait détourné son attention de la mort de son cher père.

Mais il était temps de revenir aux lettres de Laura. Ce n'était pas facile. Le malheur de son amie lui pesait tant. Elle comprenait pourquoi Laura ne lui avait jamais rien dit, mais il restait beaucoup à expliquer.

JUIN 2005

Chère Imo,
Voici les divagations d'une folle !

Je vis depuis dix-huit mois dans la peau d'une cinglée car c'est comme ça que tout le monde me voit, et c'est comme ça que je me sens aussi.

Chaque jour commence de la même manière. Les infirmières travaillent dur et elles sont toujours souriantes. Chaque matin, elles débarquent dans ma chambre – qui, je dois le dire, est très jolie – avec un grand « Bonjour ! Alors comment on va aujourd'hui ? »

Je ne comprends pas pourquoi ils s'obstinent tous à dire « on » ? Quelque chose doit m'échapper.

Enfin bon, le petit déjeuner est servi dans la chambre – et je m'enfonce dans une routine en mangeant toujours la même chose. Je ne sais pas trop si elles considèrent ça comme un autre symptôme de ma folie. Est-ce que ça signifie que, en me protégeant derrière certaines habitudes, je me sens plus en sécurité ? Non ! C'est juste que les œufs brouillés sont top ici !

L'établissement est très sélect. C'est là que les familles riches planquent leurs dingues.

Tous les jours j'ai une consultation individuelle pour vérifier dans quel état je me trouve, et des séances de thérapie de groupe. Et puis il y a les cours. Ergothérapie, ça s'appelle. Je suis devenue assez forte en arrangement floral et le cours de yoga est super – sauf les séances de méditation qui ne se passent jamais très bien avec les patients les plus malades. Trop de silence et d'introspection c'est contre-productif, enfin c'est ce qui me semble.

On prend le déjeuner et le dîner au réfectoire. On est censé se mélanger avec les patients les plus stables. Certains doivent rester dans leurs chambres à cause de leurs explosions de violence intempestives. Moi je ne dis rien. Malgré les efforts du personnel, ce n'est pas un endroit très joyeux. La maladie mentale c'est quelque chose de vraiment triste. Des schizophrènes aux malades souffrant de troubles de la personnalité, tout le monde ici vit une période triste de son existence. Et pour beaucoup cette période perdurera.

J'essaie de prendre le temps de bavarder avec certains – ceux qui ne peuvent pas communiquer. Je lis les journaux chaque matin et leur raconte ce qui se passe dans le monde. Que les bonnes nouvelles. Pas les guerres ni les meurtres. Ils ont bien assez à faire. Je ne sais pas s'ils me comprennent, mais ce n'est pas une excuse pour ne pas leur parler. Imagine que ce ne soit pas un problème de perception de ce qui les entoure, mais qu'ils ne puissent tout simplement pas communiquer ? Ce serait affreux que personne ne leur parle.

Et puis, il y a les visites de Hugo. Les infirmières pensent que ça illumine ma semaine ! Et bien sûr, il passe à leurs yeux pour un mari dévoué et attentif qui ne rate pas une seule visite. Quand il vient, on ne me donne pas de médicaments. Il veut m'évaluer. Il veut savoir si je suis rongée par le remords. Il veut savoir si je suis enfin devenue docile.

Bien sûr que non. Je le suis bien moins qu'à mon arrivée. Mais il n'a pas besoin de le savoir.

Il amène souvent Alexa. Elle grandit vite, et je me sens tellement coupable d'être ici alors que je devrais lui donner l'amour qu'elle mérite. Il l'amène pour me provoquer. Il pense qu'à force de me voir ici, elle va finir par se détourner de moi. Ou que je vais essayer de me servir d'elle pour savoir ce qui se passe « à l'extérieur ». Mais je ne ferais jamais ça. Je ne critiquerai jamais son père devant elle parce que je serais perdante. Elle mérite de croire que son père est merveilleux, même si c'est faux.

Il est venu me voir hier, et c'était un peu différent. Il m'a laissée seule avec Alexa assez longtemps, je ne sais pas trop pourquoi. Je crois que c'était encore un test.

J'ai voulu la prendre dans mes bras, mais elle s'est crispée. Ce n'était pas comme d'habitude. J'ai essayé de briser la glace.

« Je suis tellement contente de te voir, Alexa. Comment ça va à l'école ?

— Ça va, merci de demander, Laura. »

À neuf ans, c'est toujours la gamine la plus polie du monde, mais quand même, là, c'était un peu exagéré.

« Ça va, ma choupette ? Tu es fâchée contre moi ?

— Pourquoi tu es toujours là, Laura ? Pourquoi tu n'es pas à la maison avec nous ?

— Parce que je ne vais pas très bien, ma chérie, et papa et les médecins doivent décider quand ce sera le bon moment pour que je rentre.

— Mais tu veux rentrer à la maison, hein ?

— Oh, Lexi. Bien sûr que je le veux. Je suis impatiente de te voir toutes les semaines.

— Papa dit que tu aimes bien être ici, et que tu es là parce que tu as raconté des mensonges sur les gens. »

Je n'ai pas su quoi répondre. Récriminer contre Hugo n'était pas possible.

« Eh bien, je ne veux pas embêter qui que ce soit. Je n'ai jamais voulu faire ça ma chérie, et si je l'ai fait alors je suis vraiment désolée.

— On peut parler d'autre chose, s'il te plaît ? Quand on est toutes les deux, papa me demande toujours après de quoi on a parlé et si tu m'as dit des secrets.

— On peut parler de tout ce que tu veux, et je ne te dirais jamais rien qui soit un secret pour papa.

— Papa et moi on a des tas de secrets, mais il dit que c'est bien. Il dit que les papas et leurs petites filles ont toujours des secrets. Il dit aussi que tu es la dernière personne à qui je devrais les dire, parce que tu n'es pas intelligente comme moi. Mais moi je t'aime, Laura. Tu es toujours gentille avec moi. On peut parler d'autre chose maintenant, s'il te plaît ? »

On a changé de sujet, mais j'étais terrifiée. Hugo est revenu au bout d'une demi-heure, il devait être en train de comploter quelque chose avec le médecin. Vu son sourire arrogant, je n'allais pas aimer ça.

« Alexa, ma chérie, l'infirmière va t'emmener dehors un moment. Je dois parler avec Laura. Dis au revoir, je viendrai te chercher après. »

Alexa m'a serrée dans ses bras, ça m'a brisé le cœur.

« Laura. Tu as l'air d'aller beaucoup mieux, et j'ai parlé au médecin. Nous pensons tous les deux que tu as besoin de passer encore un peu de temps ici, environ six mois, et pendant ce temps, je veux que tu te prépares à revenir dans le monde. »

Je ne voulais pas lui montrer mon nouveau moi, mais j'avais besoin d'explications.

« Je ne suis pas sûre de comprendre exactement à quoi je dois me préparer, Hugo, même si je serais ravie de sortir d'ici. »

Ce n'était pas tout à fait vrai si je devais retourner à mon ancienne vie. Mais je ne comptais pas faire ça.

« Tu vas bien m'écouter. J'ai divorcé une fois, et je n'ai pas l'intention de renouveler l'expérience. Une fois, ça peut être considéré comme une erreur. Deux, ce serait un manque de clairvoyance. Tu ne demanderas pas le divorce, et tu ne me menaceras pas non plus de divulguer des informations sur notre vie qui pourraient me nuire. Tu resteras mon épouse fidèle aussi longtemps que je le voudrai. Ce qui se passe sous mon toit reste sous mon toit. Tu m'as compris, Laura ? »

Il a fallu que je me contrôle. Je ne voulais pas dévoiler mon jeu mais je ne pouvais pas accepter ça. J'ai essayé de prendre un air détaché.

« Et si je n'accepte pas, Hugo ? Qu'est-ce qui se passe ?

— Oh, c'est très simple, Laura. Tu meurs.

— Je n'arrive pas à le croire, Hugo. Tu viens de me menacer de mort ! »

Il a ri. *Il a ri.*

« Ce ne serait pas un meurtre, Laura. C'est de l'instinct de conservation. Je ne tolérerais pas que tu me fasses honte. Tout le monde sait que tu es atteinte d'une grave dépression chronique. Ta mort par overdose de médicaments ne sera jamais remise en question. Ton dossier montrera de nombreuses tentatives de suicide – le médecin et moi venons de tomber d'accord sur les conditions de notre entente. C'est toi qui décides. »

Je ne m'attendais pas à ça.

« Et qu'est-ce que vivre avec toi implique, Hugo ?

— Oh ne t'inquiète pas, Laura. Je ne te demanderai plus de renouveler tes services plutôt déplorables dans la chambre à coucher. Je peux me trouver beaucoup de remplaçantes consentantes. »

Je ne pouvais pas laisser passer ça.

« Hugo, j'ai été envoyée ici parce que... »

Et là j'ai vu la fureur dans ses yeux.

« Je sais pourquoi, Laura. C'est à cause de ta réaction ridiculement exagérée à une pratique parfaitement normale. Ton attitude a rendu ma vie exceptionnellement compliquée et je ne l'oublierai ni ne le pardonnerai jamais. Mais voici ce que nous allons faire. »

Puis nous avons discuté les conditions de notre accord, comme si on négociait l'achat d'une voiture d'occasion. J'y ai pensé longtemps. Regardons les choses en face : j'ai eu le temps pour ça ! Je ne peux pas ignorer tout ce que je sais. Les conséquences seraient terribles. Si je parle à quelqu'un des penchants de Hugo, cette histoire de troubles psychologiques m'empêchera d'être crédible. Mais je ne peux pas fuir. Je dois faire quelque chose. Prendre des initiatives. Je lui ai dicté mes conditions. J'ai fait un pacte avec le diable. Ma complicité en échange d'un nombre de concessions – dont l'une est d'acheter une maison en Italie. Un endroit pour pouvoir m'échapper, me sentir en sécurité – un endroit qu'il détesterait. Nous pourrons jouer au couple normal, mais la semaine où Alexa est chez sa mère, je pourrai m'extirper de cette atmosphère oppressante. Il a trouvé ça facile à m'accorder. Mais pour moi ce n'était pas le plus important.

***

Laura appela Imogen du bas de l'escalier. Elle ne voulait pas la déranger, mais on sonnait à la porte. Peut-être les jardiniers avaient-ils laissé la grille ouverte. C'était à Imogen d'ouvrir au cas où le "visiteur" serait un journaliste.

Becky sortit de son « bureau » mais Laura lui fit signe que ça allait et se dirigea vers la porte.

Elle resta bouche bée devant le visage bronzé et les yeux bleu vif de l'une des seules personnes qu'elle était contente de voir quelles que soient les circonstances. Ces yeux avaient l'air tristes mais était-ce pour elle ou à cause de sa vie à lui ?

« Ferme ta bouche, sœurette, tu vas gober les mouches.

— C'est vraiment toi ! Je sais que tu as dit à Imo que tu viendrais, mais je ne pensais pas que ce serait si tôt. Oh Will – c'est génial que tu sois là. »

Laura sauta au cou de son frère, enchantée de pouvoir s'abandonner à sa chaleur familière. Mais très vite, elle l'entendit parler d'une voix presque atone.

« Bonjour, Imogen. »
Silence.

Elle ne voulait pas être témoin de leur échange de regards. Ils n'avaient jamais retrouvé quelqu'un d'autre à aimer, ni l'un ni l'autre, et tout ça c'était la faute de Hugo. Que faire pour réparer ça ?

Ils se dirigèrent vers le salon. Laura ne pouvait s'empêcher de regarder Will. Ses cheveux étaient brûlés par le soleil. Il avait l'air d'un géant avec ses larges épaules. Le port le plus sûr dans la tempête.

Imogen et Will ne savaient pas comment se comporter. Ils restèrent à bonne distance l'un de l'autre, ce qui semblait le plus prudent.

La tension dans la pièce était à couper au couteau, ils bavardèrent dix minutes du travail de

Will, de la vie d'Imogen au Canada et des améliorations qu'apporterait Laura au manoir. Puis Will prit les choses en main.

« OK, vous deux. Ça suffit les bavardages. Vous avez intérêt à me dire ce qui se passe. Je ne vais pas faire semblant que j'appréciais ton mari, Laura, mais je ne vois pas pourquoi on aurait voulu le tuer.

— Will, c'est une longue histoire. Ces derniers jours ont été un enfer. Avant de parler de ça, on va prévenir maman que tu es là. Elle est sûrement dans la cuisine. Elle semble croire qu'on a besoin d'engraisser et qu'une cure de gâteau au chocolat résout tous les problèmes. »

Laura se leva et aperçut par la fenêtre Tom Douglas qui sortait d'une voiture avec deux agents.

« Qu'est-ce qui se passe ? C'est Tom avec deux autres policiers.

— Détends-toi, ce n'est sûrement rien. Va leur ouvrir, ou j'y vais si tu préfères. »

Laura se précipita à la porte où elle rencontra Becky qui détourna les yeux.

« Bonjour, lady Fletcher, je ne vous dérange pas ? demanda Tom en jetant un coup d'œil interrogateur à Will qui arrivait derrière.

— Absolument pas, inspecteur principal. Permettez-moi de vous présenter mon frère, Will Kennedy. Il vient juste d'arriver. Je peux vous offrir quelque chose à boire ? Une énième tasse de thé, peut-être ?

— Non, merci. Je suis désolé, je dois poser quelques questions à Mme Kennedy, répondit-il en se tournant vers Imogen. Mme Kennedy, mes deux agents vont vous accompagner à New Scotland Yard pour un interrogatoire. On vous y lira vos droits. Je vous rejoindrai après mon entretien avec lady Fletcher. »

Imogen, impassible, ne bougea pas d'un pouce.

Will s'avança, prêt à la défendre contre tout abus de pouvoir de la police.

« Puis-je vous demander pourquoi vous voulez interroger ma femme, inspecteur principal ? Est-ce que cela signifie que vous l'arrêtez ?

— Nous avons de nouvelles preuves, monsieur, qui orientent nos soupçons vers votre ex-femme. Je ne peux pas en discuter avec vous pour l'instant. »

Perplexe, Will se tourna vers Imogen.

« Qu'est-ce que ça veut dire, Imo ? Tu veux que je te trouve un avocat ?

— Laisse, Will. Tu ne sais rien de ce qui se passe, alors, le mieux, s'il te plaît, c'est que tu ne t'en mêles pas.

— Imo, fit Laura, ça n'a aucun sens, tu n'as pas à subir ça. Ce n'est pas normal. »

Imogen attrapa sa veste et se tourna rapidement vers Laura.

« Laura, tu vas me foutre la paix, oui ? Je n'ai pas tué Hugo. Tu le sais, je le sais – et j'espère bien que tu en es aussi convaincu, Will. Alors laissez tomber. C'est juste un interrogatoire. Ils ne peuvent pas m'arrêter parce qu'ils n'ont pas de preuves contre moi, et ils n'en ont pas parce que je n'ai rien fait ! Maintenant calmez-vous tous, buvez un gin à ma santé et on se voit plus tard. Pas besoin d'avocat. Tout va bien. »

Imogen se tourna vers Tom qui écoutait attentivement la conversation.

« Je suis prête, inspecteur principal. »

***

Tom n'avait pas tout saisi de cet échange. Il se tourna vers Laura.

« Je suis désolé, Laura. Il fallait que j'agisse selon la procédure. Je suis sûr que vous comprenez.

— Eh bien ! moi non, intervint Will. À moins que vous n'ayez des preuves, vous ne pouvez pas l'emmener comme ça. Pourquoi ne pas poser vos questions ici ?

— Monsieur Kennedy, nous avons la preuve que votre ex-femme était à Londres le matin du meurtre. À présent, si ça ne vous dérange pas, je voudrais parler à votre sœur.

— Je reste avec elle. Je suis sûr qu'elle a besoin de moi. »

Laura était visiblement secouée, mais pourquoi ?

« Will, Tom et moi nous entendons bien. Je sais que tu veux bien faire, mais, s'il te plaît, va rejoindre maman. Elle va être ravie de te voir, et tu lui diras, pour Imogen. Je peux parler à Tom en tête à tête. Je t'en prie, Will. »

Pas franchement enchanté, Will finit par céder et s'éloigna.

« Merci, Laura, dit Tom une fois dans le salon. J'ai plusieurs choses à vous demander, certaines sont délicates. »

Elle paraissait mal à l'aise, il fallait qu'elle se détende pour qu'il puisse lui tirer les vers du nez.

« Comment ça va, Laura ? J'ai remarqué que vous avez effectué quelques changements – c'est une très bonne chose à mon avis. »

Pourvu qu'elle comprenne qu'il faisait allusion au manoir, mais il avait bien remarqué les changements en Laura elle-même. Aujourd'hui elle avait même les joues roses, et portait une fois de plus un pull coloré, bleu pétrole cette fois – beaucoup mieux que ce beige délavé qu'elle portait à leur première rencontre. Difficile de croire qu'elle était la même personne. Elle semblait avoir plus confiance en elle.

Cependant, l'histoire avec Imogen la perturbait et il n'était pas son meilleur ami aujourd'hui.

« Laissons le jardinage pour l'instant. Dites-moi simplement ce que vous pouvez bien avoir découvert qui relie Imogen au meurtre de Hugo ?

— Je suis désolé, mais je ne peux rien dire pour le moment. Je vous promets de tout vous expliquer bientôt. La suite est difficile, je sais, mais pourriez-vous me parler de votre maladie ? Je sais que ça peut vous sembler bizarre, mais j'essaie juste de me faire une idée de la situation.

— La première fois que j'ai été internée, on m'a diagnostiqué une grave dépression. Hannah et Hugo m'ont trouvée recroquevillée dans une pièce d'une aile inhabitée du manoir.

— Vous savez pourquoi vous vous êtes retrouvée dans cette situation ?

— J'ai appris que la dépression clinique pouvait toucher n'importe qui n'importe quand.

— Vous étiez enfermée dans la pièce où ils vous ont trouvée ?

— Apparemment la porte s'ouvrait de l'intérieur, donc ça voudrait dire que non. »

Elle excellait dans l'art de ne pas mentir, et de ne pas répondre aux questions non plus. Elle évitait son regard. Mais Tom avait perdu assez de temps comme ça.

« Laura, nous ne nous connaissons pas depuis longtemps, mais je crois que nous avons du respect l'un pour l'autre, et, là, je sais que vous me cachez quelque chose. Le testament a montré quel genre d'homme était sir Hugo et Becky vous a entendues parler de Rohypnol, vous et Imogen. Tout ça est lié et j'aimerais que vous éclairiez ma lanterne. »

Laura leva vers lui des yeux où se lisait une souffrance indicible. Il se sentit coupable, mais il fallait débloquer la situation et il préférait que ce soit lui qui s'en charge.

« Tom, c'est très difficile et douloureux pour moi. Mon mari est mort et notre mariage était loin du rêve parfait qu'on est censé vivre. Mais je ne crois pas qu'en examiner les profondeurs lugubres puisse y changer quoi que ce soit maintenant.

— Je ne suis pas tout à fait d'accord, mais laissons ça de côté pour le moment. Je voudrais vous parler de Danika Bojin. »

Laura semblait déstabilisée par cette brusque diversion.

« Vous avez entendu le message à propos de Danika Bojin sur le répondeur l'autre jour. Je ne comprends pas pourquoi vous ne m'avez pas dit que vous la connaissiez. Elle est réapparue saine et sauve, Dieu merci, mais nous savons qu'elle est venue vous voir il y a deux ans. Voulez-vous m'en parler ? »

Laura avait une expression indéchiffrable. Était-ce de la peur ou du soulagement ? Ses yeux étaient si expressifs.

« Je suis contente de savoir que Danika va bien. J'étais inquiète en entendant le message, mais on me tient fermement à l'écart des activités de la fondation depuis des années et je ne pensais pas pouvoir lui être utile. Danika est venue voir Hugo, heureusement qu'il n'était pas là. Il aurait été hors de lui. Elle m'a dit qu'une de ses amies avait disparu et j'ai voulu l'aider. Malheureusement, peu après, je suis tombée de nouveau malade et je n'ai rien pu faire pour elle. C'est pour ça que j'étais si troublée en entendant le message.

— Avez-vous demandé à sir Hugo d'intervenir ?

— Oui, bien sûr, fit-elle en détournant les yeux. Il m'a dit qu'il allait s'en charger et de ne pas fourrer mon nez dans les affaires de la fondation.

— C'est ce que vous avez fait ?

— Bien sûr. »

Il ne la croyait pas une seule seconde.

28

Imogen ne pouvait s'empêcher de se sentir nerveuse en se dirigeant vers la salle d'interrogatoire. Peut-être que c'était le cas de tout le monde dans cette situation. Il valait mieux ne rien laisser paraître. Elle avait refusé la présence d'un avocat, tout d'abord en espérant que les policiers se convaincraient ainsi plus facilement de son innocence, et surtout, parce qu'elle voulait à tout prix éviter qu'on lui demande de faire état de ses faits et gestes des derniers jours. Si seulement Will n'était pas là. Elle ne l'avait pas vu depuis des années et, alors qu'il refaisait surface, elle ne trouvait rien de mieux que de se faire arrêter par la police. Si seulement elle pouvait se retrouver seul à seul avec lui, juste une fois.

Malgré la nausée qui menaçait, elle avait décidé de faire bonne figure. Ils n'avaient que des présomptions, rien de plus. Mais c'était Laura qui l'inquiétait. Tom avait réussi à lui inspirer confiance et il y avait des choses qu'il devait à tout prix continuer à ignorer.

Assise face au commissaire Sinclair et à un agent en uniforme, elle faisait de son mieux pour garder son calme et éviter de penser qu'elle était officiellement interrogée dans le cadre d'une affaire de meurtre. Il fallait rester concentrée pour ne pas se faire endormir par la physionomie bienveillante mais ambiguë du commissaire.

« Commissaire, je comprends votre point de vue. Si vous me dites qu'une Imogen Dubois se trouvait dans l'Eurostar de Paris à Londres puis dans celui de Londres à Paris, je vous crois. Mais vous pourrez vérifier mes débits bancaires, les réservations en ligne ou tout ce que vous voudrez, vous constaterez qu'il s'agit d'une autre Imogen Dubois.

— Madame Kennedy, nous l'aurions fait bien sûr. Mais, malheureusement, les billets ont été achetés en liquide dans un point de vente sur Regent Street. C'est assez inhabituel de payer en liquide de nos jours, vous savez. En fait, c'est même extrêmement inhabituel. Tellement inhabituel que je me demande pourquoi quelqu'un ferait ça. »

Tom Douglas, lui, n'avait jamais eu ce ton sarcastique avec elle. Prudence.

« Qui sait, commissaire. Peut-être que cette femme venait de gagner aux courses ? Et si vous croyez que c'était moi, ça voudrait dire que j'étais à Londres au moment de l'achat, non ? J'imagine que vous avez vérifié. »

Elle était contente d'elle, mais le policier changea de sujet pour la déstabiliser.

« Je crois que vous avez apporté votre ordinateur portable à Ashbury Park. Nous aimerions l'examiner, avec votre permission. Bien sûr nous pouvons demander un mandat au juge, mais si vous n'avez rien à vous reprocher, vous n'y verrez sans doute aucune objection.

— Bien entendu. Ce n'est pas un problème. Vous pouvez demander à Laura, il est dans ma chambre. Elle saura où chercher. »

Le commissaire fit un signe à l'agent qui quitta la pièce. Il était tout sourire.

« Je vais demander au sergent Robinson de nous l'apporter, si ça ne vous dérange pas, afin d'éviter de contaminer d'éventuelles preuves. À présent, je voudrais savoir – et rappelez-vous que ceci est un interrogatoire officiel – quand vous avez vu Hugo Fletcher pour la dernière fois.

— C'était en décembre 1998. Je pense que je pourrais même vous donner la date et l'heure.

— Et pourquoi est-ce si mémorable, madame Kennedy ?

— Parce que, au terme de cette visite, Laura et moi nous sommes disputées et je n'ai jamais été réinvitée chez eux.

— Quelle était la raison de cette dispute ? Avez-vous tenté votre chance auprès du mari de Laura ? Aviez-vous ce genre de relation avec lui ?

— Jamais. Je ne le trouvais pas le moins du monde attirant, et, de toute façon, c'était le mari de Laura.

— Mais lui, vous trouvait-il attirante ? Était-ce le problème ? Vous a-t-il mise dans une situation difficile par rapport à votre amie et votre mari ?

— Non. Bien sûr que non. »

Elle voulait s'éloigner le plus possible de cet homme. Aucun criminel ne devait résister à James

Sinclair. Le soulagement l'envahit quand il fit machine arrière.

« Alors dites-moi, madame Kennedy, quand avez-vous vu lady Fletcher pour la dernière fois avant la mort de son époux ? »

C'était maintenant ou jamais. Si elle restait concentrée, ça passerait. En revanche, si elle faisait une erreur, les conséquences seraient dramatiques.

« D'accord, nous n'avons pas été tout à fait honnêtes à ce propos. Un réflexe, j'imagine. Après la dispute, je n'ai plus vu Laura jusqu'à son second internement à la clinique. Nous avons trouvé un moyen de nous voir quand j'étais de passage en Angleterre sans que personne ne le sache. Hugo ne l'aurait jamais autorisé. Nous sommes restées en contact quand elle est rentrée chez elle.

— Vous ne répondez pas à ma question, madame Kennedy. Quand l'avez-vous vue pour la dernière fois avant la mort de son mari ? »

Il fallait réfléchir vite. Que répondrait Laura ?

« Ça devait être en été. Laura était en Italie, et Hugo ne l'y accompagnait jamais, donc j'ai pu y séjourner tranquillement, tant que je ne répondais pas au téléphone ou ce genre de chose. J'y suis restée quelques jours.

— Et vous ne l'avez pas revue depuis ?

— Non. »

Que disait-on des gens qui mentaient ? Leur regard partait d'un côté, mais était-ce à droite ou à gauche ? Elle essaya de le regarder droit dans les yeux.

« Alors pourquoi lady Fletcher était tellement épouvantée de vous voir à sa porte ? Elle avait l'air de vouloir vous tuer, vous plus que quiconque.

— La force de l'habitude, sans doute. Elle était sûrement dans un autre monde, et quand je suis arrivée elle s'attendait à ce que Hugo se matérialise pour la terrasser. Je ne sais pas – c'était un peu excessif, mais elle va mieux maintenant. »

Il ne la croyait pas.

« Une dernière question, madame Kennedy, avant de prendre le temps d'une pause. Pourquoi lady Fletcher vous a-t-elle dit : "Tu n'as pas idée de ce dont Hugo était capable. C'était le moindre de ses crimes" et : "Je suis absolument enchantée que Hugo soit mort" ? »

Comment savait-il cela ?

« Je ne sais pas comment vous pouvez savoir cela, commissaire, mais, hors contexte c'est un peu difficile à dire.

— Épargnez-moi ce genre de louvoiement, je vous prie. Vous le savez parfaitement et vous allez me le dire.

— Très bien. Déjà, je crois que c'est à elle que vous devriez le demander, parce que moi je ne ferais que deviner. Et, plus important, je n'aimais pas Hugo – donc tout ce que je dis de lui est forcément subjectif. D'après moi, c'était un homme compliqué, déplaisant et manipulateur. Laura n'était pas malade, mais il s'est arrangé pour qu'elle en ait l'air. Je la soupçonne d'être contente qu'il soit mort car aujourd'hui elle est libérée du contrôle qu'il exerçait sur sa vie. Mais ce n'est qu'une supposition, commissaire. »

Elle ne voulait pas paraître déstabilisée, mais comment pouvaient-ils savoir ça ? On frappa à la porte et le commissaire s'excusa avant de sortir de la pièce.

Elle avait l'impression de s'en être bien tirée, mais seul le temps le confirmerait.

***

Dans le couloir, James Sinclair se retrouva face à un officier rayonnant.

« Qu'y a-t-il Ajay ?

— La société de gardes du corps nous a rappelés. L'un des types qui s'occupaient de sir Hugo est en vacances mais il s'est souvenu d'un incident. Il conduisait Hugo d'Oxford à Londres une nuit, il y a quelques années, quand il s'est rendu compte qu'ils étaient suivis. Alors il a tourné dans une petite rue isolée. Le type qui les suivait était assez nul, apparemment. Avec la bénédiction de sir Hugo il a décidé d'agir. Phares éteints, il a foncé à toute allure et, quand l'autre type a tourné, il lui a allumé ses phares en pleine face, l'obligeant à s'arrêter. Il est sorti de la voiture, il a attrapé le type qui leur a avoué qu'il était payé pour suivre sir Hugo nuit et jour. Ils lui ont demandé qui l'avait embauché.

— Et il a répondu ?

— Certainement. C'était la femme de sir Hugo. Laura Fletcher. »

29

La conversation « informelle » de Tom avec Laura avait été interrompue plus d'une fois par de bonnes et de mauvaises nouvelles.

Le premier appel était de Kate. Il avait tenu compte des conseils de Laura, et, même s'il adorait sa fille, il ne se voyait pas vivre à nouveau avec sa mère. Ils avaient eu une grande discussion la veille et il s'était montré ferme. Kate appelait pour annoncer qu'elle rentrait à Manchester pour le week-end, « afin de réfléchir ». Il faudrait attendre pour voir ce qui allait se passer.

Il aurait aimé pouvoir en parler à Laura – mais il avait déjà dépassé la limite. Puis James Sinclair avait téléphoné. Il était à présent certain que Laura en savait beaucoup plus qu'elle ne voulait bien le dire, mais il éprouvait un certain regret à devoir lui poser des questions difficiles.

Le troisième appel était très intéressant.

***

En voyant l'expression de Tom, Laura comprit qu'il y avait du nouveau. Elle commençait à se sentir mal à l'aise. Elle aimait de moins en moins devoir mentir à cet homme. Il avait de la considération et de la compassion pour elle, et, là, il ne semblait pas enchanté. En observant son visage pendant qu'il parlait avec Kate, elle s'était demandé pourquoi la vie devait être si triste.

Tom se rassit en face d'elle.

« Laura, nous avons parlé de votre maladie et vous m'avez décrit les causes de votre premier séjour à l'hôpital. Mais nous avons des raisons de croire que les circonstances du second séjour étaient différentes. La presse a rapporté un genre de trouble délirant. Nous savons également que l'un de nos directeurs – Theo Hodder – a joué un rôle important en cette occasion. Nous essayons de le retrouver pour qu'il nous l'explique, mais je préférerais l'apprendre de votre bouche. »

Elle avait redouté ce moment. Il fallait que la réponse soit plausible, et elle s'était entraînée. Il lui fallait exposer les faits, sans montrer d'émotions. Cependant sa voix tremblait légèrement.

« Quand je suis revenue de mon premier séjour, les choses étaient un peu plus stables entre Hugo et moi, bien que légèrement différentes. J'ai pensé qu'il avait une maîtresse, c'était peut-être compréhensible, je n'étais plus là depuis deux ans. Puis Danika est venue me parler de son amie disparue Alina, et je me suis mis en tête que quelque chose arrivait à ces filles. J'ai cru que Hugo était impliqué. J'ai imaginé tout un complot. J'ai pensé que peut-être il les séduisait. Peut-être pour son plaisir, ou simplement pour les revendre. Je ne savais pas trop quoi en penser. »

Elle était passée maître dans l'art de l'euphémisme.

« J'ai rencontré M. Hodder lors d'un gala de charité, et je lui ai exposé ma théorie. Il a dû se rendre compte que je divaguais. Il faisait partie des quelques personnes qui savaient que j'avais déjà été malade, il a pensé à un genre de rechute. Alors il a appelé Hugo. Je n'arrivais pas à me sortir cette idée de la tête ; on m'a diagnostiqué un trouble délirant, et il a fourni le témoignage qui corroborait l'avis des médecins. »

Laura risqua un coup d'œil vers Tom. Quelque chose brillait dans ses yeux, elle n'avait pas été assez convaincante.

« Tom, je sais que ça paraît complètement stupide. Je me suis ridiculisée. Apparemment M. Hodder et sa famille accueillaient une des filles d'Allium à cette époque. Je crois que ça ne s'est pas très bien passé, mais il portait Hugo aux nues. Je suis très embarrassée par cette histoire, est-ce qu'on peut l'oublier, s'il vous plaît ?

— Saviez-vous que votre mari avait demandé à Jessica de détruire tous les dossiers des filles disparues ? »

Elle l'ignorait – mais c'était logique en quelque sorte. Hugo était un enfoiré, mais un enfoiré intelligent.

« Vous ne le saviez pas, n'est-ce pas ? Il lui a aussi accordé une "prime" mensuelle de huit mille livres par mois pour effectuer un travail dont elle refuse obstinément de nous dévoiler la nature. Il la payait en liquide, ça explique où disparaissait une partie des vingt mille livres que votre mari ponctionnait tous les mois. Puis vous avez embauché un détective privé pour suivre sir Hugo. Hugo l'a découvert et s'est arrangé pour vous effrayer. C'est à ce moment-là que vous êtes allée voir Theo Hodder. Comment je m'en sors jusqu'à maintenant ? »

Trop bien, pensa Laura. Beaucoup trop bien.

« Voilà la bonne nouvelle. Je viens de recevoir un appel de mon collègue qui est dans les bureaux d'Allium. La délicieuse, mais apparemment assez paresseuse, Rosie vient de nous apprendre qu'elle n'avait pas encore eu le temps de détruire les fameux dossiers des filles disparues. Nous sommes en train de les examiner – du moins ceux de ces cinq dernières années. »

Elle lut dans les yeux de Tom qu'il pensait que les dossiers lui livreraient la clé du mystère. Le pauvre.

« Ce que je ne comprends pas, Laura, c'est pourquoi, si vous pensiez qu'il était arrivé quelque chose de fâcheux à ces filles, vous ne m'avez rien dit quand vous avez entendu que Danika avait disparu ? »

Combien de mensonges allait-elle encore devoir lui raconter ? Il avait une fille. Peut-être comprendrait-il ?

« Ça aurait fait plus de mal que de bien. Hugo est mort, ç'aurait été trop tard pour ces filles, et il ne peut plus rien leur faire maintenant. Je devais protéger l'image qu'a Alexa de son père. Elle est ma priorité. Et elles sont en sécurité maintenant, ces filles. *C'est sûr.* »

La culpabilité la frappa. Elle en savait beaucoup, mais pas assez. Elle avait fait confiance à la police, et elle s'était retrouvée en asile psychiatrique. Certes elle aurait pu parler à Tom de ses soupçons en apprenant la disparition de Danika, mais elle avait pensé que c'était trop tard, ou qu'il ne pouvait plus rien lui arriver maintenant que Hugo était mort.

« Laura, vous m'avez dit que votre trouble consistait à croire que quelque chose de mal arrivait à ces filles, et que sir Hugo pouvait en être responsable. On dirait plutôt que vous en étiez certaine. Quand Danika est réapparue, elle nous a expliqué pourquoi elle était partie. Elle recherchait Mirela Tinescy qui avait laissé un mot qui n'a leurré personne. Elle n'a toujours pas été retrouvée, Laura. Si votre mari l'a enlevée, qu'est-ce qu'il a fait d'elle ?

— Vous êtes en train de dire que vous me croyez – que ce n'était pas qu'une hallucination ? Vous pensez que je n'étais pas folle, n'est-ce pas ? »

Le regard de Tom faillit la faire pleurer. Il était si triste, il se figurait sa vie avec Hugo et ses années de réclusion en établissement spécialisé. Il vint s'asseoir près d'elle dans le canapé et prit ses mains entre les siennes.

« Laura, Becky est allée récupérer l'ordinateur d'Imogen au manoir. Sur son lit, il y avait une lettre. Une lettre de vous, Laura. »

Il ne la quittait pas des yeux.

« Et elle me l'a lue au téléphone. »

30

DÉCEMBRE 2006

Chère Imogen,
Cette journée a été bizarre à tout point de vue. Une minute il y avait du vent et de la pluie, la minute d'après il faisait grand soleil. Mais pas assez longtemps pour sortir et finir de nettoyer le jardin pour l'hiver. Je sais que nous avons des jardiniers, mais, si je ne fais rien, je vais vraiment finir par devenir dingue !

J'ai passé toute la journée à regarder par la fenêtre, à me morfondre en pensant à l'Italie. Au moins, là-bas, je peux tenir les démons à distance. Ici, ils m'attendent dans chaque recoin. Et puis je me suis mise à penser à toi, mon amie que j'ai perdue depuis si longtemps.

Je suis à Ashbury Park depuis un an maintenant, mais je dois encore faire très attention. Je ne peux pas faire un pas de travers. Je dois avoir l'air de me plier à la domination absolue de Hugo. Je suis ici pour une seule raison. Une raison que je ne t'ai pas révélée. Je ne crois pas que je supporterai de la coucher par écrit, si tu veux tout savoir.

J'aurais vraiment dû retourner en Italie. Je n'y suis restée qu'une semaine parce que Hugo avait besoin d'aide pour préparer Noël, et pour acheter les cadeaux pour Alexa. Mais sinon, ma présence l'irrite.

On ne se voit presque plus, maintenant – moi ça me va très bien. Hugo sort régulièrement, et reste absent assez longtemps. Parfois il semble grisé par la perspective de sa nuit, j'imagine qu'il a une maîtresse. La pauvre femme.

Il m'a appelée tout à l'heure pour me dire qu'il serait absent un jour ou deux. Et qu'il ne voulait pas être contacté. Il avait l'air très énervé par quelque chose, mais au moins je n'ai pas besoin de jouer la comédie – je mérite largement un Oscar – ce soir.

Je me suis installée près du feu avec un verre de vin et un bon bouquin. Puis l'Interphone a sonné. Un instant, j'ai eu peur. Personne ne vient jamais sans invitation ici, et on donne peu d'invitation. J'ai bien cru que c'était toi!

Je n'ai pas reconnu la voix.

« Bonjour. Je voudrais voir sir Hugo Fletcher, s'il vous plaît. Je m'appelle Danika Bojin.

— Je suis désolée, mais mon mari n'est pas là. Il est en voyage d'affaires. Vous devriez vous adresser à son bureau.

— Je vais déjà au bureau il y a deux jours, et personne ne m'aide. Vous êtes sa femme? S'il vous plaît. Vous pouvez m'aider? »

Je n'avais pas la moindre idée de ce qu'elle me voulait, mais il faisait nuit et froid, et il pleuvait, elle avait l'air vraiment mal. Et sur l'écran elle semblait extrêmement jeune, j'ai eu pitié d'elle, je l'ai fait entrer.

Elle voulait parler à Hugo d'une de ses amies qui a disparu. Danika ne croit pas qu'elle serait partie sans la prévenir. Elle pense qu'il lui est arrivé quelque chose. Elle avait vraiment l'air terrorisée.

Sa loyauté m'a impressionnée – venir jusqu'ici pour essayer de parler à Hugo. Elle a dû marcher au moins cinq kilomètres sous une pluie battante. Elle parle assez bien anglais. Elle m'a dit qu'elle était brillante à l'école. C'est terrible qu'elle ait été entraînée dans la prostitution. Ma vie est triste, mais si peu comparée à celle de cette fille.

« On me dit de ne pas venir ici, et je suis vraiment désolée, mais je ne sais pas ce que je dois faire. Alina ne part pas sans nous dire. Elle est heureuse où elle vit. Quelque chose est arrivé. Je le sais.

— Elle n'a jamais dit qu'elle pensait partir ?

— Je ne sais pas. La dernière fois que je la vois, elle a l'air heureuse. Grand sourire, les yeux brillants. C'était ça. Mirela aussi le voit – alors on lui demande et elle dit qu'elle a un secret, mais elle ne peut pas nous dire. Je crois peut-être qu'elle est tombée amoureuse avec le mari de la famille, alors je demande. Elle rit et elle dit que je me trompe. La famille est super et elle ne veut jamais les mettre en colère. Elle veut rester avec eux jusqu'à elle trouve un homme pour s'occuper d'elle bien, vous comprenez ? Peut-être elle l'a trouvé, mais je ne pense pas qu'elle part sans expliquer à la famille. »

Je ne savais pas comment l'aider. Je lui ai donné à manger et à boire et j'ai appelé un taxi pour qu'il la raccompagne chez elle. Et j'ai promis de faire de mon mieux pour l'aider à retrouver son amie. J'étais gênée de ne rien savoir sur la fondation Allium.

« Avez-vous déjà rencontré mon mari, sir Hugo ? lui ai-je demandé.

— Oh oui. On le rencontre toutes. Il vient parler avec nous quand on arrive à Allium. On se met en ligne et il choisit des filles pour leur parler.

— Il vous a parlé ?

— Non. Je ne suis pas contente. Mais il parle longtemps avec Alina et aussi avec Mirela un peu. Mais pas moi. Peut-être je suis trop moche.

— Bien sûr que non, Danika. Vous auriez une photo de vos amies ?

— Non. Les photos, elles doivent être à Allium. »

Depuis que Danika est partie, je n'ai fait que penser à ce que je peux faire. Et je me suis décidée. C'est l'occasion d'aider quelqu'un. De faire quelque chose d'utile. Je n'en parlerai pas à Hugo, parce qu'il trouverait un moyen pour m'en empêcher. Je ne vois pas pourquoi ça le dérangerait. Après tout, il est censé vouloir le bien de ces filles.

Je vais laisser cette lettre ouverte, comme ça, je pourrai te raconter la suite de mon enquête !

***

Ça fait six jours que Danika est venue, j'ai décidé que, puisque Hugo est absent, de me rendre à Allium voir ce que je pouvais trouver sur l'amie de Danika, Alina. Je ne peux pas y aller quand Hugo est là, donc c'était le moment ou jamais.

Arrivée à Egerton Crescent, je suis montée directement à l'appartement et j'ai croisé Rosie. Elle laisse souvent des notes sur son bureau là-haut. Il les lit le soir en buvant un whisky. Quand je pense que j'ai passé des soirées à le regarder avec béatitude. C'était il y a bien longtemps.

J'ai proposé un café à Rosie. Je lui ai expliqué la raison de ma venue, elle m'a dit que Danika et Mirela étaient passées au bureau il y a une semaine, je le savais bien sûr. Apparemment, plusieurs filles disparaissent chaque année, en laissant un mot d'explication derrière elles. Selon Hugo ça ne sert à rien de chercher à avoir de leurs nouvelles si elles ont fait le choix de partir.

Rosie se souvenait que, le jour de la disparition d'Alina, Hugo était absent, mais c'est tout. Il s'absente plusieurs fois par semaine, l'information n'était pas très utile. Puis elle a sorti son agenda.

« Voilà c'est ça. Je m'en souviens parce qu'on venait juste d'entendre parler de cette fille quand la BBC a appelé pour interviewer sir Hugo pour Panorama – une émission spéciale sur le trafic d'êtres humains – et je n'arrivais pas à le joindre. »

Elle a montré les initiales sur l'agenda – LMF. Apparemment, c'est un code qui signifie qu'elle ne peut pas le déranger et qu'elle ne doit prendre aucun rendez-vous pour cette date – sous aucun prétexte. Elle croyait que j'étais au courant.

Puis Jessica l'a appelée. Elle n'aurait pas été ravie d'apprendre que je posais toutes ces questions.

« Une autre fille est partie, Rosie. Elle a laissé un mot mais je vais aller voir la famille. Descends t'occuper du téléphone. Bon sang qu'est-ce que tu fabriques là-haut ? »

Puis la porte d'entrée a claqué. Rosie est redescendue et j'ai rouvert l'agenda. Aujourd'hui, c'est un jour LMF. Exactement comme il y a trois mois, quand Alina a disparu.

C'est une drôle de coïncidence. Il est injoignable quand Alina disparaît et là, rebelote, LMF et une autre fille disparaît. Si je n'en savais pas autant sur Hugo – s'il avait été quelqu'un d'ordinaire –, rien de tout ça ne me serait venu à l'idée. Mais il n'est pas quelqu'un d'ordinaire.

J'ai regardé son agenda de plus près. C'était bizarre. Ici et là, il y avait un LMF écrit au stylo et souligné. Le prochain était prévu pour dans trois mois. Mais il y avait aussi des rendez-vous LMF inscrits au crayon. Je les ai montrés à Rosie. Elle a dit que ceux-là, à la différence de ceux inscrits au stylo, pouvaient être remplacés par d'autres rendez-vous pour des cas d'urgence.

Puis Jessica est revenue. Elle ne pouvait pas vraiment me demander ce que je faisais ici, mais, vu sa tête, j'ai compris. Je lui ai demandé les dossiers des filles disparues. Elle a refusé. J'ai dit que c'était Hugo qui m'avait chargée de cette mission, mais elle ne m'a pas crue.

Je dois savoir s'il y a un lien entre ces filles qui s'en vont et les disparitions temporaires de Hugo.

Que ces filles soient ses maîtresses, je m'en fiche – j'ai vraiment pitié d'elles, par contre –, mais ça peut me donner un certain avantage en cas de nouvelle négociation.

J'ai perdu contre Jessica. Je sais qu'elle va parler à Hugo, il me faut une explication. Je lui dirai pour Danika et que Rosie m'a expliqué qu'il ne fallait pas s'inquiéter parce que le mot qu'elles laissaient toutes derrière elles prouvait qu'elles partaient de leur plein gré, et puis faire semblant de me désintéresser de cette histoire. Mais je chercherai à comprendre à quoi correspondent ces initiales.

Il va falloir être très prudente. Si Hugo le découvre, je suis morte (littéralement).

***

J'ai fait une erreur stupide et maintenant je suis terrifiée. Je ne suis pas dans un polar. C'est la vraie vie. *Ma* vraie vie. Il faut que j'arrive à ne penser qu'à moi. Je me suis laissé emporter par ma curiosité, ma soif de comprendre et maintenant je ne sais pas ce qui va se passer.

J'ai engagé un détective privé. Il devait suivre Hugo. Je l'ai toujours soupçonné d'avoir une maîtresse. Mais si c'était quelque chose de plus sinistre ? Il faut que je sache.

Hugo est rentré et, bien sûr, m'a assommée de questions sur ma petite visite au bureau. Jessica n'a pas perdu de temps. Je crois que je m'en suis assez bien sortie, même si on m'a fait savoir que les affaires de la fondation n'étaient pas les miennes et que je ne savais rien de son fonctionnement.

Et puis ça a dérapé. Hugo avait engagé un garde du corps pour la soirée. J'aurais dû savoir qu'il n'allait rien faire étant donné qu'il était accompagné – mais j'ai bêtement demandé au détective de le suivre, et il s'est fait prendre !

Tu ne peux même pas imaginer sa colère. Et je n'ai trouvé aucune excuse plausible. Je ne pouvais pas dire que je pensais qu'il avait une maîtresse. Il sait que j'en serais ravie. Je ne savais pas quoi dire. Je suis restée là à me faire agonir d'injures. Je ne l'avais jamais vu aussi furieux – encore plus que la fois où il m'avait enfermée. En ce moment, il est en train de décider ce qu'il va faire de moi. Il faut agir, et vite. Pas pour moi – je me fiche bien de ce qui peut m'arriver, maintenant. Mais il n'y a pas que ma vie qui soit en jeu.

Je dois en parler à quelqu'un. Te le dire à toi ne servirait à rien – qu'est-ce que tu pourrais faire ? Et je n'ai pas d'autre amie. Si j'en parle à maman ou à Will, je ne sais pas comment réagirait Hugo. Il trouverait le moyen de leur faire perdre toute crédibilité, quelque chose d'atroce, probablement. Il me faut quelqu'un qui ait le bras long. Quelqu'un qui pourra me protéger – et pas seulement moi, bien sûr. Oh, je sais ce que va dire Hugo. Il rappellera mon état dépressif, et mettra ça sur le compte de mon imagination maladive. Je dois me montrer convaincante – et tout ça sans le moindre début de preuve.

Donc je me suis décidée. Je vais aller voir la police. Les aventures avec des prostituées ne sont pas illégales ici, je le sais, mais si ces prostituées disparaissent, il faudra bien qu'ils fassent une enquête. Je connais un directeur de police que j'ai rencontré plusieurs fois à des galas. Theo Hodder. C'est lui que je vais aller voir.

Je crois que je ne te l'ai pas dit souvent, Imo – mais je t'aime vraiment. Et je suis désolée pour tout.

Xxxx

31

UN PETIT VILLAGE EN CRÈTE

À près de trois mille kilomètres de là, en Crète, un petit groupe de vacanciers retraités prenait l'apéritif dans un bar, perché à flanc de colline, loin des sentiers battus. On était hors saison mais il faisait encore assez chaud pour s'installer en terrasse le midi, et la lande desséchée attendait les pluies hivernales.

« Quel endroit agréable. Et quelle vue ! disait une femme.

— Je parie qu'on va se régaler, il y a un couple de gens du coin qui vient d'entrer, c'est bon signe, enfin à ce qu'on dit.

— Plus que trois jours, et on sera à nouveau sous la pluie.

— Sur cette note joyeuse, santé ! »

Les deux couples continuèrent leur célébration.

Le couple de locaux bavardait tranquillement dans un langage que le contingent anglais interpréta comme du grec. Contrairement aux Britanniques, qui parlaient fort en se disant que personne ne comprenait ce qu'ils disaient.

« En tout cas, c'était agréable de se tenir éloigné du monde. Les nouvelles sont tellement déprimantes. Les attentats au Pakistan, les banques qui se cassent la figure, les politiciens louches qui se poignardent mutuellement dans le dos – au moins ici on peut se détendre. C'est un peu comme faire l'autruche, mais je préfère ne rien savoir de tout ça pendant mes vacances.

— Moi, j'aimerais quand même bien savoir ce qui se passe dans l'affaire du meurtre de Hugo Fletcher, dit l'une des femmes. On n'a rien suivi. Je n'arrivais pas à le croire quand j'ai vu le flash à l'aéroport. Qui voudrait tuer quelqu'un comme lui ? Je parie que c'est une histoire de femme. Il était pas mal, non ? »

L'autre femme acquiesça.

« Il a une fille en plus. Qui doit avoir onze ou douze ans. La pauvre gosse.

— Pourquoi on n'oublierait pas les actualités pour profiter de cet endroit merveilleux ? D'accord ? Allez, on va commander. Je veux ça », fit l'un des hommes en montrant du doigt l'autre table occupée.

Le couple grec ne disait plus rien. Leurs yeux se rencontrèrent et l'homme tendit la main pour caresser le bras de la femme.

Ils se levèrent, l'homme jeta un billet de vingt euros sur la table, et ils partirent, laissant leurs assiettes intactes.

32

La police examina rapidement les dossiers des filles d'Allium disparues. On était dans l'urgence, comme si tout le monde savait que quelque chose allait se passer. À Ashbury Park, Tom reçut un coup de fil, et ce qu'il devait faire ne lui plaisait pas.

« Laura, je pense qu'il vaudrait mieux que vous vous asseyiez. Vous devriez faire venir quelqu'un. Voulez-vous que j'aille chercher votre mère ou votre frère ?

— Non, merci. Je préfère être seule pour entendre ce que vous avez à me dire. »

Il avait une forte envie de lui prendre la main, mais ce n'était pas le moment. En revanche rien ne l'empêchait de lui témoigner toute sa sympathie.

« Je suis désolé, Laura. Parfois avoir raison n'est pas réjouissant. Il semblerait que vous aviez raison à propos de sir Hugo. Il y a toujours une chance que ce soit une coïncidence, mais c'est peu probable. Ces cinq dernières années, à chaque occurrence du sigle LMF souligné dans son agenda, une fille disparaissait. Elles ont toutes laissé un mot pour expliquer les raisons de leur départ, c'est pour ça qu'il n'y a jamais eu d'enquêtes. »

Laura avait baissé la tête, comme si elle ressentait la honte d'être associée à cet homme et à ce qu'il avait dû commettre.

« Seule Rosie aurait été en position de faire le rapprochement, mais c'était parfois très espacé dans le temps – du moins les premières années. Et, bien sûr, d'autres filles, qui n'ont certainement rien à voir avec ça, ont disparu entre ces dates. On peut comprendre qu'elle n'ait pas fait la relation. Et elle n'avait aucune raison de penser qu'il jouait un rôle là-dedans. »

Tom se tut un instant. Finalement, Laura leva les yeux. Elle ne semblait pas surprise par ces révélations, elle avait toujours su ce qui se passait. Pourquoi, sinon, aurait-elle signalé son mari à un directeur de police ? Et surtout, pourquoi Theo Hodder n'avait-il pas réagi ? Il lui posa la question.

« Il a refusé de m'écouter. Il a dit que Hugo était un saint, et que rien ne pourrait le convaincre du contraire. Mais je ne savais pas qu'ils étaient si proches.

— Laura, vous devez savoir que Hodder n'est pas très apprécié chez nous, et même sérieusement méprisé dans certains services.

— Je pense qu'il avait une dette envers Hugo. Mais je n'en sais pas plus. Je ne peux pas vous l'expliquer, mais dans un certain sens, il m'a été utile. »

Mystérieuse remarque, mais il avait encore des choses à dire. À présent que l'affaire éclatait au grand jour, Laura voudrait sûrement l'aider.

« Nous pensons que LMF peut être un lieu. Brian Smedley est en train de rassembler la liste des propriétés appartenant à la compagnie. Nous recherchons aussi les hôtels dont les noms pourraient correspondre à ce sigle.

— Non, Tom. Il ne serait jamais allé à l'hôtel. On l'aurait reconnu.

— Je suis sûr que nous devons résoudre ce mystère pour comprendre le meurtre. Laura, si je dois savoir autre chose à ce sujet, vous devez me le dire.

— Mais je ne sais rien. Je n'ai jamais fait que des suppositions. Ce que je sais, c'est que vous devez chercher un endroit loin de tout. Quelque part où on ne pourrait pas le reconnaître. Où personne n'aurait pu le voir aller et venir.

— Mais si les filles l'ont suivi de leur plein gré, que pensez-vous qu'il se soit passé quand il finissait par se lasser d'elles ? Ça devait sûrement être le cas, il semble avoir changé de fille environ tous les trois mois. Est-ce que ça serait un mobile pour un meurtre ? Ce ne serait pas la première fois que quelqu'un meurt des mains d'une femme dédaignée. »

33

Laura avait l'impression qu'une année s'était écoulée depuis qu'on avait emmené Imogen au commissariat. Quand la voiture la déposa devant le manoir, elle se précipita, soulagée.

«Imogen? Ça va? J'étais tellement inquiète. Qu'est-ce qu'ils t'ont demandé? Qu'est-ce que tu leur as dit?»

Elles restèrent longtemps dans les bras l'une de l'autre. Malgré toute la compréhension dont avait fait preuve Tom avant de repartir pour New Scotland Yard avec Becky, il avait refusé de lui dire quand elle pourrait revoir Imogen.

«Je vais bien. Mais les lettres? Ces fichues lettres. Laura, je suis désolée. Il y en avait une sur mon lit! Ils l'ont trouvée en venant chercher mon ordinateur!

— C'était celle sur Danika. J'en ai parlé à Tom, je te raconterai plus tard.

— Dieu merci, j'ai détruit celles que j'ai déjà lues! Mais les autres?

— Elles étaient dans ton tiroir, ils n'ont pas demandé s'ils pouvaient fouiller ta chambre. Alors je les ai détruites. La plupart en tout cas. Toutes celles qui parlent de ce que je t'ai dit à la clinique.

— J'avais pensé que les plus récentes pourraient combler les vides – il y en a quelques-uns. Quand vas-tu me raconter la suite – c'est comme si tu m'avais donné un puzzle en gardant la pièce qui donne tout son sens à l'image ?

— C'est mieux que tu ne saches rien avant que tout soit terminé, d'une manière ou d'une autre. »

Imogen n'allait pas se laisser faire, alors Laura changea de sujet.

« Enfin bon, Imo, et toi ? C'était affreux ?

— Ah ! Dire que ç'a été un traumatisme est un euphémisme. »

Mais Imogen semblait avoir la tête ailleurs, elle regardait autour d'elle. Puis elle posa la question inévitable.

« Où est Will ?

— On commençait tous à s'énerver alors Will a emmené maman faire les courses. Tu la connais – un bon repas chaud règle tous les problèmes. Je l'appelle pour lui dire que tu es revenue.

— Non laisse, ma chérie, si ça ne t'ennuie pas. Tu sais de quoi j'ai besoin ? D'un gin tonic bien tassé, et d'un bain très chaud. Vu la puanteur de la salle d'interrogatoire, je peux te dire qu'elle a dû voir passer pas mal de suspects. Viens avec moi, j'ai besoin de parler. Contrairement à d'autres, moi je préfère communiquer. »

Laura ignora le dernier commentaire et alla préparer les gins tandis qu'Imogen se faisait couler un bain.

« Imo, appela Laura du bas de l'escalier, utilise ma salle de bains, j'ai des produits Jo Malone absolument géniaux. Citron vert, basilic et mandarine. Sers-toi. »

Elle lui laissa le temps de s'immerger. Pendant leur jeunesse, tous les problèmes semblaient pouvoir être résolus par un bon bain chaud.

Elle ajouta du citron vert pour Imogen et du jaune pour elle-même. Puis versant une quadruple mesure de Bombay Sapphire et juste une touche de tonic, elle posa les verres sur un plateau. Elle était impatiente de connaître les détails de l'interrogatoire mais il ne fallait pas la brusquer.

Elle frappa doucement à la porte et entra. Un doux parfum emplissait la pièce. Imogen avait lavé ses cheveux, au cas où ils seraient imprégnés de l'odeur du commissariat. Laura vit les preuves de ce qu'elle avait subi dans ses yeux. Ou peut-être n'était-ce que la douleur d'avoir perdu Will toutes ces années. Hugo avait à répondre de beaucoup de choses, mais, concernant Imogen, Laura n'était pas tout à fait innocente, elle non plus. Aucun jour ne passait sans qu'elle regrette amèrement de ne pas avoir cru Imogen.

Elle posa le verre avec un sourire rassurant et s'assit sur le rebord de la baignoire.

« Merci de m'avoir laissé le temps de décompresser. Je sais que ça doit te tuer d'attendre mon petit compte rendu de l'interrogatoire ! Mais ça va. Vraiment. Il y a un problème parce qu'ils savent qu'une Imogen Dubois a pris le train de Paris à St Pancras, puis en sens inverse quelques heures après. Ils sont convaincus que c'est moi, mais ils ne peuvent pas le prouver. Et puis, même s'ils le pouvaient, tout ce qu'ils auraient c'est que j'étais à Londres. J'aurais très bien pu avoir une envie urgente de quelque chose chez Harrods, qu'est-ce qu'ils en savent ? Rien ne me relie à Hugo. Ils voulaient des aveux, c'est tout. »

Laura sirotait son verre en attendant la suite.

« Bien sûr, il ne peut y avoir aucune preuve à l'appartement, et ils ne trouveront jamais de trace de communication entre Hugo et moi. Alors qu'est-ce qu'ils peuvent faire ? Oh, ils ont les enregistrements vidéo de la personne qu'ils veulent "rencontrer". Mais l'image n'est pas très nette, et il n'y a rien sur les autres caméras, alors j'ai tout nié en bloc. »

L'acte de bravoure d'Imogen l'impressionnait, mais elle la connaissait trop bien.

« Je suis vraiment désolée que tu aies dû subir cette épreuve. Si j'avais pu t'éviter ça, je l'aurais fait, sans hésitation. J'espère que tu le sais. »

Imogen posa une main couverte de savon sur son genou.

« Ne sois pas bête, Laura. Si j'avais fait ce que j'aurais dû faire et pris cet avion pour le Canada, tout se serait bien passé. C'est entièrement ma faute. Je le sais, et je te demande pardon. Et je n'ai pas mis que moi en danger ! »

Avant qu'elle puisse répondre un cri retentit.

« Laura ? Où es-tu ? Des nouvelles d'Imogen ? »

Will était rentré, plus inquiet que jamais. Des pas résonnèrent dans l'escalier, la porte de la chambre de Laura s'ouvrit à la volée et Will put apercevoir que quelqu'un se trouvait dans la baignoire.

« Oh pardon, Laura. Je reste là, tu n'as qu'à crier, je veux juste savoir ce qui se passe avec Imo.

— Ce n'est pas Laura, c'est moi, crétin. Tu ne reconnais même pas ta propre femme ? Tu peux entrer, je suis couverte de bulles.

— Pardon. On dirait Laura avec tes cheveux en arrière comme ça. »

Will dissimulait mal son soulagement de la voir saine et sauve, et Imogen rougissait. Elle se considérait comme la femme de Will et ce dernier ne semblait pas choqué du tout. Il était temps de les laisser en tête à tête.

« Si ça ne vous dérange pas, je trouve ça vaguement gênant d'être là pendant que ma meilleure amie, nue dans son bain, est en train de parler à mon frère. C'est sûrement à cause de ma nature frigide, n'est-ce pas ? Je vais y aller. »

Elle quitta la pièce, laissant Will perplexe.

« Frigide ?

— Tu ne veux pas savoir, Will. »

Laura se dirigea vers la cuisine, certaine d'y trouver Stella en train de concocter quelque chose d'appétissant. Qu'allait-il encore bien pouvoir se passer ?

Elle n'eut pas à attendre longtemps.

Juste après avoir annoncé à Stella qu'Imogen était de retour, la paix fragile fut brisée par l'Interphone. Sur l'écran apparut une femme, la cinquantaine, un peu négligée, les cheveux légèrement grisonnants.

« Oui, je peux vous aider ? »

Il faisait sombre à présent et ce visage blanc qui se détachait, avec un nez deux fois plus gros que la normale, car trop près de la caméra, paraissait inquiétant.

« Je suis venue voir lady Fletcher. »

La voix, empreinte d'un accent très bourgeois, détonnait avec l'image.

« Puis-je vous demander pour quelle raison, s'il vous plaît ?

— Non. Je voudrais parler à lady Fletcher, et à elle seule.

— J'ai bien peur que lady Fletcher ne reçoive plus aucun visiteur à cette heure.

— Je ne suis pas un visiteur. Je suis de la famille. »

Laura interrogea Stella du regard, qui se contenta de hausser les épaules. Certainement personne de leur côté en tout cas. Mais Laura ne voulait pas paraître impolie.

« Pourriez-vous me donner votre nom, je vous prie ?

— Dites-lui juste que je dois lui parler impérativement. Dites-lui que c'est Beatrice. »

Décidément cette journée devenait de plus en plus bizarre. Laura se tourna vers sa mère.

« C'est la sœur de Hugo.

— Je ne savais même pas qu'il avait une sœur. Elle n'était pas au mariage ?

— Je ne l'ai jamais rencontrée. Elle a fugué à quinze ans, ça fait quarante ans qu'elle a disparu ! »

Laura finit par ouvrir la porte. La personne qu'elle vit approcher était pour le moins spectaculaire. Elle portait un pantalon noir large, un pull en coton blanc avec un anorak rouge et marchait à grands pas dans des baskets usées, un sac marin vert à l'épaule. Elle avait peut-être des restes de la classe supérieure britannique dans la voix, mais son apparence contrastait totalement.

« Purée, j'avais oublié qu'il faisait si froid en Angleterre. Et quel endroit épouvantable. Comment pouvez-vous supporter d'habiter là-dedans ? Puis-je entrer ? »

Muette, Laura la laissa passer.

« Ignoble et déprimant, conclut la femme avec un frisson, une fois dans le hall. Ça n'a pas changé d'un poil, sauf l'horrible hermine empaillée qui a disparu. Épouvantable. Je n'aurais jamais imaginé revenir ici un jour. Vous n'auriez pas du gin dans ce mausolée ? »

Laura ne savait pas quoi dire, mais il y avait quelque chose chez cette étrange femme qu'elle aimait bien. Peut-être son appréciation du manoir.

« Si bien sûr. Je vous en prie, allez vous asseoir au salon, je m'occupe de tout. Vous voulez manger quelque chose ?

— C'était vous à l'Interphone, n'est-ce pas ? Oh je ne vous en veux pas. Je vous présenterais bien mes condoléances mais vous m'avez l'air d'une fille sensée, donc je vais m'épargner cette peine. Et non, je n'irai pas au salon – morne et lugubre, si je me souviens bien. Je vous accompagne à la cuisine, si ça ne vous dérange pas.

— Non, bien sûr. Ma mère y est aussi.

— Elle est venue vous consoler ? »

Beatrice eut un éclat de rire.

Que penser de cette femme ? Heureusement que Stella était là.

Les présentations faites, sa mère servit les boissons en silence. Comment démarrer une conversation avec quelqu'un dont le frère venait tout juste de mourir, mais qui n'avait plus été en contact avec lui depuis des années ? Beatrice semblait comprendre le malaise de Laura et le soin méticuleux que prenait Stella à préparer un simple gin tonic. Tout pour éviter une conversation difficile. Finalement, elle rompit le silence.

« J'ai entendu la nouvelle ce matin – enfin, au déjeuner, pour nous, le matin ici. J'ai pris le premier avion. Il le fallait. »

Beatrice les observa pour voir leur réaction. Laura espérait que sa mère dise quelque chose, mais Beatrice reprit la parole :

« Vous voulez sans doute en savoir un peu sur moi, hein ? Hugo vous a sûrement dit que j'avais mis les voiles et qu'on ne m'avait jamais revue ? C'est tout à fait exact. Il fallait que je m'éloigne de cette affreuse baraque et de ces parents épouvantables. J'imagine que vous voulez savoir ce qui m'est arrivé, nan ? »

Laura acquiesça sans rien dire. Elle se montrait très impolie, mais que dire à cette invitée ?

« Pour commencer, je suis allée à Newquay. C'était l'été. C'était facile de se fondre dans la foule. Quelques mois plus tard, je suis partie pour Rhodes – à Lindos, pour être précise. On campait sur la plage, dans les années soixante, la vie était facile. J'ai travaillé dans des bars, j'ai fait ce que j'ai pu pour survivre. Puis j'ai rencontré mon mari – il est grec – et on s'est installés en Crète. On vit là-bas depuis. Maintenant, je ressemble à une Grecque pur jus et j'évite les Britanniques à tout prix. »

Bras croisés, Beatrice s'adossa au mur. Il y avait quelque chose dans son manque de style et de coquetterie que Laura trouvait étrangement attrayant. Elle était le genre de personne à appeler un chat un chat, et, étant donné la malhonnêteté et la sournoiserie qui enveloppait cet endroit, c'était un bol d'air frais.

« Comment avez-vous su pour Hugo ? demanda Laura.

— Je ne lis jamais les journaux anglais, et nous ne regardons pas les chaînes anglaises non plus, mais, même en Crète, le téléphone arabe fonctionne, souvent sous la forme d'odieux touristes. J'avais entendu parler de la fondation de Hugo. Je m'en serais doutée, franchement, vu les goûts de notre père. »

Elle eut une expression de dégoût.

« J'ai appris sa mort ce midi. Des Anglais bruyants en ont parlé au restaurant où je mangeais.

— Je suis vraiment désolée que vous l'ayez apprise de cette façon. Ça a dû être un choc terrible. Si j'avais su comment vous contacter je l'aurais fait, mais je ne savais pas que vous étiez en contact avec Hugo. Il ne me l'a jamais dit.

— Vous croyez que je suis revenue pour faire mes adieux à mon frère ? fit Beatrice dans un éclat de rire. Nous ne nous sommes plus reparlé depuis que je suis partie, et, franchement, je lèverais plutôt mon verre à sa disparition. »

Beatrice s'adoucit en la regardant.

« Je n'ai appris qu'aujourd'hui qu'il avait une fille. Je crois qu'elle a onze ou douze ans – quelque chose comme ça. Je m'inquiète pour elle. Je dois savoir ce qui s'est passé, et comment elle s'en sort. Si Hugo était comme notre père... »

Laura ouvrit de grands yeux et tourna la tête vers sa mère qui ne semblait pas avoir entendu Beatrice. Celle-ci remarqua son trouble et changea de sujet :

« Elle fait partie de ma famille – je suis venue voir si je pouvais l'aider. Laura, j'aimerais me refamiliariser avec l'endroit, si c'est possible ? Je peux emporter mon verre ? »

Deux minutes plus tard elles quittaient la cuisine ensemble.

« Vous voulez voir l'étage d'abord, ou le rez-de-chaussée ? demanda Laura.

— Ne soyez pas ridicule, cette maison ne m'intéresse pas le moins du monde, mais vous ne vouliez pas parler de votre mari devant votre mère. Où est la petite ? Comment va-t-elle ?

— Elle va bien, Beatrice. Elle est avec sa mère. Elle est adorable, vous verrez. Quelles que soient vos inquiétudes, tout est sous contrôle. »

Beatrice acquiesça lentement. Inutile d'en dire plus, elles se turent à nouveau. Puis Beatrice parla d'une voix dure.

« Mon père et ma mère étaient de parfaits enfoirés, vous savez. Et dès son enfance, on pouvait se douter que Hugo allait suivre le même chemin que son père. C'est bizarre, car il le haïssait. Je n'ai jamais bien compris, vu leurs ressemblances. J'étais tellement aveuglée par ma propre haine de cette famille pourrie que je n'avais pas grand-chose à faire de ce que Hugo traversait. C'était un égocentrique qui pensait clairement que, en tant que préféré de maman, il était spécial. Un vrai petit salopard. J'imagine que ce n'était pas entièrement sa faute. »

Beatrice se tourna vers Laura.

« Est-ce que cette petite sait différencier le bien du mal ?

— Pas entièrement, mais je pense qu'on peut y arriver. Elle a besoin d'un peu de temps.

— Compris. Comment une fille comme vous a pu épouser un salaud comme sir Hugo ? Vous n'avez pas l'air cupide. Vous êtes assez jolie et pas bête – enfin je sais que les apparences peuvent être trompeuses, mais quand même. »

Laura ne put s'empêcher de sourire. Beatrice méritait la vérité. Elle tenta d'expliquer comment elle avait été subjuguée par un homme qui donnait presque toute sa vie à une œuvre de charité qui sauvait des femmes de l'enfer de la prostitution. Elle l'avait mis sur un piédestal et n'avait pas vu ses défauts, ou bien avait essayé de lui trouver des excuses. Hugo n'avait rien de commun avec tous les hommes qu'elle avait pu rencontrer. Il était élégant, charmant, il menait une vie de rêve. Elle s'était souvent demandé si elle avait été influencée par l'argent et le pouvoir, elle détestait penser que ça ait pu jouer un rôle dans son aveuglement. Pendant longtemps, elle n'avait pas compris que la limite ténue entre la prévenance et la manipulation avait été franchie.

« Je croyais l'aimer, Beatrice. Sincèrement.
— Mais vous vous trompiez, n'est-ce pas ?
— Ça m'a pris du temps pour le comprendre, et c'était déjà trop tard.
— Que voulez-vous dire ? Ce n'est jamais trop tard. Qu'est-ce qui vous empêchait de partir ? »

La sonnette les interrompit. La grille était fermée, ce devait être la police. Un Tom Douglas nerveux accompagné de Becky Robinson se tenait devant la porte.

Quand elle rencontra son regard, elle se sentit étrangement contente de le voir.

« Je suis vraiment désolé de vous déranger, Laura. Mais je dois vous parler encore une fois. Nous pouvons entrer ? »

Tom s'avança et s'arrêta en apercevant Beatrice.

« Pardon, je ne savais pas que vous aviez de la visite.
— Ce n'est pas grave, Tom. Voici Beatrice. La sœur de Hugo. Beatrice, voici l'inspecteur principal Tom Douglas.
— Bonjour, madame…
— Lekkas. Si vous vous demandez si je l'ai tué, la réponse est non, même si le meurtrier, quel qu'il soit, mérite des applaudissements ! »

Laura sourit devant l'expression d'incompréhension de Tom. Il fallait un peu de temps pour s'habituer aux manières sans détour de Beatrice, mais elle l'appréciait de plus en plus.

« Vous pouvez peut-être nous aider, fit Tom. Pouvons-nous nous asseoir ? Nous avons absolument besoin de vous poser quelques questions.

— Je serais contente de vous aider, si je le peux, fit Beatrice. Laura ? L'affreux salon ? »

Elle prit les devants, ses chaussures couinant sur les dalles. Interloqué, Tom regarda Laura qui lui adressa un sourire et suivit Beatrice. L'atmosphère venait de se détendre.

***

Tom s'assit dans le salon et repensa à ce qu'avait dit Beatrice Lekkas sur le meurtre de sir Hugo. Il semblait que *personne* n'ait pu le tuer. Et tout son entourage familial, à part Alexa, semblait ravi de son décès. Mais l'arrivée de sa sœur pouvait leur porter chance, à condition d'avancer prudemment.

« Madame Lekkas, je voudrais…

— Appelez-moi Beatrice. J'ai perdu mon sens de l'étiquette il y a bien longtemps.

— Beatrice. Je ne veux pas vous alarmer plus que nécessaire, mais quelques soupçons pèsent sur le comportement de votre frère. Cependant, nous n'avançons pas assez vite. Laura, pouvons-nous parler de tout ça à Beatrice ? »

Ce fut Beatrice qui répondit. Elle n'avait peut-être plus le sens de l'étiquette, mais elle possédait encore un sens aigu de sa propre importance.

« Ça ne lui pose pas de problème, n'est-ce pas, Laura ? Tom, rien de ce que vous pourrez me dire sur mon frère ne me surprendra. C'est bien le fils de son père, si vous voulez mon avis. Je ne comprends absolument pas comment il a pu imiter quelqu'un qu'il détestait autant. Mais ce n'est pas à nous de déterminer ça. Que voulez-vous savoir, inspecteur ?

— Appelez-moi Tom. Avant d'en revenir à notre affaire, Beatrice, pouvez-vous m'en dire plus sur les relations entre votre frère et votre père. Pensez-vous que sir Hugo ait pu le tuer ?

— Non. Il le détestait, mais il ne l'a pas tué. Question suivante.

— En êtes-vous certaine ?

— Absolument. Si vous voulez que je coopère, je vous serais reconnaissante de changer de sujet. »

Fascinant. Mais le passé pouvait attendre.

« Très bien. En plus de l'enquête sur la mort de votre frère, nous examinons aussi la possibilité qu'il ait eu recours à certaines des prostituées secourues par la fondation pour... son usage personnel, si je puis dire. Plusieurs d'entre elles ont disparu.

— Si j'étais vous, je prendrais en compte le pire, en ce qui concerne Hugo. Je pense qu'il a utilisé ces prostituées pour tout ce qui lui semblait approprié – probablement depuis la création de la fondation. Mon père aussi avait ses habitudes. »

Beatrice s'interrompit. Elle se remémorait manifestement le passé et n'aimait pas tellement ça.

« Il tenait à assister aux examens physiques de chaque fille "sauvée". À l'époque, ça paraissait normal, pour des raisons étranges. Tout comme, sans doute, les instituteurs autorisés à donner des fessées déculottées à leurs élèves. Notre père disait qu'on devait le considérer comme un médecin. En fait, c'était juste un pervers. Ça ne me surprendrait pas le moins du monde que Hugo ait fait ce genre de choses. Je suis même étonnée qu'il n'ait pas été démasqué. »

Tom reconnut une pointe de honte dans le regard de Beatrice, comme si les enfants étaient responsables des péchés de leur père.

« Que pensez-vous qu'il soit arrivé à ces filles, une fois qu'il en avait terminé avec elles ?

— Je pense qu'il les payait pour qu'elles disparaissent de la circulation. Qu'il les envoyait probablement le plus loin possible, pour qu'elles ne tombent pas sur leurs anciennes amies et leur racontent ce qui leur était arrivé. Tout comme son père, il aurait fait n'importe quoi pour éviter un scandale. »

Elle secoua la tête, regrettant probablement de s'être laissé entraîner. Tom regarda les deux femmes. Il était si près du but et pourtant il lui manquait la dernière pièce du puzzle.

« Le problème, c'est que nous avons bien du mal à prouver quoi que ce soit, nous n'avons aucune trace de ces filles. Nous cherchons le lieu où il aurait pu les emmener. Vous rappelez-vous un endroit de votre enfance suffisamment isolé pour abriter les ébats de votre frère et de ces filles des regards indiscrets, Beatrice ? »

Tom était littéralement au bord de son siège, communiquant son impatience à toutes les personnes présentes dans la pièce.

Mais Beatrice n'avait pas l'air de pouvoir l'aider.

« Il n'y en a aucun qui me vienne à l'esprit, désolée. »

Un pas en avant, deux pas en arrière. Quelle frustration.

« Laura, nous sommes en plein brouillard. La piste d'une fille de la fondation éconduite est peut-être une erreur. Quant à Jessica, nous avons vérifié ses appels téléphoniques et elle était au téléphone avec une de ses tantes à l'heure du meurtre. Et bien sûr, l'interrogatoire de votre ex-belle-sœur n'a rien donné.

— Tom, je sais que vous ne le croyez pas, mais je suis à cent pour cent sûre qu'elle n'a pas tué Hugo. Vous m'avez dit qu'il y avait un aspect sexuel dans la mise en scène qui a précédé le meurtre, et ils se haïssaient. Si elle lui avait proposé de coucher avec lui, il aurait refusé. Et Will est le seul homme de sa vie.

— Excusez-moi, intervint Beatrice, mais qui est votre ex-belle-sœur, et qui est Will ?

— Pardonnez-moi, Beatrice. Will est mon frère. Son ex-femme est ma meilleure amie et elle a offert son soutien après la mort de Hugo. Elle s'appelle Imogen.

— *Imogen*. Ce nom me rappelle quelque chose. Attendez voir que je réfléchisse. »

Tom et Laura échangèrent un regard. Becky qui, jusque-là, prenait des notes en silence, leva la tête. Deux ou trois minutes passèrent. Tom commençait à s'impatienter quand Beatrice ouvrit la bouche :

« Ça y est. Je le savais. Quand j'étais petite, j'avais une copine qui s'appelait Imogen. Comment ai-je pu oublier ? Une année, pendant les vacances, elle m'a sauvée plusieurs fois d'un sort pire que la mort. »

Beatrice semblait très fière d'elle, mais personne ne saisissait l'importance de cette révélation.

« Vous ne comprenez pas ? C'est là qu'il les a emmenées. L'endroit où je passais mes vacances, et c'est à deux heures à peine d'ici, la planque idéale ! »

Tom avait envie de secouer Beatrice. Exaspéré, il demanda :

« *Où* ça, Beatrice ? Vous ne nous avez pas dit *où*.

— Oh, mon Dieu, pardon ! Après que ma tante – la sœur de ma mère – a été tuée dans un accident de voiture avec son mari, ma mère a hérité de leur propriété. Nous n'y allions jamais de leur vivant, parce que le mari était fermier et donc considéré comme inférieur à nous. »

Tom risquait de s'en prendre physiquement à Beatrice d'une minute à l'autre. Mais elle n'avait pas encore atteint l'apogée de son récit et semblait déterminée à prendre son temps.

« Nous sommes allés quelques fois à la ferme après leur mort, pour passer des vacances en famille, si on peut appeler ça comme ça. Épouvantables. C'est là que j'ai rencontré Imogen. Je savais que le nom me disait quelque chose.

— Beatrice, pardonnez mon impolitesse, mais de quel foutu endroit vous me parlez ? Où est cette ferme ?

— Ah oui, j'imagine que ça peut vous aider. C'est près de Lytchett Minster, dans le Dorset. Je ne sais pas comment elle s'appelle, mais nous on disait toujours Lytchett Minster Farm. »

Will et Imogen, suivis de près par Stella, apparurent à la porte – l'atmosphère tendue qui régnait dans la pièce attirait toute la maisonnée comme une flamme des papillons de nuit. Tom les ignora.

« Beatrice, dites-moi tout ce que vous savez sur cette ferme. Avez-vous l'adresse ?

— Non, je ne crois pas l'avoir jamais connue.

— D'accord. Seriez-vous capable de la décrire, pour donner quelque chose de tangible aux policiers de la région ? Ils pourraient nous aider à la trouver. Nous allons donner le nom de Fletcher, mais quelque chose me dit que c'est une perte de temps.

— Bon sang, Tom, c'était il y a si longtemps. Laissez-moi réfléchir. »

Heureusement cela ne prit que quelques secondes.

« Tout ce dont je me souviens, c'est que c'était au milieu de nulle part – du moins à l'époque. C'est sûrement entouré de tas de maisons en brique rouge maintenant. »

Ce renseignement n'était pas particulièrement utile, mais l'excitation parcourut la pièce tellement ses occupants sentaient que la situation prenait un tour tout à fait sérieux. Tom bondit de son siège.

« Très bien. Je file dans le Dorset. Becky, mettez-vous en relation avec la police locale et voyez s'ils peuvent identifier la propriété. Beatrice, je sais que vous avez fait un long voyage, mais vous nous seriez d'une aide précieuse si vous veniez avec moi.

— Bien sûr. Je me sens en pleine forme, vous savez. Et puis ça m'intrigue. Étant donné les antécédents de la famille, je me doutais bien que mon frère était une sale ordure, mais j'adorerais qu'on me prouve le contraire. Au moins pour le bien de sa fille. »

Tom jeta un coup d'œil à Laura. C'était une chose de savoir que votre mari était un salaud, c'en était une autre de l'entendre dire par quelqu'un d'autre.

« Ne vous inquiétez pas, Tom, fit-elle. Je suis probablement la seule personne dans cette pièce à espérer qu'on retrouve Mirela dans un bar de Brighton, et qu'il n'y ait rien d'autre à découvrir dans cette ferme que le havre secret où Hugo se réfugiait quand sa vie devenait trop mouvementée. Même si je ne suis pas assez stupide pour y croire. »

Tout le monde resta silencieux un instant, l'air coupable. Tom se tourna vers Laura.

« Becky vous tiendra au courant, Laura. Allons-y, Beatrice. »

En aidant Beatrice à passer les manches de son anorak, il adressa un regard compatissant à Laura et un signe de tête bref aux autres membres de la famille rassemblée avant de sortir.

34

« Merde, Becky. Ça ne nous aide pas. C'est tout ce qu'ils avaient à dire ? »

Tom s'accrochait à son oreillette dans les embouteillages de la A34.

« Putain. Bon, je vous rappelle. »

Tom raccrocha. Beatrice l'observait avec curiosité.

« Pardonnez-moi, Beatrice.

— Ne vous excusez pas, Tom, ça ne me dérange pas. J'use moi-même très souvent de ce genre de langage fleuri. Quel est le problème ?

— Il n'y a aucune trace de propriété au nom de Fletcher, ni de la société immobilière de Hugo dans le coin. Rien au nom de jeune fille de votre mère ni à celui de votre oncle. Absolument rien. La seule chose positive, c'est que Lytchett Minster n'est pas très grand, nous en aurons vite fait le tour.

— Ça ne va pas être si facile. On l'appelait Lytchett Minster Farm parce que c'était le dernier village qu'on traversait avant d'arriver à la ferme. C'était à quelques kilomètres, mais je ne sais pas dans quelle direction. J'imagine qu'il y a plus d'une route.»

Tous deux restèrent perdus dans leurs pensées jusqu'à ce que Beatrice reprenne la parole.

« Hugo était connu, s'il avait des voisins proches, il n'aurait pas pu faire un pas dehors sans que ça se remarque. Ça veut dire que la ferme – à l'origine c'était une vraie ferme – est à l'écart de la route et du village. Elle doit avoir l'aspect d'une maison de vacances rarement occupée. Il m'arrivait de me promener sur une sorte de chemin de terre. Si j'étais vous, j'interrogerais vos collègues locaux pour savoir s'il y a une propriété de ce genre dans leur secteur. »

Tom était déjà en train d'appeler Becky.

***

Grâce au mépris total de Tom à l'égard des limitations de vitesse, ils furent à Lytchett Minster en un rien de temps. Ils devaient s'entretenir avec la police locale.

« Beatrice, dès que nous aurons identifié la ferme, l'un des agents vous rejoindra dans ma voiture, pour vous éviter tout désagrément et pour des raisons de sécurité également, même si je ne pense pas qu'il y ait de réel danger.

— Ne soyez pas ridicule, Tom. Je viens avec vous. Je connais la maison mieux que vous, je serai utile. Ne vous inquiétez pas – je ne toucherai à rien. Je vous suivrai à bonne distance, et j'ai des nerfs d'acier. Vous avez besoin de moi. »

Aucun d'eux ne savait ce qu'ils allaient trouver, mais Tom priait pour que ce soit Mirela Tinescy, saine et sauve. Avant de pouvoir contredire Beatrice, ils étaient arrivés à leur point de rendez-vous. Deux voitures de police et une banalisée les attendaient.

Après des présentations rapides et quelques regards perplexes à Beatrice, les agents leur suggé-rèrent trois propriétés possibles.

« La première est à cinquante mètres de la route. Elle n'est plus habitée depuis environ cinq ans. Elle est assez délabrée et il manque des parties du toit – mais il y a une nouvelle résidence en face et on nous a rapporté avoir vu de la lumière aux fenêtres en plusieurs occasions ces six derniers mois.

— Ce n'est pas celle-là.

— Pourquoi, Beatrice ?

— Parce que ce n'est pas son genre. Hugo aimait être tranquille. Et une distance de cinquante mètres par rapport à la route ça ne me paraît pas suffisant. Intimité pas assez garantie. Suivante.

— La deuxième est très loin de la route. Une clôture entoure toute la propriété et la grille a une commande d'ouverture électrique. On ne voit pas la maison de la route, et nous n'avons jamais eu de raison d'y aller, nous ne savons pas s'il y a quelqu'un à l'intérieur.

— Elle me paraît possible. Suivante.

— La troisième est plutôt cossue. Elle est occupée occasionnellement, on a vu des voitures aller et venir. Elle est en bordure du village, au bout d'un chemin. Les gamins du coin vont piquer les fruits des arbres du jardin quand ils sont mûrs, mais depuis que les propriétaires amènent un chien quand ils viennent, ils ne s'y risquent plus.

— Non, celle-là, c'est tout à fait impossible. Hugo a toujours détesté les chiens.

— Donc vous penchez pour la numéro deux, Beatrice ? lui demanda Tom.

— Oui. Bien cachée, clôture, grille électrique. Sur les trois ça semble la meilleure candidate.

— Très bien. Voilà ce que je propose. Vous, sergent, avec votre coéquipière, vous nous y conduisez, et vous, inspecteur, vous nous suivez. »

Il se tourna vers les deux derniers policiers.

« Peut-être pourriez-vous aller vérifier la troisième maison – de l'extérieur. Nous vous y rejoindrons si nous ne trouvons rien. Pas d'objection ? »

Même s'il était en dehors de sa juridiction, l'autorité d'un inspecteur principal de Scotland Yard en imposait à tout le monde.

Dix minutes plus tard, la voiture de Tom cahotait sur un chemin de terre au milieu de nulle part. Aucune autre maison en vue et, depuis qu'ils avaient quitté la grand-route, ils n'avaient croisé aucun véhicule. Ils s'arrêtèrent devant le portail électrique. Le chemin était sombre, il n'y avait pas un bruit autre que le bruissement des arbres.

« Il faut ouvrir la porte, monsieur. On ne peut pas voir la maison d'ici, il vaudrait mieux s'approcher le plus possible au cas où on aurait besoin de notre matériel. Je vais sauter par-dessus et l'ouvrir.

— Comment il compte faire ça ? demanda Beatrice.

— Il doit avoir une clé Allen. On peut ouvrir beaucoup de vieilles grilles électriques de cette façon. En cas de coupure de courant, il faut bien pouvoir la débloquer. »

Quelques manipulations plus tard, le sergent avait ouvert la grille. Tom roula en évitant les nids-de-poule et les branches qui dépassaient. L'endroit semblait désert. Les mauvaises herbes avaient poussé des deux côtés de l'allée et des myriades d'arbustes cherchaient leur place entre les arbres.

« Ça vous rappelle quelque chose, Beatrice ?

— Pas encore. J'ai l'impression d'être déjà venue, mais ce n'est peut-être qu'une illusion. Attendez. Le bâtiment déglingué là-bas ! Ça, c'était un pavillon d'été. C'est là. »

Tom accéléra. Au diable les nids-de-poule.

Au bout du virage, ils virent la maison, inquiétante et obscure dans la nuit. Les trois étages s'élevaient, menaçants, et les fenêtres gothiques étaient sans vie. La seule lueur blafarde venait de la lune momentanément découverte entre deux passages de nuages.

« Beatrice, attendez dans la voiture, je vous prie.

— Pas question.

— Beatrice, s'il vous plaît, attendez dans la voiture.

— J'ai entendu et j'ai dit pas question. Je connais la maison. Je ne vous dérangerai pas », fit-elle en claquant la portière.

Tom n'avait pas le temps de jouer à ça. Il n'allait tout de même pas la menotter au volant. Un des policiers sonna à la porte. L'écho sinistre se réverbéra dans toute la maison. La peur rampait dans la voix de Tom tandis qu'il donnait ses ordres. Si Mirela était là-dedans, ça voulait dire qu'elle n'était pas en mesure d'ouvrir la porte.

« OK, les gars. Nous avons de fortes raisons de penser qu'une jeune fille est séquestrée à l'intérieur. Il faut entrer. Des suggestions ?

— La porte est en bois massif, monsieur, cinq verrous de haut en bas. On passe par les fenêtres ? »

L'inspecteur tentait d'apercevoir quelque chose par les fenêtres du rez-de-chaussée.

« Toutes celles-là sont en verre épais, et il y a des barreaux à l'intérieur. On a besoin de matériel. »

Cet endroit était une forteresse. On lui tapota l'épaule.

« Une ancienne goulotte à charbon, ça vous aiderait ? »

Dieu vous bénisse, Beatrice, pensa Tom.

« C'est bien possible. Où est-elle ?

— Je passais par là quand j'étais petite. Quand j'avais besoin de me cacher. Elle débouche dans une cave sous la cuisine. Il y a un escalier qui mène au hall. C'est peut-être fermé, mais, sauf si la porte a été remplacée, elle était plutôt facile à ouvrir. C'est au coin de la maison, je crois. »

Tom avait de l'espoir. Hugo s'était sans doute arrangé pour que personne ne puisse sortir de la maison sans son consentement, mais, à ses yeux, remonter une goulotte à charbon aussi pentue était impossible. Il n'avait peut-être pas pris la peine de la sécuriser.

L'entrée était fermée par des volets en bois, envahis de mauvaises herbes, qui grincèrent en s'écartant. Même avec une lampe torche, on ne voyait pas le bout de ce quasi-tunnel vertical, ni s'il était dangereux. Sans parler de ce qui pouvait se trouver en bas. Mais le passage était étroit, impossible pour Tom de s'y glisser.

« Je peux y aller, monsieur. »

La policière était très fine, elle passerait. Mais la porte à l'autre bout serait une autre histoire.

« Bruce a une pince-monseigneur dans le coffre, monsieur, je sais m'en servir. »

L'officier se précipita vers la voiture tandis que la jeune femme retirait sa veste. Le policier revint au pas de course avec la pince dans sa main. Sans hésitation, la jeune femme se lança dans la goulotte comme sur un toboggan.

On entendit un choc, puis plus rien. Tout le monde retenait son souffle. Puis une voix s'éleva des profondeurs obscures, un peu moins confiante à présent qu'elle était seule dans la maison.

« Ça va, monsieur. Pardon de vous avoir fait attendre. J'ai fait tomber la lampe torche en atterrissant. Je l'ai. Je vois l'escalier. Je vais essayer de trouver un moyen de vous faire rentrer. Je commence par la cuisine. »

En file indienne derrière Beatrice, l'équipe se fraya un chemin à travers les herbes hautes jusqu'à l'arrière de la maison.

Au bout d'un instant, ils aperçurent la lueur de la lampe de l'agent à travers les vitres sombres et entendirent les verrous sauter un par un.

« Je ne trouve pas ce qui bloque. Elle ne s'ouvre pas », fit la voix étouffée de l'agent.

Des barres en métal verrouillaient le haut et le bas de la porte. De l'extérieur. Bruce repartit en direction de la voiture.

« Restez où vous êtes. Bruce est parti chercher des outils, on vous rejoint dans une seconde.

— Pas de problème, monsieur. Cet endroit est calme comme une tombe. »

Ça ne présageait rien de bon.

À peine revenu, Bruce se mit à l'ouvrage et fit sauter les verrous à coups de marteau. La porte s'ouvrit enfin.

« Vous allez bien ? »

L'agent, une toute jeune femme, acquiesça. Cette maison n'avait rien de plaisant, encore moins si on devait y rester seul dans le noir.

L'électricité ne fonctionnait pas. Hugo avait dû couper le courant. La maison pouvait être vide, mais il fallait s'en assurer. Avait-il réellement envie de retrouver Mirela ici ?

« Beatrice, savez-vous où se trouve le compteur ?

— Aucune idée.

— Bon. On ne va pas perdre de temps à le chercher, on peut utiliser les lampes torches. »

Tom et la jeune femme, Beatrice sur leurs talons, commencèrent à fouiller le rez-de-chaussée tandis que Bruce et l'inspecteur montaient au premier étage. Ils se déplaçaient comme des cambrioleurs. Chaque pas résonnait, la maison semblait creuse.

Aucun bruit. Un grand vitrail au-dessus de la porte d'entrée projetait des ombres sinistres quand la lune se découvrait.

Tom entra dans la salle à manger. Les meubles étaient vieux mais en bon état, recouverts d'un léger film de poussière, mais bien moins que ce que l'on pouvait attendre d'une maison déserte. Hugo n'aurait jamais fait le ménage lui-même, quelqu'un devait donc s'en occuper pour lui.

Il jeta un coup d'œil rapide à toutes les pièces. Les recherches méthodiques, ce serait pour plus tard, quand ils seraient bien certains d'être seuls. Même si Hugo était mort et qu'ils ne couraient aucun danger, l'obscurité et le silence qui régnaient n'avaient rien de rassurant.

La dernière porte qu'il voulut ouvrir était fermée à clé, mais un cri retentit de l'étage.

« Inspecteur principal Douglas ! Venez voir ça ! Vite !

— Empêchez-la de monter, compris ? » ordonna-t-il à l'agent en désignant Beatrice.

Il monta l'escalier quatre à quatre. Les ombres projetées par la lune le poursuivaient, ses pas résonnaient contre les murs vides. Il suivit les voix jusqu'à une chambre à l'avant de la maison.

Les policiers avaient laissé tomber leurs lampes par terre et leurs faisceaux projetaient une lueur blafarde sur les murs. L'air était imprégné d'une odeur atroce. Puis il distingua les policiers agenouillés près d'un matelas posé à même le sol.

À cet instant, la pièce s'éclaira d'un coup. L'agent avait trouvé le compteur. Mais Tom n'écoutait plus vraiment. Il regardait le corps étendu sur le matelas, révélé par la lumière crue d'une ampoule dénudée.

35

Laura avait un pressentiment. Elle n'avait aucune idée de ce que la police allait découvrir, mais ce ne serait pas bon. Personne ne connaissait Hugo comme elle. Mais rien ne l'avait préparée à la réalité.

Becky entra, l'air sombre.

«Laura, Tom vient d'appeler. Puis-je vous parler en privé, s'il vous plaît.

— Becky, vous pouvez tout dire ici. Il s'est passé trop de choses, il n'y a plus de secret qui tienne.»

Becky déglutit et demanda à s'asseoir.

«Dites-nous, Becky, je vous en prie.

— Tom va venir vous donner plus de détails, mais il semblerait qu'ils aient trouvé la fille disparue, Mirela Tinescy, à la ferme.»

Laura baissa la tête et Will prit la parole en tenant la main d'Imogen, comme si c'était la chose la plus naturelle du monde.

«Oh mon Dieu! Est-ce qu'elle va bien?

— Elle est vivante. C'est à peu près tout ce que je peux dire. Elle était enchaînée par la cheville dans une chambre. Elle n'avait plus d'eau – nous ne savons pas depuis combien de temps.»

Laura frissonna au mot «enchaînée».

«Mais elle était toute seule? Et les autres filles?

— Tom m'a dit qu'une voiture va ramener Beatrice, mais qu'il ne pourra pas venir avant la fin de la matinée, au plus tôt. Il m'a demandé de vous dire qu'il était vraiment désolé, Laura. Nous savons tous les deux comme ce doit être pénible pour vous.»

Trois regards stupéfaits étaient posés sur Becky avant de se tourner vers Laura, qui se recula dans son siège et leva les yeux au plafond pour les éviter.

«Mon Dieu Laura. À quoi étais-tu mariée?

— Tais-toi, Will, fit Imogen exaspérée. C'est pas le moment. Laisse-la tranquille. Stella, je ne crois pas que ce soit le moment non plus pour une tasse de thé. Venez, on va sortir le cognac.»

Laura regardait dans le vide, quand soudain elle se rendit compte que des larmes coulaient sur son visage. Il ne restait plus que Becky et Will dans la pièce.

«Laura, je suis désolée. Je ne sais vraiment pas quoi dire.

— Ne vous inquiétez pas, Becky. Je ne pleure pas pour moi. Je pleure pour ces filles. S'il les a si maltraitées, vous voyez, je ne peux pas croire qu'il ait pris le risque de les laisser partir. Vous comprenez?»

Personne ne dit rien.

«Et moi, je savais. Je savais.»

Will regardait sa sœur avec stupéfaction.

«Mais qu'est-ce que tu racontes, Laura? Si tu savais pourquoi n'as-tu rien fait?»

Comment pourrait-elle jamais expliquer?

« Tu crois que je n'ai pas essayé, Will ? Je suis même allée voir la police – un directeur, pas moins. Et regarde où ça m'a menée. Tout droit à la camisole. Il y a beaucoup de choses que tu ne comprends pas, mais aussi beaucoup que, moi aussi, je n'avais pas comprises. »

Elle voulait plaider sa cause. Elle voulait que quelqu'un – n'importe qui – comprenne un tant soit peu ce qu'elle avait vécu, et pourquoi elle n'avait rien pu faire.

« Je pensais qu'il les payait pour qu'elles disparaissent de sa vue – sincèrement. C'est ce qu'il me laissait croire. Je savais que ce n'était pas bien pour elles, étant donné les penchants de Hugo, mais je pensais qu'il les utilisait pour ses jeux dégoûtants avant de les congédier avec plus d'argent qu'elles ne pouvaient rêver en posséder un jour. Et quand je suis revenue ici, après la maison de repos, j'ai dû faire exactement ce qu'il m'ordonnait. Je ne pouvais pas jouer les trouble-fête, le risque était trop grand. »

Elle essaya de se calmer pour éviter d'en dire trop.

« Quand il est mort, j'ai cru qu'elles étaient toutes hors de danger. Je ne voulais pas qu'Alexa sache qui était véritablement son père. Elle avait déjà bien trop de choses à supporter. »

Si Tom avait été là, lui, il aurait compris. Il la comprenait.

« Et ces pauvres filles. Elles n'avaient pas assez souffert ? On les avait amenées en Angleterre, pleines d'espoir, pour finalement les jeter en pâture à Dieu sait quels hommes abjects chaque jour. Puis on les sortait de cet enfer. Leur vie s'améliorait. Mais, derrière le masque de leur sauveur, se cachait un démon dont elles ne soupçonnaient pas la capacité de nuire. C'est quoi la phrase de Shakespeare ? "Ô traître, traître, ô maudit traître souriant."[1] C'était mon mari. C'était Hugo. »

---

1. Hamlet, Acte I scène 5, traduction d'Yves Bonnefoy, © Folio Gallimard.

36

Après le départ de l'ambulance qui emportait Mirela, très faible, mais vivante, Tom fit ramener Beatrice dans l'Oxfordshire.

« Beatrice, merci d'avoir accepté de nous accompagner. La police locale arrive, ils vont prendre la suite. Je reste ici pour travailler avec eux. Vous nous avez été d'un grand secours, j'espère que ça n'a pas été trop traumatisant. »

Elle lui tapota le bras, presque maternelle, rien à voir avec ses manières habituelles.

« Vous savez, Tom, j'en ai vu de la douleur et des souffrances, toutes ces années. Ça me perturbe profondément qu'un membre de ma propre famille ait pu traiter un autre être humain de la sorte, mais je ne crois pas qu'il faille se soucier de moi. Comment pensez-vous que Laura va réagir ? Quoi qu'elle ait soupçonné, ça ne va pas être facile.

— Dites-lui qu'un des policiers m'a indiqué que la clôture et la grille ont été installées il y a plus de douze ans, donc à une époque antérieure à leur rencontre. Faites-lui comprendre que ce n'est pas sa faute. Vous êtes la seule personne qui puisse la convaincre.

— Vous êtes un homme attentionné, Tom Douglas. Je parlerai à Laura. Je ferai de mon mieux, parce que je ne veux pas que les innocents souffrent plus qu'il ne faut. »

Tom regarda s'éloigner la voiture qui emportait Beatrice.

« Belle synchronisation, Tom, l'informa le commissaire de police du Dorset, Sarah Charles. Nous avons réussi à forcer la porte de son bureau. Allons voir ce que sir Hugo cachait aux regards indiscrets. »

Une voix les interrompit. Bruce, le très efficace sergent chargé de fouiller les étages, semblait un peu pâle. Après tout, c'était lui qui avait trouvé Mirela, il y avait de quoi vous retourner l'estomac.

« Madame, monsieur, on a trouvé des tas de vêtements de femme dans le grenier. Dans des valises et des sacs-poubelle.

— Tous de la même taille, Bruce ? demanda Sarah Charles.

— Non, madame. Ces vêtements vont du trente-quatre au trente-huit environ.

— Merci. Vous connaissez la marche à suivre.

— Oui, madame.

— Qu'en pensez-vous, Sarah ? demanda Tom.

— Ça ne me paraît pas bon, pour tout dire. Mon instinct me chatouille. Et vous ?

— Idem. »

Sans un mot de plus, ils se dirigèrent vers le bureau où s'affairaient plusieurs techniciens.

« Qu'est-ce qu'on a les gars ?

— Pas grand-chose, en fait. Une pile de factures et un répertoire avec des dates, des noms, des numéros et des adresses, mais ils sont tous assez vieux. Le plus récent date d'au moins deux ans. »

Tom et Sarah entreprirent de les examiner. Il comprit en moins d'une minute.

« Sarah, je vais à ma voiture et je reviens. »

Il connaissait ces noms, mais mieux valait s'en assurer. Il récupéra une mallette à l'arrière du véhicule et en sortit la liste des filles de la fondation disparues ces cinq dernières années.

Les répertoires remontaient à bien plus loin, mais il en compara les noms et les dates à ceux de la liste provenant de la fondation. Les noms concordaient, mais pas les dates. Et à côté de chaque nom se trouvaient deux sommes. La première était de mille livres, et la seconde variait – de cent à cinq cents.

« J'ai compris, fit Tom. Les dates sont différentes parce que les premières correspondent au moment où il libérait les filles. Regardez, les dates du répertoire précèdent presque toujours de quelques semaines celles de la liste des disparues. Vous avez une idée de ce que représentent ces chiffres, Sarah ?

— Peut-être qu'il les payait pour qu'elles disparaissent dans la nature ?

— Possible, mais pourquoi a-t-il mis fin à ce système il y a deux ans ? Nous savons qu'il a continué à amener des filles ici jusqu'à sa mort. »

Il revérifia la liste de la fondation. Il y avait six noms de plus, sans compter Mirela. Ça n'avait aucun sens.

La dernière ligne du répertoire avait été rayée avec force. Le papier était presque transpercé.

On déchiffrait à peine le nom. Merde. Il compara la date à sa liste, sachant très bien ce qu'il allait trouver. Bingo ! Après ce dernier nom, plus de noms, plus d'adresses, plus d'argent.

Mais peut-être cherchait-il trop loin ? Peut-être Hugo possédait-il un autre répertoire qu'ils n'avaient pas encore trouvé. Peu probable tout de même.

Bruce passa la tête par la porte.

« On a trouvé quelques éléments d'identification dans les sacs de vêtements. Pas grand-chose. Une vieille lettre écrite dans une langue étrangère. On n'a personne pour nous la traduire, mais il y a un nom sur l'enveloppe. Dans un autre sac un badge de sécurité pour une femme de ménage qui travaille dans un hôpital. On les a mis en sachet – je ne sais pas si ça peut vous aider. »

Il donna les deux sachets à Sarah et disparut. Sarah lut les deux noms et Tom n'eut même pas besoin de vérifier sa liste. Ces deux noms s'y trouveraient – mais aucun ne figurait sur le répertoire.

« Sarah – je vais vous donner une chronologie des événements et une série de faits avérés. Je suis trop impliqué, et donc je ne suis pas sûr d'avoir le recul nécessaire pour en tirer les bonnes conclusions. Pouvez-vous me dire ce que vous en pensez. »

Sarah s'assit tandis que Tom faisait les cent pas, les mains dans les poches.

« Nous savons que sir Hugo a enlevé ces filles. Nous savons quand et, à la lueur de ce répertoire, nous savons quand il les a libérées. Il semblerait qu'il leur donnait de l'argent pour acheter leur silence. Mais le dernier nom du répertoire – celui qu'il a rayé – est revenu plusieurs fois dans notre enquête sur le meurtre de sir Hugo. C'est celui d'Alina Cozma et nous savons quand il l'a enlevée. »

Tom s'arrêta un instant pour voir si Sarah le suivait. Puis il se remit à tourner en rond.

« Alina Cozma s'est rendue au bureau de sir Hugo. Des mois après qu'il l'a enlevée. Et, d'après l'une de ses employées, elle était très bien habillée. Ça laisse supposer soit qu'elle avait été payée, soit que sir Hugo lui avait acheté des vêtements. Elle s'est disputée avec lui, et, plus tard, elle a été vue dans la voiture de sir Hugo à la sortie du bureau. Le seul mot que la secrétaire a compris de la dispute était "poule". Elle a cru qu'Alina parlait d'une poule – mais si elle parlait de "Poole", la ville ? »

Sarah devait le prendre pour un dingue, mais il tenait quelque chose. Alina devait savoir où il l'avait séquestrée, et quelque chose lui disait que sir Hugo n'avait pas du tout apprécié.

Mais il y avait autre chose. Quelque chose qu'il avait lu dans la lettre de Laura à Imogen – qui parlait de Danika Bojin.

« Des amies d'Alina la cherchaient. Elles sont allées au bureau de Londres. Puis, deux jours plus tard, l'une d'elles s'est rendue à son domicile dans l'Oxfordshire, pour essayer de voir sir Hugo. D'après son assistante, c'était aussi deux jours après la visite de ses amies au bureau de Londres, qu'Alina Cozma a refait surface et que sir Hugo l'a emmenée dans sa voiture. Ça devait être le même jour. La femme de sir Hugo affirme qu'il avait été absent cette nuit-là. Elle a aussi dit qu'il était resté absent deux jours et qu'il était furieux pour on ne sait quelle raison.»

Tom attrapa sa liste des disparues.

«Quelques jours après, une autre fille a disparu – alors qu'est-il arrivé à Alina? Et pourquoi a-t-il cessé de noter les noms dans son répertoire?»

Sarah devait avoir du mal à suivre, mais c'était surtout à lui-même qu'il s'adressait. D'après son expression, tout ce que cela impliquait l'avait elle aussi frappée de plein fouet. Hugo amenait toujours des filles ici, mais qu'est-ce que ces vêtements faisaient là, et, encore une fois, pourquoi ne notait-il plus le nom des filles dans son répertoire?

«Mon idée, c'est que la mécanique s'est enrayée avec Alina.»

Sarah arrivait manifestement à la même conclusion.

Il leur fallait une équipe immédiatement. Il fallait fouiller les caves, les autres bâtiments, et creuser, parce que, s'il pensait juste, on allait devoir rechercher les restes de six corps.

37

Tom commençait à se sentir de trop à Lytchett Minster Farm. Sarah Charles avait pris la direction des opérations. Après tout, c'était sa juridiction, et il avait reçu un appel de l'hôpital l'informant que Mirela avait été réhydratée et qu'elle pouvait parler. Aucun policier du Dorset ne pourrait lui poser les bonnes questions et Tom avait désespérément besoin de réponses. La presse n'avait pas mis longtemps à avoir vent de ce rebondissement dans l'affaire Fletcher et il dut se frayer un chemin entre les voitures et les vans de télévision alignés sur le bas-côté de la route étroite. Ils savaient qu'une fille avait été retrouvée vivante, mais ces gars-là avaient vu assez de scènes de crime pour comprendre la signification de la présence des hommes en combinaison blanche. Et s'ils amenaient les chiens, Sarah serait obligée de faire une déclaration; ce qu'elle espérait pouvoir éviter avant d'obtenir des preuves concrètes.

En route vers l'hôpital, Tom reçut un appel d'Ajay. Jessica Armstrong avait vu les nouvelles et avait été choquée de découvrir que le véritable Hugo ne ressemblait en rien à celui qu'elle avait idolâtré. Elle s'était enfin décidée à avouer pourquoi ce dernier lui versait ses primes mirobolantes.

Apparemment, dans sa hâte pour rattraper Alina, Hugo avait laissé un tiroir de son bureau ouvert, et Jessica y avait jeté un œil. Elle avait trouvé une grosse boîte remplie de billets de banque et plusieurs enveloppes adressées à différentes personnes. C'étaient les noms des filles disparues, et les enveloppes étaient remplies d'argent. Au retour de sir Hugo, elle lui avait dit qu'elle avait refermé les tiroirs et gardé la clé en l'attendant. Il avait sans aucun doute compris de quoi il retournait et lui avait servi une histoire à dormir debout sur les « bourses d'études » qu'il versait à certaines de ses protégées. Il voulait que cela reste absolument confidentiel, parce qu'il ne pouvait pas le faire pour toutes les filles. Jessica avait fait semblant de le croire, même si elle le soupçonnait fortement de prendre ces filles pour maîtresses et de les payer. Elle pensait que c'était son droit, étant donné qu'il était empêtré dans un mariage malheureux. Il lui avait demandé de s'occuper des paiements, en toute discrétion, bien sûr.

Hugo avait dû arrêter de noter les noms dans ses répertoires à cause d'Alina. Son apparition au bureau lui avait sans doute fait comprendre qu'il jouait un jeu dangereux. Jessica ne s'était jamais demandé s'il disposait des filles d'une autre manière. Elle s'était contentée de croire qu'il avait dû en choisir une comme maîtresse permanente – peut-être Alina. Hugo lui avait dit que sa loyauté serait récompensée tant qu'elle resterait avec lui, alors elle avait décidé de se taire et de prendre l'argent.

Tout s'emboîtait parfaitement, même si rien de tout ça ne les rapprochait de l'assassin de Hugo Fletcher. Cette personne avait probablement sauvé au moins une vie, cependant – celle de Mirela Tinescy.

Tom se gara sur le parking de l'hôpital et se dirigea vers sa chambre. Vu son traumatisme, allait-elle être en mesure de répondre à ses questions ?

Elle était terriblement pâle et avait les joues creusées. Elle devait déjà être très mince avant sa mésaventure, mais tous ces jours passés sans rien boire ni manger avaient fait empirer son état à un point effrayant. On la voyait à peine dans les draps. Il entra, mais elle ne sembla pas s'apercevoir de sa présence.

« Mirela ? »

Les yeux clos, elle tourna légèrement la tête vers lui.

« Je suis l'inspecteur principal Tom Douglas. J'aimerais vous poser quelques questions si vous vous sentez la force d'y répondre. »

Elle ouvrit les yeux, on aurait dit un faon pris dans les phares d'une voiture.

« Voulez-vous que j'aille chercher une infirmière ? Vous seriez plus à l'aise ? »

Mirela sembla réfléchir quelques instants.

« Ça va. Vous avez l'air gentil, fit-elle avec une ébauche de sourire.

— Est-ce que vous pouvez me raconter ce qui vous est arrivé, Mirela ? Comment vous vous êtes retrouvée séquestrée dans la maison de sir Hugo ? »

Mirela parlait très bas, mais il comprit l'essentiel. Elle expliqua que les filles recevaient des visites de suivi par un membre de la fondation.

« Il y a six mois, mon visiteur est sir Hugo. Je suis très surprise, mais contente. Il me dit je suis spéciale, il veut m'aider. Il va trouver une meilleure vie pour moi, mais je dois attendre.

— Est-ce qu'il vous a dit en quoi consistait cette vie meilleure, Mirela ?

— Non. Il me donne un téléphone, et il dit chaque semaine je dois lui envoyer un SMS quand je suis toute seule. Si il peut, il m'appelle pour parler. On fait ça longtemps, mais pas de chance. Pas de meilleure vie. Je ne dois rien dire, si je parle, je dois peut-être quitter Allium. Alors je ne dis rien. Et puis il dit qu'on peut se voir. Mais pas en privé. On se voit dans des musées. »

Personne ne trouverait bizarre de voir sir Hugo Fletcher transmettre ses connaissances en matière d'art à une de ses protégées.

« Pourquoi l'avez-vous suivi, Mirela ?

— On se voit beaucoup de fois, et il me dit qu'il est malheureux avec sa femme. Elle ne va pas bien, il dit. Je suis triste pour lui parce qu'il est gentil avec moi. Même il me donne de l'argent pour envoyer à ma famille en Roumanie. Puis un jour il me dit qu'il a une bonne idée. Peut-être pendant qu'on attend la meilleure vie, je peux être sa femme de ménage. Mais personne ne doit savoir ça, parce qu'il ne peut pas avoir une préférée. Je dois laisser un message – il me dit ce que je dois écrire. Et puis on y va. Il me cache les yeux. Il me dit que cette maison est son secret alors personne ne peut savoir où elle est. Je ne peux pas sortir de la maison sans lui. Il vient toujours la nuit dans sa grosse voiture, mais il m'emmène aux magasins dans une petite voiture qui vit à la ferme. »

Il avait vu la voiture en question et s'était demandé à quoi elle servait. Hugo ne voulait pas qu'on le reconnaisse. Une voiture si petite avec des vitres teintées cela semblait étrange. Maintenant, il comprenait…

« Je ne dois pas regarder jusqu'au magasin. Toujours un magasin différent. Je ne sais pas du tout où on est, mais je crois que la mer est là à cause des oiseaux. C'est tout ce que je sais. Mais il est gentil avec moi et je dois juste nettoyer la maison pour lui. »

Mirela ferma les yeux. La suite s'annonçait plus difficile.

« Il commence à me toucher un peu. Pas trop – mais je sais que ça vient. Après il m'embrasse. Je m'en fiche – mieux un homme gentil que beaucoup pas gentils et qui puent. Quand il demande du sexe je dis OK. J'aime bien cet homme. On est heureux. C'est le début, vous comprenez. Mais je n'aime pas le sexe qu'il veut. Il aime être attaché. Ce n'est pas très bien, mais je connais pire. »

Seigneur, pensait Tom, quelle tristesse qu'une fille si jeune puisse classer le sexe selon des degrés d'horreur.

« Est-ce qu'il vous attachait avec la chaîne tout le temps, Mirela ?

— Non. C'était à la fin. Après quelques semaines, je dis que je ne suis pas heureuse. Je veux sortir dehors – même dans le jardin. Mais il dit toujours non. Je suis dans la maison tout le temps. Pas d'air pour respirer. Je commence à crier et je dis qu'il n'y a pas de meilleure vie pour moi. Je n'aime pas ici. Il ne dit rien. Il me regarde comme si je ne suis rien. Puis je dis que je n'aime pas le sexe. Je croyais qu'il était normal. Mais il n'est pas normal. Je lui dis ce n'est pas bien de faire le sexe comme ça, et je déteste la perruque que je dois porter. Ses yeux deviennent noirs. Comme un *diavol*. Je ne sais pas le mot en anglais.»

Tom avait compris.

«Après il prend mes cheveux et il me traîne dans l'escalier. Il me met dans une chambre – une que je ne connais pas, toujours fermée. Un matelas et un crochet avec une chaîne. Et un seau pour – vous savez. Il me jette sur le matelas et j'essaie de me battre – mais il est trop fort.»

Mirela revivait chaque instant.

«Prenez votre temps, Mirela. Ne vous inquiétez pas.

— Non, je veux dire tout maintenant. Après je peux oublier. Il met la chaîne et après il s'en va. Quand il revient il a des biscuits et de l'eau. Rien d'autre. Après il dit quelque chose d'horrible. Il dit : "Tu te souviens ton amie Alina." Je dis bien sûr, je me souviens. Il dit : "Cette pièce est pour sa mémoire." Ce n'est pas les bons mots, mais il dit un mot que je ne comprends pas.

— Est-ce qu'il a vraiment dit : "Cette pièce est dédiée à sa mémoire"?

—Je crois, mais je ne sais pas ce mot. Il dit elle était une pute très bête. Elle demande plus d'argent parce qu'elle sait trop de secrets. Alors il construit la pièce pour elle. Après il dit que je vais aller comme les autres. Il dit tout le monde s'en fiche des prostituées. On est oubliées pour toujours. Il part. Je crois il fait une blague. Mais je ne le vois plus. Il arrête de venir. »

Évidemment, Mirela ne pouvait pas savoir que sir Hugo était mort.

« Mirela, sir Hugo vous a maltraitée d'une manière épouvantable. Il n'y a aucune excuse à chercher pour ce qu'il vous a fait, et je suis content que nous vous ayons retrouvée. Mais la raison pour laquelle il n'est pas revenu, Mirela, c'est qu'il est mort. Quelqu'un l'a tué. »

La jeune fille tourna la tête vers Tom et pour la première fois, lui adressa un véritable sourire.

« Bien », dit-elle.

38

Malgré le froid qui régnait dans la salle à manger, c'était un refuge pour Becky. Ces dernières heures avaient été les plus pénibles qu'elle ait eu à traverser avec une famille. Annoncer la mort d'un être aimé à ses proches, c'était déjà difficile, mais là c'était une expérience tout à fait différente. Les nouvelles que Tom allait apprendre à Laura seraient les pires, elle ne pouvait même pas imaginer ce que Laura allait traverser.

Tom lui avait rapporté sa conversation avec Mirela, et expliqué ce que la police du Dorset s'attendait à retrouver à Lytchett Minster Farm. Mais elle avait pour consigne de ne rien révéler à Laura – il voulait le faire lui-même. Il devait vraiment aimer se faire du mal.

Elle avait déjà interdit à Stella d'allumer la télé, de peur que la presse n'en révèle trop et à présent elle se sentait extrêmement coupable d'avoir pu soupçonner Laura. Tom avait manifestement eu raison en pensant que les filles d'Allium détenaient la clé de l'enquête. Tout ce qu'elle avait fait, elle, c'était le harceler à propos de Laura. Pour l'instant, Imogen n'était pas hors de cause, mais si tout ce que Tom lui avait dit était vrai, alors comment ne pas penser que la personne qui avait tué Hugo avait rendu service à l'humanité.

Son téléphone sonna. C'était Tom.

« Allô, comment allez-vous ? »

Cette journée avait dû être la pire de sa carrière pour lui aussi.

Tom semblait las et résigné. Il arrivait d'une minute à l'autre et lui demandait d'en informer Laura.

« Bien sûr, Tom. Je crois qu'ils veulent que je parte. Qu'est-ce que je dois faire ? Ils ne savent pas quoi faire de moi. J'étais dans la cuisine avec eux, mais ça les met mal à l'aise et Laura m'a dit au moins cinq fois que je pouvais partir parce qu'elle avait tout le soutien nécessaire. Du coup, je hante la salle à manger. »

Becky écouta Tom, lui demanda de faire attention sur la route, et raccrocha. L'euphorie d'avoir retrouvé l'une des filles disparues avait maintenant cédé la place à l'horreur de ce qu'ils s'apprêtaient à découvrir.

Elle frappa à la porte de la cuisine. Il n'y avait aucun bruit à l'intérieur, mais Beatrice lui cria d'entrer comme si elle était chez elle. Personne ne sembla s'en formaliser.

« Tom vient d'appeler, Laura. Il arrive. Il veut vous communiquer lui-même les derniers développements de l'enquête. Il a dit que vous comprendriez.

— Merci, Becky. Vous devriez retourner à l'hôtel. Vous devez être fatiguée.

— Je peux faire quelque chose pour vous avant de partir ?

— Non, ça ira. Merci pour tout. C'est gentil à vous d'être restée si longtemps. »

Elle faillit répondre que c'était son boulot mais se retint. Laura restait aimable malgré tout ce qui devait se passer dans sa tête. Elle n'était pas du tout la personne que Becky avait cru au début, elle aurait bien voulu lui montrer un peu plus de compassion. Elle se contenta d'un signe de tête avant de quitter les lieux.

En rejoignant sa voiture, elle se prit à pleurer. Ce n'était pas vraiment son genre, mais, cette journée-là, elle ne l'oublierait jamais.

***

Quand Tom finit par arriver, Laura lui ouvrit la porte elle-même. Ils se regardèrent un long moment. Elle ne se l'expliquait pas, mais elle avait profondément honte – comme si elle était personnellement responsable des révélations sordides que Tom s'apprêtait à lui faire. Mais dans ses yeux elle ne vit que fatigue et compassion. Elle le laissa entrer sans un mot.

« Pardon d'avoir mis si longtemps. Les nouvelles ne sont pas bonnes. Laura, vous devriez vous asseoir. »

Au salon, Laura se percha sur le bord du canapé et attendit, les mains crispées sur le tissu qui le recouvrait. Stella apparut à la porte.

« Tom, je suis sûre que vous avez besoin d'un café. Voulez-vous manger un morceau aussi ?

— Une tasse de café seulement, merci beaucoup, Stella. »

Il s'assit face à Laura.

« J'espère que ça ne vous dérange pas, Laura. J'ai besoin de recharger mes batteries.

— Je vous en prie, fit-elle, essayant d'avoir l'air calme. Vous auriez dû laisser ma mère vous préparer quelque chose à manger. Ç'a toujours été sa solution à tous les problèmes et ça lui aurait donné de quoi s'occuper. »

On frappa à la porte et ce fut au tour de Will d'apparaître.

« Maman dit que la police est là. Laura, est-ce que je peux rester avec toi ? »

Elle interrogea Tom du regard, qui se contenta d'acquiescer. Depuis l'interrogatoire d'Imogen, Will regardait Tom avec une certaine méfiance, mais Laura avait besoin de soutien.

« Oui, s'il te plaît, Will. Mais pas toute la famille. Tu leur raconteras après. Moi je ne crois pas que je pourrai. Viens t'asseoir. »

Will s'assit et lui prit la main.

« Je suis allé voir Mirela à l'hôpital, elle va bien. »

Stella entra pour déposer une tasse de café devant Tom. Elle regarda Laura avec espoir, mais Will lui fit un signe de tête et elle disparut.

Tom résuma sa conversation avec Mirela ; comment sir Hugo l'avait persuadée qu'elle était « spéciale », l'argent qu'il lui avait donné pour sa famille tout en la laissant s'accrocher à sa « chance » d'une vie meilleure.

Laura observa Tom siroter son café. Elle savait ce qu'il pensait. Il se demandait s'il fallait l'épargner ou non. Will devait la sentir trembler.

« Tom, je sais que vous voulez m'épargner, mais, je vous en prie, ne prenez pas cette peine. Tout finira par éclater au grand jour, je préférerais l'entendre de vous. »

Il lui dirait la vérité, mais il choisirait ses mots. Elle ne pouvait pas en demander plus.

« Le fait de ne pas chercher à savoir ce que devenaient les filles qui quittaient leur famille d'accueil en laissant un mot d'explication évitait à votre mari qu'on remonte jusqu'à lui. Comme Beatrice a dû vous le dire, ça a commencé avant votre rencontre.

— Becky a dit que vous l'avez retrouvée enchaînée. C'est vrai ? Pourquoi, Tom ? »

Le regard de Tom était trop dur à supporter. Il se pencha en avant comme pour la toucher.

« Il l'avait punie. »

Laura pâlissait, mais pas à cause du choc. Le souvenir de sa vie avec Hugo refaisait surface.

« Oh, mon Dieu. Pourquoi l'avait-il punie ? Mirela vous l'a dit ?

— Elle s'est plainte de ne pas pouvoir sortir, et...

— Et quoi ?

— Elle n'aimait pas la façon dont... ils faisaient l'amour. Elle devait l'attacher. Et il lui faisait porter une perruque rousse. »

Laura avait une image très nette de ce que la petite avait dû traverser. Et maintenant elle comprenait pourquoi il ne restait que trois perruques au grenier, même si elle avait voulu écarter cette hypothèse en trouvant la boîte.

« Tom, je dois savoir. Vous avez parlé de plusieurs filles, vous avez dit qu'il faisait ça depuis longtemps. Mirela n'a pas été la seule à être traitée comme ça, n'est-ce pas ? Combien y en a-t-il eu ? Que leur est-il arrivé ? »

Tom évitait son regard.

« Nous avons trouvé un vieux répertoire. Apparemment, à une certaine époque, il payait les filles. Il les congédiait et leur versait une somme mensuelle pour s'assurer de leur silence.

— "À une certaine époque" ? Que voulez-vous dire ? Qu'est-ce qui a changé ? Pourquoi a-t-il arrêté de les payer ? »

Au fond d'elle-même, elle savait. Elle avait su dès qu'elle avait appris la disparition de Mirela. Mais elle voulait l'entendre.

Alors Tom le lui dit. Le nom d'Alina rayé dans le répertoire. Ce que Hugo avait dit à Mirela. Et les policiers du Dorset qui allaient creuser la terre autour de la ferme.

Elle se leva et partit en courant.

***

Laura revint quelques minutes plus tard. Entre-temps Stella avait apporté un sandwich à Tom. Le manger devant la détresse de Laura lui semblait déplacé. Mais il en avait besoin. Ça n'aiderait pas s'il était pris de vertiges. Will et lui étaient perdus dans leurs pensées.

Laura n'avait pas l'air d'aller mieux, mais elle était légèrement plus calme.

« Je suis vraiment désolée. Il fallait que je sorte. Que faites-vous pour retrouver les filles ?

— Nous allons fouiller toute la propriété. Ça va être long. Bien sûr, il a pu emporter les corps ailleurs. »

Laura était pâle comme la mort, mais elle s'accrochait.

« Je vais dire quelque chose d'affreux mais ça peut vous faire gagner du temps. Je crois qu'il a étranglé les filles, ou qu'il les a étouffées. Il les a peut-être droguées avant pour qu'elles ne se débattent pas. Il n'aurait pas choisi une méthode qui puisse laisser des traces de sang. »

Laura frissonna et attrapa la main de Will.

« Il n'aurait pas sorti les corps de la propriété. J'en suis sûre. Ç'aurait été trop risqué. Et si vous cherchez une tombe, vous perdez votre temps. Hugo n'aurait jamais, je dis bien jamais, creusé un trou ni effectué aucun travail manuel de toute sa vie. S'il a tué ces filles, alors il a abandonné leurs cadavres quelque part.

— Je comprends votre raisonnement, Laura, mais je ne vois pas où il aurait pu les cacher dans ou autour de la propriété sans creuser. »

Tom regarda Will qui tenait toujours la main de Laura, les lèvres pincées. Ils ne se ressemblaient pas, tous les deux, mais ils montraient la même détermination acharnée.

« Que pouvez-vous me dire sur cette ferme ? demanda Will. C'était une exploitation agricole ?

— Pourquoi tu veux savoir ça, Will ?

— Si c'était une exploitation agricole, il peut y avoir un entrepôt souterrain ou un puits si elle est très vieille.

— C'est une ferme victorienne, répondit Tom. Laide, menaçante et obscure, en fait. Probablement construite au milieu ou à la fin du dix-neuvième siècle. C'était une bergerie. Je crois que cette partie du Dorset est connue pour ses élevages de moutons. Le terrain était très grand, mais il a été vendu depuis, à part les quelque quatre hectares qui entourent la maison. Les seuls autres bâtiments qui restent sont une vieille grange utilisée comme garage et un pavillon d'été en mauvais état.

— Vous avez une carte de la région ? Vous pourriez me montrer où se trouve la ferme ? demanda Will.

— On peut la trouver sur Google Maps, j'ai mon ordinateur. Pourquoi ? À quoi pensez-vous ?

— J'avais oublié, jusqu'à ce que vous me rappeliez que c'est dans le Dorset. Y a-t-il un étang ou quelque chose de ce genre ? »

Tom réfléchit un instant. Il avait fait un tour rapide de la propriété.

« Pas sur les terres de sir Hugo, si je me souviens bien. Il a fait construire une clôture sécurisée à cent mètres tout autour de la maison. Il y a des portes verrouillées qui ouvrent sur le reste du domaine dans toutes les directions. Une fois la clôture passée, il n'y a qu'un vieux mur de pierre qui sépare la propriété des champs voisins. On a remarqué un étang près du périmètre – dans le champ voisin – mais pas très large, donc sûrement pas assez profond pour, euh, ce qu'il avait à faire. On va y jeter un œil, mais pas avant d'avoir vérifié tout le reste. Pourquoi ?

— Vous avez déjà entendu parler de l'argile à pipe ? Ça ressemble au kaolin. On l'utilise dans la fabrication de la céramique. C'est connu dans le Dorset. J'ai travaillé dans la région l'été quand j'étais à la fac. Il y a plusieurs types de gisements, certains sont à ciel ouvert, d'autres sont accessibles par des puits, comme les mines de charbon. Beaucoup ont été abandonnés, et, avec le temps, ils se sont remplis d'eau. De la surface, ça n'a l'air de rien, une simple mare, mais ça peut être très profond. »

***

Les heures qui suivirent furent crispées et stressantes. Laura ne savait pas si elle voulait que la police trouve quelque chose. Elle ressassait tout ce qui s'était passé. Aurait-elle pu en faire plus ? Si elle avait fait plus d'efforts pour convaincre quelqu'un à propos de Hugo, combien de vies aurait-elle pu sauver ? Mais elle n'aurait jamais pensé qu'il les tuait.

Tom était enfermé dans la salle à manger avec son ordinateur et son téléphone depuis quelque temps. Will l'avait rejoint pour l'aider dans ses recherches. Toute antipathie entre les deux hommes s'était dissipée devant leur mission commune.

Finalement, ils revinrent s'asseoir au salon.

Beatrice, Imogen et Stella étaient venues en renfort, mais, en voyant les deux hommes, Laura sut qu'il y avait du nouveau.

« Will avait raison, dit Tom. Depuis la ferme, si on a la clé on passe une grille et on accède facilement au champ voisin, délimité uniquement par un muret affaissé en certains endroits et qui n'a jamais été réparé. La mare est juste en face d'une des brèches. Mais mes collègues du Dorset ont l'air de dire que cette brèche-là a été faite exprès. Elle n'a pas l'air de s'être effondrée toute seule. »

Will prit la suite.

« La mare est bien un ancien puits qui a été inondé. Il est étroit mais très profond. Avec une brouette, ça n'aurait pas été trop difficile pour sir Hugo de l'atteindre et d'y jeter les corps. »

Laura se sentit pâlir. Elle entendait les voix étouffées et fut prise de vertiges. Elle entendit vaguement Will crier.

« Vite, Imo. Mets-lui la tête entre les genoux. Elle va s'évanouir. »

On la poussa en avant.

Quelqu'un lui frottait le dos et elle prit de grandes bouffées d'air. Elle resta ainsi quelques minutes, les autres l'encourageaient. Les vertiges finirent par se dissiper.

« Ça va. Désolée. Je suis vraiment pathétique. Maman, tu me servirais un whisky ?

— Je crois que nous avons tous besoin de boire quelque chose de fort, fit Stella. Que va-t-il se passer, maintenant, Tom ?

— Il est trop tard pour faire quoi que ce soit aujourd'hui. Il va bientôt faire nuit. On enverra des plongeurs demain. Becky ou moi vous tiendrons informés. »

Laura savait pertinemment ce qu'ils allaient trouver mais voulait-elle vraiment l'entendre ? Tout ce qu'elle souhaitait, c'est que tout ça soit fini.

Elle sentit la chaleur du regard de Tom sur elle. Il devait être mort de fatigue, mais il avait quand même pris la peine de venir en personne.

« Je suis vraiment désolé pour vous, Laura, c'est une épreuve terrible. Mais je vais devoir m'en aller. Je dois faire mon rapport au commissaire et essayer de me reposer un peu. Je suis sûr que vous serez plus tranquilles si je ne suis pas dans vos pattes. »

Elle tenta de retenir son sourire et se leva.

« Ne vous donnez pas la peine, Laura. Je connais le chemin. »

Tom la regarda avec bienveillance, puis, il s'en alla.

***

Laura l'avait bien deviné, Tom ne tenait plus debout. La fatigue n'expliquait pas tout, il y avait aussi l'horreur de toutes ces découvertes. Il ne savait toujours pas où tout cela pouvait mener, mais, pour le moment, l'important était d'en découvrir le plus possible sur les activités de sir Hugo à Lytchett Minster Farm. La perruque rousse était un lien, mais pas celle de la chambre de Mirela. Elle se trouvait là depuis des mois, voire des années. Tom traversa le couloir jusqu'à la porte, plongé dans ses pensées. Il détestait cet endroit et le monstre qu'il avait abrité, mais il regrettait de partir, à cause de Laura.

« Merde, mon ordi. »

Il referma la porte d'entrée qui claqua et retourna à la salle à manger pour récupérer l'ordinateur oublié.

39

Dès que la porte d'entrée claqua, Imogen se précipita pour prendre Laura dans ses bras. Will leur préparait un remontant. Stella saisit la main de sa fille.

Laura se sentait coupable d'avoir tout ce soutien tandis que Beatrice était seule, après tout, Hugo était aussi son frère. Elle allait prendre la parole quand Will posa brusquement sur la table la bouteille qu'il tenait.

« Bon. Laura, Imogen, je veux vous parler. Maman, Beatrice, pourriez-vous nous laisser un instant, s'il vous plaît ?

— Will ! Tu ne peux pas parler à ta mère comme ça ! Et Beatrice est une invitée ! s'écria Imogen.

— Imogen, je t'aime – oui, depuis toujours – mais tais-toi. Quelque chose cloche dans tout ça, et je veux savoir quoi. Beatrice, s'il vous plaît ? Maman, je pense qu'il vaut mieux que tu n'entendes pas ça. »

Laura se sentait spectatrice de cette scène. Tout le monde semblait avoir son mot à dire. Mais Will, lui, voulait seulement savoir ce qu'elle, elle avait à dire. Elle n'avait plus qu'à attendre le dénouement inévitable. Elle connaissait son rôle, et elle allait devoir le jouer. Mais sa mère n'allait pas se contenter de suivre le script.

« William, je suis peut-être ta mère, mais je ne suis pas en sucre. Je ne vais pas m'effondrer si j'entends quelque chose qui ne me plaît pas. Rien ne peut plus me choquer après ce que j'ai entendu aujourd'hui. Alors je reste.

— Venez, Stella, fit Beatrice en se levant. Laissons-les. Moi, j'en ai assez entendu. Hugo était bien le taré psychotique que j'étais sûre qu'il deviendrait. »

Personne ne réagit à la violence de ces mots.

« En fait, dit Laura, je voudrais qu'Imogen sorte de la pièce, elle aussi. S'il te plaît, Imo, accompagne maman et Beatrice. »

À la porte, Imogen se tourna, l'air paniqué.

« Imo, il faut qu'il sache. Je suis désolée.

— Je sais, je sais. Merde, Will, je ne sais pas quoi dire, mais je veux que tu saches que je t'aime. Il n'y a jamais eu personne d'autre. Je t'en prie, ne me déteste pas plus que tu ne me détestes déjà. »

Avec un soupir, Imogen quitta la pièce. Ni Will ni Laura ne s'aperçurent que la porte n'était pas bien refermée.

« Laura, je veux des réponses. »

Will semblait avoir vieilli de dix ans depuis son arrivée et avoir du mal à contenir sa colère.

« Nous savons tous à présent que Hugo était un individu on ne peut plus immoral et dépravé. Mais je suppose que tu le savais déjà. C'est pour ça qu'Imogen l'a tué pour toi ? C'est forcément elle.

La police le sait, mais ils ne peuvent pas le prouver. Seigneur. Je sais que c'est ton amie et qu'elle t'aime, mais tu ne crois pas que c'était beaucoup lui demander ? Pour l'amour du ciel, Laura ! »

Elle se sentait étrangement froide. Tant de choses s'étaient passées – qui avaient blessé tant de gens. C'était presque la partie la plus facile. Combien de conversations avaient eu lieu dans cette pièce ces derniers jours ? Combien de vies avaient été bouleversées ? À présent, Will méritait de savoir la vérité.

« Tais-toi, Will. Ce n'est pas Imogen qui l'a tué.
— Alors si ce n'est pas Imogen, qui est-ce ?
— C'est moi, Will. C'est moi qui ai tué Hugo.

***

Pas un bruit dans la pièce. On n'entendait même pas le son de leur respiration et Laura s'aperçut qu'elle retenait son souffle. Elle avait prononcé les mots, le sort était levé, son détachement envolé. Avouer ce qu'elle avait fait était une chose, mais pour l'expliquer il allait falloir tout revivre et ça serait bien plus dur.

Will l'observait, ébahi. Elle ne put soutenir son regard.

« C'est une longue histoire. Dans un sens, ça sera un soulagement de te raconter. Mais ne dis rien, sinon je ne pourrai pas continuer. Ne m'interromps pas. S'il te plaît, Will. »

Au premier moment de faiblesse, elle tomberait en miettes.

Will acquiesça et Laura se dirigea vers la cheminée, agrippée à son verre de whisky.

« J'avais tout planifié méticuleusement. Chaque détail. Le compte à rebours a commencé le jeudi après-midi avant la mort de Hugo. J'étais dans la maison en Italie, bien sûr, et je me souviens d'avoir vérifié au moins douze fois mes bagages. L'enjeu était tellement important. J'avais laissé une autre liste dans la cuisine, avec un petit magnétophone, mon passeport, ma confirmation de vol, les clés de la Mercedes et le ticket du parking de Stansted. Par terre j'avais posé une valise et un bagage à main. Pour Imogen. »

Will tiqua en entendant le nom d'Imogen mais tint sa promesse et se tut.

« Finalement, tout était prêt. Je suis allée à la voiture et je suis restée assise au volant pendant des heures. Je n'arrivais pas à mettre le contact, je tremblais trop.

« Imogen a été incroyable, un vrai roc. Je me suis servie d'elle à son insu, mais j'ai pensé qu'elle ne le saurait jamais, parce qu'elle devait être de retour au Canada avant qu'on découvre le corps de Hugo. Elle n'aurait jamais dû être mêlée à tout ça. Son nom ne serait jamais venu sur le tapis, parce qu'on était censées ne plus se voir depuis des années. Elle ne faisait plus partie de ma vie. Quand elle a débarqué ici, j'ai été horrifiée. Elle ne comprenait pas ce qui s'était passé.

« Elle a commencé à me rendre visite quand Hugo m'a fait enfermer pour la seconde fois, et elle le faisait dès qu'elle venait en Angleterre. On avait tout organisé pour que Hugo ne le sache pas. »

Laura but une gorgée de whisky et posa le verre sur la cheminée. Mais sans rien à quoi s'accrocher elle se sentit vulnérable et le reprit.

« Elle savait que j'étais censée souffrir de troubles délirants et aussi en quoi ils consistaient. J'étais persuadée que Hugo séquestrait les filles, et j'ai dit à Imogen que le seul moyen de me sortir de ce mariage, c'était de prouver au monde entier quel dépravé il était. Je lui ai dit que j'avais un plan. Je devais obtenir une preuve et la donner à la presse. Mais il était essentiel qu'on ne puisse pas remonter jusqu'à moi. Donc je devais pouvoir prouver que j'étais en Italie au moment où la nouvelle sortirait. C'est pour ça que j'ai demandé l'aide d'Imogen. À ce moment-là, elle a simplement pensé que j'allais suivre Hugo et faire des photos qui révéleraient qui il était vraiment. Elle n'avait aucune idée de mes véritables intentions. »

Imogen était à Cannes – elle avait bien dit la vérité à la police là-dessus. Laura se souvenait peu de son voyage – juste qu'elle avait fait le trajet entre Les Marches et Cannes en un temps record – à peine plus de sept heures. Elle s'était garée sur le parking du Palm Beach au bout de la Croisette où Imogen l'attendait.

« Quand je suis arrivée à Cannes, Imogen avait tout organisé. Ses valises étaient dans la voiture de location avec son passeport, les billets d'avion, du liquide – on s'était mises d'accord.

« J'étais nerveuse, mais elle m'a dit que je faisais ce qu'il fallait. Si elle avait su, je ne crois pas qu'elle m'aurait aidée. Elle savait qu'elle allait enfreindre la loi en voyageant avec un faux passeport – mais le risque en valait la peine si la vérité sur Hugo éclatait au grand jour – ou du moins ce que je pensais qu'il était à l'époque. »

Will se leva pour remplir une nouvelle fois leurs verres, il luttait pour ne rien dire.

« Imogen m'a donné la clé de sa chambre au Majestic. Elle avait déjà signé le formulaire de sortie et l'avait laissé dans la chambre, elle allait appeler l'hôtel le lendemain à onze heures pour dire qu'elle était partie en oubliant de rendre le formulaire. Elle avait pensé à tout. Puis elle a pris ma voiture, comme si conduire de nuit jusqu'à ma maison en Italie était la chose la plus simple du monde.

« J'avais besoin de me reposer mais je n'arrêtais pas de penser au marché que j'avais passé avec Hugo. Celui qui allait rendre le meurtre possible. Je me fichais déjà pas mal de ce qui pouvait bien m'arriver. Je ne faisais pas ça pour moi.

« J'ai quitté l'hôtel très tôt le lendemain pour monter à Paris. J'avais beaucoup trop de temps devant moi mais c'était la seule solution. J'avais conduit de nuit entre ma villa et le sud de la France pour qu'on ne remarque pas mon absence. Il fallait qu'on m'aperçoive aux alentours de la villa – même si c'était en fait Imogen qu'on verrait. Elle devait aller cueillir des olives à des moments où je savais que des gens passaient par là – mais assez loin pour qu'il leur soit impossible de distinguer les traits de son visage, bien sûr. »

Will lui tendit son verre et Laura s'assit en face de lui sur le canapé. Elle resta un instant silencieuse en se remémorant son trajet jusqu'à

Paris – elle s'était arrêtée pour prendre un café, avait déposé la valise d'Imogen à la gare du Nord et laissé la voiture à la compagnie de location. Elle était fermée pour la nuit donc personne ne l'avait vue. Et puis il y avait eu les heures d'attente interminables, au restaurant plutôt que dans la salle d'attente de la gare où quelqu'un aurait pu se souvenir d'elle, à boire d'innombrables cafés. Finalement elle était retournée à la gare du Nord sans se faire remarquer. La nuit avait été terrible, mais le pire restait à venir.

« Le billet de train était réservé au nom d'Imogen Dubois, un nom qui ne pourrait jamais être associé à moi. J'ai utilisé son passeport canadien. La photo devait avoir au moins huit ans, ça aurait pu être n'importe qui. Et puis si on va par là, la photo de mon passeport à moi a été prise juste après mon mariage, et je n'ai plus la moindre ressemblance avec cette personne. J'avais aussi l'autre passeport d'Imogen – l'anglais. Il était encore plus vieux, presque expiré. Elle avait l'air très jeune. »

Will semblait toujours très loin de se ranger de son côté.

Tout le temps qu'elle avait attendu le train, Laura avait répété son plan dans sa tête. C'était la seule solution, la seule option logique. La raison pour laquelle elle était sur le point de faire quelque chose qui la révulsait.

« J'ai fini par monter dans le train, c'était tellement facile. J'ai fait semblant de dormir pour que personne ne cherche à engager la conversation avec moi. À Londres, j'ai montré le passeport anglais d'Imogen parce que, avec le canadien, j'aurais été obligée de remplir des tas de formulaires. C'est passé tout seul.

« Je savais que Hugo ne serait pas à l'appartement. Mais il allait venir. On s'était mis d'accord. Il croyait que ce dernier marché passé avec moi – celui qui m'a permis de sortir de la clinique la seconde fois – allait se réaliser. Entrer dans la maison était un peu hasardeux, alors, pour éviter qu'un voisin me reconnaisse, je suis allée dans les toilettes de la gare et je me suis mis cette horrible perruque sur la tête – même si ça me rendait malade. Le reste de ma tenue m'attendait à la maison. »

On arrivait à la partie la plus difficile. Elle but de grandes gorgées pour se détendre.

« Je suis entrée, j'ai désactivé l'alarme. Je suis allée directement à l'armoire de la chambre. Je n'avais jamais laissé d'affaires bien longtemps dedans – mais il restait quelques housses de robe et j'y avais caché tout ce dont j'avais besoin la semaine précédente.

« J'avais préparé une liste pour ne rien oublier et ne pas paniquer. J'ai d'abord mis les gants, c'était obligatoire, mais je les avais bien choisis. Hugo penserait que ça faisait partie du spectacle.

« J'ai caché une combinaison de protection blanche dans le panier à linge de la salle de bains. Puis je suis allée chercher un couteau que j'avais aiguisé moi-même à la cuisine. Je l'ai mis avec la combinaison dans le panier. J'ai fourré tous les vêtements que je portais pendant le voyage dans un sac marqué A. J'en avais marqué plusieurs. Dans le dernier, j'avais caché cinq foulards en soie bordeaux. Je les ai laissés sur le lit. »

L'air fasciné, Will était à présent penché en avant, stupéfait et légèrement horrifié, certainement, par l'aspect glacial de toute cette préparation. Laura se releva et lui tourna le dos.

«Puis j'ai pris une douche. J'en avais besoin. J'étais paniquée – mais il me restait encore une heure, je ne savais pas comment j'allais tenir. Je savais qu'il ne serait pas en avance. Ça aurait trahi son impatience. Après la douche, j'ai tout essuyé et passé les serviettes au sèche-linge pour pouvoir les ranger l'air de rien sur l'étagère avec les serviettes propres.

J'ai remis les gants et puis j'ai enfilé la tenue qui plairait certainement à Hugo. Pour finir, j'ai sorti ce que j'avais caché dans une boîte à chaussures au fond de l'armoire. Une seringue et une fiole. J'ai rempli la seringue et je l'ai déposée dans le panier et la fiole vide je l'ai jetée dans l'un des sacs.

Il ne restait plus qu'à préparer la chambre. Il ne fallait en aucun cas qu'il croie que je n'étais pas disposée à participer à ses jeux. J'ai sorti une bouteille de champagne du frigo – celui qu'il avait acheté le premier soir de notre voyage de noces. J'ai préparé le seau à glace, les flûtes. Il ne restait qu'à mettre la perruque.

Et j'ai attendu.

***

Laura se retourne face à Will.

«Maintenant tu sais. Je l'ai tué. Mais, Will, c'était la meilleure chose à faire. Il faut que tu me croies.

— Laura, vas-tu m'expliquer la raison de ce plan incroyablement complexe ? »

Elle n'aimait pas le ton de son frère, mais comment lui en vouloir ? Elle aurait sûrement semblé plus crédible en déclamant, mais si elle laissait ses émotions prendre le dessus, elle ne pourrait pas aller jusqu'au bout.

« Je vais te raconter la suite, mais ne me juge pas. Du moins pas tout de suite. »

Will sembla s'adoucir légèrement, ou peut-être était-ce une illusion ?

« Le voyage retour s'est passé à peu près dans les mêmes conditions. J'avais préparé les sacs pour ne pas paniquer. Certains contenaient différentes tenues, pour pouvoir changer d'apparence pendant le trajet jusqu'à Paris. J'ai jeté les autres aux ordures et j'ai séparé les éléments de preuve. La seringue dans l'un, la fiole dans un autre, et cetera. J'étais de retour à Paris en fin d'après-midi, j'ai pris le RER jusqu'à l'aéroport Charles-de-Gaulle pour reprendre l'avion, toujours en tant qu'Imogen, vers Londres.

« La vraie Imogen avait atterri à Stansted, pris ma voiture et conduit jusqu'à Heathrow pour me retrouver. Je m'étais changée en Laura à l'aéroport. Puis j'ai repris ma voiture pour revenir ici. Imogen est allée à son terminal afin de prendre son avion pour le Canada. Voilà.

— Comme je l'ai dit, fit Will après quelques minutes de silence, ton plan était ingénieux et son exécution impeccable. Mais prendre autant de risques, juste parce que tu détestais ton mari ? À cette époque, tu ne savais pas tout ce que tu as appris depuis, alors pourquoi ne l'as-tu pas simplement quitté ? Et pourquoi impliquer Imogen ? »

Ça allait être difficile. Après tout ce qu'elle avait appris aujourd'hui, tout ce qu'elle voulait c'était se rouler en boule et mourir. Mais il fallait le faire. Il fallait le dire à Will puis se retirer loin du monde.

« Quand Imogen a commencé à me rendre visite, je lui ai fait comprendre de la manière la plus délicate possible de quoi Hugo était capable. Il y avait un vice en lui. Ça, plus tout ce qu'il vous avait fait à vous deux, c'était largement suffisant pour la convaincre de m'aider à montrer son vrai visage. Mais elle ne savait absolument pas que j'allais le tuer. Je ne lui ai toujours pas dit. Ça ferait d'elle ma complice. Mais elle sait – j'en suis sûre. »

Elle avait toujours cru que Will comprendrait. C'était la seule personne qu'elle connaissait qui aurait fait la même chose qu'elle. Il fallait lui dire toute la vérité.

« Il fallait qu'il meure, Will. Sinon c'est lui qui m'aurait tuée. Il me l'avait dit. Je devais obtempérer ou mourir. Il m'aurait obligée à absorber un quelconque médicament et aurait fait passer ça pour une overdose. Puisque ma santé mentale était soi-disant défaillante, tout le monde l'aurait cru. Mais je n'avais pas la moindre idée de la façon dont j'allais m'y prendre.

« J'ai pensé à plusieurs méthodes. Le poignard était mon premier choix, mais je ne m'en sentais pas capable, je l'aurais fait si ç'avait été nécessaire – c'est pour ça que j'avais le couteau. Je voulais que ça ait l'air d'un crime passionnel, mais, en même temps, il aurait fallu quasiment que Hugo se laisse faire.

« Je savais qu'il voyait d'autres femmes, et j'étais sûre que c'étaient des filles d'Allium. Il ne se serait jamais risqué à une aventure qui aurait pu être rendue publique. Un jour où il était venu me voir à la maison de repos, il m'a fait froid dans le dos. Il disait qu'il avait des besoins normaux et que, avec le temps, trouver des "partenaires convenables" devenait cher. Ça lui coûtait plus de dix mille livres par mois. Maintenant on sait pourquoi – il payait les filles. Il a dit qu'il avait trouvé une solution, mais que tout ce qu'il avait fait était à cause de mon "manquement au devoir d'épouse" et que tout était ma faute. Je me suis passé cette conversation en boucle en me demandant ce qu'il voulait dire. Maintenant je comprends. Ça devait être après qu'il avait commencé à les tuer, mais, à l'époque, je n'en avais aucune idée.

— Pourquoi t'a-t-il dit ça ?

— Parce que c'était sa dernière menace, en quelque sorte. Il m'a dit qu'il me ferait sortir de la clinique, à condition que j'accepte de remplir mes devoirs conjugaux. Il savait que j'en détestais l'idée même, mais plus je la détestais, plus ça l'excitait. Le pouvoir, tu comprends. Il a dit que ça ne serait pas pour longtemps, puisqu'une meilleure option l'attendait.

— Qu'est-ce que ça voulait dire, ça ? »

Laura s'agenouilla près de Will – pas assez près pour le toucher, mais assez pour l'obliger à la regarder dans les yeux. Il devait la regarder.

Il devait voir la passion et la haine. Il devait la comprendre.

«J'y viens. Il m'a dit que la seule personne qui pouvait arrêter ou retarder l'inévitable c'était moi. Il a dit que je devais arrêter de jouer les vierges effarouchées et retourner à mon rôle de pute personnelle. Je connaissais l'alternative, même s'il n'a jamais dit en substance qu'il me tuerait. Je lui ai demandé de me laisser du temps. L'idée de devoir coucher avec lui me dégoûtait au-delà de tout, mais ne pas le faire provoquerait des conséquences mille fois plus graves.

«J'ai promis d'y réfléchir. J'ai reporté ma décision le plus longtemps possible. Finalement, il m'a posé un ultimatum. Je ferais ce qu'il me demandait ou j'en paierais le prix – moi et d'autres. Ça m'a aidée. Sans cet ultimatum, j'aurais dû m'offrir à lui – et ç'aurait été beaucoup moins crédible. J'ai dit que j'avais besoin d'aller passer quelques jours en Italie pour me préparer, mais que je n'aimais pas coucher avec lui ici, à Ashbury Park. Ça devait être à l'appartement – un endroit sans souvenirs désagréables.»

Will avait demandé la vérité, mais, à présent, il paraissait torturé par la souffrance de Laura.

«J'ai fait croire à Hugo que je ne viendrais peut-être pas. Je ne pouvais pas me montrer trop impatiente – et ça l'excitait de penser que je faisais ça sous la contrainte. Tout ce qu'Imogen avait à faire en Italie, c'était me fournir un alibi, même si elle n'en connaissait pas la vraie raison. Le samedi, elle a appelé Hugo en utilisant une cassette que j'avais préenregistrée. Il n'y aurait personne ici, elle pouvait se contenter de mettre le magnéto en marche au moment où le répondeur de l'appartement se déclencherait. »

Will la fixait avec un regard où se mêlait horreur et admiration.

« Quand Hugo est arrivé, j'ai fait ce qu'il voulait depuis longtemps que je fasse. Il croyait qu'il avait gagné. Et puis je l'ai tué. »

Will se contenta d'avaler une grande gorgée de son verre sans rien dire.

« J'avais enfilé la combinaison par précaution, pour ne pas laisser de traces, et j'ai gardé les gants tout le temps. J'avais acheté la seringue en Italie – ça se vend en supermarché là-bas. J'ai préparé la nicotine liquide moi-même.

— Tu n'as pas eu peur de te tromper de dose ou quelque chose comme ça ? Tu n'as pas pu faire de tests préalables !

— C'était aussi pour ça que j'avais pris la combinaison. Si ça n'avait pas marché, je n'aurais pas eu le choix. J'avais apporté le couteau, s'il n'était pas mort rapidement, je l'aurais poignardé. Mais j'ai oublié de le ranger dans la cuisine après.

« J'ai jeté son portable dans l'un des sacs, et la carte SIM dans un autre. Avec tout le reste – combinaison, vêtements, perruque. Je les ai éparpillés dans des poubelles de Londres et de Paris. Il fallait que je me débarrasse du téléphone parce que je savais qu'il continuait à recevoir des appels. »

Will avait encore du mal à comprendre, bientôt il faudrait qu'elle ajoute la touche finale à son portrait de Hugo. La pièce du puzzle qui donnait tout son sens à l'image.

« Tu n'as pas eu peur qu'une de vous deux soit arrêtée à cause des photos sur les passeports ? Vous ne vous ressemblez pas du tout !

— Oh Will ! Rappelle-toi que, lorsque tu es entré dans la salle de bains hier, tu nous as confondues, Imogen et moi ! Nous avons le même âge, presque la même taille et le même poids. Quand on entre dans un pays, les policiers jettent à peine un coup d'œil au passeport, surtout si c'est un passeport anglais. On a tout fait pour minimiser la différence. C'était la partie la plus facile, franchement.

« Ça s'est corsé quand ils ont demandé à Laura Fletcher de se présenter à la descente de l'avion sur le vol d'Imogen. C'est pour ça que j'avais réservé des vols low cost où les places ne sont pas attribuées – l'anonymat était la clé.

— Mais alors pourquoi Imogen est venue ici ? C'était vraiment idiot ! fit Will en se resservant du whisky.

— Je sais, j'étais furieuse. Mais elle avait compris que quelque chose clochait. Pourquoi on m'aurait appelée sur le vol sinon ? Quand on s'est rejointes à Heathrow, j'ai refusé de m'expliquer. J'ai dit que j'étais trop stressée et qu'on rediscuterait quand elle serait rentrée au Canada. De toute façon on n'avait pas le temps. La police n'allait pas tarder et je devais être de retour ici avant qu'ils arrivent. Puis elle a entendu que Hugo était mort, elle ne savait pas quoi penser. À part que je devais avoir besoin d'elle.

« Le cadavre de Hugo n'était pas censé être retrouvé si vite. J'allais signaler sa disparition à la police plus tard, dimanche ou lundi matin.

J'aurais eu du temps pour me calmer. Mais Beryl est revenue chercher son sac – moins d'une heure après mon départ ! Ça aurait pu être un vrai désastre. Quand la police est arrivée ici, j'étais complètement ailleurs – le stress, la peur –, ça a failli me submerger. Je ne pensais qu'à ce qui aurait pu arriver et à l'horreur de ce que j'avais commis. Et maintenant la police soupçonne Imogen. J'ai tellement honte de l'avoir impliquée. Mais je ne voyais pas d'autre moyen.

— Je n'arrive toujours pas à croire que c'était ta seule issue. Je t'aurais aidée, moi. Mais un meurtre ? Pourquoi tu ne m'as rien dit ?

— Je ne pouvais pas. Il ne m'aurait pas laissée partir. Je te l'ai dit, il a été clair : je restais ou il me tuait. Si je t'avais impliqué, il aurait fait tout son possible pour détruire ta vie une fois de plus. Soyons honnêtes, il avait déjà pas mal réussi, la première fois.

— Alors pourquoi le meurtre ? Parce que tu pensais qu'il allait te tuer, ou parce qu'il te faisait vivre un enfer ? Ou alors parce que tu pensais qu'il enlevait des prostituées ? C'était quoi la raison ?

— Rien de tout ça, Will.

— Mais bon sang, dis-moi !

— Je l'ai tué pour Alexa. »

Will la regarda, abasourdi. Ils entendirent, quelque part dans la maison, une porte se refermer tout doucement.

40

SIX MOIS PLUS TARD

Laura était assise dans le salon qui n'avait plus rien de l'effroyable endroit qu'il était six mois auparavant. Les canapés crème très confortables contrastaient agréablement avec les boiseries sombres restaurées, et le magnifique tapis d'Aubusson qui avait décoré le couloir avait été déplacé dans cette pièce où il était du meilleur effet sur les dalles de pierre qui avaient été nettoyées.

Elle attendait qu'on sonne à la porte en essayant de se détendre, oscillant entre peur et excitation. Cela faisait si longtemps qu'elle ne l'avait pas vu, mais elle avait beaucoup pensé à lui. Comment allait-elle réagir en le voyant ? Elle portait un élégant pantalon noir et une chemise de soie gris perle, ni trop habillée ni trop décontractée – du moins telle avait été son intention. Ses cheveux avaient retrouvé leur couleur brun naturel et elle les avait laissés détachés.

Finalement, la sonnette retentit et elle essaya de ne pas se précipiter vers la porte. Il avait, semblait-il, porté lui aussi beaucoup d'attention à sa tenue. Il portait une chemise polo noire sous la veste en cuir qu'il portait à leur première rencontre. Il semblait plus triste qu'avant et son sourire était un peu plus figé.

« Bonjour, Laura. Comment allez-vous ?

— Tom. Je suis ravie de vous voir. Je vais bien, merci. Et vous ?

— Bien, merci. Vous avez fait des merveilles avec cet endroit. Je ne parvenais pas à croire que c'était la même maison en arrivant.

— Mais je manque à tous mes devoirs. Entrez, je vous en prie. »

Tom regarda Laura à nouveau. La surprise perçait dans ses yeux.

« Laura, vous êtes magnifique ! Becky m'avait prévenu que je devais m'y préparer, mais vous êtes vraiment merveilleuse. »

Laura sourit mais ne sut que dire tandis qu'ils se dirigeaient vers le salon. Elle s'assit en dissimulant le tremblement de ses mains. Tom, quant à lui, alla ouvrir la porte-fenêtre pour laisser entrer l'air printanier et observer les dernières jonquilles et les tulipes du jardin. Elle n'avait jamais été mal à l'aise en sa présence auparavant – mais cet après-midi était différent. Tom brisa le silence.

« Je suis venu vous dire que nous réduisons l'équipe qui enquête sur le meurtre de sir Hugo. Nous n'avons fait aucun réel progrès en six mois, comme vous le savez. Nous ne fermons pas le dossier, mais j'ai demandé à être transféré sur d'autres affaires.

— Je comprends, Tom. Je me doute que vous avez besoin de plus d'action. Cette affaire doit commencer à être ennuyeuse.

—En effet. Ce n'est pas facile d'interroger des suspects quand vous savez à l'avance qu'ils sont innocents, et d'essayer de faire parler des preuves qui ne mèneront nulle part. »

Tom se retourna, l'air presque en colère.

Il savait la vérité, Will avait raison. Quelqu'un avait écouté leur conversation. Mais elle ne détourna pas les yeux. Elle était presque soulagée. Dans un sens, ça expliquait son absence de ces derniers mois qui l'avait profondément blessée.

« Tom, je suis désolée. Vous devez bien avoir une autre option, non ?

—Pas vraiment. Ne vous fichez pas de moi, Laura. »

Elle s'était toujours doutée qu'il les avait entendus, alors pourquoi ne pas l'avoir arrêtée ? Ou au moins venir lui parler. Mais dans ce cas, il aurait été forcé d'agir. Quel gâchis ! Chaque nuit, elle rêvait qu'elle tuait Hugo et chaque matin elle se réveillait avec la nausée. Mais, si c'était à refaire, elle le referait sans hésiter.

Le silence n'était troublé que par le chant d'un oiseau en avance sur la saison. Un son heureux au milieu de la tension de cette pièce. Leurs regards se croisèrent.

« Je dois vous le redemander, Tom. Pourquoi n'avez-vous rien fait ? »

Il passa la main dans ses cheveux avec un soupir. Apparemment, la frustration remplaçait la colère, et c'était à cause d'elle.

« C'est ce que je me demande depuis six mois. J'ai entendu la confession que vous avez faite à votre frère, mais je n'avais pas de preuves. Je n'ai toujours pas de preuves. Vous auriez pu tout nier et Will vous aurait soutenue. Mais si j'étais revenu vous voir rien qu'une fois, je suis certain que vous m'auriez avoué la vérité. Alors j'aurais dû vous arrêter. Je n'étais pas sûr de pouvoir assumer ça, il valait mieux ne plus vous voir. »

Il avait raison. Que répondre à ça ?

« Je dois vous dire, continua-t-il, qu'Imogen est toujours notre suspect numéro un, maintenant qu'on s'est occupé des filles d'Allium – celles d'avant Alina. On les a toutes retrouvées avec l'aide de Jessica. »

Chaque fois qu'elle entendait parler de ces pauvres filles, Laura sentait la culpabilité la transpercer. Coupable de ne pas en avoir fait plus, de ne pas avoir agi plus tôt. Mais, concernant Imogen, Laura était la seule responsable de la situation de son amie.

« Avez-vous quelque chose contre Imogen ? Est-ce que vous pouvez l'accuser de quoi que ce soit ?

— Non. Rien qu'une simple présomption. Le tour de force que vous avez élaboré toutes les deux est impossible à prouver, Imogen ne craint rien. »

Quel soulagement. Si on arrêtait Imogen, Laura serait obligée d'avouer. Parfois la culpabilité est trop lourde à porter, dans ces cas-là, les aveux peuvent paraître libérateurs. Mais Laura, elle, ne pouvait en aucun cas se laisser aller à ce genre de faiblesse.

Tom restait à la fenêtre, il ne voulait pas s'approcher.

« Comment va Imogen, à ce propos ? Et Will ?

«— Ils se sont remis ensemble, comme on s'y attendait. Ils n'ont jamais aimé personne d'autre, et être séparés durant toutes ces années a failli les détruire. Ça ne va pas être facile, ils ont tous les deux changé et ils doivent réapprendre à se faire confiance. Imo essaie de pardonner à Will de ne pas l'avoir crue et lui d'oublier l'image d'elle avec Sebastian. Mais ne changez pas de sujet, Tom.»

Il sourit comme si elle le connaissait trop bien, et vint s'asseoir en face d'elle.

«Je ne peux pas m'empêcher de ressentir une sorte de rage impuissante, Laura, c'est ça mon problème. C'est un terrain inconnu pour moi, et, depuis six mois, je trahis toutes les valeurs que je croyais être les miennes.

— Alors pourquoi vous obliger à souffrir?

— Je ne peux pas faire autrement. Je ne pouvais pas vous faire ça. Vous êtes si… remarquable! La façon dont vous avez géré toutes les horreurs qu'on vous a imposées. Vous avez assez souffert. Je devais vous protéger, malgré tout.»

Des larmes lui montèrent aux yeux. Tom lui laissa un instant avant de continuer.

«Quand je vous ai entendue parler à Will, vous avez dit qu'"une meilleure option attendait" sir Hugo. Vous avez aussi dit l'avoir tué pour Alexa. Je suis parti avant d'entendre votre explication. Je ne voulais pas qu'on me prenne en train d'écouter aux portes, parce que, alors vous n'auriez pas pu nier. Mais je crois que je sais ce que vous vouliez dire.»

Laura restait muette. Il méritait de savoir, mais l'idée de prononcer les mots qui expliqueraient tout lui était plus intolérable encore que les pensées qui lui empoisonnaient la vie. Tom assistait à son supplice.

« Je vais vous dire ce que je soupçonne. J'ai vu une photo de la mère de sir Hugo. Vous lui ressemblez énormément. C'est probablement pour ça qu'il ne vous a jamais montré de photos d'elle. Beatrice m'a dit quelque chose – je ne sais pas si vous voulez savoir ça, Laura – mais je crois que je dois vous le dire. Elle m'a dit qu'elle avait découvert Hugo et sa mère couchés dans le même lit. Hugo était attaché aux montants, et sa mère le chevauchait. Je suis désolé. Le saviez-vous, Laura ? »

Elle avait tellement honte, comment le regarder en face ?

« Je l'ai deviné, mais ça ne fait pas longtemps. Il m'avait dit que je lui rappelais quelqu'un, et puis il y avait ce qu'il voulait que je porte quand nous couchions ensemble. Quand j'ai changé de couleur de cheveux, il m'a même fait porter une perruque. Longue, rousse, bien sûr. Il la laissait sur le lit à mon attention. »

Elle se souvint du jour où elle avait trouvé la boîte de perruques dans le grenier. C'était juste après qu'elle était rentrée de la clinique – la première fois. Hugo avait renoncé à la faire participer à ses ébats, mais, bien sûr, elle avait reconnu les perruques et Mme Bennett lui avait expliqué à qui elles avaient appartenu. L'horreur qu'elle avait ressentie en comprenant qui elle avait remplacé durant toutes ces années avait pratiquement démoli les derniers vestiges de son courage. Mais elle n'avait plus le choix. Elle n'était là que dans un but : sauver Alexa.

Tom se releva pour s'installer près d'elle dans le canapé et lui prendre les mains. Il n'était plus fâché.

« En chemin pour le Dorset, Beatrice m'a dit que la tradition dans cette famille était d'initier sexuellement des enfants tout petits. Ils commencent par partager le même lit dès le plus jeune âge, et dorment toujours nus. La sensation du corps de l'adulte devient familière et donne un sentiment de sécurité. Puis quand l'enfant est en âge de comprendre un peu mieux ce qu'on attend de lui, ils se caressent et jouent à se toucher. Quand ils le considèrent assez grand, ils attachent l'enfant au lit – et font tout pour que ça ait l'air amusant. Puis, finalement, le parent commence à coucher avec l'enfant peu de temps après la puberté. »

Laura chercha du dégoût dans les yeux de Tom. Mais il n'y avait que de la compassion.

« D'après Beatrice, la relation peut continuer longtemps à l'âge adulte, comme Hugo avec sa mère apparemment. Ce que je ne comprends pas, Laura, s'il vous traitait comme une remplaçante de sa mère, pourquoi êtes-vous restée avec lui ? Pourquoi avez-vous épousé cette ordure ? »

Les mots étaient durs, mais pas le ton. Il réservait son dégoût à sir Hugo. Laura le regarda droit dans les yeux, il fallait qu'il sache la vérité, aussi infâme fût-elle.

« Je crois que vous l'avez déjà compris, du moins en grande partie. Avant notre mariage, Hugo était charmant et courtois. Je n'avais jamais rencontré un homme comme lui de toute ma vie. Comment vous expliquer ? Un jour j'ai fait un film sur le thème de la maltraitance et quelqu'un m'a dit que je n'avais rien compris au sujet. Maintenant je sais exactement ce qu'elle voulait dire. Ce ne sont pas que des actes de terreur, de la cruauté physique ou l'obéissance forcée sous la menace. Dans ces cas-là, séparer le bien du mal est facile, même si beaucoup de gens maltraités n'arrivent pas à réagir. Mais la destruction silencieuse et inexorable de l'estime de soi, c'est bien plus sinistre – c'est une violation de l'âme. C'est ce que Hugo m'a fait. »

Tom comprenait.

« Que s'est-il passé avec Alexa ?

— Une nuit, alors que j'aurais dû dormir, j'ai entendu des bruits dans la chambre à côté de la mienne. Une chambre censée être vide. J'ai reconnu le rire d'Alexa. C'était dans cette chambre-là que Hugo m'invitait quand il voulait coucher avec moi. Il fallait que j'aille voir ce qui se passait. Quand je suis entrée, il avait attaché Alexa au lit. Il était nu et elle aussi, et il était en érection. Alexa riait – elle n'avait que sept ans. Elle croyait que c'était un jeu.

— Continuez.

— Il fallait que je le fasse sortir de cette pièce pour lui dire ce que je pensais de lui. Je devais protéger Alexa. Je voulais m'enfuir, Tom, le plus loin possible. Mais ça signifiait laisser Alexa seule avec lui dans la maison. C'était impossible. Alors je lui ai dit qu'il était pervers, que c'était un malade. Sa réponse était prévisible. Il a dit que mon échec en tant que partenaire sexuelle était dû à un manque d'éducation. Selon lui, tous les parents devaient développer la sexualité de leurs enfants, et c'était un devoir qu'il accomplissait avec joie pour Alexa. Il espérait que ça continuerait très longtemps. »

Tom était livide. Il avait lui aussi une petite fille. Lui aussi aurait tué Hugo s'il avait été placé dans le même contexte.

« Quand je lui ai demandé s'il avait déjà couché avec Alexa il m'a répondu : "Bien sûr que non – pas avant la puberté. C'est encore une enfant." J'ai explosé. J'allais le dénoncer, et il le savait. C'est pour ça qu'il m'a droguée et séquestrée dans une pièce isolée du manoir où on m'a trouvée, nue, sale et catatonique. C'est comme ça qu'il a convaincu les autorités médicales de m'enfermer dans un institut spécialisé.

« Mais je devais l'arrêter. Je savais que personne ne me croirait, et Alexa ne voyait rien de mal à ce qu'elle faisait avec son père. Pour elle c'était normal ; juste un de ses secrets avec papa. Elle était fière de "s'amuser" avec lui, ce n'était pas nouveau, ça ne la choquait pas. Il ne l'avait jamais pénétrée, il n'y avait donc aucune preuve physique de sa maltraitance. Mais elle était encore jeune, je pensais que j'avais du temps. Je devais revenir ici pour la protéger, alors j'ai accepté ses conditions. J'étais la seule qui pouvait la sauver. Mais je lui ai dicté mes conditions, moi aussi : il ne devait plus jamais poser un doigt sur Alexa, ni sur moi. Mais je suis sûre qu'il n'a jamais respecté ses promesses. »

Elle lâcha la main de Tom, elle ne méritait pas son réconfort, ni sa force rassurante. Elle se leva à son tour, incapable de supporter sa gentillesse plus longtemps.

« J'ai pensé que si j'allais voir le directeur de police pour l'orienter sur les filles d'Allium et qu'on déclare Hugo coupable comme je le suspectais, le problème serait résolu. J'étais certaine que M. Hodder m'aiderait, mais Hugo a pris un grand plaisir à m'expliquer que, comme toujours, mon jugement était erroné. Votre collègue avait violé la fille d'Allium qu'il hébergeait, et Hugo avait réussi à empêcher que le scandale n'éclate. Hodder avait une dette envers lui. »

Laura avait appris récemment que Theo Hodder avait pris sa retraite anticipée, mais c'était un bien maigre réconfort. C'était son devoir de policier de l'aider. Combien de ces filles auraient pu être sauvées s'il avait fait quelque chose ? Elle comprenait à présent, que, pour Hugo, les prostituées étaient des instruments de plaisir pratiques. Elle-même n'obtempérait pas à ses désirs et Alexa était trop jeune.

« Hugo m'a fait une faveur en m'internant pour la seconde fois, Tom. Ça m'a donné le temps de préparer mon plan. Je devais sauver Alexa, et il n'y avait qu'un seul moyen d'y parvenir. »

Elle résista au désir de se précipiter vers lui pour qu'il la serre dans ses bras. Elle avait toujours su qu'un jour elle devrait payer le prix, le moment était peut-être venu.

« Comment va Alexa ?

— Elle s'en sort bien, merci. Annabel s'est trouvé un riche homme d'affaires au Portugal, elle ne revient que rarement ici – ce qui veut dire qu'Alexa peut passer tous ses week-ends et vacances avec moi. Ça convient à tout le monde. J'ai cherché de l'aide pour nettoyer son esprit de la conception perverse de l'intimité que son père y a implantée. »

Elle se tourna vers Tom. Maintenant qu'elle avait été honnête, qu'allait-il faire ?

« Vous savez tout. Qu'est-ce qu'on fait maintenant ?

— En tant que policier, j'ai prêté serment, fit-il l'air fatigué. Et, ces derniers six mois, j'ai eu la possibilité d'arrêter non pas un, mais deux meurtriers. Pourtant, je ne l'ai pas fait. Qu'est-ce que ça fait de moi ?

— *Deux ?* J'étais la seule impliquée – je vous en prie n'embarquez pas Imogen là-dedans. Elle n'a tué personne.

— Vous ne vous êtes jamais posé de questions sur Beatrice ? D'après ce qu'elle m'a raconté en chemin pour le Dorset, je suis presque sûr qu'elle est responsable de la mort de son père. Mais on ne peut plus le prouver. Il l'avait sûrement lui aussi mérité. Je suis sacrément bon policier, n'est-ce pas ?

— Vous savez, Tom, je crois même que vous êtes un excellent policier. Je suis désolée de vous avoir mis dans cette position. Je ne l'aurais pas fait si je n'avais pas été prête à en assumer les conséquences. »

Tom semblait au bord des larmes, Laura ne souhaitait que le soulager de sa douleur. Mais elle ne bougea pas. Finalement, il se leva et s'approcha d'elle. Il la regarda dans les yeux.

« Je sais que vous ne m'en voudriez pas si je vous arrêtais. Mais je ne le ferai pas, même si je ne sais pas comment je vais pouvoir vivre avec ça. Et si je vous arrêtais, je devrais aussi arrêter Imogen – elle est complice, que vous le vouliez ou non. Ça détruirait sa vie, celle de Will et probablement aussi celle de votre mère. Et sans vous, qu'arrivera-t-il à Alexa ? Seuls les innocents souffriraient. Vous avez rendu un service au monde en éliminant Hugo, et vous avez déjà enduré dix ans de torture. Je ne peux pas me résoudre à plonger au moins cinq personnes dans une misère infinie juste parce qu'un seul homme profondément mauvais a été assassiné. »

Laura resta silencieuse. Il n'avait pas terminé. Il lui saisit les mains, mais ils ne se rapprochèrent pas.

« Laura, si je fais ça, je ne vous reverrai plus jamais. Vous comprenez, n'est-ce pas ? J'admire votre force, votre engagement et votre intégrité – même si ça paraît étrange en de telles circonstances. Je ne supporte pas l'idée de vous voir souffrir, et j'aurais voulu avoir l'occasion de vous aider à vous remettre des blessures que cette ordure vous a infligées. Mais je suis flic. Je m'en vais, Laura, car, quels que soient mes sentiments personnels, je ne pourrai jamais excuser un meurtre, même si je peux le justifier. »

Laura comprenait. Elle aurait pu aimer cet homme, si la vie avait été plus clémente. Mais l'obstacle était trop grand. Elle ne serait plus jamais capable d'aimer un autre homme – parce que l'amour, pour elle, c'était l'honnêteté, et cette histoire, elle ne pourrait plus jamais la raconter à personne.

Tom baissa les bras et s'avança. Il lui caressa doucement la joue du bout des doigts.

Et puis il disparut.

REMERCIEMENTS

Nombreux sont ceux qui m'ont aidée dans l'écriture de ce livre ; ma gratitude est immense. Envers John Wrintmore notamment, pour les informations qu'il m'a données sur les travaux de la police. Je sais que je n'ai pas toujours bien suivi ses précieux conseils, mais c'était uniquement dans l'intérêt de mon histoire. Mes remerciements vont également à Alan Carpenter qui a réalisé la couverture originale du livre. Cela a grandement contribué à son succès, j'en suis persuadée.

Ma gratitude aussi envers tout ceux qui m'ont lue et relue avec tant de bonne volonté – Becky, Nic, Rachel, Kathryn, Judith et Tom. Leur contribution est inestimable.

Je remercie également mon agent, Lizzy Kremer, qui m'a accompagnée avec une grande patience et une grande tolérance ainsi qu'à toute l'équipe de David Higham Associates pour leurs encouragements et leur enthousiasme.

Même si un océan nous sépare, Terry Goodman et toute l'équipe de Thomas and Mercer m'ont toujours fait sentir que j'étais la bienvenue chez eux (ce fameux déjeuner à Rome!). Leur travail a fait toute la différence.

Et pour finir, mon éternelle reconnaissance va à ma petite équipe personnelle : John – qui a su comprendre quand le devoir m'appelait – et Giulia – pour les litres de café et bien d'autres choses encore...

Composition :
Soft Office – 5, rue Irène Joliot-Curie – 38 320 Eybens

Achevé d'imprimer par GGP Media GmbH, Pößneck
en octobre 2013
pour le compte de France Loisirs,
Paris

N° d'éditeur: 74247
Dépôt légal : juillet 2013

Imprimé en Allemagne